Das Buch

»Ich habe immer darauf gewartet,
Immer hatte ich das Gefühl, vorläufig zu leben, provisorisch, in
Erwartung des Lebens. Ich sah mir selber zu, mit sehnsüchtigem
Blick auf die anderen, die schon mittendrin standen im Leben und
das bekamen, was ich mir nicht zu nehmen getraute.« Das ist
Sonja. Ihre Freundin Jana dagegen läßt sich rückhaltlos von ihren
Gefühlen mitreißen, lebt in einer Phantasiewelt. Sonja und Jana
verbindet von Kindheit an eine fragile, sich auf einem schmalen
Grat bewegende Freundschaft. Später gibt es Achim, den beide
lieben, der beide begehrt, der sich – ein abenteuernder, egozentrischer Künstler – nicht einlassen will auf die Liebe. »Das Wir-
kungsvolle dieser Schilderungen von Hoffnungen und Erwartungen, von Mißverständnissen und Fremdheit, von zerbrochener,
aber schließlich doch wieder intakter Freundschaft basiert vor
allem darauf, daß es der Autorin gelingt, mit den von ihr gewählten Mitteln der Sprache mehr als vordergründige Spannung zu
vermitteln und so das Interesse des Lesers an der Handlung bis
zum Schluß in Anspruch zu nehmen.« (Wiener Zeitung)

Die Autorin

Anna Mitgutsch, am 2. Oktober 1948 in Oberösterreich geboren,
studierte Germanistik und Anglistik, war nach dem Studium
einige Zeit Assistentin am Institut für Amerikanistik in Inns-
bruck. Danach längere Aufenthalte in Israel, England und Korea.
Von 1979 bis 1985 unterrichtete sie in Boston deutsche Sprache
und Literatur. Heute lebt sie in Linz. Anna Mitgutsch wurde mit
mehreren Literaturpreisen ausgezeichnet. Weitere Werke: ›Die
Züchtigung‹ (1985), ›Ausgrenzung‹ (1988), ›In fremden Städten‹
(1992), Romane.

Anna Mitgutsch

Das andere Gesicht

Roman

Deutscher
Taschenbuch
Verlag

Von Anna Mitgutsch
sind im Deutschen Taschenbuch Verlag erschienen:
Die Züchtigung (10798)
Ausgrenzung (11487)
In fremden Städten (11863)

Ungekürzte Ausgabe
November 1988
4. Auflage Juni 1996
Deutscher Taschenbuch Verlag GmbH & Co. KG,
München
Mit freundlicher Genehmigung des
Claassen Verlags GmbH, Hildesheim
© 1986 Anna Mitgutsch
ISBN 3-546-46761-2
Gestaltungskonzept: Max Bartholl, Christoph Krämer
Umschlagbild: Evelyn Kuwertz
Gesamtherstellung: C. H. Beck'sche Buchdruckerei,
Nördlingen
Printed in Germany · ISBN 3-423-10975-0

Ich habe immer darauf gewartet, daß das Leben anfängt. Auf das Wunder habe ich gewartet, das mir das Leben ins Haus trägt, nachts, während ich schliefe, beim offenen Fenster herein. Immer hatte ich das Gefühl, vorläufig zu leben, provisorisch, in Erwartung des Lebens. Ich sah mir selber zu, mit sehnsüchtigem Blick auf die anderen, die schon mitten drin standen im Leben und das bekamen, was ich mir nicht zu nehmen getraute. So ließ ich das Leben vergehen, als Zaungast, bis ich schnell und aus bloßer Angst, auch den letzten Rest noch zu versäumen, danach griff. Aber als hätte ich im Kino nach der Leinwand gegriffen, glitt ich an der Oberfläche ab und verlor auch noch die letzte Illusion. Es war nicht schmerzhaft, es berührte mich kaum. Bilder zogen vorbei, ein endloser Film, und wollten sich nicht entschließen, Wirklichkeit zu werden. Vorspiel, Vorleben, Übungsfahrt ins wirkliche Leben, Vorbereitung. Oft das Gefühl, es sei alles nur Spiel, eine von vielen Möglichkeiten, Handlung geschehen zu lassen. Aber jede Möglichkeit, einmal in Handlung umgesetzt, wurde todernst, verwandelte sich in Schuld, nicht mehr rückgängig zu machen. So war ich, wie Jana, immer auf der Suche, nach dem Eingang zum Leben, immer hart am Leben vorbei. Das erste, was wir beim Suchen verloren, war unsere Freundschaft.

Morgen werde ich sie wiedersehen, nach vier Jahren Schweigen, nach sechs Jahren Trennung, und was waren denn schon die Jahre davor? Freundschaft?

Viele Jahre habe ich gebraucht, die Bedingungen zu begreifen, unter denen sich Freundschaft vollzieht. Als Kind hatte ich alles schon einmal gewußt, mit der Sicherheit, die man später nur mehr in Träumen kennt. Ich fahre zu ihr mit der Hoffnung, daß es möglich ist, die Fremdheit aufzuheben, ihr Leben zu begreifen, das mich immer, wenn auch als etwas Unbegreifliches, berührt hat, das trennende Schweigen umzuwandeln, in ein anderes Schweigen, wenn es sein muß, in eines, das einschließt und mitmeint. Manchmal scheint es mir, sie und ich hätten aus Versehen zusammen nur ein einziges Leben bekommen und nie gelernt, miteinander zu teilen. Wenn eine glücklich war, ging die andere leer aus, und während die eine besaß, fühlte sich die andere betrogen. Immer wieder schien es ratsam, uns zu trennen, aber auch dabei gewannen wir nichts.

Eine Geschichte könnte ich erzählen, Freunden, am späten Abend nach dem Essen, beim Wein, wenn vielleicht nur Kerzen oder ein Kaminfeuer brennen, einen romantischen Rahmen könnte ich mir vorstellen, eine heimelige Atmosphäre, in die das Unbekannte hereinflackert als leiser Schauer, als Ahnung, ohne das Unheil nachzuziehen. Ich würde so tun, als wüßte ich mehr als meine Zuhörer, und vieles im dunklen lassen, es müßte ja auch nicht alles der Wahrheit entsprechen.

Die Geschichte einer Fremden würde es sein, einer aus einer anderen Welt mitten unter uns, die unsere Sprache benutzte und doch nie dasselbe sagte wie wir, die unter uns aufgewachsen war, ohne wirklich zu uns zu gehören.

Aha, Undine, würden meine Freunde sagen.

Nein, nicht Undine, keine helle Wasserfee, beziehungsloser noch, hilfloser, kein Mann konnte sie jemals erlösen.

Eine Hexe?

Auch keine Hexe. Die, von der ich spreche, würdet ihr auf keinem Hexensabbat finden. Ich würde verschweigen, daß ich selber nicht wußte, worin ihre Fremdheit bestand, ich würde es vermeiden, mich festzulegen. Aber beschreiben würde ich sie doch wohl müssen. Nicht anders war sie, sondern nur fremd, würde ich sagen. Oder sollte ich sagen, nicht fremd, sondern nur anders? Von den Augen ging diese Fremdheit aus, Spiegel waren sie, ohne Tiefe, mit einem Blick, der durch die Menschen hindurchging, als ob er hinter ihnen etwas suchte, doch selten fragend, forschend, immer war da ein Wissen in diesen Augen, das sich auf niemanden bezog. An ihre Farbe erinnere ich mich nicht, nur daß sie dunkel erschienen, tiefliegend, immer ein wenig müde.

Wie ich sie zum erstenmal sah, würde ich meinen Freunden erzählen müssen, denn so beginnen Geschichten. Damals war sie erst fünf und konnte noch kaum Deutsch, man sprach von ihrer Familie als der Flüchtlingsfamilie, es gab viele Flüchtlinge nach dem Krieg. Der Vater war Baumeister, anfangs arbeitete er als Maurer, er nahm jede Arbeit an und baute in seiner Freizeit ein Haus für seine Familie. Ein komisches Haus, fanden die Leute, leuchtend weiß verputzt, mit einer wuchtigen Eingangstür und einer Sonnenuhr darüber, obwohl diese Seite im Waldschatten lag und nie ein Sonnenstrahl darauf fiel. Genaugenommen waren es Jana und ihre Mutter, die uns so anders, so fremd erschienen, es war nicht der Akzent, mit dem sie sprachen, wenn sie überhaupt redeten, der verlor sich mit den Jahren, die Fremdheit blieb. Die Schwester und der Vater waren anders, ihnen fiel es leicht, sich einzugewöhnen, so zu reden wie wir, unsere Witze zu verstehen und mitzulachen, unsere Gesten nachzuahmen. Nach einem Jahr war ihre etwas jüngere Schwester eine von uns. Es ist nicht wahr, daß wir ihnen keine Chance gegeben hätten, sich uns anzupassen.

Auf dem Spielplatz, dem früheren Übungsplatz hinter dem Feuerwehrschuppen, spielten wir Fangen und Abzählspiele. Komm, Jana, spiel mit, rief ihre Schwester, such mich, Jana, rief sie beim Versteckspiel, aber Jana ließ sich nicht stören, sie lud Sand auf ihren Spielzeugwagen, schleppte ihn über die Wiese, eingehüllt in einen leisen Singsang ohne erkennbare Melodie. Jana, schrie ihre Schwester Eva, such mich, wo bin ich? Vielleicht sah sie dann auf, ging, ohne die Spielregeln zu beachten, der Stimme nach und stand geistesabwesend vor Eva, die mit angehaltenem Atem hinter dem

Holzstoß an der Schuppenwand kauerte, betrachtete sie, als verstünde sie nicht, was Eva hinter dem Holzstoß mache. Nie ging sie im Rudel mit anderen Kindern, laufend, springend, spielend. Immer allein, als folgte sie einem Auftrag, den sie vergessen hatte, an den sie sich aber zu erinnern versuchte, den Blick angestrengt auf den Boden gerichtet, von dem sie hin und wieder Stöcke aufhob, um sie den Fluß hinuntertreiben zu lassen.

Am Anfang hatten wir uns um sie bemüht, ihr Rollen zugeteilt, nicht die Rollen, die wir alle gern spielen wollten, aber immerhin zum Mitspielen aufgefordert hatten wir sie. Du bist der Bote, Jana, du mußt dem König den Krieg erklären. Jana suchte ein wenig verwirrt den König mit ihren blicklosen Augen, schien ihn nicht zu erkennen, wollte ihn nicht anerkennen in der Gestalt eines von uns mit einem gelben Papierreif im Haar und setzte sich summend abseits in die Büsche, um Blätter aufzuschichten.

Laßt sie, sagte Eva, das macht sie zu Hause auch, laßt sie einfach.

Kann sie noch nicht Deutsch, versteht sie uns nicht?

Doch, das macht sie zu Hause auch, geht einfach weg und gibt keine Antwort, den Eltern auch nicht.

Komisch, wunderten wir uns.

Ein Sorgenkind, sagte Eva im Tonfall der Erwachsenen.

Mich faszinierte Jana.

Wir haben ein Flüchtlingsmädchen dabei, erzählte ich wichtigtuerisch zu Hause, sie heißt Jana und ist meine neue Freundin.

Sie hatte mich aber noch gar nicht beachtet, ich versuchte vergeblich, ihre Aufmerksamkeit zu erregen. Ihre Zopfspange lag im Gras, und ich brachte sie ihr. Sie nahm mir die Spange wortlos aus der Hand, streifte mich flüchtig mit einem Blick ohne Neugier. Wie kam ich dazu, sie meine Freundin zu nennen? Ihre Haare hätte ich gern berührt, sie

8

waren so schwarz, daß sie in der Sonne Funken sprühten. In ihrer Nähe wollte ich sein, ich wußte auch nicht genau, warum, in die Stille wollte ich eindringen, die sie umgab, erfahren, nach welchen Regeln sie spielte, wenn sie die unseren überging, aber das hätte ich damals noch nicht formulieren können, das wußte ich damals noch nicht, ich fühlte mich unerklärlich von ihr angezogen.

Sie war kleiner als die andern und sprach fast nie, und wenn sie sprach, schaute sie angestrengt woandershin. Ich hätte gern einmal ihren Blick eingefangen und festgehalten. Ich konnte es nicht ertragen, daß ich ein Kind bewunderte, das mich nicht beachtete.

Bring deine neue Freundin doch einmal mit, sagte meine Mutter.

Die Einladung erging von Mutter zu Mutter, und Jana kam, trank den Apfelsaft, mehrere Gläser davon, schleckte die Schokoladeglasur von der Torte und ließ die Torte liegen, spielte mit meiner Eisenbahn und meinen Puppen, wie immer wortlos und leise vor sich hin summend, floh in panischer Angst vor unserem freundlichen Hund, der ihr die Waden lecken wollte, und als meine Mutter fragte, ob sie wiederkommen möchte, sagte sie nein.

Tatsächlich hatte Jana während des ganzen Nachmittags nur einen Satz gesagt, der Hund soll weggehen, und weder mich noch meine Mutter beachtet. Dennoch war diese Einladung der Anfang unserer Freundschaft, denn wenn sie verwirrt war, kam sie von jetzt an zu mir, als sei ich die einzige, die sie kannte, stellte sich neben mich oder nahm mich bei der Hand, als sei ich ihr Wächter. Und ich nahm die Rolle der Beschützerin gerne an, sie gab mir das Gefühl von Stärke, von Überlegenheit, sie gab mir eine Verantwortung, die mich in meinen Augen um vieles älter machte. Ich fühlte mich als die Ältere, die Klügere, Gewandtere, deren Schutz Jana so dringend brauchte, daß ich bald unabkömmlich war, immer in ihrer Nähe bleiben mußte, denn sie verstand ja nichts, nicht einmal, daß das, was wir machten, nur ein Spiel war. Diese Rollenverteilung blieb unverändert im Lauf der Jahre, im Verlauf unserer Freundschaft.

Es war einmal, würde ich anfangen und es meinen Freunden überlassen, ob sie meine Geschichte für wahr halten wollten, denn dann könnte ich alles erzählen, wie es war und wie es hätte sein können, wie es eigentlich hätte sein sollen, wie ich es erlebte, obwohl es in Wirklichkeit anders war, wie es in Wirklichkeit war, obwohl keiner es so erlebte. Es könnte sein, daß ich dann zufällig, wenn auch nur augenblickslang, auf Janas Wirklichkeit stieße.

Es war einmal ein kleines Mädchen, das aus einem fremden Land kam und unsere Sprache nicht verstand, sie auch nicht richtig erlernen konnte, solange sie bei uns lebte.

Bei solchen Geschichten muß man vereinfachen und übertreiben.

Sie war sehr klein, und ihre Haut war durchsichtig wie ganz dünnes Papier, und dahinter sah man die Adern pochen, und wenn die Sonne in ihr schwarzes Haar schien, schlug sie bläuliche Funken daraus.

Und weiter? fragten meine Freunde, aufmerksam geworden und begierig, und als das Mädchen heranwuchs zur schönen Jungfrau?

Schon habe ich mich festgelegt, obwohl ich es doch nicht wollte, schon denken sie Märchen, denken sie Prinzessin, denken sie Prinz und Hochzeit.

Nein, würde ich sagen, so weit bin ich noch nicht. Versteht ihr denn schon, warum das Kind bei unseren Spielen dabeistand und nicht begriff und leise summte, statt mit uns zu sprechen? Warum es die Geschichten, die wir erzählten, für die Wirklichkeit hielt und vom Dach herunterfiel, weil einer von uns gesagt hatte, wenn man bei Vollmond auf das Dach klettere und sich auf die Zehenspitzen stelle, könne man den Mond berühren und sich einen Wunsch erfüllen lassen?

Vielleicht sollte ich es ihnen und mir einfacher machen und sagen: Ich kannte einmal ein Kind, das mehr Phantasie hatte als alle anderen Kinder.

Ich werde, um den andern das Kind und mir die spätere Freundin verständlicher zu machen, noch weiter zurückgehen müssen, in eine Zeit, über die ich nur Vermutungen anstellen kann. Den Gutshof, auf dem sie geboren wurde, werde ich beschreiben müssen, als hätte ich ihn gesehen, die weite Ebene, in der er lag, die Weiden, die die Pferdekoppeln umzäunten, die Ziehbrunnen. Nehmen wir an, daß es Ziehbrunnen gab und natürlich Hühner und Schweine. Ihre Mutter, die ich erst später kennenlernte, als sie alterslos geworden war wie alle Mütter, war damals noch sehr jung und muß, nach ihrem späteren Aussehen zu urteilen, sehr schön gewesen sein, sie ritt gern auf Pferden, aber das Landleben lag ihr nicht. Sie war in der Hauptstadt aufgewachsen und sehnte sich schon bald nach der Hochzeit zurück in die Stadt, wo sie manchmal auf Bälle gegangen war und oft ins Theater.

Sie war die einzige Tochter gebildeter Eltern, von klein auf an Musik gewohnt, an regelmäßige Theaterbesuche und an große Räume voll von Bücherregalen. Ihr Vater war ein weltfremder, stiller Mann, dessen einzige Leidenschaft die Musik war. So setzte er große Erwartungen in die Tochter, die schon früh musische Begabung gezeigt hatte. Julia, die äußerlich ihrem Vater glich, groß und beinahe hager, mit rotblondem gekraustem Haar und grünen Augen, träumte von einer Karriere am Theater und wartete darauf, entdeckt zu werden. In der Zwischenzeit studierte sie Theaterwissenschaft. Entdeckt wurde sie bald und mit Ausdauer umworben von dem um fünfzehn Jahre älteren Baumeister und Gutsbesitzer, der sie verwöhnte, denn Luxus kannte sie von zu Hause nicht. Er nahm das Opfer auf sich, sie monatelang in jedes Konzert und zu jeder Theaterveranstaltung mitzunehmen und anschließend mit ihr in den vornehmsten Lokalen zu Abend zu essen, ein Vermögen mußte ihn das gekostet haben. Er nahm sie mit auf den Gutshof seiner Eltern und schenkte ihr ein Pferd, nachdem sie ihre Leidenschaft fürs Reiten entdeckt hatte. Er, der sich im Theater zu Tode langweilte und ein ganzes Leben ohne Musik ausgekommen wäre, machte sich mit seinem Sinn fürs Praktische, seinen vielen Aufmerksamkeiten und Hilfsleistungen bei Julias Eltern unentbehrlich, und erst als der Vater sagte, ein Segen, dieser junge Mann, hielt er um Julias Hand an.

Julia stellte sich wohl vor, so würde es immer weitergehen, mit Theaterabenden, Konzerten und der Erfüllung aller ihrer Wünsche. Zudem waren die Zeiten unsicher, in halb Europa herrschte Krieg. Ob Julia ihren Mann jemals geliebt hatte, wurde später von ihren Töchtern bezweifelt, vielleicht war es Dankbarkeit und die Zärtlichkeit, die aus der Dankbarkeit wächst, die sie für Liebe hielt. Nach der Hochzeit zogen sie auf den Gutshof, aber bald war Julia mit ihren Schwiegereltern allein, denn ihr Mann dachte nicht daran, sein bisheriges Leben zu verändern. Die Wochentage verbrachte er in der Stadt, und zum Wochenende kam er heim, um sich zu entspannen. Er war erfolgreich in seinem Beruf und arbeitete hart. Julia fühlte sich abgestellt und verlassen, und als sie auch noch schwanger wurde und nicht mehr reiten durfte, nur mehr vor dem Haus oder am Fenster sitzen durfte mit einem Handarbeitskörbchen und hellblauer Wolle, begann sie den Mann, der sie in dieses Elend gebracht hatte, zu hassen. Als ich Janas Familie kennenlernte, hatte sich ihre Mutter schon lange unter die strenge Herrschaft ihrer Schwiegermutter gefügt; sie war eine robuste Matriarchin mit bis ins Alter schwarzen buschigen Augenbrauen und einer belegten Männerstimme, und sie bestimmte, wann gegessen wurde, worüber geredet und worüber geschwiegen wurde und wofür man Geld ausgeben durfte. Auch ihr Sohn fügte sich ihrem Regiment. Undenkbar, daß eine Zwanzigjährige, die man zum Denken und selbständigen Entscheiden erzogen hatte, sich nicht auflehnte, daß es keine Machtkämpfe gegeben hätte, bevor sich die Schwächere unterwarf.

Stefan, Janas Vater, ahnte vom Unglück seiner jungen Frau nichts. Er wußte sie in sicherer Obhut, nichts fehlte ihr, seine Mutter kümmerte sich um sie, führte sie in den Haushalt ein, er konnte getrost seinen Geschäften nachgehen. Daß sie abweisend geworden war und viel weinte, schrieb er ihrem Zustand zu. Natürlich liebte er sie ebensosehr wie in der Zeit, in der er sich der Tortur täglicher Theaterbesuche unterzogen hatte. Es wäre ihm gar nicht in den Sinn gekommen, daß sie Grund hatte, sich ungeliebt zu fühlen. Er war ein Mann, der leicht ohne Leidenschaft auskam, arbeitsam, voll unerschütterlicher Gelassenheit, einem etwas lauten, derben Humor und einfachen Bedürfnissen. Was ihn böse und manchmal grausam machte, war das Gefühl der Hilflosigkeit, das er im Lauf seiner Ehe und später im Umgang mit Jana immer öfter erlebte.

Damals begannen Julias Depressionen, in die sie später ihr ganzes Leben lang immer häufiger versank. In der ersten Zeit dachte sie noch an Flucht. Sobald ihr Körper wieder leicht sein und nur ihr gehören würde, wollte sie nach Hause zurück, mit oder ohne Kind, woher sollte eine Zwanzigjährige, die noch nicht einmal von der Liebe etwas wußte, die Gefühle kennen, die sie als Mutter haben würde. Später einmal, nachdem Jana von ihrer Freundin Karin, der Psychologin, gelernt hatte, ihre Mutter für alles verantwortlich zu machen, für ihr eigenes Gefühl der Unzulänglichkeit, für ihre Ängste und Depressionen, sagte sie voll Selbstmitleid, meine Mutter hat mich doch gar nicht geliebt, sie wäre mir und meinem Vater davongelaufen, wenn damals nicht Krieg gewesen wäre.

Jana wurde am zwölften Dezember geboren, man bereitete das Haus schon für Weihnachten vor, es mochte schon Schnee gefallen sein und die Ebene noch eintöniger erscheinen lassen. Eine schwere Geburt sei es gewesen, hieß es, sie dauerte viele Stunden, und man wußte lange nicht, ob das Kind leben würde. Danach wollte Julia nur schlafen, wegtauchen und schlafen, sie hatte genug durchgestanden. Aber neben ihr lag jetzt das Kind, es hatte Hunger, es schrie, niemanden interessierte es, wie die Mutter sich fühlte. Man erwartete unbändige Freude von ihr, Begeisterung und neuen Tatendrang bei der Pflege des Kindes. Statt dessen versank sie in bodenlose Trauer und eine unverständliche Niedergeschlagenheit, wochenlang schleppte sie sich kraftlos und ständig den Tränen nah durchs Haus. Schließlich nahm sich die Großmutter des Kindes an, das im Gegensatz zu seiner Mutter überhaupt keinen Schlaf zu brauchen schien und fast unausgesetzt schrie.

Diese Zeit wurde später noch oft besprochen, als man nach Ursachen suchte, warum Jana anders war als andere Kinder. Man machte auch die Depression der Mutter dafür verantwortlich, was neue Depressionen hervorrief. Aber erst Karin sprach das endgültige, verdammende Urteil aus. Damals war Julia schon tot. Eine Woche nach der Geburt bekam das Kind hohes Fieber, es hörte auf zu schreien, zu trinken, beinahe schon zu atmen, man war verzweifelt, man holte einen Arzt aus der Stadt, der auch keinen Rat wußte, und plötzlich, so unerwartet, wie das Fieber gekommen war, verschwand es wieder. Von da an war Jana das stille, abwesende Kind, das ich als Fünfjährige kennenlernte. Die blauen Augen wurden langsam dunkel und schoben den unsichtbaren Vorhang vor, der niemandem mehr Einblick gewährte.

Julia wurde bald wieder schwanger, und die Niedergeschlagenheit nach der ersten Geburt schlug in Panik um. Würde das nun so weitergehen, jedes Jahr ein Kind? Sie liebte ihre älteste Tochter, daran hatte Jana nie gezweifelt, bis sich Karin bemühte, ihr auch diese Gewißheit auszutreiben, aber die zweite Schwangerschaft begrub ihre Hoffnung auf Flucht endgültig. Das Entsetzen bei dem Gedanken, im falschen Leben eingesperrt zu sein auf Lebenszeit, lähmte sie und zog sie hinein in eine tatenlose Müdigkeit und eine Todessehnsucht, die man ihr auch damals schon als mangelnde Mütterlichkeit auslegte. Sie hatte ein Geheimfach in ihrem Schrank, aus dem holte sie manchmal alte Theaterprogramme hervor, Theaterkarten mit Autogrammen, Andenken aus ihrer Jugend, ein gelbliches Rosenblatt von einem Strauß, den sie einer angeschwärmten Schauspielerin an die Garderobentür gebracht hatte. Die alten Kleider hatte ihr Mann in der ersten Notzeit nach der Flucht für Lebensmittel und Winterkleidung verkauft, aber den Inhalt ihres Geheimfachs hatte sie gerettet, man fand ihn erst nach ihrem Tod. Vierzehn Jahre, nachdem sie sich damit abgefunden hatte, daß ihr Leben zu Ende war, starb sie einen plötzlichen, mysteriösen Tod.

Janas Erinnerungen aus jener Zeit sind Fragmente, Stimmungen und Einzelheiten, die zusammenhanglos nebeneinanderliegen, sie erinnerte sich nicht, ob ihre Eltern eine glückliche Ehe führten, sie erinnerte sich auch nicht an Familienereignisse, an die Geburt ihrer Schwester zum Beispiel, aber sie erinnerte sich ganz deutlich an eine riesige weiße Hausfront mit einer Sonnenuhr, die die Sonne und ihre Strahlen darstellte.

Dieser Sonne maß sie eine nicht ganz verständliche Bedeutung bei, und das Haus oder vielmehr die Hausfront war das Haus aller Häuser, an dem alle späteren Häuser versagten. Ihr Vater hatte offenbar mit dem Haus am Waldrand und seiner funktionslosen Sonnenuhr ein Ebenbild des ursprünglichen Hauses errichten wollen, aber für Jana wurde es nie zur Heimat, wie das Gut in der Ebene Heimat gewesen war. Sie erinnerte sich auch an viele große Räume mit dicken Steinwänden, breiten Fensterbrettern und Dielen, die knarrten, wenn sich Erwachsene näherten. Unzählige Nebensächlichkeiten hatte sie in ihrem Gedächtnis verstaut, die Messingschlösser an den Truhen, den Löwenkopf an der Armlehne eines grünen Plüschsofas, die Dunkelheit unter den großen, schweren Tischen und die langen gelben Fransen an den Tischtüchern, durch die sie die Räume wie im Schnürlregen sah, den glänzenden schwarzen Lack der Pferdekutsche und die Mohnfelder, rot bis an den Horizont.

Und die Menschen dieser ersten Jahre, wollte ich wissen, erinnerst du dich denn an keine Menschen?

Doch, an den Onkel, den Bruder des Vaters, mit seinem wuscheligen Schafspelz, er hatte einen Hund, einen hinterhältigen Hund, von dem alle sagten, er sei ein lieber, zahmer Hund, und dann biß er sie doch. Später, als wir zusammen reisten, begann sie zu zittern und sich zur Seite zu drücken, wenn uns ein Hund entgegenkam. Sie erinnerte sich, daß sie sich vor der lauten, tiefen Stimme ihres Vaters fürchtete, aber auf seinen breiten Schultern getraute sie sich überallhin zu reiten, auf seinen Schultern konnte ihr nichts etwas anhaben, da hatte sie weniger Angst. Und an die Reithosen ihrer Mutter erinnerte sie sich, an ihren Geruch nach Pferdestall und an ihre Stimme, die sich im Lauf der Jahre nicht verändert hatte und die sie manchmal, lange nach dem Tod der Mutter, in fernen Ländern im Stimmengewirr fremder Frauen zu hören glaubte.

Nur den Großvater sah sie noch lebhaft vor sich, groß und weißhaarig und langsam, auf einen Stock gestützt dahinschlurfend, so erschloß er ihr die geheimnisvollen Räume, den Weinkeller und den Dachboden, unheimliche Gemäuer, vor denen sie sich fürchtete und von denen sie nie genug bekam, wie sie überhaupt alles suchte, was ihr Angst machte. Die dunkelsten Winkel voll Spinnweben und Gerümpel, in die nie das Tageslicht drang, bevölkerte er ihr zu allem Überfluß noch mit Hexen, Zauberern, wilden Füchsen und Geistern. Einen Garten gab es, der nur mit dem Großvater zu tun hatte, einen verwilderten Hausgarten, den man von Großvaters Schlafkammer aus betreten konnte. Da schmiegten sich üppige Schlinggewächse an den nackten Fuß, hohe hellgrüne Mohnkapseln lehnten schwer an morschen Zaunlatten und fühlten sich glatt und fleischig an, Zuckererbsen gab es, aber vor allem wucherte hohes Unkraut durcheinander. An der Hausmauer rankten sich Spalierbäume mit grünen Pflaumen, die im Lauf des Sommers immer blauer wurden, bis der Saft wie Harz heraustropfte und die Wespen schwärmten. Diesen Garten hatte sie sich in allen Einzelheiten aus den fünf Jahren ihrer Kindheit gerettet, ein verlorenes Paradies, dessen Gerüche und Farben über die Jahre nicht verblaßt waren.

An welche Gefühle erinnerst du dich, Jana? An Geborgenheit und Abenteuer in Großvaters Garten und in den für viele Ewigkeiten gebauten Räumen, an Angst vor Tieren, überhaupt Angst vor vielem, nahezu allem, je älter sie wurde, und Mißtrauen, weil sich die Erwachsenen mit den bedrohlichen Dingen verbündeten, mehr wußten, als sie zugaben, und sie mit ihrer Angst allein ließen.

Ich hätte aber doch eine Geschichte aus diesen spärlichen Erinnerungen machen wollen, eine Geschichte von Janas früher Kindheit und damit verwoben eine Familiengeschichte, die Chronik des Gutshauses, das es nicht mehr gibt, denn die Menschen wollen handfeste Geschichten erzählt bekommen. Aber von Jana bekam ich nur eine Handvoll bizarrer Details, ein paar Bilder, mit kindlichen Augen gesehen, und mir fehlt der Mut zur Erfindung. Wie lebten sie dort, gab es Liebe, gab es Streit? Ich weiß es nicht, und auch Jana erinnerte sich nicht. Wie kann ich bei soviel Lückenhaftigkeit, bei soviel Ungenauigkeit eine Geschichte erzählen, Janas Geschichte von ihrer Geburt an, damit man ihre Fremdheit besser verstünde, damit ich einen Weg fände durch die Fremdheit hindurch.

*

Am Anfang, ganz am Anfang, war das Paradies. Ohne Zeit, ohne Sätze, die bezeichneten und erklärten, überhaupt ohne Worte. Nur Klänge, Töne, nur Gerüche und ungebändigte Farben, die aus den Dingen traten, in die man hineinsteigen konnte wie in bunte Pfützen. Schwarze Wolkenzungen, die über die Sonne leckten, den Himmel wegleckten, bis alles finster war. Silberne Blätterhände, die winkten, sich drehten und tanzten, und bebende, trommelnde Erde unter den Hufen des Gewitters. Feuchte Wiesen am Morgen, Glas, kühl und durchsichtig, das leise tönte, weiße Frühnebel und eine lange, schaukelnde Reise hinter Pferdeschwänzen, die vor dem Kutschbock tanzten. Alles war ohne Warum und ohne Ende, ewig und vollkommen, goldene Nachmittage, rund und träge glitten sie in den glasgrünen Abend hinein. Und immer war eine warme große Hand in der Nähe, ein Körper, sicher und weich wie eine Decke, dunkel wie die Nacht. Das Ticken einer Uhr, das Schlagen eines Herzens, Atmen ganz nahe und ohne Eile. Eine Stimme, ein Gesang bis an die Ränder der Träume, Frösche und Grillen in der Nacht, wenn die Stimme verstummte.

Alles konnte man wollen, alles zugleich. Und im Spiegel war alles noch einmal, die rote Blume, der blaue Krug, kühl unter der Hand und dumpf wie eine Trommel, und das Kind mit dem Krug in der Hand. Das bist du. Erstickende Hitze im Garten, Blumen mit gierigen Mäulern beugen sich heran, summen und schwirren. Angst, verschlungen zu werden. Und die größte Sonne der Welt drückt dir Regenbogen auf die Augen, die tanzen als Schmetterlinge über die weiße Mauer, sitzen auf der roten Unterlippe der Blume und schaukeln und singen im Schwirrton wie ein Vogel.

Das Kind in der blanken Scheibe lacht. Das bist du, das ist Mama, ist du, ist ich, ist sie und wir. Einmal Jana, zweimal Jana. Noch ein Spiegel, dreimal Jana. Alles ist rund und richtig und vollkommen. Warum es enden wollen? Wozu wachsen, wozu reden und handeln, wozu die Vollkommenheit stören? Manchmal freilich zerspringt die Welt, birst, splittert, brüllt und verschlingt alles in einem schwarzen Loch, tobt und hat die Atemluft weggeblasen. Danach Wiegen und Stille. Manchmal wird die Luft kühl und blau, und man stößt an sie an und kann nicht weiter. Kein Mensch weit und breit, und man friert.

Später kommt nachts das große Tier. Jede Nacht kommt es. Das Tier ist aus dem Käfig ausgebrochen und schleicht herum, wenn es Nacht wird. Es hat dich schon gesehen, spring, es setzt dir nach! Du läufst zur Hütte, wo der Gärtner sein Werkzeug aufbewahrt, die Tür ist offen, aber sie hat keinen Schlüssel. Du stemmst dich dagegen von innen, das Tier drückt von außen nach, ein schwarzes schweres Gewicht, ein schrecklicher stummer Kampf, die Tür gibt nach. Du mußt springen, laß los und spring! Die grünen Augen im Sprung, du siehst sie den ganzen Tag, wie sie dich verfolgen. Nie wieder einschlafen müssen. Das Tier ist ins Paradies eingebrochen und hält die Dunkelheit besetzt, wagt sich schon vor an die Ränder des Tags, ich kann es riechen, es riecht nach Angst. Jetzt ist nichts mehr sicher, sein Geruch breitet sich aus auf andere Tiere, auf ganze Räume, Stiegenhäuser, Feldwege gar. Bald ist es überall, hält sich versteckt hinter Bäumen, in Wassergräben, draußen ist es und drinnen. Ich habe Angst. Wovor, fragen die Erwachsenen. Ich weiß nicht, vor den Dingen, vor allem; überall lauert es, sticht auf mich ein mit bösen Stimmen, dröhnt und kreischt, stößt mit Farben nach mir. Es hat mich aus dem Paradies vertrieben.

Etwas anderes begann mich zu quälen. Daß alles zu Ende ging, der Tag, der Sommer, die Blumen, die bunten Blätter im Herbst. Es kommt ja wieder, sagten die andern. Und der Feldhase, der unter die Sensen gekommen war, er lag im Körbchen und fraß nicht, dann wurde er steif. Jetzt ist er tot, sagten sie. Wacht er wieder auf, kommt er wieder? Nein, er ist tot. Das gab mir lange zu denken. Nicht alles kommt wieder. Und wenn es einmal dunkel wird und der Morgen kommt nicht wieder? Dann ist man tot. Können auch Menschen tot sein? Der Aufruhr, das Gerenne, das Schreien und Weinen und die erstickte Stille im schwarzen Zimmer mit den dicken Kerzen und dem fremden Geruch. Der Großvater ist tot. Man kann ihn nicht mehr aufwecken, er sieht fremd aus, man darf ihn nicht mehr berühren, vielleicht ist er auch steif. Damals war der Tod noch etwas Unbegreifliches.

Aber er brachte unbemerkt das Ende der Kindheit. Ich ging durch die lange, schnurgerade Allee zum Haus, die Baumschatten fielen dunkel und lang in die Felder, hüllten mich ein, ich kam vom Friedhof, dahin hatte man mich mit frischen Blumen geschickt, nichts mehr war voll und golden und unendlich. Ich war allein auf der Welt und war doch erst fünf. Vor mir ein schwarzer Schatten, vage wie ein Nebelstreifen. Kaum sichtbar löste er sich auf, verdichtete sich, wurde körperhaft, dunkler plötzlich, vornübergebeugt. Der Unbekannte im dunklen Mantel mit der Kapuze, der mich seither verfolgt und, wenn er mich überholt, sich nie nach mir umdreht. Nie werde ich wissen, ob ich ihn wiedererkenne. Vielleicht hat er viele Gesichter, und ich habe nur drei gesehen – die kalkige Starre unter dem Haar meines Großvaters, die Wangen der Mutter, schmal und fremd, und die wächserne Schönheit meines Kindes. Oft hat er mich in sein Haus geführt, in die einsame Schwärze, die mich mit ihrem Schweigen zu erdrosseln versuchte. Aber er wollte mich lebend haben, um an mein Fenster zu klopfen früh vor dem Morgengrauen, um hinter mir herzugehen wie ein scheuer Verehrer, um mir am Abend Botschaften zu schicken, die Schuld und das Entsetzen immer neu zu entfachen, bis für Stunden das Bewußtsein versickert an den brandigen Rändern der Nacht.

Meine erste Begegnung mit ihm, als er wie ein Nebelstreif vor mir über die Felder glitt, fand am Vorabend unserer Flucht statt. Man hatte mir nichts davon gesagt, und ich begann erst vage zu begreifen, als das Haus an der Biegung verschwand, wo die Allee in die Landstraße mündete. Und halb im Schlaf schon, im schwankenden Plachenwagen, die Frage wieder, warum kommt der Großvater nicht mit, der ist doch tot, der braucht das nicht mehr zu erleben. Hufgetrappel, das rhythmische Schaukeln hoher Räder in tiefen Wagenspuren in die Nacht hinein. Und von da an immer weiter auf der Suche nach dem Paradies der Kindheit, das mit dem ersten Tod in meinem Leben endete.

*

Und wenn ich es statt der handfesten Geschichte, zu der mir die Einzelheiten fehlen, mit einem Märchen versuchte? Es könnte anfangen wie alle Märchen, es war einmal ein König, der holte sich eine schöne, traurige Frau auf sein Schloß. Aber die Frau wurde immer trauriger, und als sie nach einem Jahr ein Kind gebar, weinte sie und seufzte und sagte, ich bin so müde, ich will sterben.

Das hörten die Geister, die in den hohen Pappeln um das Schloß wohnten, denn das Seufzen und Weinen störte ihren Gesang. Wenn wir das Kind holen, sagten sie zueinander, hört sie vielleicht auf zu weinen und geht weg von hier, und es wird wieder still in den Nächten. Sie setzten sich an die Wiege und bliesen dem Kind ihren heißen Steppenatem ins Gesicht.

Aber da weinte die Frau noch lauter und vertrieb die Geister, die ein feines Gehör haben und nur leisen menschlichen Gesang ohne Worte ertragen.

Während sie aber an der Wiege saßen, überkam die Geister wegen der betörenden Schönheit des Kindes ein großes Verlangen, es zu sich zu nehmen und es die Kunst ihres traurigen Gesangs zu lehren, es in den Bäumen zu wiegen und sich mit ihm vom Wind über die Felder tragen zu lassen.

Fortan lebte die Seele des kleinen Mädchens in den Bäumen, die das Schloß umgaben, es sang mit den Geistern und war glücklich, aber der Körper und alles, was die Geister zurückgelassen hatten, weil es in den Baumwipfeln keinen Platz fand, blieb unter den Menschen. So bemerkten die Eltern lange nichts von dem Diebstahl, und das Mädchen wuchs heran und wurde von Jahr zu Jahr schöner, aber es blieb fremd unter den Menschen und verstand sie nicht, denn es lauschte dem Geflüster der Geister in den Bäumen, es lachte, wenn es in den Bäumen Unfug trieb, und suchte die Gefährten in heimlichen Winkeln und Schlupflöchern, wenn sie verstummten. Ihr Ohr, an den wunderbaren Gesang der Geister gewöhnt, verabscheute die derben Laute der menschlichen Sprache, ihre Lippen weigerten sich, sie zu erlernen, ihre Augen, an das Unsichtbare gewohnt, mochten die Unverrückbarkeit menschlicher Formen und Gegenstände nicht wahrhaben. So lebte das Mädchen fünf Jahre zwischen Geisterwelt und Menschenwelt, schlüpfte von einer in die andere, flog bei Nacht über die Mohnfelder und träumte bei Tag unter den Bäumen, während die Geister sie in den Schlaf sangen, und brauchte sich nicht zu entscheiden.

Aber eines Tages wurde der König mit seiner Familie vertrieben, er mußte in die Berge fliehen, so weit fort vom Schloß und seinen Pappeln, daß die Geister nicht folgen konnten, denn sie brauchten die Ebene und den weiten Himmel, um singen und fliegen zu können. Da begann eine traurige Zeit für das Mädchen, denn es mußte seine Seele bei den Geistern in den Bäumen zurücklassen und auch sein Gehör und seinen Blick. Es irrte unter den Menschen umher und verstand sie nicht, es suchte Baumgeister, Wassergeister, Erdgeister hervorzulocken, die ihm helfen konnten, die Welt zu verstehen, und fand sie nicht, denn auch die Geister in dem neuen Land sprachen eine fremde Sprache.

Da fand das Mädchen eine Gefährtin, die zwar von der Geisterwelt nichts wußte und die Geistersprache nicht verstand, die ihm aber ihre Sinne lieh, damit es sich in der Welt der Menschen besser zurechtfinden konnte. So lernte das Mädchen zu unterscheiden, wann Gefahr drohte und wann man ihm freundlich gesinnt war, es lernte sprechen wie die andern und sich über menschliche Dinge zu freuen. Aber weil es immer noch seine unsichtbaren Freunde suchte, war es unaufmerksam und machte nur langsam Fortschritte.

Eines Tages saß das Mädchen, das inzwischen herangewachsen war, am Wasser und sang die Lieder, die es in den Pappeln der Steppe gelernt hatte, denn es konnte diese Zeit nicht vergessen, als ein junger Mann emportauchte, der ihr unendlich schön erschien und der sie fragte, was sie sich wünsche, er sei ein Feenprinz und könne alle Wünsche erfüllen. Da war sie zum erstenmal sehr glücklich, sie lachte und nahm den Schleier von ihren Augen, den ihr die Geister zum Schutz gegen die Menschen gegeben hatten, und glaubte ihn strahlen zu sehen in einem überirdischen Licht. Zu den Geistern, rief sie, zu den Pappeln, weit über die Felder, weit weg. Und er nahm sie mit sich fort. Sie hörte nicht auf die Gefährtin, die sie zurückhalten wollte, sie warf ihr die geliehenen Sinne, die geliehene Sprache vor die Füße und rief, jetzt brauche ich dich nicht mehr, ich habe meinen Prinzen gefunden!

Aber er war kein Feenprinz, er war ein ganz gewöhnlicher Mann, vielleicht gar nicht schlechter als alle anderen, und das Märchen endet nicht glücklich, auch wenn eine Hochzeit darin vorkommt. Und weil sie beide nicht gestorben sind, wartet sie heute noch auf den Gesang der Geister im Wind.

*

So hatte ich es mir vorgestellt, so mußte es sein, ich ließ dem Schicksal, dem Lauf der Dinge gar keine andere Wahl. Das Zerfließen der Welt bei der Berührung einer Hand, das Betreten eines Magnetfelds, in dem nichts mehr zählte als der unerklärbare Sog, der die Blicke an sich zieht, die Gedanken, die Hände. Das unbeirrbare Wissen, angekommen zu sein in der Geborgenheit, im Vertrauen, das niemals enttäuscht wird. Und kein Ende abzusehen, alles vollkommen und zeitlos. Jedes Mal ein Anfang, jeder Anfang eine seltene, kostbare Blüte, ein Stück aus der nie erschöpfbaren Fülle. Und immer wieder ein Innehalten und Staunen, weil die Bäume so unglaublich grün sind, als hätte man sie nie zuvor so überschäumend hell und grün gesehen, und ein goldener Nebel hängt in der Luft, der einem den Atem verschlägt. In weiter Ferne eine Stadt, in der werden wir wohnen, zartgraublau hinter weißgefleckten Platanen. In welchen verzauberten Garten bin ich geraten, in dem das ganze Jahr Kirschblüten leuchten und die Zeit stillsteht wie in der ersten Kindheit, in einem ewigen, vergoldeten Nachmittag?

Mein Wunsch war stärker als die Wirklichkeit, deshalb habe ich alles genau so erlebt, wie der Traum es versprochen hatte. Der erste Blick zählte fürs ganze Leben, ein Irrtum war ausgeschlossen. Wie oft ich, immer wieder von neuem, zurückgegangen bin unter den dunklen Torbogen des Tempelhofs, um ihm zum erstenmal zu begegnen. Der Torbogen blieb als trauriges Requisit eines unauslöschlichen Anfangs, aber dein Gesicht, Achim, wie oft hat es sich schon verändert, so oft, daß ich mich an das erste gar nicht mehr erinnern kann.

Es ist so leicht, am Ende zu spotten. Wie war das damals, als der große Wahn mich erfaßte? Ich sah deine Zähne im Dunkeln, du hattest dich nach mir umgedreht und mich angelächelt. Nur deine Zähne, und das genügte? Nein, so war es nicht, ich war müde, ich setzte mich auf die Steinbank im Torbogen und hörte als erstes deinen Schritt. Ließ mich schon dein Schritt aufhorchen, weil mich eine Ahnung überkam? Du bliebst vor mir stehen und sagtest, da bin ich. Ich war des Wartens so müde. Es stimmt, du bliebst vor mir stehen, aber du fragtest mürrisch: Wann öffnet die Koranschule? Traf es mich da, sprang ich auf und küßte dich auf den Mund und sagte, ich habe auf dich gewartet? Zwei Tage später erzählte ich dir ein Märchen, in dem eine Königin ihren verschollenen König sucht. Aber in jener Mittagsstunde betrachtete ich dich ohne Interesse, mein Herz begann nicht, zu hüpfen, zu pochen, zu rasen, ich sagte, ich wisse es nicht, und wollte fortfahren, in der Kühle des Torbogens vor mich hin zu dösen. Und weil du auch müde warst von der Hitze, gelangweilt, neugierig vielleicht, setztest du dich neben mich. Ich weiß nicht mehr, wann es begann, ich weiß nicht mehr, ob du es warst oder ein anderer, jeder beliebige andere, der sich für eine Minute neben mich auf eine Steinbank setzte. Es war die Mittagshitze, die uns zusammenbrachte, es war die Langeweile, die Neugier, die Ungeduld.

Wie oft ich zurückgegangen bin, als mir sonst nichts mehr blieb, um mich an der Sicherheit des ersten Augenblicks, die es niemals gegeben hatte, emporzurichten. Sie wurde mit jedem Mal berauschender, frischer. Wie leicht wir einander hätten verlorengehen können für immer! Wie leicht du ein anderer hättest sein können! Später konnten wir uns nicht genug wundern über den Zufall. Wie kamen wir beide zur gleichen Zeit in die Königsstadt in der Wüste? An diesem Tag, zu dieser Stunde, an diesen Ort? Um einander zu treffen? Was wäre sonst aus uns geworden? Wie leicht wir aneinander hätten vorbeigehen können! Von jetzt an, gewitzt durch den Zufall, wollten wir einander nicht mehr aus den Augen lassen.

Sicher, ich will es nicht leugnen, im Lauf der nächsten Tage fiel irgendwann jener erste Blick, einer von uns muß ihn, achtlos zunächst, dann mit Absicht, geworfen haben. Irgendwann begannen wir, in blumiger Sprache wie zwei Poeten von der Zukunft zu sprechen. Wir würden zusammen die schönsten Blumen der Liebe züchten und sie täglich bewässern mit unserem Blick. Zusammen wollten wir täglich von neuem über die langen Hänge des ersten Abends gehen im goldenen Licht, demselben Licht, das damals die Kuppeln der Tempel beschien, gelb und unirdisch leuchtend. Und schon war es unser Licht, ein besonderes Leuchten, als käme es aus dem Mittelpunkt der Dinge selber. Wie weh mir dieses Licht jetzt tut! Es blieb übrig nach deinem Verschwinden, jeder goldene Abend zerrt diesen Anfang ans Licht, diesen in der bestechlichen Erinnerung unvergeßlichen Anfang. Wie wir einander zugewandt um das steinerne Wasserbecken im Innenhof gingen, in dem sich die Säulen und Minarette spiegelten, so, stellte ich mir vor, würden wir immer gehen. Gleichzeitig wurde ich den Verdacht nicht los, daß ich bloß einen Traum ans Tageslicht zerrte. Aber waren wir nicht zu zweit in dem Traum gefangen? In einer Steinhalde vor der Stadt, im versengten Ginster, versprachst du mir, daß dort, wo du mit mir leben wolltest, das Land uns weicher umfangen würde, und jeder Tag sollte auf dem Gipfel des anderen stehen. Geträumt haben wir beide und vielleicht ein wenig einander belogen, denn schwor ich nicht damals, mit Freuden alles zu geben, um für immer an deiner Seite zu sein?

Später sagtest du dann vor Zeugen, wir waren damals zu jung, wir hatten noch keine Ahnung vom Leben, auch nicht von der Liebe. Über Anfänge habe ich später nichts mehr dazugelernt, nur mehr über die bitteren Variationen des letzten Mals. Nie habe ich dich dazu gebracht zuzugeben, daß zumindest am Anfang kein Zweifel war. Was sonst hat es zu bedeuten, frage ich dich, wenn plötzlich die Schwerkraft aussetzt? Unerfahrenheit, würdest du sagen. Ich mußte mich festhalten an deiner Hand, damit ich nicht allein davonschwebte über die Minarette. Hätte ich darüber nicht staunen sollen? An jenem Tag kam plötzlich die Kindheit zurück und mit der Kindheit das Paradies. Alles war vollkommen und richtig und ohne denkbares Ende. Mit meinem verlorengegangenen Zeitgefühl machte ich leichthin Ewigkeitsschwüre. Ich streichelte die weißen Narben an deinem Handgelenk und schwor, das sollte dir nie wieder geschehen, solange ich lebte. Später lag ich nächtelang, wach gehalten vom Haß, und malte mir deinen Tod aus, sah dich eingeklemmt im Wrack deines Autos, ausgeraubt in der nächtlichen Innenstadt, deinen schweren leblosen Körper, das Blut und mein Aufatmen bei der Nachricht von deinem Tod. Doch damals wollte ich dir alles sein, Geliebte, Mutter, Schwester und Kampfgenossin, mein Leben schien mir nicht zu kostbar als Geschenk, mit meiner Freiheit als Draufgabe, wozu brauchte ich Freiheit, wenn ich entschlossen war, dir zu folgen bis ans Ende der Welt.

Dann gingen wir zusammen auf Reisen. Wir sahen einander an, endlos, dunkle Kometen, die aufeinander zufielen, damals sagtest du noch, du bist schön, und mein schwarzes Haar fiel glänzend zwischen die aufgeschichteten Teppiche in unserem Versteck, das teuerste Lager der Welt, zehn Teppiche aus Isfahan, aufeinandergeschichtet, auf dem obersten flogen wir davon. Auf dem Teppich hoben wir uns bis an die Sterne, die wie Irrlichter flimmerten, die Minarette und Kuppeln der Wüstenstadt verschwanden im Nachtdunst, wir reisten die ganze Nacht, wir wandelten in üppigen Gärten unter Fontänen, und schließlich flogen wir meiner Erinnerung nach, der Himmel war weit und die Pferde stampften, die Felder grün wie zur Erntezeit, und das Mohnfeld hinter dem Haus ein brennendes Lager, in das wir eintauchten, um in den Flammen zu Funken zu zersprühen und wieder zurückzusinken in den warmen dunklen Schatten der Kindheit und erneut hinauf in den unerreichbaren Himmel, durchsichtig schon fast, geläutert vom Feuer, das im bewußtlosen Schlaf endlich zusammensank.

Später nanntest du unseren Anfang ein kindliches, unerfahrenes Spiel und schobst ihn gelangweilt weg zu anderen nebensächlichen Erinnerungen. Längst war schon alles gesagt. Ich wollte weg von dir viele Tagreisen und noch mehr Nächte, aber ich lief noch immer im Kreis um dich herum wie um einen Turm ohne Treppe. Ich blieb, bis unser gemeinsames Zerstörungswerk vollendet war.

*

Bei ihm müßte man anfangen, ihm müßte man ihre Geschichte zuerst erzählen. Aber er ist verschwunden, wie einer nur im Märchen verschwindet, spurlos. Wenn ich ihn jetzt, wo er mir gleichgültig ist wie jeder andere, wiederträfe und sagte, hör mich zu Ende an, einer muß es dir ja sagen, warum alles so gekommen ist, denn ich bin sicher, auch du mußt gelitten haben, würde er mir zuhören, hatte er denn jemals zuhören gelernt?

Zerstreut würde er mit meinem Haar spielen und sagen, aber ja, Sonja, wie lieb von dir, wie rührend du dich für sie einsetzt, wie gut dir dieser Eifer steht. Und er würde weiterreden, von etwas anderem und mich nicht zu Wort kommen lassen.

Du hast mit einer Frau gelebt, würde ich zu ihm sagen, kalt und unerbittlich und ohne Verführung in der Stimme, zehn Jahre lang hast du mit ihr zusammengelebt und mußt sie wohl auch geliebt haben, das ist doch anzunehmen, und hast dir nie die Mühe gemacht, sie kennenzulernen. Da war nicht viel zu erfahren, hätte er früher geantwortet. Erklären hätte man sie dir müssen, als du auftauchtest und sie ganz selbstverständlich und gedankenlos aus allem herausgerissen hast, von dem du nichts wußtest und das dir unbedeutend erschien. Du warst das Gegengewicht zu allem, was sie sich in den Jahren vorher erarbeitet hatte, das bißchen Selbstvertrauen, die späte Erkenntnis, daß sie Macht ausüben konnte über Menschen und Dinge, das langsame Ahnen von Zusammenhängen. Das alles bedeutete dir nichts, also machtest du es zunichte. Gerade hatte sie gelernt, ich zu sagen, als sie in deiner Gegenwart wieder unterwürfig wir sagte, später nur mehr sie, der Mann und das Kind.

Aber nie würde es mir gelingen, ihn von seiner Schuld zu überzeugen, seine Aufmerksamkeit für etwas zu gewinnen, in dessen Mittelpunkt nicht er selber stünde. Ich fahre also fort, Unbeteiligten Janas Geschichte zu erzählen, also auch von Achim zu erzählen, und von mir, wie ich sie betrog, ohne mich schuldig zu fühlen.

Nein, keine Dreiecksgeschichte, wir saßen nur an ihrem Küchentisch und lasen zusammen Gedichte, und die Begeisterung aneinander stürzte uns aus den Augen und über die Lippen, nicht zurückzuhalten war sie, aber wir berührten einander nie. Nie, solange wir in derselben Stadt lebten und einander fast täglich sahen. Als sie nach fünf Jahren die Stadt verließen und ich wieder allein war, vom Flughafen allein wegfuhr mit viel Leere und auch Erleichterung in mir, war die nicht mehr zu verbergende Einsamkeit eine Befreiung.

Er hatte sie gezwungen, ein Abschiedsfest zu arrangieren, er liebte Feste, er liebte es, im Mittelpunkt zu stehen, sich reden zu hören, sich im Spiegel lächeln zu sehen, er, der Künstler, selbst ein Kunstwerk in den Augen der anderen, in den Augen anderer Frauen, ein Bohemien, unwiderstehlich und doch abseits, unerreichbar in seiner Pose als Märtyrer seiner Kunst. Weißt du, ich gehe immer am Rand, sagte er. Wir saßen so wie oft am Küchentisch, weit weg von den Gästen im Wohnzimmer. Verstehst du mich?

Wie konnte ich ihn nicht verstehen? Ihn zu verstehen war eine Sache der Sensibilität, des Kunstverstands, es war eine Auszeichnung, ihn zu verstehen.

Sie versteht mich nicht, aber sag es niemandem, flüsterte er, Ehrenwort, gib mir die Hand, es ist nur mehr die Frage, leben oder Schluß machen, gehen oder bleiben, es geht um mein Überleben, verstehst du? Natürlich verstand ich, war es jemals um etwas anderes gegangen, konnte es um anderes gehen als ihn? Du und ich, wir haben es durchgemacht, Werte, Ideologien, angenommen, durchdacht und weggelegt. Alles lächerlich, alles Unsinn!

Wie konnte ich ihm widersprechen, wenn er wir sagte, mir die Auszeichnung dieses Wir zuteil werden ließ?

In den letzten Wochen habe ich in Gedanken immer wieder das Ende vollzogen, aber sie versteht mich nicht, was sagst du, soll ich allein weggehen?

Ich spürte ein schwindelerregendes Glücksflattern im Körper, er wollte sie verlassen! Ich bin die letzte, die dir einen Rat geben kann. Ich liebe dich ja, dachte ich, immer schon, aber ich möchte auch meine Freundschaft zu Jana nicht verraten, die dich vielleicht nicht versteht, wie du verstanden werden willst, aber die dich liebt bis zur Selbstaufgabe. Jeden Augenblick konnte sie hereinkommen, von einem zum anderen schauen, ahnen, ohne zu begreifen, leiden, ohne darüber zu sprechen. Ich verachte sie, sagte er, ganz nahe war er jetzt, und ich wehrte mich nicht dagegen, daß mir seine Nähe wohl tat und auch das, was er über Jana sagte. Sie hat mir nichts entgegenzusetzen. Du und ich, wir können reden, aber sie begräbt mich unter ihren Depressionen, mit ihrer Leidensmiene, ihren Tränen, und kann nicht sagen, was ihr fehlt. Dumm ist sie, schlicht und einfach dumm und verständnislos. Ich widersprach ihm nicht.

Schau, sagt er, das ist sie, und jetzt verbrenn ich sie. Und er nimmt eine kleine Papierfigur, die er gefaltet hat, und hält sie in die Kerzenflamme, bis sie aufbrennt und die spitzen Flammenzungen hochzucken, soll ich es tun, Sonja? Da kommt sie herein, Jana, die Sprachlose, die so viel ahnt und so wenig ausspricht und die sich in diese Liebe, die es nicht mehr gibt, zäh festgebissen hat, obwohl sie spüren muß, daß er sie verachtet. Sie sieht uns an, verwirrt, mißtrauisch, und er beginnt, wieder zu trinken, haßt sie vielleicht jetzt.

Was habt ihr da gemacht, fragt sie unsicher, na wehe, wenn ich so eine Wirtschaft anrichtete.

Wir schweigen betreten, ungeduldig über die Störung, wir haben ein brennendes Gespräch geführt, sagt er herausfordernd, jedes Wort eine Beleidigung, mit der er sie hinausweist aus unserem Bereich der bedeutungsvollen Gespräche, den wir schon so oft ahnungslos und grausam gegen sie abgesteckt haben, wohl auch keineswegs ahnungslos, wir wußten ja, daß sie nicht mithalten konnte, daß sie unerwünscht war, wenn wir einander liebkosten mit gewandtem Wortspiel, unschuldig und einander ganz nah wie Verliebte. Wer etwas nicht beschreiben kann, der kann es auch nicht fühlen, hatte er einmal gesagt, um sie unter Tränen wegzuschicken, zurück in ihre sprachlose Einsamkeit.

Ich stürze, um dem Schweigen und ihrem mißtrauischen Blick zu entkommen, verlegen zu den belegten Brötchen, lobe den Aufstrich, den sie im Delikatessengeschäft gekauft hat.

Kochen kann ich leider auch nicht besonders gut, sagt sie entschuldigend.

Wer sagt denn das?

Er natürlich.

Ach so, ist alles, was ich darauf antworte, denn heute kann ich ihr nicht den kleinsten Rest Aufmunterung anbieten, heute bin ich betrunken von Verliebtheit und voll Wehmut über den bevorstehenden Verlust, heute tut mir ihr hilfloses Unglück wohl. Sie kann ihn ja haben, später, wenn die Gäste weggehen, jetzt soll sie dafür büßen.

Als ich zum Küchentisch zurückkomme, ist Achim vollends betrunken, er riecht an meinem Haar, faßt mich an den Armen, massiert meine Schultern, küßt mein Haar, lehnt seinen Kopf an mich, trinkt hektisch, redet zusammenhanglos und wild auf mich ein, mach dich frei, zischt er mir ins Ohr, schreibt mir Bewegungen vor, sinnlose Bewegungen, du riechst nach Schweiß, Sonja, flüstert er, das ist gut, setzt sich ganz nah zu mir, beugt sich vor, schlägt mich plötzlich, grundlos, quält mich, bis ich zurückschlage, ihm blindlings ins Gesicht greife. Meine Haare hängen mir in die Stirn, über die Augen.

Er redet immer irrer, erzählt von einer Frau, mit der er geschlafen habe, er würde es noch einmal tun, daß er wieder zu schreiben begonnen habe, sagt er, während Jana besorgt vorbeistreicht, schleudert ihr seinen Haß nach, als sie das Zimmer verläßt.

Im Nebenzimmer, wo die Gäste, lauter Freunde von ihm, sie hat keine, obwohl es ihre Stadt ist, wo seine gelangweilten Freunde herumstehen und ihre Brötchen kauen, wird es still, sie muß sich ans Klavier gesetzt haben, rücksichtslos, als sei sie allein im Raum, mit dem Rücken zu ihnen, zu allem, was sie quält, deutlich hören wir, wie sie zu spielen beginnt, zaghaft wie ihr fragender, verwirrter Blick, dann gewinnt sie Sicherheit, hat wohl schon vergessen, daß hinter ihr gelangweilte Fremde stehen, die sich nichts aus Musik machen, schlägt auf die Tasten ein, wird sanft und traurig in ihrem Kummer.

Musik, sagt er, mit einer wegwischenden Handbewegung zur Tür hin, Musik interessiert mich nicht.

Er ist Augenmensch, Mundmensch, Genußmensch, Musik ist ihm zu gegenstandslos, er redet lieber und schaut und formt mit den Händen.

Während Jana am Klavier ihre Trauer in Tönen ausrinnen läßt, stürzt er sich mit offenem Mund auf mich, beißt mich in die Wange, nähert sich mit seinem stinkenden Atem, bis ich zu ersticken fürchte, stammelt, Kunst, das sind Schenkel, Arme, Brüste, der Schrei der Liebe, der Schrei der Verzweiflung, nicht Musik.

Und das Schweigen, Achim, wage ich einzuwenden, bedeutungsvoll, obwohl ich nicht genau weiß, was ich damit meine, denke mit schlechtem Gewissen an Jana, die im Nebenzimmer meinen Verrat zu übertönen sucht.

Geh weg von dieser Stadt, sagt er dann, vielleicht sollten wir beide zusammen weggehen. Jana ist mir unerträglich geworden, wie sie sich fallen läßt in ihre Trostlosigkeit, wie sie wartet, ich weiß nicht, worauf, wie sie Leere verströmt, wo mich nur die Fülle reizt, eine Frau, die in sich ruht und aus der Fülle heraus gibt und gibt, ich habe sie satt, verstehst du? Vielleicht jage ich ihr noch eine Kugel in den Kopf, vielleicht erwürge ich sie, er starrt mich an, Wahnsinn in den Augen, und ich traue es ihm zu, traue ihm alles zu und denke nicht daran, mich um sie zu ängstigen.

Ich habe nichts getrunken, aber ich fühle mich wie im Delirium, die Luft ist plötzlich so dünn und das Lampenlicht so weiß, die Konturen so scharf, als sei der Föhn in die nächtliche Wohnung eingebrochen. Und in dieser unbestechlichen Klarheit schaue ich in Achims im Rausch auseinanderfliehende Augen mit den schweren Tränensäcken des Gewohnheitstrinkers. Ja du, sage ich, um etwas zu sagen, um nicht schreien zu müssen, weil ich die Spannung nicht mehr ertrage.

Gehen wir, sagt er, gehen wir auf den Balkon. Durch das Wohnzimmer, am Klavier vorbei, an Jana vorbei, die aufhören wird zu spielen und uns nachschauen wird bis zur Tür? Ich reagiere nicht. Du verstehst mich auch nicht, sagt er weinerlich.

Wenn ich dich nicht verstehe, dann verstehst du dich selber nicht, antworte ich und bin wieder nicht sicher, was ich damit meine.

Dann fahren wir, sagt er und bohrt mir seine Zehen in den Schenkel, Sonja, fleht er, gehen wir, nehmen wir ein Taxi, ich will mit dir gehen, heute, in deine Wohnung. Ein abgrundtiefer Blick hätte folgen sollen, aber seine Augen sind schon zu glasig, folgen der Richtung seines Blicks nicht mehr. Ich möchte dich umarmen, lallt er, und ich schüttle den Kopf, denke, wie gern ich möchte, und beginne, Ekel vor seiner Nähe zu spüren.

Warum nicht?

Jana kann jeden Augenblick hereinkommen!

Du hast recht, gibt er zu, aber gleich will er mich wieder ins Vorzimmer zerren, wird demütigend, unerträglich in seiner Betrunkenheit. Ich rauche, esse, trinke nun auch und schäme mich, weil ich ihn nur mehr verabscheue, wo er doch leidet, wo ich ihn doch liebe und ihn verstehe, besser, als Jana ihn jemals verstanden hat.

Und ich beginne mich schon wieder von mir loszulösen, sehe mich sitzen, beklommen, zerrissen zwischen Verlangen und Scham, sehe uns auch auf meinem Bett, sehe ihn schlafen danach, schnarchen mit offenem Mund, entferne mich immer weiter, so daß die Szene schon fast lächerlich wird, und würde er sich nachher überhaupt noch erinnern?

Beide sahen wir gleichzeitig auf die Uhr. Es war vorbei, der Zauber, der Spuk war verflogen. Wir waren erschöpft, es war schrecklich gewesen, keine Harmonie, ein Kampf war es gewesen, ein gemeinsamer Kampf gegen die Verzweiflung, gegen die Lust, auch gegen die Möglichkeit der Liebe, ein gemeinsames Scheitern, ein Scheitern an der Gemeinsamkeit.

Du bist betrunken, sagte ich mit unnötig lauter Stimme. Die Gäste hatten sich zum Heimgehen angeschickt. Jetzt würdest du mit mir schlafen, und morgen hättest du alles vergessen.

Draußen im Vorzimmer versuchte er noch einmal, meinen Mund zu erhaschen. Ich drehte mich ärgerlich weg, nicht jetzt, jetzt war es zu spät. Ich war wie betäubt, ich wagte kein Wort, keine Geste. Wir hatten vier Stunden in der Hölle verbracht, wie sollte ich so schnell wieder herauftauchen. Wir warteten vor der Haustür auf das Taxi, schweigend, ich war dankbar, daß er schwieg. Und oben, aus dem erleuchteten Fenster im ersten Stock, winkte Jana wie eine Ertrinkende im Aquarium.

*

Eine Frau stand am Fenster. Sie umklammerte den Griff, ohne jemals das Fenster zu öffnen, und blickte auf die flachen Hügel und Häuserreihen der Vorstadt hinaus, die sich im feuchten, schweren Dunst der Dämmerung verloren. So wartete sie jeden Tag auf den Abend, als brächte der eine Lösung. Ihre Augen, stumpf und blicklos, sie hatte diesen Ausschnitt der Welt schon so oft betrachtet, daß sie ihn nicht mehr sah, flogen über die Wellen der Hügel davon, immer weiter zurück. Gab es noch magische Landschaften? Durfte sie noch ans Fliegen denken, wenn hinter ihr im Bett ein Kind lag und arglos schlief? Ein Flugzeug hinterließ eine rosenfarbene Spur in der Luft, ein Band, an dem sie sich mit den Augen festhielt, aber ihre Hände hielten den Fenstergriff umklammert. Es wurde Nacht im Zimmer. Die Tür öffnete sich hinter ihr, darauf hatte sie angespannt gewartet, den ganzen Nachmittag. Verschwinde doch, wenn du willst, sagte seine gereizte Stimme, immer war Ungeduld und Gereiztheit in seiner Stimme, wenn er mit ihr sprach. Ihre Schulterblätter begannen zu zittern wie nutzlose Vogelflügel, geh, sagte er, ich kann dich nicht mehr ertragen. Sie stand am Fenster, den Blick in die Hügel gekrallt, aus denen die Farben gewichen waren, mit zitternden Flügeln, den Kopf nach vorne gestreckt, als erwarte sie einen Schlag. Niemand hält dich hier, rief er ihr zu, Haß in der Stimme. Der Raum wurde plötzlich hell, das Fenster ein schwarzer Spiegel, das Kind begann, verschlafen zu jammern. Da drehte sie sich um und sagte, ich bleibe, und stand in kalter, hellsichtiger Verzweiflung vor dem Ende, das ihr aus seinem Gesicht seit Monaten täglich von neuem entgegenblickte. Seit Monaten wog sie die Möglichkeiten, diesem Ende zu entkommen, es umzuwandeln in Flucht, in einen neuen Anfang, wog ihr Leben gegen den Tod, der ihr wie ein Glück schien, das sie sich ebensowenig leisten durfte wie Flucht.

Das war erst der Anfang, dann brach die Eiszeit an. Aber sie hielt an ihrem Entschluß fest und verbat sich, anders als flüchtig und ohne Mitleid an sich zu denken. Von Zeit zu Zeit besuchte sie ihn in seinem fernen, eingeschneiten Land. Manchmal ging das Feuer, das sie mitgebracht hatte, schon im Luftzug seiner Tür aus, da wehte es eisig heraus, manchmal erfror sie auch in seinem Bett. Eine lange, mühsame Reise im Tiefschnee war es zu ihm. War es möglich, daß sie einmal Mann und Frau gewesen waren? Wenn sie jetzt zu ihm kam, bewegte sie sich vorsichtig wie auf feindlichem Gebiet. Da und dort ein Grenzstein, eine Tretmine, die jederzeit losgehen konnte; sie war auf der Hut und sprang jedesmal gewandt zurück aus der tödlichen Zone. Er sprach jetzt eine Sprache, die sie nicht mehr verstand, und nahm sich nicht die Mühe, sich auf ihre gemeinsame Sprache zu besinnen. Wäre sie lange genug geblieben, um ihn zu verstehen, hätte sie erfrieren müssen vor seiner Tür. Manchmal sah sie ein Feuer und Licht in seiner Behausung. Konnte es sein, daß er heimlich Gäste beherbergte? Sie glaubte noch immer, ihn auch aus der Ferne zu besitzen, und hegte keinen Argwohn. Wie sollte er denn leben ohne sie, sie hatte ihn doch das Fliegen gelehrt. Fliegen kann ich auch mit anderen, wies er sie ab. Aber du bist doch nur ein Schmetterling, sagte sie nachsichtig, schön und schillernd, anmutig gaukelst du durch den Sommer, von Blüte zu Blüte, meinetwegen; hast auch noch nie gehalten, was du versprachst, ich liebe dich trotzdem, gegen meine Vernunft. Sie liebte sein dunkles gewelltes Haar, seine grünen tiefliegenden Augen, die so oft erschreckt und schutzlos schienen, sie liebte sein Lachen, sie liebte alles an ihm, je unglücklicher er sie machte, um so größer war ihre unglücklich gefangene Liebe. So dumm war sie, so verblendet. Schmetterlinge fliegen nur im Sommer, hatte sie früher gesagt, du wirst zu mir zurückkommen, Liebster, wenn im Herbst der Nebel einfällt, dann kommst du zu mir ins Bett mit zitternden Flügeln, du wirst es noch sehen, hab keine Angst, ich werde dich wärmen, ich zahl deinen Verrat mit Liebe heim. Aber natürlich hatte sie sich geirrt.

Im Winter verpuppte er sich, baute sich ein Haus aus Schnee, das nie mehr Feuer fing, und schaute böse aus seinem Fenster. Sie entfachte ein warmes Feuer vor seiner Tür und tanzte für ihn zwischen den Flammen, sie webte einen Teppich aus verlockenden Tönen, komm heraus und flieg mit mir davon! Es war schwer, sich mit ihm zu verständigen, er malte soviel Häßliches, Düsteres an die Wände seiner Behausung, aber sie ließ sich nicht beirren, obwohl auch ihr die Füße schon schwer wurden. Komm heraus zu mir, bat sie ihn. Ich kann nicht in dieser Ödnis, klagte er, in dieser Erstarrung sind meine Träume verdorrt. Dann gehen wir weg von hier. Mit diesem Versprechen hatte sie ihn herausgelockt. Zum erstenmal seit langer Zeit saßen sie wieder beisammen und packten mit vorsichtigen, steifen Fingern Erinnerungen aus: Siehst du den unendlichen Sternenhimmel, die Hafenlichter und die Bordlaternen? Und das Licht auf den leuchtendgelben Mauern, unser Licht? Möchtest du wieder fortfliegen mit mir, weit weg von hier, ich baue dir einen wunderbaren Garten, in dem kannst du der schönste Schmetterling sein. Und das Kind? Das soll mit, ich bau einen Garten für uns alle, ein großes weißes Haus und einen Garten am Ende der Welt, versprach sie ihm, wo das Licht grün und zaghaft durch das Gewucher der Lianen sickert, und wenn du auf dem Rücken liegst und ganz hoch hinaufschaust, wo du die Sonne vermutest, siehst du oben noch immer ineinandergeflochtene Stämme, und große Schmetterlinge huschen durch das Zwielicht. Hier ist unser Licht eingefangen den ganzen Tag, hier kannst du dich einhüllen in unser Licht, und der hohe, singende Tropenton oben im fleischigen Blätterdunkel, der ist für mich. Ja, fliegen, reisen, wir wieder, gehen wir weg von hier. Auch diese Frau bin ich vor vielen Jahren gewesen.

*

Als sie fort waren, schrieb ich Briefe, selten, nicht jede Woche, wie ich es mir vorgenommen hatte. Jana schrieb Postkarten, beim Schreiben war sie noch unbeholfener als beim Sprechen, manchmal einen Brief, und was sie beschäftigte, stand zwischen den Zeilen oder deutete sich an in einem unzusammenhängenden Ausruf am Ende.

Ich war entschlossen, ganz neu, von vorn zu beginnen, endlich ins Leben einzutreten, in mein eigenes Leben, in dem ich rücksichtslos in Besitz nehmen durfte, was mir gefiel. Aber mein eigenes Leben war nicht auffindbar, statt dessen stellte sich die Erinnerung ein und verstellte dem Neuen, das ich ungeduldig herbeisehnte, den Platz. Auch Jana und Achim standen mir im Weg, ließen sich nicht verdrängen wie Zufallsbekanntschaften, keine Straßenecke war sicher vor ihren Schatten, überallhin folgten sie mir und zwangen mich zum Vergleich mit meiner gegenwärtigen Ziellosigkeit. Ich freundete mich wieder mit Janas Schwester Eva an.

In Eva konnte ich damals noch Jana wiedererkennen, immer wieder sah ich mit leisem Erstaunen das vertraute Gesicht durchscheinen in Evas gröberen, offeneren Zügen, das längliche Gesicht mit dem Grübchen im Kinn, das glatte schwarze Haar, die vorspringende fleischlose Nase, nur die Augen waren aufmerksam auf die Nähe gerichtet, in Evas Gesicht gab es keine Unklarheiten, keine uneinholbare Abwesenheit, alles konzentrierte sich auf den Augenblick, ihr flinkes, kluges Mienenspiel, ihr aufmerksamer, ironischer Blick. Ich hatte Evas Entwicklung ohne Interesse am Rand des Blickfelds miterlebt, Jana hatte wenig von ihr erzählt, zu verschieden waren die beiden gewesen, als daß Nähe hätte entstehen können. Immer war Eva ein Glückskind gewesen, alles war ihr leichtgefallen, die Schule, der Umgang mit Menschen, Veränderungen zu ertragen, Sprachen zu erlernen, Katastrophen unbeschadet zu überstehen. In allem hatte sie schon früh ihre ältere Schwester spielerisch leicht überflügelt, zornig und mit dem Gefühl, zurückgesetzt zu werden, wenn ihre Erfolge wortlos übergangen wurden und die Sorge der Eltern einzig Janas Fortschritt zu gelten schien. Hatte sie sich jemals über ihre Schwester Gedanken gemacht, sich gefragt, wohin Jana sich zurückzog, wenn sie nicht antwortete, ihren Namen nicht rufen hörte und verständnislos Fragen wiederholte? Eva war zu sehr darauf aus, mit ganzer Hingabe im Augenblick zu leben, als daß sie sich mit Unerklärlichem aufhalten konnte. Geheimnisse waren etwas, das man von ihr fernhielt und das sie mit ihrem Scharfsinn erschloß, wenn sie spürte, daß es sie betraf. Jana war kein Geheimnis, Jana war einfach lästig mit ihren Sonderheiten. Wie konnte die schlanke müde Frau, die ihr Leben lang Ausländerin blieb, die keine Freunde hatte und keinen nachbarlichen Umgang pflegte, zwei so verschiedene Töchter haben, fast gleich alt und einander äußerlich so ähnlich, die einander so wenig glichen?

Wäre Jana nicht zufällig mit ihr aufgewachsen in dem großen Haus mit der Sonnenuhr, wäre Evas Kindheit weniger belastet verlaufen, hätte sie viele Worte nicht kennengelernt und wohl nie benötigt, das Wort Problem, zum Beispiel, und das umstrittene Wort normal, als Frage hingeworfen, mit angstgepreßter Stimme geflüstert, mit Erleichterung verworfen und wiederaufgenommen, als Feststellung, als Vermutung.

Jana konnte plötzlich mit strahlendem erwartungsvollem Gesicht mitten in das Gespräch der anderen, an dem sie selten teilnahm, mit den phantastischsten Behauptungen einbrechen, die jede Logik und jeden Zusammenhang entbehrten, als schwemmte das verschwiegene unergründliche Meer ihrer Träume von Zeit zu Zeit ein bizarres Stück Strandgut in die Wirklichkeit, deren kaltes Licht es als Unsinn verwarf. Unsichtbare Stürme gab es auf diesem Meer, und Jana rief, der Wind, der Wind, um die anderen darauf aufmerksam zu machen. Was ist mit dem Wind, fragten sie. Der Wind singt, sagte sie und ahmte das Singen des Windes nach, zischte wie eine böse Katze, fauchte und heulte ohne Worte, ohne erkennbare Melodie und dennoch nach einem unfehlbaren inneren Rhythmus. Dann seufzte die Mutter bedrückt, der Vater schwieg, und Eva lachte, du bist blöd, Jana, du spinnst. Irgendwann im Lauf des Abends würde wieder das Wort normal fallen.

Glaubst du, daß sie dumm war? fragte ich Eva. Ich hatte noch Achims verächtlich-verzweifelten Ausruf im Ohr, mein Gott, Jana, bist du blöd. So hatte ich sie in Erinnerung, mit fragenden Augen, mit denen sie in Achims Gesicht nach einer Erklärung suchte, und zögernden Sätzen, die sie mutlos abbrach, sobald er sie ansah und den Kopf schüttelte, sag einmal, bist du blöd, oder was?

Nein, dumm war sie nicht, sagte Eva mit Überzeugung, sie spürte viel mehr als wir. Schmerz, den andere zu verbergen suchten, fremde Traurigkeiten entdeckte Jana früher als alle anderen und ängstigte sich davor, es schien, als flössen ihr die Gefühle anderer wie unsichtbare Luftströme zu, noch zu rätselhaft für ihren kindlichen Verstand, um mit ihnen umzugehen. Es war, als hätte sie nur einen Blick für das Unsichtbare, ein Ohr für das Ungesagte, das Unsagbare. Eva erzählte, wie Jana rastlos wurde, Blicken und Fragen auswich, sich immer mehr zurückzog in ihre eigenen unverständlichen Rituale und Selbstgespräche, so wie die Mutter sich mit Migräne und einem todmüden traurigen Gesicht ins Schlafzimmer zurückzog. Nie konnte man sich mit Sicherheit erinnern, ob die Beklemmung, die sich dann über das ganze Haus verbreitete, von der Mutter oder von Jana ausgegangen war.

Als ich die beiden kennenlernte, hatte ich Jana bedauert, daß sie eine wie Eva zur Schwester hatte. Sobald Eva zu den anderen Kindern stieß, versuchte sie, Jana abzuhängen. Was hat sie denn, fragten wir befremdet und belustigt, wenn Jana mit ausgebreiteten Armen im Kreis tanzte, ganz für sich allein, und sinnlose Lautfolgen sang, will sie nicht mit uns spielen? Doch, doch, versicherte Eva, sie sei nur ein bißchen anders, ein besonderes Kind eben, ein Sorgenkind. Aber Jana machte immer alles falsch, sie hob den linken Fuß, wenn alle auf Kommando den rechten hoben, sie lachte, wenn wir ganz still sein wollten, damit uns der Feind in den Büschen nicht hörte, sie verdarb uns jedes Spiel. So geht das nicht weiter, beschlossen die Anführer der Gruppe schließlich, und alle versteckten sich, wenn die beiden Schwestern erschienen. Es ist nicht wegen dir, erklärten die Nachbarskinder Eva, es ist wegen deiner Schwester. Aber ihr müßt sie mitspielen lassen, rief Eva zornig, sonst darf ich auch nicht mehr kommen. Feig war Eva nicht. Geh weg, Jana, sonst erschießen wir dich, riefen die Kinder aus den Büschen, als die beiden trotz der Warnung wieder zusammen zum Spielplatz kamen, und schon flogen Kletten, Kastanien und Eicheln. Jana ging weg, mit hängendem Kopf, aber Eva stürzte sich in die Büsche und holte sich zerkratzte Beine und eine blutig geschlagene Nase. Danach gab sie es auf, Jana den Kindern aufdrängen zu wollen, sie schleppte ihre unbeliebte Schwester nach wie einen schweren Schatten und wurde einfallsreich, wie man sie abschieben konnte. Und wenn ihr nichts anderes mehr einfiel, stellte sie Jana einfach irgendwo in Sichtweite ab, sagte, warte da auf mich, und schaute von Zeit zu Zeit nach, ob Jana noch da war.

Ich hatte immer, seit damals, das Gefühl gehabt, daß Eva mich nicht mochte, obwohl ich ihr Jana abnahm. Lauf nur, ermunterte ich sie, ich warte schon auf Jana. Kannst du dich erinnern, wie sie Schwierigkeiten hatte mit den anderen Kindern, fragte ich Eva.

Ja, sagte sie, und dann kamen wir heim, und sie saß herum, als finge sie jeden Augenblick zu heulen an, sie saß dann am Fenster und schaute sehnsüchtig hinaus und rührte ihr Essen nicht an, so weit weg war sie und so elend, zum Erbarmen. War heute etwas los, Eva, fragten mich dann die Eltern, denn in solchen Fällen war ich von vornherein die Schuldige. Nichts war, verteidigte ich mich, es war ja auch nichts, keine Rauferei, überhaupt nichts, ich konnte doch nichts dafür, daß niemand sie mochte. Jede Lust, mit den andern zu spielen, wurde mir dadurch verdorben.

Nein, ich glaube, Eva hat nie verstanden, warum ihre Schwester nicht dazugehören konnte. Diese Verständnislosigkeit von einer, die ihr doch so nahe hätte stehen müssen, irritierte mich oft. Es irritierte mich überhaupt vieles an ihr, ihre rotlackierten Fingernägel, ihre modische Kleidung und vor allem die überlegene Ruhe, die Gelassenheit, mit der sie sprach, mit der sie sich bewegte. Sie war immer gut gekleidet, auch zu Hause, sie war nie kopflos, nie ratlos, nie aus der Fassung zu bringen.

Normal war ein wichtiges Wort in ihrem Vokabular. Aber das ist doch ganz normal, sagte sie erleichtert mit ihrer tiefen Stimme, die an Janas Stimme erinnerte, nur daß Janas Stimme leiser war und selten so beruhigend, so entspannt. Das ist doch nicht normal, konnte sie entsetzt rufen, abwehrend, mit abweisendem Gesicht. Sie war jederzeit bereit, darum zu kämpfen, daß in ihrem Leben alles normal verlief. Und wenn ich in sie drang und sie nach Jana ausfragte, nach ihrer gemeinsamen Kindheit, nach ihren Eltern und nach Janas Begabung zur Musik, wurde sie bald abweisend. Überhaupt sprach sie nicht gern über Jana. Anders ist sie eben, na und, ist ja ihre Sache, sie macht sich's ohnehin selber schwer. Wie früher, wenn sie sagte, laßt sie einfach. Und dann saß Eva schweigend und in sich versunken da, so unzugänglich, so abwesend wie Jana und glich der Schwester mehr als zuvor im Gespräch. Sinnlos zu fragen, woran sie jetzt dachte, sie würde aufstehen und mit einem Handgriff alles Vorhergegangene, alles vorher Gesagte auslöschen, den Aschenbecher ausleeren, frischen Kaffee eingießen und dann mit einem Lächeln, das sich jedes erneute Eindringenwollen verbat, über Nebensächlichkeiten reden.

*

Immer wieder war ich erstaunt über die Namen, die sie für alles hatten, verwirrt, auch glücklich über ihre Komplizenschaft. Daß es Namen gab, machte die Angst doch normal, die Angst vor dem Tier, die Angst vor den sägenden, bohrenden, hypnotisierenden Tönen, die mir im Schädel dröhnten, das Bersten, Zerspringen von ganz innen heraus. Es gab also Namen dafür, und anfangs dachte ich sogar, sie hätten es alles auch selber erlebt. Von Verlassenheitsängsten sprach einer der Therapeuten. Aber er hatte keine Ahnung, oder stellte er sich bloß dumm? Ein Tier? Was für ein Tier? Seit wann kommt es, das Tier, und wer kann es vertreiben? Mit wem assoziierst du das Tier, denk nach! Aber dort, wo ich nachdenke, ist es ja nicht, ich weiß nicht, wo es ist, es ist immer woanders, oben unter der Decke, hinter dem Sims. Da oben sitzt es vielleicht, wie soll ich es wissen, jetzt, wo einer vor mir sitzt, ahnungslos und streng, und sagt, denk nach. Ich weiß nur, daß es da oben sein könnte, weil es schon einmal da oben saß, in einem anderen Zimmer, hinter der Stuckverzierung zwischen Wand und Decke. Ich wußte, daß etwas in dem Zimmer nicht stimmte, als die Rosen der Tapete ineinanderzufließen begannen, bald würde ihr Rot die Wände bedeckt haben und zur Decke hinaufflecken. Auch damals sah ich es vorher nicht, aber es gab keinen Zweifel, es schielte herunter, und irgendwann würde es herabspringen. Warum, das weiß ich nicht. Aber ich weiß noch genau, wann. Als Eva mich einsperrte und die Fensterläden von außen verriegelte, weil sie mich nicht mitnehmen wollte. Als sie mich zu Mutters Begräbnis nicht mitnahmen. In dem Hotelzimmer mit der großgemusterten Rosentapete, in das Achim mich sperrte, als er wegging für einen Tag und eine ganze Nacht. Wenn sich alle Konturen verwischt haben und die rote Farbe den Fußboden überschwemmt, springt es herab. Wenn es dunkel wird, springt es herunter. Das Fenster ist zugenagelt, es geht nicht auf. Wenn ich es wagte, zum

Fenster zu laufen und es aufzureißen und um Hilfe zu rufen, würde ich entdecken, daß es gar nicht nach draußen aufgeht, sondern daß dahinter eine schwarze Mauer liegt oder gar keine Mauer, einfach Schichten undurchdringlicher Schwärze. Alle Ausgänge mit Schwärze versiegelt. Wenn es im Spiegel zu dämmern beginnt, springt es herunter. Gott sei Dank ist es noch hell im Spiegel.

Ich habe ihnen gesagt, daß ich Angst habe. Nehmt mich mit, ich will gar nicht stören, holt mich heraus, ich bin eingesperrt in einem großen weißen Haus mitten in der Wildnis, Eva, habe ich gerufen, geschrieben habe ich ihr, seit Wochen bin ich allein, hol mich heraus, aber alle hatten anderes zu tun, und auf keinen Fall durfte ich heraus und sie stören.

Solange ich aufrecht im Bett saß, in den noch hellen Spiegel blickte, ohne mich zu bewegen, und vernünftig mit mir sprach, du bist in einem noblen Hotelzimmer in einer fremden Stadt, die Tür ist abgesperrt, damit niemand herein kann, Achim hat den Schlüssel mitgenommen, aus Rücksicht, damit er dich nicht weckt, wenn er zurückkommt. Solange ich mich zwang, die Angst niederzudenken, über sie hinwegzudenken, konnte es nicht herunterspringen. Wohl ängstigte mich auch mein Spiegelbild, es glich mir so wenig. Dunkles strähniges Haar, die Zähne feucht und spitz wie Rattenzähne, und aus den Augen sprang mich die Angst an. Sie wollte sich an mich drängen, sie sagte mir meine geheimsten Gedanken, die ich gar nicht gedacht hatte, niemals zu denken gewagt hätte und an die ich mich doch erinnerte wie an etwas Vertrautes, sie wußte alles, was ich hätte wissen sollen, aber ich wußte, was sie wollte, ich wußte es nicht, ich spürte es, ich setzte mich zur Wehr, stieß sie weg, es nützte nichts, sie war sehr stark und ihrer selbst sehr sicher. Hinaus, sagte ich laut, aber sie rührte sich nicht, lächelte nur, natürlich stand sie im Bund mit dem Tier, konnte es auf mich loslassen, ihm erlauben herunterzuspringen. In meiner

Angst warf ich den Aschenbecher, der auf dem Nachtkästchen stand, nach ihrem Gesicht, das in blitzende Spiegelscherben zersplitterte, ich hörte sie schreien, bevor sie in tausend Stücken zu Boden fiel, sie lächelte noch aus dem letzten Splitter heraus. Nun fiel die Dunkelheit über das Zimmer herein, nichts konnte das Tier jetzt noch aufhalten.

Es raschelte wieder hinter der Stuckverzierung, und ich hatte keine Kraft mehr, mich zu wehren, und da kamen sie gesprungen, gleich mehrere, drei auf einmal, ich sagte doch, ich weiß nicht, was für ein Tier, drei waren es mit drahtigem Fell, von allen Seiten sprangen sie mich an, bissen sich in meinen Handgelenken fest, mein Blut tropfte auf ihre schwarzen Felle, und wenn ich mit der Hand versuchte, sie aus meinem Fleisch zu reißen, sie fortzuschleudern, bissen sie sich am anderen Handgelenk fest. Ein Schlangenbeschwörer in einem Schlangentempel, wo sie Kobras entgifteten, hatte es mir einmal gezeigt: man packt sie am Genick, nicht am Leib, und zwängt ihnen die Kiefer auseinander. Aber die da, die wanden sich blitzschnell herum, der Kopf schnellte zurück und schlug die scharfen Zähne in meine Pulsadern. Sie griffen in Rudeln an, sprangen alle zugleich an mir hoch, würden sie mich lebendig zerfleischen?

Immer wieder bin ich ihnen entkommen, später wußte ich nie mehr genau, wie es mir gelungen war. Nicht immer war ich gleich wehrlos, aber geholfen hat mir keiner gegen sie. Achim, dachte ich, zumindest er würde mich schützen, denn am Anfang, sobald er bei mir war, fühlte ich mich in Sicherheit, ich konnte sogar mit ihm darüber sprechen. Aber er lachte bloß, du bist verrückt, Jana, das hast du dir doch alles nur eingebildet, ein böser Traum, schau, ich sehe nichts, leg dich nieder, und sei still. Am Anfang half seine Gegenwart, die Bedrohung zu bannen, aber später ließ er mich allein mit ihr, und es war schlimmer als jemals zuvor. Später half mir keiner mehr, einer erbot sich noch wie viele vor ihm, aber er wußte nicht, worauf er sich einließ, er hatte keine Ahnung, nur Namen dafür, Verlassenheitsängste. Als sie das letztemal kamen, war ihre Rache über alle Maßen grausam, aber wie immer ließen sich mich leben.

*

Erst während Jana und ich uns immer weiter voneinander entfernten, lernte ich verstehen, warum Eva so ungern von ihrer Schwester sprach, sich so entschieden von Jana und auch von ihrer Mutter abgrenzte.

Sie hatte ihre Schwester im Spital besucht, sie hatte ihr und Achim die Wohnung eingerichtet, und in den drei Jahren, in denen sie in unserer Stadt lebten, war sie die einzige gewesen, die sich um Jana gekümmert und gelegentlich auf das Kind aufgepaßt hatte. Aber sie hatte Jana nicht helfen können, denn jede Annäherung, jeder Versuch, die andere zu verstehen, hätte eine Bedrohung für Eva bedeutet. Nie wieder wollte sie sich einlassen auf das Unbegreifliche, auf die Atmosphäre der Angst und der Trauer, die sie in ihrer Kindheit umgeben und der sie mit der ganzen Kraft ihrer wirklichkeitsnahen Intelligenz widerstanden hatte, bis eines Tages nur mehr sie und der Vater in dem großen Haus übriggeblieben waren. Es gibt Häuser, sagte sie einmal, in denen aus irgendeinem Grund das elektrische Licht ausgeht, und die Mutter sagt beklommen, die Geister haben eine schlechte Nachricht für uns.

Wenn sie von zu Hause erzählte, versuchte sie, so zu sprechen, als berichtete sie von grotesken Ereignissen in einem fernen Land. In ihrer Stimme war Ironie, man konnte nie sicher sein, ob sie nicht doch übertrieb, aber in ihren Augen war Angst. Es gibt Häuser, erzählte sie, in denen verstorbene Großväter aus und ein gehen und Andenken verschwinden lassen oder sichtbare Zeichen zurücklassen, ein

Grablicht auf dem Küchentisch zum Beispiel, und die Mutter sagt, das war der Großvater, gestern war sein Todestag, und wir haben ihn vergessen. Unsinn, sagt der Vater, einer wird das Licht schon hingestellt haben. Aber der Vater wird übergangen, er ist ein Barbar, er versteht nichts von geistigen Dingen. Nachts wurde Eva vom Schreien ihrer Schwester, die fast jede Nacht Alpträume hatte, geweckt. Das sind die unterirdischen Ströme, sagte die Mutter, und Janas Bett wurde in eine andere Ecke geschoben, aber die Alpträume hörten nicht auf. Träume waren wichtig bei uns zu Hause, erklärte sie mir einmal, als ich davon sprach, wie ernst Jana ihre Träume nahm. Träume bedeuteten Zukunft. Wenn man es im Traum klopfen hört, gibt es bald einen Toten im Haus. Es genügte, daß die Mutter es gehört hatte oder die verrückte Schwester. Wenn man ungeduldig war und etwas über die Zukunft erfahren wollte, vertraute man den Träumen oder den Tarotkarten. In den Karten ihrer Mutter, aus denen Jana mir später, gegen meinen Willen, wahrsagte, tauchte immer wieder der Turm auf. Katastrophe, Elend, Untergang, murmelte sie dann befriedigt, als müßte das Leben die Karten bestätigen. Jahre später, als sie den Tod in der Hand hielt, atmete sie erleichtert auf. Eva erinnerte sich an eine Silvestereinladung bei einer Schulfreundin und an die Erleichterung, als dort niemand daran dachte, Tische hüpfen zu lassen und die Geister nach der Zukunft zu fragen.

Viele von Janas unverständlichen Eigenarten begann ich zu begreifen, nachdem ich Evas heitere Anekdoten gehört und die Furcht in ihren Augen gesehen hatte. Es gab Tage, an denen blieb man besser zu Hause und ging nicht ans Telephon, denn es lag Böses in der Luft, und wenn man es nicht vermeiden konnte auszugehen, tat man gut daran, sich durch ein Glückskleid zu schützen. Warum hatte Jana für die Schularbeit ein Nicht-Genügend bekommen? Weil sie bis spät in die Nacht Musik gehört hatte, anstatt zu lernen?

Falsch. Weil sie am Morgen eine Spinne gesehen, weil sie einen schlechten Traum gehabt, weil sie vergessen hatte, vor dem Schultor dreimal auszuspucken. Jana und ihre Mutter standen auf vertrautem Fuß mit den Geistern, sie ängstigten sich kaum vor ihnen, eher schon vor der Wirklichkeit. Aber Eva wußte nicht, mit wem sie es halten sollte, mit dem Vater, der für alles, was nicht greifbar und sichtbar war, nur lautes verächtliches Gelächter übrig hatte, oder mit Jana und der Mutter, die sich nicht mit logischen Gründen und Zweifeln abgaben. Es gibt Häuser, Sonja, du wirst es nicht glauben, sagte Eva, da sitzen die Toten mit am Tisch, weil sie täglich beschworen werden, und später läßt man noch ein Glas Wein stehen für einen verspäteten Geist. Wen wundert es dann, wenn die Schwester lachend oder beschwörend nie gehörte Laut- und Wortgebilde deklamiert und behauptet, der Kellergeist säße unten im Wasser und fröre. Wie wahnsinnig muß man sein, um in einem solchen Haus als verrückt zu gelten? fragte sie. Und wieviel Kraft kostet es, in einem solchen Haus den Verstand zu behalten und in der Wirklichkeit zu verharren, dachte ich.

Wer hatte den Spuk eingelassen? Die strenge Großmutter, die von den Zigeunern das Kartenaufschlagen gelernt hatte? Aber die Großmutter stand fester in der Wirklichkeit als irgend jemand sonst in der Familie. Ihr fühlte sich Eva am nächsten. Solange die Großmutter dem Haushalt vorstand, gab es für Eva noch Spielräume, in denen sie frei und geborgen war und nicht wählen mußte zwischen den schweren Träumen der Mutter und dem optimistischen Realismus des Vaters, dessen Verachtung für alles Nicht-Materielle selbst Eva manchmal verletzte. Jana stand immer eindeutig auf der Seite der Mutter, und alle wußten, daß sie noch viel weiter gehen konnte als die Mutter, die Eltern fürchteten sich davor, darin waren sie sich einig. Als die Großmutter aus dem Haus war, blieb Eva nichts anderes übrig, als zum Vater überzulaufen, obwohl sie wußte, so einfach, wie er es sah, ließ sich die Welt nicht einteilen. Aber sie wollte zumindest ernst genommen werden, und der Vater nahm sie ernst, obwohl er Jana mehr liebte als Eva, Jana, das Sorgenkind, das herumging wie in Trance und seinem Vater keine Beachtung schenkte. Er hielt Jana fest, gib deinem Papa einen Kuß, und sie drückte ohne Begeisterung ihren Mund auf den seinen, wischte ihn dann ab und entwand sich ihm. Vielleicht mag sie uns nicht, sagte er bedrückt. Er verstand sie nicht. Eva verstand er, ihrer konnte er sicher sein, um sie brauchte er nicht zu werben. Sie redete viel, weil ihr Sprechen Vergnügen bereitete, zu ihr konnte er sagen, sei doch einmal still. Aber Jana, die selten von sich aus etwas sagte, wurde gehört, wann immer sie bereit war, mit kargen Worten ihre Wünsche mitzuteilen: Einen Pudding. Ein Eis. Diese Puppe. Das rote Auto. Wenn Jana gesellig war, hellte sich sein Gesicht auf, man konnte ihm die Erleichterung ansehen. Eva lernte früh ihre erste Lektion: Je weniger du gibst, desto mehr bekommst du.

Wie erleichtert Eva gewesen sein muß, wenn es ihr einmal gelang, allein von zu Hause fortzuschleichen und mit den Nachbarskindern zu spielen! Immer mußte sie Jana mitnehmen, mußte Platz für sie schaffen, mußte sich ihretwegen bei den andern unbeliebt machen. Von klein auf zur Verantwortung für die Schwester gezwungen, konnte sie später das Gefühl, auf Jana aufpassen zu müssen, nie mehr ganz loswerden. Aber nie hatte eine der beiden Schwestern die andere in ihre geheimen Phantasieräume eingelassen, sie blieben einander fremd. Wohl war Jana oft in die Versunkenheit von Evas Spielen eingebrochen, hatte an der Tür gerüttelt und gefordert, daß Eva ihr Schloß, ihre Welt der Prinzen, Könige und Burgfräulein mit ihr teilte. Eva hatte den Atem angehalten und gedacht, bitte geh weg, während Jana mit den Fäusten an die Tür schlug und brüllte. Aber Eva wußte, daß

Janas Schreien immer sie ins Unrecht setzte, daß sie die Nachgiebige, die Vernünftige, die Verantwortungsvolle sein mußte. Deshalb gab sie stets nach. Doch wenn Jana sich schließlich den Zutritt erzwungen hatte, standen sie beide enttäuscht vor den über den Boden verstreuten Bausteinen, die es nicht mehr wert waren, sich darum zu zanken.

Auch Jana hatte ihr geheimes Reich gehabt, aber Eva war nie darauf gekommen, sich dafür zu interessieren. Sie wollte nur ihre Freiheit. Am liebsten war sie weg von zu Hause, dort, wo das Wort normal nicht ausgesprochen zu werden brauchte. Zu Hause saß Jana, mit abwesenden Augen, man konnte nichts anfangen mit ihr und konnte sich ihrer doch nicht entledigen. Sie teilten ein Zimmer, sie saßen täglich dreimal an einem Tisch, und solange sie klein waren, saßen sie einander in der Badewanne gegenüber. Zwei Kinder, die dieselbe Frau Mutter nennen, und das eine wußte nicht, was das andere empfand, wenn es Mutter sagte. War da wirklich nie Vertrautheit entstanden, Komplizenschaft gegen die Erwachsenen wie bei anderen Geschwistern? Auch Jana hatte sich nie bemüht, ihrer Schwester näherzukommen. Sie redete von Eva wie von einer Fremden, ein wenig herablassend und zugleich wie von einer unumstößlichen Autorität, so wie Kinder manchmal von ihren Lehrern sprechen, von einem, der alles weiß und nichts versteht. Immer hatte Jana jünger ausgesehen als Eva, kleiner, zarter, verträumter. Eva war wie eine kleine Erwachsene kopfschüttelnd neben ihrer Mutter gegangen, die ein schreiendes Kind hinter sich herzerrte. Das schreiende Kind war immer Jana gewesen, Eva das kluge, vernünftige Mädchen. Was hat sie denn, fragte Eva die Mutter, hat sie Angst vor den Enten? Ich weiß es nicht, sagte die Mutter. Es gab keine Erklärung für das Schreien der Schwester, das erst zu Hause verstummte.

Ein schwieriges, bockiges Kind war Jana, eine schlechte Schülerin obendrein, die das Lesen spät lernte und lange keine fehlerfreie Seite schreiben konnte. Aber in allem, was sie tat, schien eine geheime Bedeutung zu liegen, und man schämte sich, sie nicht entziffern zu können. In ihren abwesenden Augen versammelte sich ein Wissen, das unheimlich war, weil niemand es deuten konnte. Sie holte Erinnerungen und Einzelheiten aus der Vergangenheit herauf, die selbst die Erwachsenen vergessen hatten, und plötzlich hatte auch die Gegenwart eine andere Bedeutung, einen doppelten Boden. Dann sahen sich die Erwachsenen erschrocken an und sagten, wenn sie das weiß, was weiß sie noch alles?

Als Jana sieben war, entdeckte sie die Musik. Immer schon hatte sie gern gesungen. Bevor sie noch ihren Namen sagen konnte, sang sie schon alle Lieder, auch solche, die sie erst einmal gehört hatte. Sie saß im Bett und sang, so daß Eva nicht schlafen konnte. Sie tauschte die Wörter aus und sang und lachte nächtelang über den Unsinn.

Als Eva einmal aufstand und sie auf den Mund schlug, schrie Jana, und die Mutter stürzte herein und wiegte Jana, und der Vater kam herein und schüttelte Eva. So gewöhnte sich Eva an Janas Singen, schlief ein, wachte auf, und die verrückte Schwester sang und sang. Auf dem Klavier in der Schule fand sie die Töne wieder, die sie Nacht für Nacht sang, und stand die Schulstunden durch in Gedanken an das Klavier auf dem Gang. Als sie acht war, bekam sie ihr eigenes Klavier, ein Jahr später eine Geige. Wir haben ein Genie in der Familie, sagte der Vater stolz, meine Tochter spielt schon zwei Instrumente, und sie hat das absolute Gehör. Erleichtert konnten sich die Eltern die frühere Geräuschempfindlichkeit Janas erklären. Kein Wunder, bei einem so feinen Gehör! Die Eltern träumten Jana und sich selber ins Rampenlicht, in dem ihre Tochter erstrahlen würde, Konzertsäle, Tourneen, Preise, Soloauftritte. Vergessen war die frühere Vermutung, das Kind sei nicht normal. Was brauchte ein Genie normal zu sein. Unbeachtet blieben Evas gute Noten, ihre Erfolge bei Sportwettbewerben, ihre Fort-schritte auf Janas Klavier. Sie spielten beide Sonaten, aber Jana war das große Talent, und es war Janas Klavier, auf dem sie vierhändig spielten.

Es waren die glücklichsten Jahre für unsere Eltern, sagte Eva. Jana war ein Genie. Ein Genie kann abwesend vor sich hin starren, sich kichernd an unsinnigen Wortspielen ergöt-zen, schlechte Noten im Zeugnis haben, ein Genie darf alles, denn seine Eltern werden einmal auf den ersten Seiten sei-ner Biographie erwähnt werden. Aber zu den erträumten Konzerten und Tourneen sollte es nie kommen, denn Jana fehlte der Ehrgeiz, stundenlang zu üben. Sie spielte, was ihr gefiel, fehlerfrei vom Blatt und vergaß es. Sie ließ ihr Talent nicht zähmen, um als Wunderkind auf die Bühne zu treten. Die Musik gehörte ihr allein. Sie spielte, und die Eltern hiel-ten ehrfürchtig den Atem an, sie trat ein in die Musik wie in einen Tempel, der ihr vertraut war, dessen Türen sich nur ihr öffneten, und die Eltern spähten über ihre Schulter, um an-dächtig etwas von dem Glanz zu erhaschen. Doch wenn sie sich beobachtet fühlte, schlug sie verärgert die Tür zu, und als die Eltern sie drängten, hörte sie ganz auf zu spielen. Die glücklichen Jahre waren vorbei, eine enttäuschte Hoffnung.

Eva zeigte mir schließlich doch auch die wenigen Fotos, die es aus ihrer Kindheit gab. So bekam ich das Haus mit der Sonnenuhr zu sehen und ein junges Mädchen in Reitstiefeln mit langem, zerrauftem Haar, das Gesicht zu verschwom-men, als daß man die Züge hätte unterscheiden können, doch der schlanke Körper ließ eine Vitalität erkennen, eine Lebenslust, die fünf Jahre später, auf einem bräunlichen Foto, das sie mit ihren zwei Töchtern auf einer abschüssigen Wiese zeigt, bereits verschwunden ist. Und immer wieder die beiden kleinen Mädchen, gleich groß, Hand in Hand, auf Wiesen, in weißen Kleidchen, auf einer Bank vor dem Haus, jede mit einer Katze auf dem Schoß oder zu beiden Seiten der Großmutter: das eine legt den Kopf schief und schaut kokett in die Kamera, das andere beginnt, trotzigen Blicks zu weinen. Die eine lacht und zeigt große, gleichmäßige Zähne und zwei vergnügte Augenschlitze, um die macht man sich keine Sorgen, die versteht sich aufs Leben, vermutet man. Die andere schaut zu Boden oder an der Kamera vorbei in die Ferne, die möchte man kennenlernen, was wohl aus der werden wird, fragt man sich ein wenig besorgt. Sie waren zusammen aufgewachsen, Hand in Hand, wie auf den Fotos, von den Eltern gezwungen, miteinander zu teilen, miteinander zu spielen, aufeinander Rücksicht zu nehmen, und wußten doch am Ende so wenig voneinander. Was habt ihr heute gemacht, fragte man sie beim Abendessen. Aber Jana schwieg hartnäckig und summte ein Lied. Eva mußte für sie reden, und man mißtraute ihr, glaubte, es gebe noch eine andere Wahrheit, diejenige, die Jana verschwieg. Später, beim Baden, wurde Jana gesprächig, da lud sie den Fuchs und den Bär zum Schwimmen ein, sie redete im Bett wirre Dinge, sie sang und lachte und kümmerte sich nicht um Eva, die schlafen oder ungestört ihren eigenen Gedanken nachhängen wollte. Und am nächsten Tag gingen sie wieder in die Nachbarschaft spielen, Eva eifrig und entschlossen, jeden Augenblick auszukosten, Jana unschlüssig und zaghaft, mit abwesenden Augen, immer abseits von den andern. Bis ich mich mit Jana anfreundete und beide, getrennt, ihren Interessen nachgehen konnten. Aber hat Jana jemals eigene Interessen verfolgt in Evas Gegenwart oder in meiner? Ich war mir nie sicher, ich habe nie einen Beweis dafür bekommen, es erstaunte mich nur immer wieder, daß es bis zu ihrem vierzehnten Lebensjahr keinen Streit zwischen Jana und mir gegeben und daß ich in dieser Zeit nie das Gefühl gehabt hatte, mit Jana nicht einer Meinung zu sein.

Als Jana zwölf war, bekamen sie jede ein eigenes Zimmer. Eva richtete sich ein Boudoir ein mit viel Samt und Musselin und einem großen dreiteiligen Frisierspiegel. Janas Zimmer wirkte dunkel und streng, mit einem Klavier, zwei Notenpulten, einem kleinen Schreibtisch und einem Bett, auf dem Schulhefte, Notenhefte und lose Blätter lagen. Aber diese zwei oder drei Jahre, die Eva als Janas Geniezeit bezeichnete, waren eine glückliche Zeit für beide. Sie wurden nicht mehr zusammengespannt wie zwei ungleiche störrische Pferde. Eva machte sich schön und zog los, um ihre ersten Eroberungen zu machen. Jana musizierte, fuhr mit den Eltern in die Hauptstadt, um Konzerte zu besuchen. Sie komponierte sogar und fühlte sich eine Zeitlang ganz als Künstlerin.

Eines Tages ging im Wohnzimmer das Licht aus, niemand hatte es abgeschaltet. Die Sicherung, sagte der Vater. Nein, sagte die Mutter, die Geister haben eine schlechte Nachricht für uns. Vier Wochen später war sie tot, ein halbes Jahr später saßen Eva und der Vater allein beim Abendessen.

*

Ich wollte euch nur überraschen, niemand hatte mir das Erwachsenwerden erklärt, ich wußte euren Blick nicht zu deuten, wenn ich ein Stein war und über das Wasser hüpfte, fünfmal bis in die Mitte, dann ließ ich Kreise zurück, während ich sank, hell waren die Töne des Wassers, ich sprang in die Tiefe mit rieselnden Sprüngen, das Wasser war dunkelblau und strömte an mir vorbei, sog mich hinunter in wirbelnden Strudeln, das Strömen wurde mächtiger, lauter, erfaßte mich ganz, trug mich ein Stück, eine Fontäne schleuderte mich in die Höhe, bevor ich beruhigt versank und mich ganz leise im Grund verlor, zwischen vielen anderen Steinen. Was ist los mit ihr, riefen sie, wenn ich ein Eiskorn war, das wollüstig in der Sonne schmolz. Manchmal war ich eine eben frisch aus der Wolke geschlüpfte Schneeflocke, gefangen im Rhythmus des Winds, glitt ich schaukelnd zu Boden. Vieles andere konnte ich sein, wenn keiner mich sah, ein Blatt, das in einem Spinnennetz hing und seine Saiten klingen hörte, als sie beim Fallen rissen, eine Wasserspinne, die über den Seerosenteich stelzte, und manchmal, dicht am Boden, ein scharfgeränderter Grashalm, in den schrill der Wind fuhr. Allmählich begriff ich, daß ich niemanden damit erfreute, wenn ich dahinglitt und tanzte, mich tragen ließ von vielstimmigen Windharfen. Ich gab mir ja Mühe, wollte vernünftig sein. Wenn du nicht vernünftig bist, kannst du nicht mitkommen. Ich lernte, mich unsichtbar zu machen, und ging schweigend auf vorgeschriebenen Wegen, aber ich ging ohne Anmut und ließ meine Töne nicht zu ihnen dringen, verriet ihnen nicht mein Versteck.

Manchmal nahm ich die Mutter mit ins Versteck, sie war die weinende Prinzessin, im Schlafzimmerspiegel gefangen, ich nahm sie bei der Hand, und wir gingen tief in den Wald zu dem Haus, das wir eines Tages, wenn ich groß war, betreten würden. Aber dann stellte sie sich unversehens auf die andere Seite. Sitz ordentlich und iß, sagte sie abweisend, als hätten wir keine Geheimnisse vor den andern. Sie zerrte mich blicklos durch die Straßen, geh ordentlich. Ich begann, auch ihr zu mißtrauen, vor den andern verleugnete sie unser heimliches Versteck. Ich zwinkerte ihr zu, stieß sie an, wenn ein Vogel unsere Kennmelodie sang und die Telephondrähte unser Lied summten, ich gab ihr das Stichwort, aber sie wollte mich nicht verstehen, sie verleugnete mich, sei nicht so kindisch, halt den Mund. Im Vertrauen hatte ich ihr alles verraten, alle Melodien und Lieder, da rückte sie von mir ab und stand plötzlich mit erwachsenem Gesicht neben dem Vater, hast du heute schon Klavier gespielt? Sie jagte mich zu den Etüden zurück, wollte nichts davon hören, daß wir zu ganz anderen Tönen getanzt hatten.

Es gab eine Zeit, da hatten wir hinter dem Haus gesessen

und Peter und der Wolf gespielt, und aus Reisig hatten wir einen großen Wald gepflanzt und uns darin verirrt. Mit Mutter konnte ich besser spielen als mit Eva, nur lernte ich früh, daß wir niemandem von unseren Spielen erzählen durften. Und wenn uns jemand entdeckte, mußten wir so tun, als sei alles nicht wirklich und ein wenig lächerlich. Es gab auch Tage, an denen ließ die Mutter sich nicht erlösen. Dann saß sie im Schlafzimmerspiegel und erkannte mich nicht, weinte und wollte mich näher zu sich heranziehen, in den Spiegel hinein. Da bekam ich Angst. Und plötzlich war sie übergelaufen und sagte, jetzt bist du zu groß zum Spielen, mach zuerst deine Aufgaben, hast du schon Klavier gespielt? Aber ich wußte auch, daß es ihr gleichgültig war, daß sie nicht wirklich auf Vaters Seite war, sondern auf einer ganz anderen, wohin sie mich nicht mitnehmen konnte. Mechanisch wiederholte sie meine Sätze, als versuche sie, sich zu erinnern. Sie tat alles, worum ich sie bat, oft zerrte ich an ihr, zog sie mit mir fort, hinters Haus, in den Wald, sie sträubte sich nicht, sie kam mit, ihre Stimme kam aus weiter Entfernung zu mir wie ein müdes Echo. Am Abend dröhnte die laute Stimme des Vaters, sie zwang uns an den Tisch, seine und Evas Stimme ergossen sich über uns, unerbittlich und unverständlich. Mutter und ich schwiegen, wir hatten immer geschwiegen, aber plötzlich schwieg sie nicht mehr an meiner Seite. Seit die Großmutter fort war, gab es in unserem Haus zwei Fronten, Vaters und Evas Lärm gegen unser Schweigen. Und dann gab es nur mehr eine Front, ihrer aller Vernunft gegen meine Unvernunft. Sei endlich vernünftig, du bist kein kleines Kind mehr, und Mutters bittender Blick, laß mich, ich kann nicht, ich will nicht. Lange vor ihrem Tod war sie unantastbar geworden. Aber dennoch blieb immer das Wissen um unsere Komplizenschaft, immer wieder gelang es mir, sie aus dem schweren schlaflosen Traum zu wecken und mit mir fortzuziehen in mein Versteck. Ihr konnte ich auch erzählen, daß mein Kopf manchmal wie ein siedender Kessel war, dem Bersten nah, so voll von Tönen und sinnlosen Worten, die mit ungeheurer Fliehkraft weg wollten, oder war sie es gewesen, die es mir heimlich klagte, daß alles in ihrem Kopf sich nach außen stülpen wollte und alles von draußen unterschiedslos zu ihr hereindränge, deshalb sitze sie ganz still vor dem Spiegel? Ja, wir kannten einander, es war aus Rücksicht, daß sie mir den Zutritt verwehrte und mich damit an die verriet, die mich herumstießen wie eine Gliederpuppe. Vielleicht, sagte ich zu ihr, wenn wir ein wenig über dem Boden schweben könnten, wäre alles viel leichter, und sie wußte, wovon ich sprach. Ich war damals vierzehn, und sie sehnte sich schon nach dem Tod. Vielleicht, sagte sie und ließ mich ohne Trost zurück.

Den Rückzug hatte ich von ihr gelernt, das Ungreifbarwerden und auch das verzweifelte Festhaltenwollen des andern, der sich entzieht. Das Schweigen und das Hören unter der Schwelle des Hörbaren. Und das Aushalten des schmerzhaften Zustands, wenn man wie aus dem Spiegel auf die anderen blickte und ihre Konturen hart und fremd und eindeutig wurden, so glasklar und unendlich weit entfernt, daß die Klarheit den Augen weh tat, während sie, ohne an Schärfe zu verlieren, immer weiter zurückwichen, ihre Schwere verloren und als klare Flächen nun schon rein und ohne einen Rest von Bedeutung in der Luft standen, schrill und hell wie ausgeschnittene Flächen. Nie hatten wir darüber gesprochen, aber ich wußte aus Andeutungen und aus ihrem Blick, der auch mich manchmal traf, daß sie jetzt, der Schwerkraft enthoben, in ihrem unantastbaren Kristallgebäude eingeschlossen war, und ich erriet aus ihrer Erstarrung, daß von nun an jede Bewegung gefährlich für sie war. Ich glaubte die Spalten zu sehen, die sich rund um sie öffneten. Später erschien mir ihr Tod so sehr als Teil ihres Lebens, als ein kleiner unbedeutender Schritt weiter in jenen unbetretbaren Raum, den sie schon lange bewohnte, daß ich mich entschloß, ihn nun selbst zu betreten. Aber die Wirklichkeit, die ich zu kennen glaubte, rächte sich, sie wurde brüchig, bekam Sprünge und Spalten, erlaubte mir keinen Schritt weiter, so dünn und durchsichtig wurde sie, daß ich dahinter etwas ahnte, das ich nicht ertragen konnte, nicht einmal spekulieren konnte ich, was es sei, denn jedesmal erfaßte es meine Kopfhaut und zog sie so grausam zusammen, daß ich mich schnell mit einem Sprung rettete. Aber da hatten schon die Bäume vor dem Fenster zu fliehen begonnen, die Wolken flohen noch schneller, und in der allgemeinen Flucht zerrte auch mein Kopf schon am Hals wie ein zu stark gefüllter Ballon, gleich würden mir die Augen aus den Höhlen springen, während ich schon das vorweggenommene Feuerwerk meines zersprungenen Kopfes betrachten konnte. Es tat nicht weh, im Gegenteil, ich fühlte mich leicht wie eine Rauchsäule, aber mit den letzten Resten, die von mir blieben, fühlte ich mich auch betrogen und allein.

So spielte ich unbeobachtet mit Möglichkeiten, es war niemand mehr da, zu dem ich von meinen Entdeckungen sprechen konnte, bis ich eines Tages auf die Spur stieß. Ich konnte sie nur entdecken, weil ich sie wiedererkannte, vor Jahren schon hatte ich sie gekannt und aus Angst wieder verloren, diesmal wollte ich ihr bis zum Ende folgen. Es war zu erwarten gewesen, daß sie mich immer weiter fortführte, tagelang schloß ich mich ein, tastete sie aus, lauschte ihr nach in alle Verästelungen und Zwischentöne. Die Suche nahm mich so sehr in Anspruch, daß ich aufhörte, meine Umgebung wahrzunehmen, bald besaß ich kein Wort, keine Sprache mehr, um mich mitzuteilen, ich war ganz allein in Töne gehüllt und nahm auch meine Einsamkeit nicht mehr wahr. Später sprach einer vom Gratweg, auf dem ich mich lange unbemerkt von den andern befunden hatte, aber ich war mir keiner Gefahr bewußt, ich verfolgte ein Ziel, das jederzeit sichtbar und hörbar werden konnte. Erleichtert ließ ich die Wörter zurück, die man mir noch manchmal abnötigte, und reiste ohne Gepäck weiter, am liebsten hätte ich auch meinen Namen vergessen. Aber was als große unerlaubte Befreiung begonnen hatte, als Verzicht um der für neue Bedeutung offenen Weite willen, verwandelte sich plötzlich in Leere und Verlust. Denn wieder einmal hatte sie mich betrogen und irregeführt; die Spur führte nirgendwohin, sie verlor sich, war eines Tages verschwunden, nicht mehr aufzufinden, und ich stand auf einmal in völliger Abgeschiedenheit, wie an Land geschwemmt, vor dieser sprach- und bedeutungslosen Leere, der keine noch so große Anstrengung den geringsten Sinn abzugewinnen vermochte, und hatte keine Kraft mehr, irgendein Ziel zu verfolgen. Nie mehr war mir die Welt so spurlos abhanden gekommen, war ich mir selber so sehr ins Nichts gestürzt. Hätte ich damals Worte gehabt, wären es Worte der Verlassenheit und Bitterkeit über die Enttäuschung gewesen, so viele Tage und Nächte der atemlosen Suche, nach ihr, nach der ersten Geborgenheit, zurück, weit jenseits der ersten nebelhaften Erinnerungen, und als Antwort diese unermeßliche Leere, als hätte sie mich bis an den Rand dieses Wüstenkraters geführt, um mich hier auszusetzen, während sie abgewandt und noch immer nicht zu erreichen in ihren Spiegel starrte. Nichts gab es mehr, woran ich mich halten konnte, keine Töne, keine Melodien, die hatte sie alle an sich gerissen, es war unerträglich still geworden.

Da hatte ich einen Traum, einen von denen, die wie überlebensgroße Bilder an den inneren Wänden hängenbleiben. Ich träumte, ich verlöre den Verstand. Die Menschen um mich herum, allen voran mein Vater, wollten mich mit Drohungen und Versprechen zur Vernunft zurückbringen, aber die Vernunft, die sie von mir forderten, hätte bedeutet, ihnen meine Mutter auszuliefern.

Im Traum wußte ich noch nicht, daß sie mich irregeführt und verlassen hatte. Ich befand mich in einem Zimmer, dessen Fenster und Wände mit bunten Seidenschleiern verhangen waren, die riß ich an mich und hüllte mich in sie ein. Ganz allein, ohne Hilfe, mit der Magie der Schleier und meines Blicks mußte ich den Zugriff der wohlmeinenden Hüter der Vernunft abwehren. Sie bedrängten mich und würden mich meiner Freiheit berauben, wenn ich mich in ihre Hände fallen ließe. Die Anspannung, die mir die stumme, reglose Gegenwehr abverlangte, wuchs schon ins Unerträgliche, als ich plötzlich unbehelligt die Grenze überschritt. Geblendet von der grenzenlosen Freiheit, stand ich in einem schattenlosen, klaren Licht, hoch oben auf der Höhe eines unbekannten Berggipfels, einer verlassenen Kultstätte, weit über der Welt. Ein Ruinenfeld lag vor mir, eingebettet in die archaischen Bergstürze, und ich lief über den steinigen Bogen, frei und so weit von allem entfernt, in der Fülle der Einsamkeit, der Fülle der Freiheit angekommen. Mein Körper spürte es nicht mehr, als man ihm die Zwangsjacke anlegte, ich war zu weit weg und in der Erfüllung. Nach diesem Traum wuchs mein Gedanke an Flucht. Jenen Ort wollte ich finden, der mir als Traumbild immer deutlich gegenwärtig war. Später erkannte ich ihn wieder, irdischer, von Menschen begangen, aber auch diese Wirklichkeit hielt dem Traum nicht stand.

*

Drei Jahre lang warteten Jana und ich täglich nach der Schule aufeinander. Sie saß meist auf der untersten Stufe der flachen Steintreppe, die zum Schulhaus hinaufführte, an die Mauer gelehnt, die Schultasche auf dem Rücken, wenn ich aus der Schule kam. Selten mußte ich auf sie warten. Sie saß an die Mauer gedrückt und summte, und wer vorbeigehen wollte, mußte das Geländer loslassen und um sie herumgehen, das kümmerte sie nicht. Ohne sich umzudrehen, erkannte sie mich an meinem Schritt, sie stand auf und begann zu gehen, am Ende der Schulmauer holte ich sie meist ein. Dieser Vorgang blieb gleich, jeden Tag, Winter und Sommer, an kalten Wintertagen lehnte sie an der Mauer, ohne sich zu setzen.

Wir hätten auf der Straße gehen und in zehn Minuten zu Hause sein können, aber wir machten einen Umweg und zweigten auf einen schmalen Pfad über Felsen und Geröll zum Bannwald ab. Auf halber Höhe stand abseits eine Kapelle, dahinter lag der Friedhof. Der Aufstieg zum Wald war schwierig, steil, ohne sicheren Halt, kein Strauch zum Festhalten, nur Steinbrocken, die nachgaben und in den Bach hinunterrollten. Wir stellten uns vor, wir kletterten über die Anden auf prähistorischen Indianerpfaden. Wenn der Aufstieg geglückt war, lag uns der Fluß zu Füßen, und wir traten in den Schatten eines hohen Mischwalds.

Dort, am Rand zum Hang, wo noch Unterholz und Dickicht wuchs, hatten wir ein Versteck, einen vom Laub überhangenen Moosplatz. Hier horteten wir unsere Sammlung, glatte, gemusterte Steine und Versteinerungen aus den Gebirgsbächen, die ich aus der Sommerfrische mitbrachte, Schneckenhäuser, Muscheln, alles, was hart und dauerhaft war und uns des Aufhebens wert erschien.

Im Winter, bevor der erste Schnee fiel, legten wir die Sammlung in einen hohlen Baumstamm in der Nähe.

Hier kannten wir jeden Baum, und wir konnten viele Jahreszeiten unterscheiden. Die Jahreszeit der Buschwindröschen unter den feuchten Zweigen und der Himmelsschlüssel am Waldrand. Dann schoß über Nacht ein helles Grün aus den Zweigen nach, in glatten Knospen, die unbemerkt aufsprangen und helle Schatten unter die Büsche warfen. Bald wuchsen die Veilchen so dicht, daß die Lichtung blau war. Und allmählich wurde es dunkel im Wald, und wir konnten unser Versteck beziehen, es war von Laub und Efeu dicht verhangen. Darunter schichteten wir aus dicken Moospolstern ein Lager auf. Am späten Nachmittag begann der Fluß zu glitzern, da war es schon höchste Zeit heimzugehen, über die Wiesen, die von Tag zu Tag höher standen, von den letzten Häusern in den Ort hinein. Wenn die Wiesen hoch genug waren, bahnten wir uns Gänge durchs Gras und holten uns die schönsten Margariten und Glockenblumen. Die Grillen zirpten in der Sommerhitze, die Luft flimmerte. Es gab Föhntage, an denen die fernen Berge scharf und nah heranrückten.

Dann kamen die Ferien, und ich fuhr mit meinen Eltern an den See ins Gebirge. Einmal durfte ich Jana mitbringen, aber das ging nicht gut, sie weinte jede Nacht und machte das Bett naß, sie aß nichts und jammerte auf den Wanderpfaden, die Angst in ihrem Gesicht wurde mit jedem Tag größer, und als mein Vater glaubte, ihr das Schwimmen beibringen zu müssen, verließ sie das Bett nicht mehr. Janas Vater mußte kommen und sie holen.

Aber im Herbst war alles vergessen, und wir stiegen wieder hinauf zu unserem Versteck, gleich nach dem Schulgottesdienst, in unseren neuen Sonntagskleidern. Im Herbst glänzten die Beeren blau in der Lichtung, wir hatten zu Mittag schwarze Zähne und keinen Hunger fürs Mittagessen.

Im Herbst war es am schönsten. Jedes Jahr kam es mir vor, als hätte ich Jana gerade erst gefunden, als reichten die Tage nicht aus, unsere Freundschaft zu sichern. Die Sonne schien strahlender als zu den anderen Jahreszeiten, die Luft war dünner und frischer, unsere Stimmen hatten einen helleren Klang. In der Schule zeichneten wir »Der Herbst kommt« und klebten bunte Blätter ins Botanikheft. Aber die schönsten Blätter behielten wir für die Sammlung und vergaßen jedes Jahr aufs neue, daß die Blätter vom Vorjahr die Farbe verloren und braun geworden waren. Wie hätten wir dem goldenen Leuchten zu unseren Füßen widerstehen können, Sonnenscherben auf unserem Pfad.

Die Bäume wurden höher, die Luft mit jedem Tag kälter, wir räumten unser Versteck und bezogen das modrige Dunkel der Baumhöhle mit unserer sich vergrößernden Sammlung, polsterten sie mit Moos, rüsteten uns für den Winter. Wir gingen Kastanien und Eicheln sammeln für die Rehe im Winter, aber die größten Kastanien polierten wir und legten sie in unser Versteck. Auch sie waren im nächsten Frühling glanzlos und runzlig.

Wenn wir nach den kalten Regentagen und Windböen im November über die nassen Felsen kletterten, war der Wald schon dunkelbraun und trostlos, brauner Matsch auf dem Boden und entlaubte, regennasse Äste, die in der Sonne schwarz glänzten. Irgendwann in den nächsten Wochen kam dann der Schnee, der Pfad wurde unsichtbar und unbetretbar, der Wald war ungemütlich und lud seine nasse Schneelast auf unsere Köpfe ab. Wir mieden den Wald und gingen hinüber zum Friedhof. Nach der Schule war es schon dunkel, und die Grablichter blinzelten vereinzelt in der Kälte.

Manchmal legten wir uns auf einen Grabhügel, mit angehaltenem Atem den Reiz des Verbotenen auszukosten und die weiße Unberührtheit des Schnees zu zerstören. Mit unseren Armen und Beinen drückten wir den Schnee fächerförmig nieder, Engel im Schnee, und wenn wir ganz verwegen waren, setzten wir einen Schneemann als Wächter neben das Grablicht.

Damals dachte ich, so würde es immer weitergehen, Sommer und Winter und Frühling. Ich hatte nicht damit gerechnet, daß wir erwachsen werden würden, ich schneller und früher als Jana, daß unser Erwachsenwerden eine Fremdheit

zwischen uns aufreißen und daß es Tage und Wochen feind-
seligen Schweigens geben würde.

Wir gingen in die Stadt zur Schule, und für den Bannwald
blieb nur mehr wenig Zeit, wenn wir am späten Nachmittag
nach Hause kamen, und langsam verlor er auch seinen Reiz.
Ich verstand nicht mehr, was ich dort sollte in dem schmutzigen, feuchten Morast. Viele Stunden verbrachten wir auf
dem Lokalbahnhof, dort half ich Jana im verrauchten Warte-
saal und auf regennassen Bänken bei ihren Hausaufgaben.

Im Frühling gingen wir noch untergehakt durch den
Stadtpark, aber hier ging uns der Frühling in den Büschen
nichts an. Wir summten noch eine Weile dieselben Schlager
und saßen die Stunden zwischen Schule und Heimfahrt im
Nonstopkino ab, fuhren in den Kaufhäusern über die ersten
Rolltreppen hinauf und hinunter, bis man uns verjagte.

Aber immer öfter lag jetzt Feindseligkeit in der Luft, immer kamen uns andere dazwischen, Burschen im Zugabteil,
die herüberschauten zu uns und grinsten, und uns blieb das
Reden im Hals stecken, wir wurden rot und kicherten hinter
vorgehaltener Hand und fragten uns mit verstohlenen Blik-
ken, welcher von beiden das Interesse galt. Ich begann, Jana
neidvoll zu beargwöhnen. Sie war schlanker als ich und
hatte sprödes, auffallend schwarzes Haar. War sie es, die gemeint war? Ich nehm die Schwarze, sagte einer in einem Rudel Halbwüchsiger, das uns im Stadtpark entgegenkam, ich
auch, sagte ein anderer.

In diesem Augenblick mußte ich sie wohl zum erstenmal
gehaßt haben, verbat es mir vielleicht zunächst, versuchte,
großzügig zu sein, aber die Rivalität war da, angezettelt von
den andern, die uns verglichen. Eine mußte dabei immer
den kürzeren ziehen, und wir waren zu unerfahren, um
nicht an fremde Maßstäbe zu glauben.

Es gab damals oft Verstimmungen und gereiztes Schweigen zwischen uns, und einmal hatten wir Streit, ich weiß

nicht mehr, worum es ging, ich hatte es schon am selben Abend vergessen. Einen gefühllosen Trampel hatte sie mich genannt, und ich war froh, einen Anlaß zu haben, um ihr die Freundschaft aufzukündigen. Ich will nie mehr etwas zu tun haben mit so einer wie dir!

Oder hatte ich gesagt, mit so einer Dahergelaufenen? Hatte ich das Schimpfwort, das man für Ausländer verwendete, ausgesprochen oder nur gedacht, während ich ihr empört den Rücken zukehrte?

Von da an wichen wir einander aus, sahen hochmütig weg, wenn wir einander zufällig auf der Straße begegneten, wechselten die Straßenseite. Nur eines hörte nicht auf, mich zu interessieren, mit wem ging sie jetzt, ging sie allein, ging da ein Bursch neben ihr, hinter ihr, an einem Gespräch interessiert? Ich wollte sie zwar nicht mehr, aber ich war eifersüchtig auf sie, sie sollte auch nirgends sonst dazugehören.

Das Ende der Kindheit traf mich nicht unvorbereitet, ich hatte es seit meinem zehnten Lebensjahr eifrig herbeigesehnt, wenn es endlich soweit war, daß ich Schuhe mit hohen Absätzen tragen durfte, Nylonstrümpfe und Lippenstift. Jana dagegen schien nicht recht zu begreifen, was von ihr erwartet wurde. Sie hatte zwei knielange Wollröcke, jeden Montag trug sie den, der eine Woche im Kasten gehangen war. Darüber trug sie Pullover und Blusen und kümmerte sich nicht um ihren Körper, der wuchs und seine Formen änderte. Sie trug ihn so ahnungslos und unbefangen, als bliebe sie ewig ein Kind.

Ich wäre mir komisch vorgekommen, als sei ich verkleidet, wenn ich mit meinen neuen gestärkten Petticoats, den hochtoupierten Haaren und meinem ersten Büstenhalter mit Schaumgummieinlage neben ihr gegangen wäre. Nie hatten wir zusammen geflüstert und gekichert über das, was mich damals beschäftigte, nackte Körper und das, was zwischen Frauen und Männern heimlich vor sich ging. Mit dem Hochmut dieses Alters verachtete ich sie.

Aber ich konnte sie nicht abtun und zurücklegen als Teil meiner Kindheit. Ich wußte, sie war hübscher als ich, sie brauchte ja eigentlich die Anstrengungen nicht, die sich für mich mit dem Erwachsenwerden verbanden. Daß ich mich abmühte und dennoch in der Konkurrenz unterlag, machte mir ihre Nähe, ja ihre Existenz unerträglich.

*

Im Spital befahlen sie mir, nachzudenken, sitzen zu bleiben, sie anzusehen und zu reden, aber niemand sah mich mit der bittenden, hilflosen Verzweiflung an, mit der mir mein Vater zu befehlen versucht hatte. Ich hatte Angst, aber gleichzeitig tat mir die Aufmerksamkeit wohl, daß jemand mir zuhörte und nickte, alles wollte ich erzählen, um die Augen, das besorgte Verständnis der Therapeutin auf mich zu lenken.

Weg müssen oder weg wollen, Jana? Flucht also, Flucht wie fliehen, davonlaufen müssen und fremd sein? Meinst du das? Erzähl von dieser Flucht. Das Wort, das meine Mutter aussprach wie Fluch, dazu fiel mir nichts Beängstigendes ein, eine Reise war es wie jede andere, auch keine schlimmen Ahnungen, als es hieß, wir sind über die Grenze, die fremden Laute ringsum gingen mich nichts an. Eine Reise wie jede andere, nur ohne Rückfahrkarte und ohne Ziel, aufregender als jemals zuvor, und draußen wurde die Landschaft hügelig, Nadelwälder zogen vorbei, besonnt und festlich wie an einem Ausflugstag. Ich saß ganz nah an der Scheibe des Zugfensters und schaute hinaus, ich saß auf dem Schoß meiner Mutter und war glücklich.

Sprecht deutsch, sagte die Großmutter streng zu den Eltern, und die Eltern verstummten, weil sie sich schämten, in der fremden Sprache zueinander zu sprechen.

Dann stiegen wir aus, weil die Eisenbahnschienen unterbrochen waren, wir fuhren in einem Fuhrwerk weiter, es war dunkel unter der Plane und roch nach zu Hause, nach Pferdestall, wir schliefen in einer hohen Scheune auf Heuhaufen, es war aufregend, es sollte immer so weitergehen, am Tag unterwegs und in der Nacht, zwischen die Eltern gebettet, sie atmen hören. Die zweite Nacht schliefen wir im Freien hinter der Holzlage eines versperrten Forsthauses, ich war froh, daß es den Erwachsenen nicht gelang, ein Fenster zu öffnen und hineinzuklettern. Wir aßen auf dem Boden, ohne Besteck, es war wie bei einem Picknick, wir durften in den Kleidern schlafen, ich bemühte mich, nicht einzuschlafen, um die ganze Nacht den Wald rauschen zu hören. Je länger wir reisten, desto öfter trug mich der Vater. Das Gepäck wurde immer leichter, und er konnte mich auf die Schultern nehmen. Die Eltern stritten um die Koffer, die verschwanden, Mutters Kleider wurden zuerst verkauft, Vorkriegsqualität, sagte sie, und die einzigen Erinnerungen an die schönste Zeit meines Lebens. Dann stritten sie wieder, und die Großmutter rief, sprecht wenigstens deutsch. Wir wohnten manchmal längere Zeit in einem Bauernhaus, aber ich war immer froh, wenn wir wieder weiterfuhren, nur wir fünf. Damals sagten sie zu Eva, schau Jana an, die weint doch auch nicht. Eva wollte heim, sie wollte ihr Bett, ihre Spielsachen, ihre gewohnten Mahlzeiten. Vielleicht begriff sie früher als ich, daß wir am Ende des Ausflugs nicht mehr nach Hause kommen würden. Einmal kam der Vater sehr glücklich von einer Reise zu uns zurück, er habe Arbeit und eine Wohnung gefunden. Gleich am nächsten Tag fuhren wir hin. Und dort war die Reise zu Ende, in einem finsteren Treppenschacht, in dem Vater den Lichtschalter nicht fand. Und wir standen hinter der Mutter, die sich nicht von der Schwelle der neuen Wohnung rührte, nein, sagte sie, da will ich nicht wohnen.

Damals begann das Wegwollen, das Davonlaufenwollen, das Fremdsein und Nichtdazugehören, die Gefahr. Hohe schwitzende Wände hatte die Wohnung und keinen Schlupfwinkel. Zwei gleich große, schlauchartige Räume mit Fenstern, die man nicht öffnen konnte, weil sie mit Pappe ausgebessert waren, und fremde Möbel. Eva spielte mit Papierfiguren, denen sie Kleider umhängte. Mich schickten sie hinunter in den Hof zu den Kindern, damit ich sprechen lernte. Die Großmutter hatte es aufgegeben, mir Deutsch beizubringen, Jessus, sagte sie, das Kind begreift nichts. Kinder lernen am schnellsten von andern Kindern, hieß es, und ich mußte hinunter, in die Horde hinein. Sie spielten Krieg, sie zielten auf mich, kaum daß sie mich sahen, und wenn ich nicht von selber hinfiel, stießen sie mich zu Boden. Geh weg, lernte ich von ihnen, und halt's Maul. Im Stiegenhaus fand mich der Vater und nahm mich in die Wohnung mit hinauf, wo die Großmutter wieder in der fremden Sprache auf mich einredete und die Mutter zurechtwies, wenn sie mich mit Worten, die ich kannte, tröstete. Die Mutter sprach leise und verstohlen zu mir in der alten Sprache, aber meistens saß sie vor dem Fenster und kümmerte sich um nichts. Nur mehr in der Nacht stritten die Eltern leise und erbittert in unserer Sprache. Der Vater brachte ein Deutschbuch nach Hause, daraus sprach mir die Großmutter Sätze vor: Ich spreche ein wenig Deutsch. Bitte, können Sie mir helfen? Geben Sie mir bitte ein Kilogramm Brot. Können Sie mir sagen, wo die Polizei ist? Und wenn ich Kinder sah, rief ich, geh weg, um ihnen zu zeigen, daß ich schon Deutsch konnte. Ich hatte Angst von früh bis zum Abend, daß sie mich zu den Kindern hinunterschickten, daß die Großmutter das Deutschbuch hervorholte und sagte, Jessus, ist das Kind dumm, daß die Mutter beim Essen aufsprang und weinend aus dem Zimmer lief und vor den leisen, bösen Stimmen der Eltern in der Nacht. Ich will heim, sagte ich jetzt, wie Eva während der Reise, und ahnte, daß etwas Entsetzliches passiert sein mußte, wenn die Mutter laut schluchzend hinauslief und die Großmutter mich anschrie, sei still.

Der Winter kam, Schnee lag auf dem Fenstersims. Wir hätten die Schaffelle nicht alle hergeben sollen, sagte die Mutter vorwurfsvoll. Unsinn, sagte die Großmutter, so hohe Räume kann man eben nicht richtig heizen. Wassertropfen standen an den Wänden, rollten langsam zum Fußboden hinunter, und Eva hustete uns Nacht für Nacht aus dem Schlaf. Aber ich war dankbar, nicht mehr in den Hof hinunter zu müssen, weil ich keinen warmen Wintermantel hatte. Die Betten standen jetzt alle um den Kachelofen herum, der viel zu schön und zu zierlich war, um das hohe Zimmer zu heizen. Das Essen war schlecht, die Mutter sagte, mit Polenta könne sie nicht kochen, wir hätten zu Hause bleiben sollen, und der Vater warf sich mit den Schuhen aufs Bett, daß es krachte, und schrie, ich tue ja, was ich kann. In der Nacht horchte ich gespannt und voll Sehnsucht ihren Stimmen nach, die auch im Streit noch Geborgenheit bedeuteten. Erst die unversöhnlichen Beschuldigungen in der Nacht, der Haß, die Bitterkeit in ihrer Stimme, die Ungeduld und der Zorn in seiner, verankerten die tiefe Angst in mir, die schlimmer war als die Angst vor dem Tier meiner früheren Alpträume.

Die Bedrohung war überall, im kreischenden Stimmengewirr der Kinder und Hausfrauen im Hof, auf den ich im Frühling wieder hinuntergejagt wurde – wie ich seither jeden Frühling fürchte –, und in jedem Buch, in dem sich die Reihenfolge der Wörter verwirren konnte, in jedem fremden Gesicht, in dem Spott und Bosheit lauerten, und in den Dingen, die mit ihrem Namen auch ihre Bedeutung eingebüßt hatten. So viele Dinge, die wieder bedrohlich wurden, weil sie ihren Namen verloren. Sie blieben nicht mehr an ihrem Platz, sie ließen sich nicht mehr mit Blicken erfassen, sie lösten sich auf, und ihre Bruchstücke rasten auf mich zu, verschlangen mich, schneller, als ich davonlaufen konnte.

Nur mehr in Ausschnitten waren sie zu erkennen und nicht mehr zu deuten: ein Fensterrahmen, häßlich braun, von dem der Lack abblätterte, eine schwarze Schwelle aus Linoleum, ein Stiegenhaus, eine braungestrichene Klotür an seinem Ende, Tore, die immer finster waren, Höfe, Labyrinthe, aus denen man nie wieder herausfinden würde, Fenster direkt über dem Kanalgitter, durch die man in Küchen schauen konnte, eine nackte Gliederpuppe, Trittbretter über einem schmutzigen Bahnsteig, fremde Bilder ohne erklärende Worte. Kein zärtliches Sichzusammenfügen von Ding und Namen wie in der Kindheit, immer nur das Gestoßenwerden, Ausgelachtwerden, Übergangenwerden. Und die Angst in den Augen der Mutter.

Aber dann seid ihr doch in das neue Haus eingezogen, wart ihr da nicht froh, deine Mutter und du? Ein großes Haus, ein Garten, dahinter der Wald, ein Zaun um den Garten, und die Nachbarskinder mußten eingeladen werden und wurden überwacht. Und nach einem Jahr konntest du die anderen Kinder doch auch sicher verstehen und mit ihnen reden? Warst du da nicht froh, fragt die freundliche Therapeutin. Eva und ich spielten in den Nachbargärten, auf dem Spielplatz neben dem Promenadenweg, auf der Turnwiese. Die anderen Kinder lachten und sagten, die spinnt, die ist doof, und Eva lachte mit ihnen. Auch hier schossen sie mir Kletten in die Haare und sagten später zum Vater, sie hätten nur Krieg gespielt. Eva wollte nicht allein mit mir spielen, sie sagte, ich sei langweilig, manchmal spielte die Mutter mit mir, aber die Mutter war mit dem Einrichten des Hauses beschäftigt, mit Vorhängen, Bettwäsche und Topfpflanzen. Sie bestand jetzt darauf, daß wir deutsch redeten, und nahm mich zum Einkaufen mit. Auch das machte mich unglücklich und flößte mir Angst ein, wenn ich sah, wie sie die Leute immerfort anlächelte und sich anbiederte, indem sie über ihre eigenen Aussprachefehler lachte, sich temperamentvoll zu geben versuchte, weil sie dem Bild entsprechen wollte, das man sich von uns angeblich machte. Demütig und komisch gab sie sich, wie ein Clown, ich schämte mich ihrer. Und plötzlich, von einem Tag auf den andern, hörte sie auf, das Haus einzurichten, einkaufen zu gehen und die Nachbarn anzureden, und saß im Schlafzimmer und weinte und schickte Eva und mich einkaufen. Wir konnten beide noch nicht lesen und mußten die Einkaufszettel voll Rechtschreibfehler der Verkäuferin geben, die dann laut vorlas, mit dem Akzent und den Schreibfehlern unserer Mutter, zum Gelächter der anderen Kundinnen. Bis ihnen die Tränen über die verzerrten Gesichter rannen, lachten sie, und wir mußten dabeistehen und warten. Einmal ließ ich den Zettel in ihren Händen und lief davon, versteckte mich, wollte nie mehr heim und nie mehr unter die Menschen, glaubte sterben zu müssen vor Scham.

So war es von nun an immer, Schule, Spielplatz, Kindergarten, alles bedeutete, nicht dazuzugehören und nicht zu verstehen, ausgelacht zu werden und nicht zu verstehen warum. Es bedeutete verstohlene Blicke, die Angst machten, und vielsagende, schnelle Verständigungssignale, die ich nicht deuten konnte, eine Kopfbewegung, eine Handbewegung hinter meinem Rücken, die ich aber dennoch aus dem Augenwinkel erhaschte. Ein Zeichen zum Angriff? Was würde geschehen? In solchen Augenblicken lähmte mich eine neue Angst, ließ mich erstarren, erst nach Sekunden konnte ich weglaufen, aber sie lief mir nach, immer dicht auf den Fersen, bis ich die Haustür hinter mir zuwarf. Wovor hast du denn Angst, fragte der Vater und schaute die stille, menschenleere Straße hinunter, da ist ja nichts. Ich konnte es ihm nicht erklären. Ein Jahr später, als ich schon zur Schule ging, lieferte ich ihm die Erklärung nach: Die mögen uns nicht, weil wir Ausländer sind. Unsinn, sagte er, dann würden sie ja auch Eva nicht mitspielen lassen. Aber Eva gehörte zu ihnen, sie war auf der anderen Seite und er auch, er ging mit seiner Belegschaft zum Frühschoppen und Kartenspielen. Nur ich lebte als Fremde und durfte mich nicht einschließen wie unsere Mutter. Ich wußte schon, die andern wunderten sich auch über mich, sie verstanden mich genausowenig wie ich sie, aber sie waren viele und brauchten sich nicht zu fürchten. Später lernte ich, die Fremdheit als Lockmittel zu benutzen: sie zog ebenso an, wie sie abstieß, war ein Köder. Aber in den Jahren meiner Kindheit huschte ich zwischen den Blicken der andern hindurch, manchmal klein und beinahe unsichtbar, manchmal voll blicklosen Hochmuts, um meine Angst vor ihnen zu verbergen.

Von Tag zu Tag entglitt mir die Wirklichkeit, sie ängstigte mich immer mehr, und ich rettete mich jedesmal mit letzter Kraft in mein Versteck, in mein Reich, schlug die Tür zu, ließ Musik auf meine Einsamkeit los, dann erst atmete ich auf. Dann kamen meine Vertrauten, die Wolken, die Vögel, die Bäume vor dem Fenster, der Tod, die Sehnsucht nach Flucht und die Erinnerungen in der alten Sprache, die ich langsam vergaß. Übrig blieb ein bunter, schillernder Bilderhaufen, der sich mit meinen Träumen verwob, mein letzter heimlicher Spielplatz. Hierher konnten sie mich nicht verfolgen, hierher kam nur, wen ich selber einließ.

Je mehr ich zurückwich, desto ferner waren die andern, desto unverständlicher wurde mir ihre Sprache, desto absurder jedes Wort, mit dem sie sich an mich wandten. Jenseits der Grenze, in meinem Reich, sprach man eine andere Sprache, nichts galt, was den andern unumstößliche Wahrheit war, und niemand durchschaute meine Gesetze. Hier wollte ich bleiben, für immer. Aber täglich mußte ich mehrmals über die Grenze, und mit jedem Mal wurde es gefährlicher, weil mir oft das Losungswort nicht mehr einfiel. Ich war staatenlos geworden, denn in meinem Land wurden keine Pässe ausgestellt, und drüben mochte man Fremde nicht. Ich verrichtete meine Pflichten schnell, geduckt und ohne mich umzuschauen, ohne mich offen aufzulehnen, aber voll Verachtung. Selten blickte ich in ein Gesicht. Manchmal wies man mich gleich ab, nichts verstehen, geh weg. Der Kreis, den ich täglich auszugehen hatte, wurde immer kleiner, denn meine Angst vor ihrer Gewalt und ihrer Hinterhältigkeit wuchs, ich hatte Beweise, die Schultasche im Mülleimer, die Brennesseln an den nackten Oberschenkeln, die zertrampelte Flöte, die Schimpfworte in den Ohren, bis in die Träume hinein. Aber man erlaubte mir nicht, in meinem Reich zu bleiben, selbst meine verängstigte Mutter hielt es für wichtig, daß ich täglich hinausging und lernte, wie die andern zu sein. Alles nahmen sie mir weg, sobald sie davon erfuhren, selbst die Musik, um Gewinn für sich daraus zu schlagen, für alles gab es einen Zweck und unumstößliche Regeln. Eine kurze Zeit lang stieg mein Kurswert, bis ich wieder versagte, ich verstand ihre Währung ebensowenig wie ihre Sprache. Ich wollte sie ja glücklich machen, wenigstens meine Eltern. Aber nicht so, nörgelten sie, nicht jetzt, nicht das, nicht zu dieser Zeit. Hast du dich also verkauft, höhnte es mir in meinem Versteck von den schweigenden Wänden entgegen, dann war es still, wozu noch Musik, wenn ich sie ohnehin für Anerkennung verkaufte. Der Betrug war aufgedeckt, hier konnte man nicht so leicht lügen wie bei den andern, hier wußte man noch nichts von Bestechung. Ich würde an einen Ort geführt werden, den ich nicht kannte, zur Strafe für meine Grenzgänge und meinen Verrat, und hatte jetzt auch in meinem Reich die atemlose Angst, die ich lange hatte draußen lassen können. Was hatte ich nun noch vorzuzeigen als Passierschein, heruntergekommen zu einer, die alles verkauft für ein spärliches Lob? Gern hätte ich endlich die Tür zugemacht für immer, um unsichtbar zu werden. Was dort, wohin ich mich zurückzog, zählte, davon hört man drüben nur in Gerüchten, es sind Gerüchte, die Neugier und Lüsternheit erregen. Ein Grenzbewohner sollte sich nicht zu erkennen geben.

Aber du hattest doch sogar eine Freundin? Ja, sogar eine Freundin hatte ich und war so glücklich darüber, daß ich wegschaute oder die Augen zukniff, wenn ich sie sah, weil ich das Glück kaum ertragen konnte. Wenn ich allein war, redete ich unaufhörlich mit ihr, aber wenn sie da war, wußte ich nichts zu sagen, nichts, was ich hätte sagen können oder wollen, hätte gepaßt. Erst im Spital und bei Karin lernte ich, über mich selber zu sprechen, aber bei Sonja war ich immer schon im vorhinein sicher, sie würde mich nicht verstehen. Gern hätte ich sie in mein Versteck mitgenommen, hätte alle meine Schätze, vor allem die Musik vor ihr ausgebreitet, aber wenn ich ihr dann zuhörte, kam ich mir so dumm vor, sie war so klug, so scharfsinnig, ich fürchtete, sie würde mich auslachen, obwohl ich keinen Grund hatte, das zu glauben, Sonja lachte nie über mich. Es war einfach so, daß sie alles besser wußte und schneller begriff als ich. Sie beschützte mich, ihre Gegenwart allein war schon Schutz genug. Sie schämte sich meiner nie, im Gegenteil, sie schien stolz auf mich zu sein, weil ich anders war und anders aussah; sie hätte jederzeit zu den andern überlaufen können, so wie Eva, sie war ja eine von ihnen, aber sie nahm mich zu sich nach Hause mit und zeigte mich stolz vor. Es war wohl meine Schuld, daß ich mich dabei nicht wohl fühlte, wenn sie mich vorstellte, das ist Jana, sie ist nicht von hier, sie ist anders. Ich stand dann als Fremde unter wohlmeinenden Fremden, die langsam und deutlich zu mir sprachen und mich nicht aus den Augen ließen. Dein schwarzes Haar, darf ich es berühren? Ein seltenes Tier, eine Rarität, und den Stammbaum wollten sie hören. Sie berührten mich scheu, als sei ich zerbrechlich. Ich war ja kostbar, nicht aus demselben Stoff wie sie. Mein Gesicht erklärten sie mir aus der Landschaft, aus der ich kam, meine Abneigungen und Vorlieben hätten mit meinen Ahnen zu tun, sagten sie. Von Sonja und ihren Freunden lernte ich, mit meiner Fremdheit zu kokettieren, Geschichten zu erfinden, die mich interessanter machten, alles, damit sie mich dabeisein ließen, wohlwollend, schützend, großzügig und geschmeichelt durch meinen Besitz.

Wirkliche Nähe gab es zwischen Sonja und mir damals nicht, dafür wußten wir zuwenig voneinander, dafür war sie mir zu fremd, zu gescheit, zu selbstsicher. Ich hatte Angst vor ihren Gedanken und davor, daß ich sie enttäuschte, wenn sie zuviel von mir erfuhr. Und doch wollte ich nichts so sehr, wie von ihr ganz verstanden zu werden. Einmal versuchte ich, mich ihr durch die Musik zu erklären, ich hatte gerade begonnen, Beethoven auf dem Klavier zu spielen, ich dachte, sie müsse es hören, was ich ihr sagen wollte, ohne Worte dafür zu finden, alles legte ich hinein, was ich war und was ich sein wollte, beinahe schamlos kam ich mir vor in meiner Selbstentblößung und wagte am Ende nicht, sie anzusehen, wartete geduckt, mit schwebenden Händen. Wunderbar, rief sie, ohne zu zögern, dieser meisterhafte Anschlag!

*

Kaum war Jana, mein kindlicher Schatten, aus meinem Leben verschwunden, brach die erste Liebe über mich herein. Wie ich weiterlebte in jener Zeit, ob ich aß, schlief, in die Schule ging, die Aufgaben machte, daran erinnerte ich mich ein Jahr später nicht mehr; auch nicht, ob ich Jana doch noch hie und da gesehen hatte, in schwarzen Strümpfen und schwarzen Kleidern vielleicht, ob ich wirklich durch niemanden vom Tod ihrer Mutter gehört hatte. Ich mußte wohl davon erfahren haben, denn als ich Eva ein Jahr später im Zug traf und ihr nicht mehr ausweichen konnte, gelang es mir nicht, Erstaunen vorzutäuschen.

Ich hatte meinen ersten Freund kennengelernt, als ich mit Jana im Kaffeehaus saß. Er saß in einer Gruppe von Studenten am Nebentisch, und als mit dem Zeitungsverkäufer eine Blumenfrau mit Rosen hereinkam, ließ er eine rote Rose an unseren Tisch bringen. Für Sie, Fräulein, sagte die Frau zu Jana. Es war wohl das erstemal, daß jemand Sie zu ihr sagte. Er kam nicht an unseren Tisch, aber zwei Wochen später, beim Maifest, ging er geradewegs auf mich zu und fragte mich, ob ich auf meine Freundin wartete. Ich log und sagte nein, und er, etwas verlegen, lud mich zu einer Karussellfahrt ein. Noch während der Fahrt sah ich Jana abseits von den Zuschauern stehen und winkte ihr unbemerkt zu, aber ich sprang vom noch fahrenden Karussell auf der anderen Seite ab, wo sie uns nicht sehen konnte. Im Bierzelt hatte er Jana bereits vergessen. Er sagte, ich sei ein Mädchen, mit dem man reden könne, und küßte mich hinter der Achterbahn. So fing es an. Drei Monate lang war ich unsäglich glücklich und verliebt. Ich sah ihn einen Sommermonat lang fast jeden Tag und kämpfte danach hartnäckig gegen mich selber um dieses Glück, indem ich mir immer wieder in Erinnerung rief, wie triumphal der Anfang gewesen war, auch als sich herausstellte, daß wir nichts hatten, was uns verband, keine Interessen und keinen Gesprächsstoff. Über keinen der vielen Filme, die wir gemeinsam sahen, waren wir einer Meinung. Ich heuchelte unsterbliche Liebe, auch als er mich nach vier Monaten bereits unerträglich langweilte, denn ich war überzeugt, ich würde ihn unverzüglich in die Flucht schlagen, wenn er von meiner Langeweile und meiner Überlegenheit erfuhr. Er war der einzige lebende Beweis, daß ich Jana überlegen war, daß ich sie in allem mühelos aus dem Feld schlagen konnte. Um dieses Beweises willen ertrug ich ihn drei Monate länger, als wenn ich ihn nur um seiner selbst willen geliebt hätte.

Genaugenommen gab es ihn nur in meinem Leben, weil es Jana gab, genaugenommen verdankte ich ihr meine erste Liebe. Dennoch gelang es mir, sie aus meiner Erinnerung so weit zu verdrängen, daß ich den Tod ihrer Mutter zur Kenntnis nahm, ohne ihn mit Jana in Verbindung zu bringen. Sie war nur mehr das überlebensgroße Bild einer Rivalin, das ich täglich in der Liebe besiegte. Dazu brauchte ich sie nicht in Person, sie wäre mir nur im Weg gewesen. Erst Eva zwang mich, wieder an sie zu denken wie an eine Lebende. Eva, die sich auf den Fensterplatz im Zug mir gegenübersetzte und mich so lange herausfordernd anstarrte, bis ich betreten murmelte, ja doch, ich hätte vom Tod ihrer Mutter gehört, furchtbar, schrecklich oder etwas Derartiges. Und wie es Jana geht, interessiert dich das auch? fragte sie in dem ihr eigenen anmaßenden Ton. Was hätte ich sagen sollen? Wußte sie denn nichts von unserer offiziellen Feindschaft? Jana ist im Spital, in der Nervenklinik. Verstehst du, sagte sie, sie hat durchgedreht! Sie sagte es ein wenig stolz und ein wenig wie eine Anklage. Ganz so, als hätte ich etwas damit zu tun. Während ich noch nach Worten suchte, um die unausgesprochene Beschuldigung abzuwehren, spürte ich plötzlich, wie sich das Entsetzen in mir ausbreitete. So lange hatte ich sie vor mir gehabt wie eine Fotografie, schwarzes Haar, große dunkle Augen, ein schmales bräunliches Gesicht, zartknochig und klein, so als hätte ich ihr Bild aus einer Illustrierten ausgeschnitten. Und auf einmal war sie wieder lebendig, so lebendig, daß ich sie vor mir sah, während ich aus dem Fenster hinausstarrte. Aus der vorbeifliegenden Landschaft kam sie mir entgegen, verstört und schutzbedürftig wie in der Volksschulzeit, so lief sie über die abgeernteten Felder und hielt mühelos mit dem Zug Schritt, immer die Augen auf mich gerichtet, auf der Eisenbahnbrücke stand sie mit steifem, reglosem Körper ganz nah an den vorbeifahrenden Waggons. Und ich war schuld. Es war der schrecklichste Wachtraum meines Lebens, aber er war auch spannend, zu groß und dramatisch, um wirklich in mein Leben zu passen, und nach dem ersten Schreck gefiel ich mir in der Rolle der Zeugin, auf deren Leben die Schuld an dieser Katastrophe wie ein tragischer Schatten fiel. Ich war noch weit davon entfernt, mich zu schämen. Ich war ja nicht wirklich schuldig. Ich war ja nur die Zeugin in einem Drama, das nicht wirklicher war als der Zug, in dem wir saßen, oder die Landschaft, durch die wir fuhren, alles Kulisse, alles austauschbar, alles Symbol für etwas ganz anderes. Vergeblich versuchte ich, das Gefühl der Unwirklichkeit abzuschütteln.

Besuch sie doch einmal, sagte Eva, bevor wir ausstiegen, sie redet schon wieder mit uns. Ja, sagte ich, sobald es mir ausgeht, und verabschiedete mich schnell, weil ich fürchtete, sie würde mich gleich ins Spital mitnehmen wollen. Acht Monate war Jana in der psychiatrischen Abteilung des Krankenhauses, das ich vom Chemiesaal unserer Schule aus sehen konnte. Jeden Sonntag dachte ich, diese Woche, an einem schulfreien Nachmittag, gehe ich sie besuchen. Ich habe sie kein einziges Mal besucht. Es war nicht einmal Vergeßlichkeit, es war Feigheit und Angst. Ich hatte Angst davor, etwas sehen zu müssen, dem ich nicht standhielt. Ich konnte kein Blut sehen, ich wollte keinen Schmerz sehen und kein Gesicht, das die Beherrschung über sich verloren hatte. Als ich klein war und wir nach einem Bombenangriff zwischen rauchenden Trümmern an Leichen vorbeigingen, drückte meine Mutter mein Gesicht fest an ihre Schulter. Auch bei Filmen, in denen Gewalt vorkam, sah ich weg. Ich hatte Angst vor Abgründen jeder Art, weil sie mich anzogen. Ebenso wie ich Brücken, Felsvorsprüngen und Aussichtstürmen auswich. Was würde geschehen, wenn ich dem unwiderstehlichen Sog nach unten nachgab? Jana war eine, die unten gewesen war, das faszinierte mich und stieß mich zugleich ab.

Als ich es endlich doch geschafft hatte und Janas Namen durch das Fensterchen rief, war sie nicht mehr dort. Ich atmete auf und ging ihr vorsichtig aus dem Weg. Diese Prüfung hatte ich nicht bestanden, und ich wollte nicht daran erinnert werden. Je länger die Trennung dauerte, desto größer wurde meine Angst davor, sie wiederzusehen.

*

Jede Reise hat noch mit einem Friedhof begonnen. Bei der ersten Reise aus der Kindheit blieb schon ein Grab zurück, ein Kreuz, das keinen Namen trug, der Name sollte in den Marmor gemeißelt werden, aber es war keine Zeit dazu. Wenn ich mich zu erinnern versuche, sehe ich den fast symmetrischen Hügel, von dessen Gipfel aus man das Haus noch einmal hätte sehen können, aber es war keine Zeit zurückzublicken, wir waren auf der Flucht. Das Gras auf dem Gipfel des Hügels blieb unberührt, wie es sich für einen Grabhügel gehört. Und vor dem nächsten Aufbruch wieder ein Grab, ein sorgfältig angelegtes Blumengärtchen hinter der Kirche. Die Sorgfalt sollte die Liebe ausdrücken, die mein Vater nie in Worte zu fassen gelernt hatte. Und der klobige Grabstein war der Triumph seines Willens und seines Ordnungsdenkens über sie. Wenn ich an diesem Grab stand, verstummte sogar ihre Stimme, die ich sonst überall hörte. Immer wieder hat es mich auf Friedhöfe gezogen, wie es andere vor dem Abschiednehmen in Kirchen zieht, nahe heran an die hohen Schiefer- und Granitsteine mit unbekannten Namen darauf, die mir so wichtig erschienen, daß ich versuchte, sie mir einzuprägen. Nicht der Tod war es, der mich ängstigte, sondern das Vergessen. Daß man die Nebensächlichkeiten so schnell vergaß, das Glas Wein zum Beispiel, das letzte, aus dem die Sonne einen funkelnden Stern geschlagen hatte. Jedes letzte Mal, das durch die vielen anderen Male verwischt und verfälscht wurde. Dabei mußte doch das letzte Mal einen Wegweiser enthalten, einen kleinen, unsichtbaren Faden, an dem man sich auf der Suche festhalten konnte. Auf dieser Suche, die über die letzten sichtbaren Spuren hinausging, lernte ich, mir selber unzählige Male vorauszusterben und mir den Tod anzueignen. Aber der Tod, mit dem ich schließlich schon ganz vertraut umging, war wieder nur eine Vorstellung des Todes. Denn immer noch, sosehr ich auch versuchte, alles zurückzulassen, schlug ganz drinnen in der Grabkammer das Herz, unbelehrbar, der Endgültigkeit zum Trotz.

Mit allen Mitteln bin ich auf die Suche gegangen, mit erlaubten und unerlaubten. Dort, wo es niemandem sonst einfiel, wollte ich suchen, in den Ritzen zwischen den Worten und dort, wo für ein Wort kein neues mehr eintrat. Die Übergänge wollte ich ausfindig machen, ich stellte sie mir vor wie jähe Abstürze in einer Felslandschaft mit unsichtbaren Hängebrücken zu einer unsichtbaren anderen Seite. Schritt für Schritt wollte ich herangehen, als hätte ich nichts Außergewöhnliches im Sinn, um den Tod zu überrumpeln und den plötzlichen Absturz ins Nichtsein mit wachen Sinnen zu erleben. Immer wieder habe ich das, was ich für die Grenze hielt, mit vorgestreckten Händen und geschlossenen Augen abgeschritten, um mit überreizten Sinnen die schwachen Signale von drüben zu empfangen. In den Nächten seilte ich mich an den brüchigen Stricken der Träume ab, es gab eine ergiebige Zeit, in der ich bei wachsender Angst sehr mutig war. Ich war ja nicht unerfahren, hatte an der Seite meiner Mutter die Zeichen zu deuten gelernt. Jede Nacht machte ich mich auf und starrte den Himmel um einen Fingerzeig an, bis ich den Mond atmen sah und die Sterne zu tanzen begannen, und ganz leer machte ich mich, so hohl, daß der Schrei des Käuzchens mich umwarf. Nichts nahm ich mit, um mir Mut zu machen, nicht einen Ton. Aber die Grenze, wo immer ich sie suchte und zu erahnen glaubte, ließ keine Übergänge zu, kein vorsichtiges Ausstrecken der Hand in den anderen Windhauch, kein noch so angestrengtes Spähen nach dem anderen Licht. Nie kehrte ich am Morgen mit mehr Wissen zurück, aber trotzdem war ich am Morgen nicht mehr dieselbe wie am vorangegangenen Abend. Immer, je weiter ich mich vorwagte ins Unbegangene, ließ ich etwas zurück, von dessen Besitz ich erst erfuhr, wenn es abfiel, Stück für Stück, bis ich wie ein Baum im Spätherbst dastand, nackt und erschöpft. Eine Krähe baute sich ein Nest in meinen entblößten Zweigen, in einer Hängematte aus Schnee wiegte ich mich über dem Abgrund, der mir verwehrt blieb, obwohl ich mich schon drüben wähnte, denn die Dinge hatten endlich nachgegeben und ihre Konturen verloren, ein Feuerwerk sprang durch die Wolken und sprengte Scherben vom glänzenden Vollmond, er fiel in den teerschwarzen Fluß und ertrank, es wurde ganz finster, die Dunkelheit fiel ins Krähennest und zog einen Vorhang vor die Sterne, der Himmel gab endlich Zeichen, aber ich sah sie nicht mehr, denn ich lag vergraben im Schnee, und die Krähe verzehrte zur Strafe für meine Neugier meine erblindeten Augen.

*

Ich traf Jana erst drei Jahre später wieder. Inzwischen hatte ich Matura gemacht und an der Universität einer weiter entfernten Stadt zu studieren begonnen. Irgend jemand hatte mir erzählt, daß sie nach ihrem Spitalaufenthalt nicht mehr an die Schule zurückgegangen war und nun als Lehrling in einem Musikaliengeschäft in der nahe gelegenen Kleinstadt arbeitete. Ein Wiedersehen schien mir immer unvorstellbarer, und so ging ich ihr weiterhin aus dem Weg.

In den Ferien kam ich nach Hause, eine selbstbewußte junge Dame, die sich bereits in der großen Welt heimisch fühlt und gerührt in ihr Heimatdorf zurückkehrt, als sei sie viele Jahre weggewesen, bereit, jedem Bekannten die Hand zu schütteln und ihm zu gratulieren, daß er so wichtige Leute wie sie zu seinem Bekanntenkreis zählen darf. Dabei vergaß ich ganz, die Zeiten und Orte zu meiden, an denen ich Jana begegnen konnte. Als ich sie dann plötzlich vor mir sah, im Zugabteil der Lokalbahn, war es zu spät, ihr auszuweichen, ich hatte sie schon zu lange angestarrt, weil ich sie nicht gleich erkannt hatte. Mit vierzehn, als ich unsere Freundschaft abbrach, war sie trotz ihrer fremdartigen Schönheit noch ein linkisches Kind gewesen mit langem zusammengebundenen Haar und unsicherem langbeinigen Gang. Die Kindheit schien man ihr inzwischen ausgetrieben zu haben, sie sah aber auch nicht aus wie eine Siebzehnjährige, eher zeitlos erwachsen wirkte sie, ernst, blaß, die Haare eng anliegend und kurzgeschnitten um den Kopf, Vorsicht und ein erfrorenes Erschrecken im Gesicht. Wer sie zum erstenmal sah, dem mußte sie auffallen, wie sie früher aufgefallen war, noch immer sah man ihr an, daß sie aus einem anderen Land kam, jedenfalls nicht aus unserer Gegend.

Sie erkannte mich und lächelte, und mir blieb nichts anderes übrig, als mich zu ihr zu setzen. Sie saß da, und während ich ratlos nach einem Gesprächsstoff suchte, sah sie mich an, als erwartete sie eine wichtige Erklärung, eine Enthüllung. Vielleicht wartete sie nur auf eine Entschuldigung von mir. Aber ich hatte nicht den Mut, auch nur mit einem einzigen Wort die Vergangenheit zu berühren, und erzählte statt dessen von meinem Studium und nahm wohl im Lauf meiner Darstellung die gönnerhafte Überheblichkeit an, mit der ich damals Nichteingeweihten die Theorien erklärte, die ich für lebenswichtig und umwälzend hielt. Nebenher fragte ich sie auch nach ihrer Arbeit in der Musikalienhandlung, worauf sie mit wenigen begeisterungslosen Sätzen antwortete. Und die Musik? fragte ich. Ja, das geht wieder, sagte sie und schwieg. Von anderen erfuhr ich, daß sie manchmal bei Veranstaltungen Klavier spielte und als Pianistin in einem Kammerorchester mitspielte. Aber sie erwähnte davon nichts.

Die Bahnfahrt wollte nicht enden. Worüber sollte ich noch mit ihr reden, wenn nichts von ihr kam als ja und nein und ein ironisches Lächeln, wenn ich von meinem Studium sprach, von dem sie ja doch nichts verstand? Ich kam mir durchschaut vor, wenn sie schwieg und lächelte, sie verwirrte mich, als besitze sie mehr Erfahrung als ich, als wüßte sie mehr, habe mehr erlebt, trotz meiner Kenntnis der großen Welt und meines Studiums. Ich mag Skelette nicht, unterbrach sie mich plötzlich, als ich von Reduktion sprach, von den Abstraktionen, mit denen man zum Kern der Dinge vordringen könne. Sie lächelte dabei, als weise sie höflich eine zweite Portion Suppe zurück, danke, ich habe genug. Hatte sie denn noch immer nicht die einfachen Umgangsregeln gelernt, daß man zuhört, bis jemand den Satz vollendet hat, auch wenn es einen nicht interessiert?

Wortlos gingen wir durch den winterlichen Stadtpark. Es war kurz vor Weihnachten. Ich war verärgert, weil sie mich mit ihrem Lächeln angelockt hatte und es dann nicht der Mühe wert gefunden hatte, sich mit mir zu unterhalten, und um meinen Ärger zu schüren, erinnerte ich mich an die Demütigung damals in ebendiesem Stadtpark, als ein Junge sagte, ich nehm die Schwarze, und mich damit für immer an zweite Stelle gesetzt hatte. Plötzlich wurde mir bewußt, daß ich sie bei aller Bewunderung immer auch ein wenig verachtet hatte für ihre intellektuelle Gleichgültigkeit, ihre Arroganz, mit der sie beiseite schob, was sie nicht verstand. Erst als sie ungeschickt auf ihren mäßig hohen Absätzen davonstöckelte, stimmte mich die Weihnachtsbeleuchtung der Geschäftsstraße etwas versöhnlicher, und erst während ich mir

vorzustellen versuchte, wie sie Schallplatten und Noten verkaufte, fiel mir ein, daß ich wieder gar nichts über sie erfahren hatte, nicht einmal, ob sie schon einen Freund hatte. Als
ich ihr gegenübersaß, war der Gedanke unvorstellbar gewesen, erst jetzt, als ich ihr nachblickte, der schmalen Gestalt
im breitgegürteten Wintermantel, mit den schlanken Beinen
und dem schwarzen Haar, das so selbstverständlich die
Form ihres länglichen Kopfs nachbildete, daß es keiner Dau-
erwelle und keines Toupierkamms bedurfte, dachte ich, die
ist doch bald neunzehn, die muß doch einen Freund haben.
Je weniger ich von Dingen und Menschen wußte, desto interessanter wurden sie mir, das war wohl auch einer der
Gründe dafür gewesen, daß mich Jana schon als Kind anzog,
und jetzt war sie mir wieder in diese Ferne gerückt. Es war
also die Neugier, die mich dazu trieb, mich wieder um diese
Freundschaft zu bemühen, vielleicht auch ein flüchtiges
weihnachtliches Harmoniebedürfnis. Ich wollte Jana wieder
meine Zuwendung schenken.

Mit Eifer ging ich daran, mein Forschungsobjekt zu er-
gründen. Ich platzte in eine Damengesellschaft meiner Mutter hinein, ich hätte Jana getroffen, was man denn so sage
über ihre Familie, was man denn so wisse? Als wäre ich
Jahre im Ausland gewesen und nicht erst drei Semester in
einer zweihundert Kilometer entfernten Stadt. Grund zum
Tratsch hatten Jana und ihre Mutter immer geboten, je weniger man wußte, desto mehr vermutete man, Leute, die sich
absondern und geheimnisvoll tun, werden schon ihre
Gründe haben, und wenn es nur Hochmut ist, auch der muß
bestraft werden durch üble Nachrede.

Also das Mädchen, die kleine Schwarze, eigentlich ein
hübsches Mädel, wenn einem der Typ gefällt, die sei nicht
ganz richtig im Kopf, war die nicht einmal in einer Anstalt
gewesen? Ist auch von der Schule geflogen, oder war es wegen irgendwelcher Drogen? Man weiß ja nicht, mit wem die

verkehren, sind ja Ausländer. Ja, ein bißchen komisch ist die
schon, schaut weg, wenn man sie anschaut, anstatt zu grüßen. Man hat sie noch nie jemanden grüßen oder mit jemandem reden sehen, die Mutter übrigens auch nicht, nur ganz
am Anfang, als die zugezogen sind. Und, na ja, diese Frau,
das war doch auch eine zwielichtige Geschichte, über die
man nur Vermutungen anstellen konnte, Gehirnschlag hatte
es geheißen, völlig unerwartet, das kann jeder sagen, da
wurde bestimmt etwas vertuscht. War ja so einsam, die Frau,
schwermütig, mußte ja trübsinnig werden, so ganz ohne
Anschluß, immer in dem Haus dort beim Wald. Man macht
sich halt seine eigenen Gedanken. Man hat ja nichts gesagt,
nur vermutet, daß da was verheimlicht wurde wegen des
kirchlichen Begräbnisses.

Janas Mutter war auch mir oft ein wenig unheimlich gewesen, ich hatte immer angenommen, ohne mich darnach zu
erkundigen, sie sei leidend. Wenn von einer kranken Frau
die Rede war, dachte ich immer an Janas Mutter, an ihren
unsicheren Gang, als sei sie eben vom Bett aufgestanden, als
schleife sie die Füße am Boden dahin. Im Spital sah man
viele wie sie. Man schämte sich ein wenig, in dieses Gesicht
zu schauen, das so aussah, als habe sie soeben geweint und
aus Müdigkeit noch nicht die Spuren der Tränen fortge-
wischt. Wenn sie lächelte, erblickte man unverhüllt ihre
Angst.

Ich ahnte schon früh, als wir noch in die Volksschule gingen und ich Jana manchmal von zu Hause abholte, daß eine
tiefe Verbindung bestand zwischen Jana und ihrer Mutter,
eine Ähnlichkeit, die unsichtbar blieb, denn sie sahen einander äußerlich nicht ähnlich. Janas Mutter war sehr groß
und schlank, mit kinnlangem hellen, fast kupferfarbenen
Haar, sehr weißer Haut und Augen, die an eine Katze erinnerten, nur daß keine Spannung in ihnen war, nicht einmal
Aufmerksamkeit, nur Müdigkeit, die Augen einer schläfri-

gen Katze. Auch ich hatte, ebenso wie die Freundinnen meiner Mutter, immer deutlich die zwei Parteien in dieser Familie gesehen, auf der einen Seite Jana und ihre Mutter, auf der anderen Eva und der Vater, dazwischen die Großmutter, die einen Schlaganfall gehabt hatte und von ihrem Lehnstuhl aus Befehle erteilte, denen sich niemand widersetzte. Sie mußte die beiden Fronten wohl zusammengehalten haben, bis sie nach einem zweiten Schlaganfall ins Altersheim kam. Danach waren die vier ohne Familienoberhaupt.

Auch von Eva sprach man, lobte sie, ein nettes, gescheites Mädchen, hübsch, immer freundlich, zuvorkommend und offen, keinem wäre es eingefallen, sie eine Ausländerin zu nennen, obwohl sie die Schwester einer Ausländerin, die Tochter einer Ausländerin war. So tolerant waren wir, ganz eine von uns war sie geworden. Und auch der Mann, der Vater der beiden Mädchen – es gab nichts an ihm auszusetzen, nett und tüchtig und zuvorkommend auch er. Und wenn man bedachte, wie schnell er dieses schöne, stattliche Haus am Waldrand gebaut hatte! Ein gutaussehender Mann, dem man das Noble, Aristokratische ansah, war er nicht Gutsbesitzer gewesen? Und trotzdem so freundlich, von Arroganz keine Spur.

Nobles, Aristokratisches hatte ich nie an ihm bemerkt, er hatte eher etwas Grobschlächtiges an sich, in meiner Erinnerung sah ich ihn ausladend und derb, jovial und ein wenig tollpatschig. Früher hatte er mit uns Ball gespielt, er schien Kinder zu mögen. Evas Freunde liefen ihm zu, er lachte viel und laut und tollte mit ihnen herum, besonders mit den Jungen. Ich glaube, Jana hatte Angst vor ihm, obwohl er immer versuchte, sie einzubeziehen, vielleicht sogar nur ihretwegen mit uns spielte. Alle sagten, er sei ein wunderbarer Vater. Manche Kinder beneideten Eva und Jana um diesen Vater. Aber ich spürte Janas Angst und bei ihrem Vater Brutalität, hinter der Fröhlichkeit eine Kälte oder Gleichgültigkeit, mit der er, wie begeistert er eben noch mit uns herumgetollt war, uns plötzlich abschütteln und ins Haus gehen konnte.

Von den Freundinnen meiner Mutter, die zum Bridgeabend kamen, konnte ich nichts Wesentliches erfahren und von Janas ehemaligen Schulkameradinnen auch nicht. Jana war ja nicht aufgefallen, sie hatte immer schon wenig geredet und war eines Tages nicht mehr zur Schule gekommen. Freundinnen hatte sie in der Schule nicht gehabt, ich war ihre einzige Freundin gewesen, die einzige Freundin, die sie in ihren neunzehn Jahren gehabt hatte. Und nicht einmal mir war sie abgegangen in den letzten drei Jahren. Wie sollten die andern sich anders an sie erinnern als an die kleine Schwarze, die nicht ganz richtig im Kopf war?

*

Die Menschen sind gut, Jana, hatte die Therapeutin gesagt, nach jedem Beispiel, das ich ihr entgegenhielt, hatte sie es eindringlich wiederholt, du mußt ihnen eine Chance geben, du mußt an ihren guten Willen glauben. Die Angst, die du spürst, diese Angst kommt aus dir selber. Auch Karin hatte gesagt, die Angst ist das Vermächtnis deiner Mutter, du mußt dich davon befreien. Ich wollte mich ja befreien unter ihren freundlichen, eindringlichen Blicken, ich war ja willig, aber wie? Du mußt den Menschen entgegengehen, den halben Weg nur, dann kommt alles von selber. Nicht nur entgegengegangen bin ich den Menschen, nachgelaufen bin ich ihnen, ich bin Eva nachgelaufen, jetzt stehst du schon wieder da, hatte sie mich angefahren, ich bin der Mutter ins Schlafzimmer nachgelaufen, sie hat zu weinen begonnen, und dann bin ich Sonja nachgelaufen, zur neueröffneten Flußpromenade hinunter, wo wir ein Paddelboot mieten wollten, ein Paddelboot für zwei, natürlich hatte ich mich darauf gefreut, aber als ich zum Anlegeplatz kam, saß Sonja schon oben auf dem Dampfer mit Freunden aus ihrer Klasse und rief herüber zum Ufer, kein Platz mehr frei, und als der Dampfer zur Flußmitte trieb, winkte sie mir fröhlich zu. Immer bin ich jemandem nachgelaufen und habe mich abhängen lassen. Jana, du bist einfach zu intensiv, das halte ich nicht ständig aus, du hängst dich an mich wie eine Klette, und ob ich denn keine eigenen Wege zu gehen hätte. So war ich immer zurückgeblieben und hatte das Nachsehen gehabt, das lange, sehnsüchtige Nachsehen.

Mit den kleinen Spuren der Verlassenheit beginnt das Schweigen zu wachsen, sie lagern sich an ihm ab und lassen es zur unübersehbaren Leere anwachsen. Aber von diesen Spuren will keiner etwas hören, sie beweisen nichts als meine Untauglichkeit für die Härten des Lebens. Der angebissene Apfel zum Beispiel, von dem der Vater behauptete, er sei nicht von ihr, obwohl es die Abdrücke ihrer Zähne waren, wie konnte der Mann, mit dem sie fünfzehn Jahre lang verheiratet gewesen war, die Abdrücke ihrer Zähne nicht mehr erkennen? Und ich konnte nicht mehr wegsehen von diesen Abdrücken, ich holte den Apfel wieder aus dem Mülleimer, in den ihn der Vater geworfen hatte, und legte ihn in meinen Schreibtisch, bis er verfault war. Auch der kalte Kaffee in der halbleeren Schale war noch auf dem Tisch gestanden, als man sie in ein Leintuch wickelte, vom Kopf bis zu den Füßen, auch ihn rettete ich vor dem Ausgeleertwerden, er stand noch tagelang in meinem Zimmer und erinnerte mich, daß dieses Haus unbewohnbar geworden war.

Das Leben geht weiter, sagte der Vater nach dem Begräbnis, ihr müßt versuchen, euch abzulenken. Es machte ihn verlegen, jetzt allein mit uns zu sein. Schon nach einer Woche schien er die Leere nicht mehr wahrzunehmen, er lachte wieder, machte die alten Witze, schaute dann nur manchmal wie ertappt zu mir und wurde ärgerlich, nimm's doch nicht so schwer. Früher hatte er sich immer auf seine umständliche Art, der man die Absicht anmerkte, um mich bemüht, so, Jana, jetzt komm her zu mir, jetzt nehme ich mir extra Zeit für dich, jetzt zeig, was für ein liebes Kind du bist, jetzt lach für deinen Papa, und weil ich nicht lachte, kitzelte er mich, bis ich lachen mußte. Aber jetzt schaute er mich nur mehr irritiert und verlegen an, so, Jana, jetzt reiß dich zusammen, denk an was Lustiges, geh unter die Leute, geh zu deinen Freunden. Ich habe keine Freunde, Vater, das weißt du doch. Ich habe Angst vor den Leuten, das müßtest du doch wissen, aber gar nichts weißt du von mir, hast auch von unserer Mutter nichts gewußt, hast sie in den Tod getrieben mit deiner Gefühllosigkeit. Häng nicht so herum, verdammt noch einmal, reiß dich zusammen, das hast du auch zu ihr immer gesagt, hast sie ins letzte Eck dieses Hauses getrieben mit deiner Forderung nach Lebenslust, Normalität und Ordnung. Dann geh halt zum Psychiater, aber laß mich in Ruh mit deinen Problemen, hast du sie angeschrien, und jetzt schreist du mich an, sprich dich doch bei deiner Freundin einmal aus, du hast doch eine Freundin, oder nicht?

Nein, ich habe keine Freundin. Meinst du Sonja? Die ist den Fluß hinuntergefahren, das war das letzte, was ich von ihr gesehen habe. Und drei Wochen davor, beim Maifest, hat sie mir vom Karussell zugewinkt und ist dann auf der anderen Seite abgesprungen. Wir hatten uns verabredet, ich hatte doch immer Angst davor, allein irgendwohin zu gehen, und dieser Triumph in ihren Augen, als sie vom Karussell aus winkte! Wegen einer einzigen roten Rose, um die sie mich beneidet hatte. Es lag mir nichts an roten Rosen, aber es lag mir an ihrer Freundschaft, die ihr weniger wert war als eine rote Rose. Für sie war es leicht, sie setzte sich zu den andern, zu denen sie gehörte, und warf verstohlene Blicke herüber, dorthin, wo sie mich vermutete, sie wußte ja, nie würde ich allein ins Bierzelt kommen, mich zwischen den Bänken durchzwängen bis zu ihrem Tisch, um sie zur Rede zu stellen. Nur solange sie sich freiwillig und offen zu mir bekannte, hatte ihre Freundschaft für mich einen Wert. Ich ging also weg, ein wenig erleichtert sogar, es gab keinen Grund mehr, daß ich mich in diesem Geschrei und Gewühl herumstoßen ließ, ich gehörte nicht dazu, und Sonja war zu den anderen übergelaufen.

Am Tag darauf fuhren wir wie immer gemeinsam zur Schule, aber ich merkte, daß sie Streit suchte, sie nörgelte an mir herum, sie verspottete mich, mein Klavierspiel, meine Herkunft, sie habe gehört, daß dort, wo ich herkomme, die Schweine im Winter mit der ganzen Familie auf dem Ofen schliefen, daß man dort das unter dem Sattel plattgerittene Fleisch roh verzehre. Und ist es wahr, daß deine Mutter Karten aufschlägt und aus der Hand liest? Sie redete so laut, daß alle im Zugabteil es hören konnten, und ich saß da, im fahrenden Zug, von den vielen Blicken festgenagelt, und konnte nicht weglaufen, ich hätte aus dem fahrenden Zug springen mögen, verlassen und preisgegeben von meiner besten, meiner einzigen Freundin, die mich einmal so bedingungslos aufgenommen hatte in die Gesellschaft der andern. Schweigend hatte ich die Demütigungen dieser unerträglich langen Fahrt ertragen. Erst als wir auf der Straße waren, wehrte ich mich, schüchtern und einer unbegreiflichen Schuld bewußt, denn es ging wie immer, das spürte ich deutlich, um etwas Größeres, das wir nicht begriffen. Ich verstand nicht, warum sie mich plötzlich so sehr haßte, aber ich ahnte, der Haß war nicht erst heute entstanden, er war so alt wie unsere Freundschaft, vielleicht hatte er sogar etwas mit ihr zu tun. Erst viel später, als Achim sich auf die gleiche Weise gegen mich wandte, erkannte ich, daß dieser Haß der Preis war, mit dem ich am Ende immer wieder die Nähe bezahlen mußte, diese blitzschnelle Wendung, in der die Faszination an der Fremden in Widerwillen umschlug.

Du widerliche kleine Hexe, hatten sie mich beide genannt und sich nicht absprechen müssen, wie sie mich am besten treffen konnten. Sonja hatte es nach acht Jahren Freundschaft gesagt und Achim nach sieben Jahren Ehe. Nach so langer Zeit der Vertrautheit noch immer das abgrundtiefe Mißtrauen der Fremden gegenüber. Du Hexe. Das war ich. Ich konnte es sehen, so gut wie sie, so als sähe ich mich von außen, wie sie mich sahen, und wußte von nun an die Blicke zu deuten, die neugierigen, gierigen, heimlichen, lüsternen aus der Menge, im Zug, im Autobus, die sich verstohlen festsaugten, immer wieder zurückkehrten aus den Augenwinkeln zu meinem Haar, meinen Augen, meiner Haut, und ich sah mich selber sitzen, betrachtete mich mit fremden Augen, mißtrauisch und fasziniert wie sie, und wurde, zu mir zurückkehrend, in mich einkehrend, von einer Scham erfüllt, die mich immer wieder in die luftlose, schmutzige Höhle stieß, in der ich dem Bild, das sie sich von mir machten, zum erstenmal begegnet war.

Ausgerechnet an einem Weihnachtsabend war es, während die Mutter und die Großmutter im Wohnzimmer den Christbaum schmückten, daß ich den langen dunklen Nachmittag vor der Bescherung über dem Buch lag, das mich hineinzog wie keines zuvor, obwohl ich es nicht verstand, nur die Bilder blieben in meinem Gedächtnis haften und quälten mich noch lange danach. Von Hexen handelte es, von nackten häßlichen Frauen im Dampf der Hexenkessel, die Kräuter brauten und heiser Zaubersprüche zischelten, Bilder voll Grauen und einer mir damals noch unverständlichen, verschämten Wollust, und ich fühlte mich schuldig, ohne zu wissen warum, erst später, unter den Blicken aus Gier und Abscheu, fühlte ich sie wieder, diese Schuld, diese Scham. Rot und schwefelgelb waren die Farben und ein pelziges Grün, und es war schwül wie in den Tropen. Dicker Opferrauch quoll in Schwaden, und um die Bronzestangen wanden sich giftgrüne Kobras, eingeschläfert vom gelben stinkenden Rauch. Es war eine brodelnde Höhle, abgeschlossen von der Außenwelt, und ich weiß nicht mehr, nach so vielen Jahren, was in den Kesseln kochte, Kröten, Kräuter oder Knochen. Und über dem Boden der Höhle, wie Unrat, hockten alte zahnlose Frauen mit verfilztem Haar, und die Luft vibrierte in der Hitze der bläulichen Flammen, die an den Kesseln entlangleckten.

Erst viele Jahre später, am Ende meiner Reise, als ich das Urteil längst angenommen hatte, als mich die Blicke nicht einmal mehr verletzten, betrat ich einen Tempel, der einer mächtigen Göttin geweiht war und zu dem nur Frauen Zutritt hatten. Mir war, als träte ich in die Hexenhöhle meiner Kindheit ein, und zum erstenmal sah ich sie als einen Ort der Zuflucht. Die Altarräume lagen einer hinter dem andern, Frauen in bunten Gewändern wanderten umher, beteten, rasselten mit Opferschellen, und weißlich-helle Sonnenstrahlen sickerten durch den Rauch der Opferstäbe aus hohen, runden Fenstern. Je weiter zurück in den Felsen hinein die Altarräume führten, desto dunkler und kühler wurden sie. Im schwachen Licht sah ich die überlebensgroße Gestalt der schwarzen Göttin, mächtig und breit und in bunte Schleier gehüllt. Eine Zauberin, eine Hexe, Ursprung des Lebens und Spenderin des Todes in gleichem Maß. Beim Anblick ihrer mächtigen Glieder war alle Angst, alle Schuld und Fremdheit getilgt, einen Moment lang hatte alles, was geschehen war, seine Richtigkeit.

*

Langsam und mühsam nahmen wir unsere unterbrochene Freundschaft wieder auf, aber zu vieles hatte sich geändert: wir lachten nicht mehr so wie früher, wir wußten weniger mit uns anzufangen, wir verabredeten uns in Cafés und an

Straßenecken, gingen verlegen nebeneinander auf Kieswegen und Straßen, den Blick auf die Schuhspitzen gerichtet, die Fährten durch den Kies zogen, und führten stockende Gespräche, ohne je etwas zu berühren, was uns einander vielleicht hätte näherbringen können, aus Angst, Vergangenes aufzuwühlen, und dennoch voll Sehnsucht nach der früheren Vertrautheit, um deretwillen ich es immer wieder von neuem versuchte, Jana nahezukommen, trotz des Schweigens, das jedesmal bedrückend zwischen uns stand, dicht, greifbar fast, und mir die Luft zum Atmen nahm.

Was machst du so in deiner Freizeit, am Abend, meine ich?

Ach, nichts, nicht viel, Klavier und so.

Ich würde dir gern einmal wieder zuhören. Ich hatte inzwischen erfahren, daß sie manchmal vor Publikum spielte, aber nie lud sie mich ein.

Nur kleine Sachen, nichts Besonderes.

War sie vielleicht doch enttäuscht, daß sich die große Karriere nicht einstellte?

Und wie geht's dir so?

Wieso?

Ich frag nur.

Ach so.

Und im Geschäft?

Das geht.

Lange hielt ich diese abgewürgten Gespräche nie aus. Nach ihren einsilbigen Antworten rührte sie im Kaffee und sah mich an, als erwarte sie nun etwas Wichtiges von mir. Als hätte sie meine Fragen schnell abtun müssen, damit ich endlich zum Thema kommen könne.

Was erwartete sie? Ich wurde unsicher, fühlte mich überfordert, ratlos, redete schnell, was mir gerade einfiel, merkte, daß sie aufgehört hatte, mir zuzuhören, rief irritiert nach Wassergläsern, Servietten, Kellnern, Rechnungen, log ihr etwas von einem dringenden Termin vor, den ich noch hätte.

Sie war mir unheimlich. Was ging in einer vor, der die Ärzte bestätigt hatten, daß sie verrückt sei? In welchen Abgründen war sie gewesen, und wozu war sie fähig? Fasziniert und nicht ohne Furcht sah ich ihr zu, wie sie Sätze suchte, während ihre Augen in die Ferne wanderten, aus der sie den Sinn herbeizuholen schien. Eine Verrückte, dachte ich, ein wenig stolz darauf, ihre Freundin zu sein, und rief mir die Spuren ihrer Verrücktheit ins Gedächtnis, ihren bohrenden Blick, die Anspannung der Halsmuskeln, die Verkrampftheit in den Händen, in der vorgestreckten Kopfhaltung und überhaupt das enge Gesicht, immer gespannt und ängstlich und nach jeder Antwort schon wieder weit weg. Jeden Satz warf sie hastig hin und verstummte gleich wieder, als sei sie über das Gesagte erschrocken. Dabei sagte sie nichts, was aufhorchen ließ, ich hatte sie nie für besonders intelligent gehalten. Manches, was sie sagte, ergab wenig Sinn, vieles war einfach nur banal. Trotzdem, obwohl ich mich geistig ihr überlegen fühlte, hätte ich oft am liebsten gerufen, zuviel, zuviel, du mutest mir zuviel zu. Ich hatte meist nicht genug Kraft für sie, ihre Gegenwart glich einem Gewicht, das mich niederdrückte und mich, mit dem Gesicht zur Erde, begrub, mir jeden Gedanken wegpreßte. Eine Freundschaft stellte ich mir damals anders vor, als lockeres Zusammentreffen, Lachen, Plaudern, Diskutieren und jederzeit unbeschwert Aufstehen- und Fortgehenkönnen.

Oft ging ich ihr aus dem Weg, dachte, heute halte ich sie nicht aus. Ich wollte nicht beschlagnahmt werden mit Haut und Haar, seit ich entdeckt hatte, daß es unzählige Möglichkeiten zu leben gab. Ich wollte noch lange nicht festgelegt werden. Aber von Jana ging die unausgesprochene Forderung aus, mich festzulegen, die Forderung nach Eindeutigkeit. Es kam mir so vor, als erwartete sie, daß ich ihr das Leben erklärte, mit einer fertigen Gebrauchsanweisung: so wird es gemacht, so wird gelebt. Fast unterwürfig schwieg sie, forderte schweigend meine Nähe und daß ich sie und ihre sprachlosen Erwartungen an mich aushielt. Ich aber hatte die Philosophie entdeckt und das Vergnügen endlosen Redens.

Fremder waren wir einander auch damals nicht gewesen, als unsere Freundschaft das erstemal zu Ende ging, aber dennoch war jetzt wieder die frühere Anziehung da, ich wurde von einer unverständlichen Freude erfaßt, wenn ich sie zufällig auf der Straße traf, obwohl ich dann, wenn ich sie überredet hatte, noch ins Kaffeehaus mit mir zu gehen, wieder nichts mit ihr anfangen konnte und die Spannung bald unerträglich wurde. Ich glaube, auch sie spürte diese sprachlose Verbindung, die es zwischen uns gab. Es war eine Vertrautheit, wie ich sie manchmal bei geschiedenen Ehepaaren beobachtet habe, die einander nichts mehr zu sagen haben und trotzdem die früher vorhandene Nähe nie mehr ungeschehen machen können. Aber Jana und ich wußten kaum etwas voneinander, wir hatten nie zur anderen von uns selber gesprochen. Ich hatte nicht das Bedürfnis, über mich zu sprechen, ich hatte gelernt, das Persönliche in allgemein verbindlichen Thesen zu verbergen, es ging mir um Ideen, seltener um Gefühle, es ging mir um Zusammenhänge, um Erkenntnis, und manchmal einfach nur darum, meinen Verstand arbeiten zu fühlen. Aber mit Jana zu diskutieren war unmöglich, sie fühlte sich von Argumenten persönlich angegriffen, sie fühlte sich unverstanden. Ich entwickelte einen Gedankengang vor ihr, erstaunt über die Akrobatik, zu der mein Intellekt fähig war. Siehst du, fragte ich sie, siehst du das ein, aber sie hatte nichts begriffen, feindselig schaute sie zu mir herüber. Den einfachsten Erklärungen verweigerte sie sich durch ihr Schweigen. Dann stand sie wortlos auf und ging weg.

Zugegeben, ich hatte genug Gelegenheit, meinen Verstand zu üben. Und wenn ich nach zwei oder drei Wochen von der Universität nach Hause kam, traf ich dieselbe Jana wieder, von der ich mich vor Wochen und Monaten verabschiedet hatte: unverändert, dieselbe Frisur, derselbe unsichere, zögernde Gang, dasselbe angespannte, fragende Gesicht. Nichts änderte sich an ihr und an ihrem Leben, das ich mir eintönig und trostlos vorstellte. Täglich im selben Zug zur Arbeit, täglich sechs Stunden in demselben Raum, meist untätig, wie viele Käufer von Schallplatten und Notenheften gab es denn schon an einem gewöhnlichen Wochentag mitten im Jahr, zwei Stunden Mittagspause, versessen, vertrödelt, niemand, der sie vom Geschäft abholte, keine Kollegen, mit denen sie sich außerhalb der Arbeit traf, und am Abend um sechs immer mit demselben Zug nach Hause. Wohl mußte es auch Abende geben, an denen sie in einem Privathaus mit anderen musizierte oder die gelegentlichen Konzerte besuchte, die in der Kleinstadt zu hören waren, aber mir gegenüber erwähnte sie die Musik nie, mit keinem Wort. Ihre Hauptbeschäftigung schien das Warten zu sein. Sie saß in Kaffeehäusern herum und wartete. Vielleicht war es nur das Warten bis zwei Uhr, wenn ihr Geschäft wieder aufsperrte. Aber auch an Wochenenden wartete sie, auch am Abend, wenn ich sie zufällig im Zug traf, wartete sie noch – man sah es an der Art, wie sie dasaß, wie sie mich ansah, das Warten war ständig in ihren Augen, und vor allem war es in ihrem Schweigen.

Da tauchte unvermutet die andere auf und gab Janas Warten eine Richtung. Ich bemerkte gleich die Veränderung an ihr, als ich sie an einem Freitagabend vom Geschäft abholte. Ich hatte sie überraschen wollen, aber sie begrüßte mich kühl und sagte, sie müsse noch schnell einen dringenden

Anruf machen. Während ich wartete, betrachtete ich das für Ostern hergerichtete Schaufenster und machte eine Bemerkung darüber, als sie eilig und zerstreut herauskam. Streng, mit unerwarteter Bestimmtheit widersprach sie mir und fügte hinzu, Karin würde das auch so sehen. Wer ist Karin? fragte ich. Karin ist meine Freundin. Ich fühlte mich angegriffen und zurückgewiesen. Bei der Heimfahrt fiel der Name noch öfter. Karin sagt, damit begannen und endeten ihre Sätze. Ich hatte eine neue Gesprächspartnerin: Karin. Zu allem, was ich sagte, gab es einen Ausspruch von Karin. So lernte ich sie kennen, lange bevor ich sie zu Gesicht bekam.

In den zwei Monaten meiner Abwesenheit hatte diese Karin Jana völlig in ihre Macht gebracht. Sie hatte Jana zu sich nach Hause eingeladen, ihr Wein und Zigaretten gegeben und die innersten Gefühle aus ihr herausgewühlt. Ihre Mutter, ihren Spitalaufenthalt, nichts ließ sie unangetastet und unbesprochen. Sie war unerbittlich, sie erlaubte Jana keine Geheimnisse. Und Jana fühlte sich verstanden und erzählte ihr alles, nachmittagelang, nächtelang. Die andere gab nichts von sich, Jana wußte nicht einmal, wie alt sie war. Sie wußte nur, daß sie Psychologin war, und auch das hatte sie im Geschäft erfahren. Ihre Scheu, ihre Bewunderung erlaubten es ihr nicht zu fragen. Atemlos saß sie ihr zu Füßen, so stellte ich mir die beiden vor, und Jana öffnete sich zum erstenmal in ihrem Leben ganz und rückhaltlos, sie verausgabte sich. Zu mir war sie jetzt kühler, distanzierter, es kam mir so vor, als wartete sie nicht mehr so angespannt. Oder als erwartete sie nichts mehr von mir. Es hätte mir recht sein können.

Einmal, es war schon warm, und die Tische und Sessel standen in der Sonne vor den Kaffeehäusern, winkten die beiden mich an ihren Tisch. Ich wurde Zeugin von Janas atemloser Unterwürfigkeit, mit der sie sich beeilte, allem zu-

zustimmen, was die andere sagte, und der Selbstsicherheit Karins, die Janas zögernde Sätze selbstherrlich interpretierte und neu formulierte. Jana stimmte allem zu, ihre Haltung, wie sie dasaß, leicht vorgebeugt, den Blick niedergeschlagen und unbestimmt lächelnd, drückte Demut aus. Wenn sie die Augen zu Karin hob, lag Verehrung in ihrem Blick. Ich empfand die Situation fast als widerwärtig und geriet mit Karin in einen Wortwechsel, und Jana saß mit entsetzten Augen dabei, als würde ihr Heiligtum entweiht. Neugier schien Karin nicht zu kennen. Sie hatte keine einzige Frage gestellt, sie hatte nur Meinungen geäußert, mit solcher Autorität, daß es Mut brauchte, ihr zu widersprechen.

Bald sprach Jana nicht mehr von Karin als ihrer Freundin. Meine Ersatzmutter, sagte sie, Karin ist eine Frau, die mich ganz versteht, ich verdanke ihr unendlich viel. Karin hätte ihre Mutter sein können, eine Frau um fünfzig, mit aufgedunsener fleckiger Haut, wäßrigen Augen und brutalen Gesichtszügen, die zu ihrer rundlichen, mütterlich wirkenden Gestalt in Widerspruch standen. Sie war intolerant bis zum Jähzorn, das war in dem kurzen Gespräch im Straßencafé deutlich geworden. Und Jana fürchtete sie auch ein wenig, aber das wußte sie nicht. Die Angst habe Karin ihr genommen, erklärte sie mir. Plötzlich hatte Jana eine klare Vorstellung von der Zukunft, das deutete sie zumindest an, aber sie scheute sich, davon zu sprechen, statt dessen sprach sie voll Hoffnung vom Platz im Leben, den es auch für sie gebe, Karin habe es ihr versprochen.

Karin, meine neue Gesprächspartnerin, die durch das Medium Jana mit mir sprach und manchmal rechthaberisch mit mir stritt, wußte alles. Sie wußte mit Sicherheit, daß Janas Depressionen von ihrer Mutter kämen, die ihr schon als Säugling das Leben zerstört habe. Es kostete Jana Selbstüberwindung, das zuzugeben, aber es mußte ausgesprochen werden um der Heilung willen, damit der Platz im Leben freigegeben würde. Mit dem Eifer religiöser Fanatiker bekehrte Karin Jana zu ihrer Ideologie. Und Jana, die doch Zusammenhänge nie begriffen hatte, verstand plötzlich alles und erklärte es mir herablassend. Daß ihre Mutter sie schon vor der Geburt abgelehnt und damit beinahe ihr Leben zerstört und daß Karin sie in einer neuen Mutterbindung gerettet habe. Alles verdanke ich dieser Frau.

Und was weißt du von ihr?

Nicht viel, sie redet nicht über sich selber.

Auch zur Musik hatte Karin eine Theorie. Sie überzeugte Jana davon, daß in ihrer starken Beziehung zur Musik eine pathologische Komponente liege, und verbot ihr die Kammermusik. Ich wurde wütend. Jana zuckte die Achseln, es ist wichtiger, den Platz im Leben zu finden.

Wie glaubt deine Karin, daß du das anstellen sollst?

Ich bin zu ruhelos, zu unstet, bezichtigte sie sich mit Worten, die nie die ihren gewesen waren, ich habe keine Wurzeln.

Na und, was ist daran so schlimm? fragte ich sie.

Jana wußte es auch nicht, aber es passe mit ins Bild, daß sie sich zur Musik hingezogen fühle, der gegenstandslosesten aller Künste, der bindungslosesten.

Und du glaubst das?

Karin sagt es, mir sind ja auch die Gefühle mittlerer Lage fremd.

Was sind die Gefühle mittlerer Lage, wollte ich wissen, zornig und belustigt.

Wärme, Herzlichkeit und Treue. Ich lebe in Extremen, ich habe keine Wurzeln und keine Bezüge. Jana war sehr unglücklich darüber und sehr dankbar, daß Karin sie dennoch nicht verstoßen hatte.

Ich begann zu begreifen, aus welchem Lager Karin kam, aber Jana wies meine Warnung empört als Verleumdung zurück, behauptete, ich sei eifersüchtig auf Karin, was auch stimmte, und sah erwartungsvoll der Zukunft entgegen, dem Platz im Leben. Eine mittelalterliche Vorstellung, hielt ich ihr vor. Ein Heim, der Mann fürs Leben, Kinder, Zufriedenheit, meinte Karin. Glück, hörte Jana, Geborgenheit, Liebe, die Erfüllung aller Sehnsüchte, das Einssein mit sich selber. Und der Weg dorthin? Selbstverleugnung, Hingabefähigkeit, Selbstaufopferung, Treue, riet Karin, und Jana trug die Ratschläge mit sich herum wie wertvolle Schlüssel zum Paradies. Wann kommt er, der Mann fürs Leben, fragte Jana atemlos vor vorweggenommenem Glück. Du wirst es wissen, du wirst es spüren, nur mußt du bereit sein, offen sein, bereit, dich selber aufzugeben und in einem Größeren aufzugehen. War das zuviel für die Zulassung zum Paradies? Es wird dir nicht schwerfallen, du wirst ihn lieben, beruhigte Karin. Und die Musik? Alles wird dann bedeutungslos werden, wenn du am Ziel bist, es wird schöner sein als alles, was du dir vorstellen kannst.

Janas spät erwachte Sexualität hatte eine Richtung bekommen, eine Weihe. Sie sehnte sich ja nach nichts Geringerem als nach dem Platz im Leben. Sie ließ sich die Haare wachsen, sie kaufte sich neue Kleider, kurze Röcke, enge Hosen, die Figur betonende Pullover, sie schminkte sich, sie war bereit, sie wußte, worauf sie wartete. Was die Pubertät, was die Ärzte in der Klinik nicht geschafft hatten, Karin hatte es erreicht. Die Kindheit war vertrieben, Jana war bereit, so zu werden wie alle anderen.

*

Lange nannte ich sie nur heimlich beim Vornamen, sagte ihn mir immer wieder vor und konnte nicht genug bekommen von dem Namen, diesen Silben, gemischt aus Härte und Wohlklang, laut redete ich sie mit ihrem Familiennamen an oder sagte Frau Doktor, nie hatte sie mich zu mehr

Vertraulichkeit ermuntert. Es tat mir schon unendlich wohl, wenn sie sagte, mein liebes Kind. Beschwingt verließ ich um fünf Uhr das Geschäft, zum erstenmal fast frei von Angst. Sie war wieder dagewesen, hatte gesagt, Sie können mich zwischen vier und sechs anrufen, ein Anruf würde mich freuen. Ich stürzte zur nächsten Telephonzelle, wählte mit zitternden Fingern und fürchtete, ihre Stimme nicht zu hören, so laut hämmerte mir das Herz in den Ohren. Was war denn los mit mir, hatten sie mich im Geschäft gefragt, augenzwinkernd und anzüglich, verliebt? Aber sie war doch eine Frau, um vieles älter als ich, fast so alt, wie meine Mutter gewesen wäre, wenn sie noch gelebt hätte, nicht einmal eine schöne Frau war sie, rundlich, mit derben Händen und dicken Beinen, obwohl ich das damals nicht wahrnahm, überhaupt nichts an ihr nahm ich wahr als ihre Nähe, die Selbstsicherheit ausstrahlte, mich einhüllte in diese Sicherheit, und ihre mattblauen Augen, die mir gütig erschienen. Ich hatte keine Erfahrung mit blauen Augen. Als der Telephonhörer abgehoben wurde und ich auf den Zahlknopf drückte, erstickte ich fast an meinem Herzschlag, preßte dann doch meinen Namen heraus und eine schnelle Entschuldigung dafür, daß nur ich es war, die sie anrief und zu stören wagte. Aber Sie stören doch nicht, rief sie, sie freue sich, von mir zu hören, freue sich auf meinen Besuch. Als ich aus der Zelle trat, war ich so benommen, daß ich stehenblieb und schwindlig wie im Nebel um mich sah. Randvoll war mein Leben vor Glück, doch nein, verliebt war ich nicht, obwohl ich damals noch nicht die Erfahrung besaß, das Gefühl zu benennen. Ich liebte, ich verehrte, kindlich, inbrünstig, mit vorbehaltloser Hingabe, nie hätte ich zu fordern, zu träumen gewagt, wie eine Verliebte es tun darf.

Sie kam zur Ladentür herein, lachend, immer fröhlich und voll Energie. Ich habe Konzertkarten, wollen Sie mitkommen? Ohne mich nach meinem Namen zu fragen, ohne mich anzusehen mit dem lauernden Blick, den ich kannte, ohne die Frage, die ich fürchtete, Sie sind doch nicht von hier? Nichts schien sie von mir zu wollen als meine Bekanntschaft, sie fragte mich nicht aus, ich begann von selber zu erzählen und merkte es gar nicht. Sie hörte mir zu, aufmerksam, nickte häufig, als sei sie ganz meiner Ansicht, erinnerte mich ein wenig an die Ärztin im Spital, aber ihre Anteilnahme endete nicht nach fünfzig Minuten, sie dauerte, solange ich reden wollte, ihr Schweigen war wie ein Gespräch, mit dem sie mich behutsam weiterführte, sie hüllte mich ein in die Geborgenheit ihrer festen Hände, die sie manchmal auf meine nervös zupfenden Finger legte. Von sich selber erzählte sie nichts, und ich wagte nicht, nach ihrem Leben zu fragen, im Geschäft nannte man sie beflissen Frau Doktor, eine gute Kundin, kaufte teure Platten, liebte Oratorien und Kirchenmusik, immer das Neueste und Beste für die Frau Doktor zur Seite legen, eine wohlhabende Frau, vermutete man, unverheiratet oder verwitwet. Im Kaffeehaus bezahlte sie für mich, immer lud sie mich ein, ich nahm ihr Geld als Liebesbeweis, als weiteres Zeichen der Geborgenheit, die sie verströmte, undenkbar, in ihrer Gegenwart Angst zu empfinden. Nicht überheblich erschien sie mir, nur ganz und gar sicher und angstfrei, als wäre die ganze Stadt ihr Wohnzimmer.

Lange Zeit nannte ich sie heimlich meine zweite Mutter, konnte nie genug bekommen von ihrer Gegenwart, die ich auszudehnen suchte in endlosen Selbstgesprächen, Dialogen vom Aufstehen am Morgen bis in die Nacht hinein, zum Reden war mir zumute wie noch nie, unermüdlich wollte ich mich selber erklären, sie sollte mich ganz kennen, sie sollte der erste Mensch sein, für den ich ganz offen dalag. Ganz zu ihrer Verfügung wollte ich stehen, ein Anruf von ihr, eine Postkarte, schon war ich unterwegs zu ihr, beredt und glückselig, während ich Jacke und Tasche zusammenraffte, unbemerkt zur Tür hinaus zu jeder Tageszeit. Endlich hat Jana einen Freund, sagte der Vater. Ich redete und redete mit ihr, keine Minute, in der ich nicht ein neues Stück von mir ausgrub und ihr zu Füßen legte, wie eine Opfergabe, atemlos, war es ihrer Aufmerksamkeit würdig? Sie aber betrachtete diese Gaben mit Kennermiene, Unaufgearbeitetes, sagte sie, der unerträgliche Angstdruck, die große Fremdheit, die Einsamkeit: Kindheitstrauma, sagte sie, Liebesentzug, Urängste, orale Phase. Ich fühlte mich geschmeichelt, ich fühlte mich bestätigt, es gab Namen dafür, es durfte die Angst geben, es durfte mich geben.

Aber nein, so wie ich war, durfte es mich nicht geben. Wir gingen auf Wanderungen, nie hatte ich eine Ahnung, wohin wir gingen, blind folgte ich ihr, immer auf schmalen Wegen, an felsigen Bächen entlang, und sie befahl mir, nein, sie blieb stehen und redete mir zu, immer mehr von mir abzulegen. Glaub mir, sagte sie, es tut weh, aber es muß sein, habe ich dich jemals in die Irre geführt? Nein, das hatte sie nicht, jeder Weg mit ihr führte zu einem Ziel, mit Karin verirrte man sich nicht. Also vertrau mir! Deine Mutter, der du deinen armseligen Zustand verdankst, deine Mutter, die alles an dir verbrochen hat, was man an einem Menschen verbrechen kann, wirf sie von dir, treib sie aus wie einen Teufel, nicht im Wachen und nicht im Traum sollst du sie als deine Mutter mehr anerkennen, ich bin deine Mutter. Gehorsam riß ich das Bild aus dem Spiegel, das schmale leidende Gesicht, die müden sanften Augen. Reiß es heraus, und du wirst dich selber sehen, neu geboren. Nichts sah ich im Halbdunkel, das Leuchten der Wiedergeburt blieb aus. Jana, du machst es mir schwer, sagte Karin.

Und nun wollen wir an die Zukunft denken. Wir waren durch dichten Nadelwald gewandert, immer bergauf, wie sicher sie den fast unsichtbaren Weg fand, obwohl es dunkel wurde. Gib mir die Hand, fühlst du dich sicher in meiner

Nähe? Ja, Frau Doktor, sagte ich, glücklich über die Wärme ihrer Hand zwischen meinen kalten Fingern. Der Nebel kroch in die Talsenke, in die wir hinunterstiegen. Wir wollen das Kranke ausmerzen, sagte sie, die Angst wollen wir überlisten, deine Mutter wollen wir zurücklassen im finstern Wald, alles, fast alles wollen wir aufgeben, damit wir die Zukunft erreichen. Auf halber Anhöhe endlich das Ziel. Hier wollen wir übernachten, aber bleib zuerst stehen, und schau hinein durch die Vorhänge ins helle Wohnzimmer! Jetzt bist du noch draußen, hast noch zu viel Dunkelheit an dir, zu viel Krankes, jetzt frierst du und bist müde, aber so wird es sein, wenn du am Ziel bist. Du wirst nicht mehr draußen stehen und sehnsüchtig zum Fenster hineinschauen, du wirst drinnen sein in der Helligkeit, in der Wärme, und alles wird dir gehören, die Reihe hellerleuchteter Zimmer, die Möbel, das Geschirr, du wirst nicht mehr bitten müssen, die Kinder am Tisch, dein Besitz, die saubere Küche, schau, wie blitzblank, und der Mann. Du wirst ihm in Liebe untertan sein. Wir gingen hinein, es roch nach Geräuchertem und Zwiebeln, es roch nach Sauberkeit und schwerer zufriedener Schläfrigkeit, die Konturen der Erwachsenen flossen ineinander, es gab flüchtige Berührungen voll Wärme und ruhige träge Stimmen. Fühlst du dich wohl, Jana? Ja, hier könnte ich bleiben. Wenn du am Ziel bist, brauchst du nie wieder aufzubrechen. Aber jetzt gehen wir schlafen. Ich schlief unter dem Gemurmel der Stimmen im Nebenzimmer ein. Im Traum war ich am Ziel, Karin hatte mich hingeführt, sie hatte mich an der Hand genommen, und wir hatten eine große Wüste durchquert, wir hatten von fern das Tier gesehen, furchtlos hatte ich es betrachtet, es starrte mich an und hatte die Augen meiner Mutter. Aber Karin hielt mich an der Hand und führte mich mit ihrer großen Sicherheit und ihrem unbeirrbaren Wissen in die Richtung, in der das Ziel lag. Das Ziel war ein weißgetünchtes

Haus, ich erkannte es, als wir in die Pappelallee einbogen, sie brauchte es mir gar nicht zu sagen, das ist dein Platz im Leben, ich hatte das Haus wiedererkannt, kein Schatten lag auf der Sonnenuhr. Von da an vertraute ich ihr blind.

Einige Minuten lang ließ sie mich meine Lieblingssonate spielen, ihre Bewunderung hätte mich glücklich gemacht. Doch plötzlich nahm sie mir die Noten weg, ich hielt es für einen Test meines Könnens, ich brauchte keine Noten für dieses Stück. Schluß, sagte sie laut, ja, ja, sagte sie ungeduldig, ich kenne es ja, dieses Stück, ist ja ganz hübsch, wie du es spielst, aber hier, genau hier liegt die Krankheit. An diesem Abend lief ich weinend nach Hause, nach meinem ersten großen freiwilligen Verzicht. Aber ich glaubte fest, ihre Freundschaft und die Gewißheit des Ziels seien dieses Opfer wert. Kein großes Opfer, Jana, du spielst ja nicht wie eine Künstlerin, sondern wie eine, die reif ist für die psychiatrische Abteilung, glaub mir, ich verstehe mehr von Musik, als du in deinem Alter schon verstehen kannst. Das Hören hatte sie mir nicht verboten, auch das Spielen nicht, aber sie hatte mir das Recht auf die Musik genommen. Von da an spielte ich nur mehr leise, flüchtig, ohne Zeugen und nie mehr ohne den bleibenden Nachgeschmack der Beschämung.

Und nun schau einmal in den Spiegel, sieht so eine aus, die bereit ist für ihre Bestimmung? Laß die Sonne hereinscheinen, dann verschwinden gleich die Schatten aus dem Spiegel, laß den Wind durchziehen, freu dich am Leben. Rotbackig, befahl meine Freundin Karin, ein Lied auf den Lippen, ein schlichtes Lied, wir wandern bei jedem Wetter, nicht untergraben lassen von all dem Kranken in dir, hart sein und stark, gesund an Körper und Seele. Und die Trauer, die Fremdheit? Weg damit, ausmerzen, reiß dich zusammen, hart, auch zu dir selber, du bist doch stark, Wurzeln und Kraft! Freude am Leben, ist es nicht schön, zu leben und jung zu sein und das Ziel, den Platz im Leben zum Greifen nahe vor sich? Zur Lebensfreude konnte auch Karin mich nicht zwingen, aber was tut man nicht alles um einer Hoffnung willen. Solange ich bei ihr blieb, gab es ein Ziel und einen sicheren Weg und eine, die versprochen hatte, mich dorthin zu begleiten, eine, die stark war und ohne Furcht, die mich beschützen konnte, weil sie zu den andern gehörte.

Karin, schrieb ich, die Zukunft ist eingetreten, ich sterbe vor Einsamkeit, der Mann, den ich für das Ziel hielt, hat mich verlassen, lade mich ein, halte meine leeren Hände, hilf mir, mich von der Bitterkeit seiner täglichen Kälte zu erholen. Jetzt ist es zu spät, hat sie zurückgeschrieben, das hättest du früher wissen müssen, du bist eine verheiratete Frau, es ist deine Pflicht, bei ihm zu bleiben. Karin, die Einsamkeit ist groß wie der Dschungel, seit Wochen habe ich niemanden um mich herum als mein schweigsames Kind, über und über wund von den Verletzungen, die er mir zugefügt hat, bevor er wegging, von seiner Grausamkeit, seinem Willen, mich zu zerstören, hilf mir, Karin, nimm uns zu dir! Auch diesen Brief hast du gewissenhaft beantwortet: Jedem sein auferlegtes Schicksal, ich kann dir nicht helfen, du hast dir dein Leben selber ausgesucht. Nie hätte ich dich mehr gebraucht als jetzt, Karin, früher, was war's im Vergleich? Unzufriedenheit, Ungeduld nach dem Leben, und du hast gesagt, arme Jana, du darfst dich an mich lehnen, laß dich von mir führen, ich bin dein Leuchtturm, aber sei geduldig, auch für dich kommt das Glück. Karin, ich bin am Ende, ich habe alles verloren, auch meinen Platz im Leben, ich habe ihn verlassen, du hättest uns retten können. Viele Briefe habe ich geschrieben. Zuerst hast du mir größere Anstrengung in der Liebe empfohlen, dann mehr Vernunft, zum Schluß hast du einfach nur nein gesagt.

Kürzlich trug man mir zu, es ginge dir nicht gut, du würdest dich freuen, von mir zu hören. Ich habe die vielen nie abgeschickten Briefe an dich zerrissen und ins Feuer gewor-

fen. Ich habe meine Liebe zu dir mit allem andern, was unantastbar war, zusammengeschnürt und ins Meer fallen lassen. Hör auf, mir Grüße zu schicken, sie erreichen mich nicht
mehr.

*

Ich hatte mich schon damit abgefunden, daß eine Freundschaft mit Jana nicht mehr möglich war, zu verschiedene
Richtungen schienen unsere Leben und unsere Interessen
zu gehen. Inzwischen hatte sie keineswegs unerwartet ihren
vor einiger Zeit schon auf Halbtagsbeschäftigung reduzier-
ten Posten verloren. Es waren Eva und ihr Vater, nicht sie
selber, die anfragen ließen, ob ich ihr in der Universitätsstadt eine Arbeit vermitteln könne. In einer Stadt, in der man
Musik studieren könne, meinten sie, müsse es doch mehr
Möglichkeiten für Jana geben als in der Kleinstadt. Was
konnte sie denn sonst noch tun, als Schallplatten und Noten
verkaufen? Sie konnte wunderbar Klavier spielen, jede andere an ihrer Stelle hätte sich selbstbewußt Pianistin genannt, und man hätte ihr den Titel nicht abstreiten können.
Sie spielte auch Gitarre und Geige, ohne sich damit hervor-
zutun.

Niemand, am wenigsten ihr Vater, verstand, warum sie es
ablehnte, eine Karriere aus ihrer Begabung zu machen.
Hatte sie Angst, zu versagen, wenn das Spiel zum Beruf werden würde? Oder war sie eifersüchtig auf ihre Kunst, wollte
sie die Musik ganz für sich allein, ohne Zuhörer und Zeugen? Sie saß in Konzerten mit einer Versunkenheit, die ihr
auch Karin nicht austreiben konnte.

Sie hätte es weit gebracht, sagte Eva, wenn sie mehr Ehrgeiz hätte. Immerhin las sie öfter Partituren als Bücher. Sie
konnte weder stenographieren noch Maschine schreiben,
nicht einmal Klavierstunden konnte sie geben, denn sie ver-

stand nicht, daß andere mühsam erlernen mußten, was sie mit einem Griff in die Tasten erfaßte. Sie hatte keine Geduld, kein Interesse und kein pädagogisches Talent. Musik war etwas, das man konnte oder sein ließ. Sie kann doch nicht zu Hause herumsitzen und auf einen Mann warten, sagte ihr Vater ratlos. Aber Jana schloß sich ohne schlechtes Gewissen in ihrem Zimmer ein und hörte Musik. So konnte das nicht weitergehen, beschloß man, sie mußte weg von zu Hause.

Ich fragte herum und las Inserate, ihr Vater erinnerte sich eines guten Bekannten, und Jana war wieder beschäftigt. Ohne ihr Zutun und ohne sich dagegen aufzulehnen, kam sie in die Stadt, in der ich studierte, stellte sich vor, machte offenbar einen guten Eindruck und zog bald in die ein wenig dunkle Zweizimmerwohnung im ersten Stock, die ich ihr vermittelt hatte. Zum Einzug brachte ich ihr einen Strauß Herbstblumen und ein Kaffeeservice für zwei Personen aus Porzellan. Wie in unserer Kindheit fühlte ich mich für sie verantwortlich. Ich hatte ihr den Posten im Musikinstitut verschafft und ihr die Wohnung besorgt, ich hatte ja gesagt und seinen Händedruck erwidert, als ihr Vater mich bat, gut auf Jana aufzupassen. Und Jana fügte sich meiner Obhut. Wir waren häufig zusammen, anfangs, weil ich mich verpflichtet fühlte, sie in ihre neue Umgebung einzuführen, später aus Gewohnheit, weil es sich immer wieder so ergab, daß wir uns in der Mensa trafen oder zusammen am Würstlstand aßen. Das setzte noch keine enge Freundschaft voraus, ich war ja lange Zeit der einzige Mensch, den sie kannte. Tagsüber arbeitete sie im Institut, schien es gern zu tun, jedenfalls beklagte sie sich nie darüber, redete auch nie von ihrer Arbeit.

Die ersten beiden Jahre verliefen ruhig, wir lebten nach einem regelmäßigen Rhythmus, den wir nicht als monoton empfanden. Es war eine schöne Zeit, aber das fiel mir erst hinterher auf, denn wie Jana glaubte ich damals, das richtige

Leben habe noch nicht begonnen und wir befänden uns in einer Phase des Wartens. Wir lebten mit den Jahreszeiten und verbrachten die Mittagsstunden auf Kaffeehausterrassen oder im Park, sie fragte mich für meine Prüfungen ab, und dann setzten wir uns an die sonnenbeschienene Mauer hinter dem Park, dösten zufrieden in der Mittagswärme des Frühsommers oder führten langsame Gespräche mit langen Pausen, die uns nicht mehr peinlich erschienen.

In dieser Zeit fanden wir zu der Selbstverständlichkeit des Miteinanderlebens zurück, die wir in unserer Volksschulzeit besessen hatten. An Herbstabenden gingen wir durch die raschelnden Alleen an der Flußpromenade und schleckten das letzte Eis, bevor die Eisdielen schlossen, und später saßen wir noch bis in die Nacht auf dem Balkon meiner Wohnung und tranken Wein.

Fast jedes Wochenende verbrachten wir miteinander, wir machten Ausflüge in die Hügel rund um die Stadt, wir gingen schweigend in einer wortlosen Vertrautheit oder tauschten Beobachtungen aus, lachten darüber und hatten bald einen Schatz belangloser Geheimnisse, Erlebnisse, deren Abenteuerlichkeit oder deren Lächerlichkeit uns, die einzigen Zeugen, zu Komplizinnen machten, Sätze, die wir uns wie Zitate zuspielten, gemeinsame Erinnerungen. Einmal verirrten wir uns, und als wir über die Autobahnbrücke kletterten, fiel Jana ein Schuh auf die Autobahn. Ein andermal ließ sie in der Buchhandlung ein Buch für mich mitgehen, und dann war es das falsche. Einmal begleiteten wir einander fast eine ganze Nacht von meiner Wohnung zu ihrer und wieder zurück, weil wir uns noch nicht trennen wollten, und sie übernachtete schließlich bei mir. Niemand außer uns hätte diese Erinnerungen komisch oder des Erzählens wert gefunden, aber für mich waren sie der Beweis einer Nähe, die mich fester an sie band, als die Kenntnis ihrer Ideen und ihres Charakters es vermocht hätte. Ich hatte andere Freunde, gleichsemestrige meist, mit denen ich Stunden diskutierte. Ich wußte, woran sie glaubten, ich wußte, wie sie dachten und fühlten. Aber Jana konnten sie mir nicht ersetzen, zu Jana ging ich, wie man nach Hause geht.

Auch Jana und ich führten Gespräche, aber ich hatte schon lange aufgehört, mit ihr diskutieren zu wollen oder sie in Streitgespräche zu verwickeln. Jana verstand sich aufs Geschichtenerzählen und war selber begierig auf neue Geschichten, am liebsten waren ihr solche, die sie weiterspinnen konnte, was wäre gewesen, wenn, oder was würdest du tun, wenn. Sie blieb nie lange bei einem Thema, sie langweilte sich schnell, und dann sprang sie von einem Gegenstand zu einem anderen weit entfernten, machte mühelos die bizarrsten Assoziationen und hatte auf einmal den Boden der Logik verlassen. Früher hatten mich diese Sprunghaftigkeit und diese Verachtung jeder Folgerichtigkeit irritiert, jetzt faszinierten sie mich. Jana, du solltest das aufschreiben, sagte ich manchmal. Fast beneidete ich sie um ihre Phantasie. Was soll ich aufschreiben, fragte Jana und hatte schon wieder alles vergessen. Ich kann mich immer nur daran erinnern, was die andern sagen, erklärte sie. Karins Sprüche kamen jetzt seltener aus ihrem Mund, sie fuhr meist nur einmal im Monat heim, und Karin hatte nicht immer Zeit, sie zu empfangen. Sie schrieben einander häufig, aber Briefe hatten auf Jana nicht dieselbe Wirkung wie Karins suggestive Gegenwart – das Ohr war ihr empfänglichstes Sinnesorgan.

Nur wenn ich Jana mit anderen beobachtete, fielen mir ihre Eigenheiten noch auf. Wie sie sich verwirrt die Haare aus der Stirn strich und zu blinzeln begann, wenn sie mit jemandem redete oder wenn jemand sie anstarrte. Wie sie mit angestrengt auf den Boden gerichtetem Blick dahinlief, wenn sie allein durch die Stadt ging, so als suche sie etwas. Ich wußte, sie wich nur den Augen der Menschen aus, überzeugt, jeder starre sie an. Und wenn sie gezwungen war, bei jemandem stehenzubleiben und ihn anzusehen, ging ihr Blick an ihrem Gegenüber vorbei in eine unbestimmbare Ferne, und manchmal lächelte sie, als sei sie mit einem Unsichtbaren in einem geheimen Einverständnis. In meiner Gegenwart war sie sicherer, da lachte sie auch manchmal auf der Straße heraus und redete so laut, daß sogar ich mich für sie genierte. Aber wenn wir uns in einem Lokal verabredeten, mußte ich entweder draußen auf sie warten oder hinausgehen und sie hereinholen, da sie zu schüchtern war, um hineinzugehen und mich unter fremden Menschen zu suchen. Sie vertraute mir, sie war erleichtert, wenn sie mich sah, und empfand meine Nähe wie einen Schutz. Aber sie erzählte mir auch damals nichts von sich, nicht ein einziges Mal sagte sie, so fühle ich, so denke ich.

So sicher war ich ihrer, daß ich lange nichts von ihrem Doppelleben ahnte. Ich wußte, daß sie ohne mich in Konzerte ging. In Konzerten wollte sie allein sein. Entweder ging sie sehr früh hin und starrte vor dem Anfang und in den Pausen ins Programmheft, oder sie kam zu spät und blieb hinten stehen. Sie ertrug die Menschen um sich herum, die Blicke, die sie streiften, nur um dann, wenn es im Saal still wurde, mit der Musik ganz allein zu sein. Sie hatte auch wieder eine Gruppe gefunden, mit der sie musizierte, sie übte viel auf der Gitarre, jedesmal, wenn ich sie besuchte, lehnte die Gitarre griffbereit an ihrem Bett, und sie sprach manchmal von einer begabten Gesangsstudentin, die sie auf dem Klavier begleitete. Irgendwann war sie zu dem Schluß gekommen, daß ich von Musik nichts verstünde, und ich hatte es akzeptiert, daß ich an diesem Bereich ihres Lebens keinen Anteil hatte.

So fand ich lange Zeit eine Erklärung dafür, daß sie am Abend immer seltener zu Hause war und oft sagte, am Wochenende habe ich keine Zeit. Fährst du heim, fragte ich.

Nein, ich hab was vor. Und ich bohrte nicht weiter, ich hatte ja auch meinen Freundeskreis, in den ich sie nicht eingeführt hatte, weil ich wußte, sie hätte sich dort nicht wohl gefühlt. Aber wenn ich sie dann am Wochenende mit einer Gruppe Studenten herumlungern sah, war ich erstaunt, ein wenig verärgert und fühlte mich hintangestellt.

Damals begannen die Demonstrationen, die Rebellion bahnte sich an, Flugzettel lagen in den Gängen. Ich war mit dem Studium fast fertig, verbrachte die meiste Zeit in der Bibliothek, ging nur mehr selten in Vorlesungen. Ich las die Flugzettel, ich war über den neuen Ton erstaunt und betrachtete fasziniert die Zweifler, Frager und Störer in den letzten Bänken der Hörsäle, die unbotmäßigen jüngeren Semester. Bald erkannte man sie schon von weitem an den langen Haaren, den offenen Hemden, den Parkas und den weiten ausgefransten Jeans. Es war eine Generation, zu der ich nicht gehörte, das Mißtrauen war gegenseitig, keiner von ihnen sprach mich jemals an. Ich spürte Unbehagen und Sehnsucht, wenn ich sie sah, immer in Gruppen, unzugänglich und aggressiv. Langsam erst wurde mir klar, daß Jana zu ihnen gehörte, ihre Gesellschaft war es, die sie jetzt immer häufiger meiner vorzog.

Immer weniger Zeit hatte sie für gemeinsame Ausflüge. Ich kann nicht, sagte sie, ich geh zu einer Versammlung. Es gab kaum einen Abend mehr, an dem sie zu erreichen war, immer war sie bei Versammlungen. In ihrem Regal standen neue Bücher, Marx, Marcuse und Wilhelm Reich. Hast du sie gelesen, fragte ich sie, verstehst du sie? Sie wurde verlegen, sie sei noch nicht zum Lesen gekommen. Warum kaufst du sie denn? Alle reden davon, die muß man einfach kennen. Sie weihte mich in ihr neues Leben nicht ein, sie zog sich zurück von mir. Ich sah sie mit den langhaarigen rebellischen Studenten auf Kirchenstufen und Brunnenrändern sitzen, sie redete auch dort nicht, sie saß im Hintergrund.

Aber sie war eine von ihnen geworden, mit wirrem langen Haar, Jeans und unordentlichen Blusen. Nur einmal sah ich sie im Mittelpunkt sitzen mit ihrer Gitarre. Nie grüßte sie mich vor den andern, wir gehörten zu verschiedenen Lagern. Ich sah sie bei einer Demonstration, ich stand unter den unfreiwilligen Zuschauern und sah Jana vorbeimarschieren und singen, sie sangen die Internationale, und ich sah Begeisterung in ihrem Gesicht und etwas wie Hingabe. Am Abend rief ich sie an und fragte, warum sie mitmarschiert sei. Sie wurde verlegen, dann wurde sie aggressiv und sagte, ich sei reaktionär. Ich fragte sie nach dem Text der Internationale, aber sie wußte nur den Anfang und den Schluß.

Daß wir zu verschiedenen Lagern gehörten, sah man schon an unserer Kleidung. Wir bespöttelten einander, aber wir blieben diesmal Freundinnen. Gern hätte ich mehr über die aufsässigen Studenten erfahren, aber Janas Erklärungen waren vage, sie hatte wenig Ahnung von den Zielen der Rebellion, sie hatte noch weniger Ahnung von Politik. Die Ziele interessierten sie nicht, sie war keine Studentin, sie war eine Mitläuferin, begeisterungsfähig, von einer unbestimmten Aufbruchsstimmung mitgerissen und wohl auch oder vor allem von der neuen Musik. Zum erstenmal, seit ich sie kannte, war sie glücklich. Sie ging durch die Straßen der Stadt, abgerissen und verwahrlost, auffallend, manchmal mit der Gitarre unterm Arm, aber sie schlug die Augen nicht mehr nieder.

*

Abschüssig ist die Angst, an jeder Ecke hat sie ein neues Gesicht, und es gibt eine Neugier, die sich zur Angst gesellt und immer weitertreibt, dem Grund zu. Ein ganzes Leben ließe sich bestreiten mit dieser Neugier als Antrieb. Am Anfang war die Angst vor dem Tier, dann lockte der Unbekannte mich mit sich fort, später kam die Angst vor den andern, und gleichzeitig die Angst vor der Wirklichkeit, ein unentrinnbares Netz von Angst. Als ich erkannte, daß die Katastrophe längst überall war, wuchs die Angst zur Panik an. Aber wer kann schon länger als Stunden in Panik leben, dann flaut sie ab und kriecht in die Angst zurück. Man lernt leben mit dem wenigen Atem, den man einer bedrohten Welt noch abzupressen wagt. Das Herz beginnt, unregelmäßig zu schlagen, es setzt aus, wenn sich Sirenen nähern, und verlangsamt sich wartend, wenn ein Krankenwagen vorbeifährt, es stockt vor den Schlagzeilen der Zeitungen und beginnt, uneinholbar zu rasen, wenn die Luft vibriert von Nachrichten über Kriege, Folterungen und Katastrophen. Am liebsten möchte es ganz still bleiben, um sich dem ständigen Zugriff der Angst zu entziehen. Ihr Würgen geht durch den ganzen Körper, ich hätte gern gewußt, wie andere die Angst ertrugen und das Stöhnen zurückhielten. Sie saßen ruhig beim Frühstück, auf der sonnigen Kaffeehausterrasse bei einer Tasse Kaffee und nahmen mit den Augen das Entsetzen in sich auf. Später kam aus ihrem Mund der Duft frischen Kaffees, der säuerliche Geruch von Aufgestoßenem, aber kein Geruch von Angst. Alle meine Kleider riechen nach Angst.

Ich begann zu begreifen, daß ich allein war mit meinem Wissen von der Katastrophe, das sich auf alle Dinge abgelagert hatte. Die andern waren angstfrei. Nur ich saß im Zug und dachte, ich müsse ersticken an der Angst vor ihnen und der Angst um sie. Ich fing ihre Blicke auf, sie sahen mich lauernd an, manchmal bloß stumpf oder auch böse, sie liefen an den Abteilen vorbei mit vorgereckten Hälsen und spähten nach Fensterplätzen mit einer angestrengten Gier, die nicht dem Fensterplatz gelten konnte. Hin und wieder begegneten sich ihre Gesichter selbst in den spiegelnden Fenstern schattiger Abteile, dann entspannten sie sich, rückten sich zurecht, bis sie die einstudierte Miene wieder vergaßen. Sie rissen die Türen auf, sie warfen sich auf die Sitze und blickten kampfbereit um sich. Ich hatte Angst, ich haßte sie auch, und trotzdem taten sie mir in ihrer Ahnungslosigkeit leid, mit der sie die Zeitungen aufschlugen, auf die Schlagzeilen starrten, die Fotos, das Entsetzen, das auf sie eindrang, die Nachrichten von Kriegen, Folterungen und Katastrophen. In jeder Sekunde ein Tod, in jeder Minute ein zu Tode geschundenes Leben. Daß sie nichts wußten von der Bedrohung, machte sie nicht unantastbar, oder waren sie weniger gefährdet, weil sie ahnungslos waren? Sie kramten in den Aktentaschen und bissen in Jausenbrote, ohne den Blick von den Schlagzeilen zu wenden. Und ich hatte Tage, an denen wagte ich nicht zu lachen, ich war so randvoll von Ekel und Angst, daß mir der Geruch von Speisen Übelkeit erregte, aber keiner konnte es mir ansehen. Es war nicht Feigheit, was mich schweigen ließ, sondern das Wissen, daß jedes Wort und jede Handlung sinnlos war.

Die großen sonnigen Plätze, die zu überqueren waren und an deren Rändern grau und unverrückbar die Bedrohung stand – gab es nicht Orte, an denen plötzlich ein Riß durch den Asphalt lief, der halbe Städte verschlang? Manche hatten keine Zeit mehr aufzuwachen. Und in die Häuser traten Uniformierte, man hörte Splittern und Krachen und Schreie in den Zimmern, es war kurz vor Weihnachten, und Christbaumschmuck hing in den Fenstern, so dünn, so zerbrechlich. Ich ging durch die Straßen mit angehaltenem Atem, ein schwarzer Regen fiel, er lag auf dem Pflaster als dicke Schlammschicht und begrub die Passanten, zementierte sie ein, und sie erstarrten mit einem flüchtigen Lächeln, das ihrem eigenen Spiegelbild in den Schaufenstern galt. Eines Tages würde die Kälte so plötzlich über uns herfallen, daß wir nicht mehr die Arme heben konnten, um nach den Mänteln zu greifen. Dann würde ich endlich aufhören können, Angst zu haben, ich würde tief ausatmen und zusehen, wie das Entsetzen, das mich verlassen hatte, auf die Gesichter der anderen trat.

Inzwischen sah ich ohne Genugtuung zu, wie sie ahnungslos ihre persönlichen Katastrophen vorbereiteten. Ich saß schweigend und unbeobachtet bei den Karteikarten und hörte sie hinter mir reden und lachen und Pläne schmieden. Mein Freund hat sich ein Motorrad gekauft, ich mag das, wenn einen der Wind fast vom Sitz reißt. Sie hatte langes, glattes Haar, man konnte sich gut vorstellen, wie es im Fahrtwind hinter ihr herflatterte. Ich beneidete sie, wie ich Eva beneidete, immer im Mittelpunkt und ganz ohne Furcht. Und dann kam sie nicht mehr ins Institut, und ich hörte ihre Freunde reden von dem schrecklichen Unfall, und nach zwei Wochen starb sie. Ich sah in die Gesichter derer, die die Nachricht hereingebracht hatten. Ahnten sie, daß sich soeben der Boden geöffnet hatte, einen Spaltbreit, nur für Sekunden, und das Gestaltlose, das Unvorstellbare sichtbar geworden war, ganz nah an der Oberfläche? Man konnte es unter den Fußsohlen spüren. Manchmal brannten mir die Fersen davon, manchmal verlor ich fast den Halt, wenn ich über eine brüchige Stelle hinwegmußte. Paßt auf, hätte ich gern gerufen, wenn ich geglaubt hätte, sie würden mich verstehen, es ist unter uns, dicht unter der Erdkruste, in jedem Leben öffnet sich einmal direkt unter den Füßen die Erde. Aber ich konnte nicht für jeden mit der Wünschelrute die gefährlichen Stellen suchen gehen. Nur manchmal schoß es mir ohne erkennbaren Grund heiß durch den Körper, einmal, als Angelika, eine junge Frau, mit der ich mich manchmal traf, sagte, morgen fahren wir an den See baden, halt mir die Daumen, daß die Sonne scheint. Ich war kein verläßliches Instrument, und ich wußte nicht, woher diese plötzliche Welle des Entsetzens kam, die mich überlief, und wem sie galt. Aber was hätte ich zu Angelika sagen können, fahr nicht, ich habe ein unheimliches Gefühl? Ich schwieg und konnte später nie ohne Schuld an sie denken, denn an jenem Samstagabend war sie ohne ihr dreijähriges Kind nach Hause gekommen.

So fuhren die Warnsignale in meinen geerdeten Körper wie Blitze, ich zitterte vor Angst in den schlaflosen Nächten, ich schreckte unter ihrem elektrisierenden Schlag auf, täglich, ohne mich ausruhen zu dürfen, eine defekte Nachrichtenzentrale für unabwendbare Katastrophen, nie erfuhr ich rechtzeitig, an wen die Botschaft gerichtet war. Inzwischen sah ich den andern zu, wie sie es anstellten, die Wartezeit zu überleben, wie es ihnen gelang, ruhig zu bleiben, sich mit einer Zeitung in die Sonne zu setzen und von ihrem Platz aus täglich den Weltuntergang mitzuerleben. Nur ich stand an keinem festen Platz, mich riß jeder Tod, jedes Unglück, von dem ich hörte, mitten hinein, immer war ich es selbst, die auf der Straße lag, und ich war die, deren Leben zertrümmert wurde durch den Verlust. So erlebte ich täglich unzählige Tode, die mir von überall her zugetragen wurden. Ungerufen kamen die Todesbilder herangeschwommen, und ich erstarrte bei ihrem Anblick immer von neuem. Selbst wenn die Sirenen einen Tag lang geschwiegen hätten und ich dem Anblick der Titelseiten widerstanden hätte, wären sie aus der Erinnerung aufgetaucht, nicht zu vertreiben, die vielen Bilder der Zerstörung, die auch im Lauf der Zeit nicht an Farbe und Schärfe verloren. In der Erinnerung lösten sich die Grenzen auf, und immer wieder war ich das Opfer, immer wieder erkannte ich die Angst und das Entsetzen in den Berichten der Augenzeugen, ich war dabeigewesen.

Und plötzlich war alles anders. Es begann damit, daß einer du zu mir sagte, daß einer sagte, du, wir könnten dich brauchen. Ich hatte sie schon länger beobachtet, sie gingen anders miteinander um, sie bewegten sich anders als die Studenten, die ich bisher kennengelernt hatte, in ihren Blicken war keine Überheblichkeit. Ohne viel zu reden, nahmen sie mich auf, sie nahmen jeden auf, der es ihnen erlaubte, die Welt zu verändern. Sie hatten wie ich die Zeitungen gelesen und die Bedrohung erkannt, aber sie schwiegen nicht wie ich, sie hatten keine Angst, sie waren tollkühn und entschlossen, es mit der ganzen Welt aufzunehmen, auch mit den Gefahren, deren Ursprung sie noch nicht kannten.

Vieles, worüber sie sprachen, verstand ich nicht, aber ich verstand, daß sie einen Weg wußten, nicht daran zweifelten, daß sie das Paradies finden würden. Ich hielt meinen neuen Umgang vor Karin geheim, ich wußte, sie hätte ihn mir verboten. Aber es waren nicht die Versammlungen und Diskussionen, es war ihre Musik, auf ihre Lieder konnte man sich verlassen, sie vertrieben mir die Angst und den Zweifel. Das erstemal in meinem Leben konnte ich Musik mit anderen teilen. Ich fühlte mich kaum noch fremd, ich ging über die Plätze im grellen Tageslicht und suchte nicht mehr ängstlich den Schatten. Die Farben leuchteten anders in diesem Sommer, ich sah die Stadt, wie ich sie noch nie gesehen hatte, das Glitzern des Flusses, an dessen Böschung wir mittags lagerten, die wehenden grünen Schleier der Bäume, die Sonne, die bis in die dunkelsten Gassen drang. Ich war dankbar für diesen Sommer, für die Geborgenheit und Nähe.

Dann kamen wieder Tage, an denen ich überdeutlich die Zeichen der bevorstehenden Heimsuchung sah und es mir schien, als müßte ich sie beschützen. Aber ich schwieg, sie hätten nur gelacht, wenn ich gesagt hätte, seht euch vor, seht ihr die Bäume, unter denen ihr täglich geht, wie Fackeln brennen, der Wind läuft schon Amok, was werdet ihr tun, wenn die Nacht kommt und alles an sich zieht, was den Sturm nicht übersteht? Wo ist euer Versteck für die Zeit, wenn der Wind die Baumkronen leerfegt und die Sterne vom Himmel reißt? Was hätte es genützt? Ich wußte nicht, was mein Unbehagen bedeutete, woher es kam, ich sah nur die leuchtenden Blätter durch die Herbstluft gleiten und dachte daran, daß sie einzeln zu Boden sanken, versengt vom Frost der Nacht. Nur die andern sahen noch alles wie im Bilderbuch, unveränderlich, als gingen die Jahreszeiten nie zu Ende, und ihre Luftschlösser standen in der dünnen, kaum mehr zu atmenden Luft noch klar und unversehrt, die Türme zitterten über den Plätzen und Dächern, in warmen Föhnnächten tönte sogar Musik von ihren Zinnen, eine Musik voll rebellischer Sehnsucht. Wer seine Träume nicht rechtzeitig in einen der Brunnen geworfen hatte, der würde die kalte Jahreszeit nicht überstehen.

So kam es dann auch. Jahre später tauchten sie wieder auf, über die Städte verstreut, verändert, gezeichnet, entstellt. Einige hatten die Erinnerung abgelegt, ja damals, sagten sie, damals haben wir in den Wolken gelebt. Sie hatten auch Opfer zu beklagen, die ihren Träumen nachgesprungen waren. Von Erna las ich eine Notiz in der Zeitung, ich hatte sie gut gekannt, sie hatte Protestsongs gesungen und ihre Begabung hinüberretten wollen in die Konzertsäle, drei Jahre lang hatte sie sich keine Freizeit mehr gegönnt, nur geübt für ihren ersten großen Auftritt. Niemand verstand, warum sie danach in einem Hotelzimmer ihre Tablettenschachteln ausgeleert und sich zum Sterben hingelegt hatte. Den kleinen dunkelhaarigen Kabarettisten, dessen Aufmerksamkeit ich damals so gern erregt hätte, traf ich später wieder in einem Souk, ich erkannte ihn nicht gleich, den gealterten, fast zahnlosen Schieber mit der schwarzen Sonnenbrille, er zog mich in den dunklen Torbogen und bot mir murmelnd Opium an, und als ich mich zu erkennen gab, verschwand er im Labyrinth der Gassen. Sogar in Teheran traf ich einen wieder, in einem Nachtasyl für solche, die auf dem Weg zurück nach Europa gestrandet waren, stand er mit einem schmutzigen Stück Seife in der Hand in dem engen Vorhaus, das wie eine Seufzerbrücke über Mülltonnen und zankenden Ratten hing, stand da mit geröteten leeren Augen und schien vergessen zu haben, was er hier wollte, und die Arme mit den entzündeten Einstichstellen hingen herab wie von einem Skelett. Ich sprach ihn nicht an. Und kürzlich, bald nach meiner eigenen Rückkehr, begegnete ich Mitzi, die ich damals bei ihren Gesangsstunden auf dem Klavier begleitet hatte. Sie hatte sich nicht verändert. Singst du noch? fragte ich sie. O Gott, sagte sie, schon seit zehn Jahren nicht mehr. Ich hab gleich nach dem Studium geheiratet, und dann sind die Kinder gekommen, so knapp hintereinander, da bin ich zu Hause geblieben, und nach der Scheidung hab ich mir einen Job suchen müssen, das übliche, man kämpft sich durch. Und du, Jana, was hast du aus dir gemacht? Nichts, sagte ich, gar nichts. Wir waren eine kurzlebige Generation.

*

Es kam eine Zeit, da begann Jana, Pläne zu schmieden. Die Stadt war ihr zu klein geworden, sie wollte reisen, andere taten es auch, eine ganze Generation sei in Bewegung geraten, berichtete sie, wie konnte ich noch nichts davon wissen, täglich beim Heimweg am Bahnhof vorbei sehe sie sie mit Rucksäcken und langen Haaren und schäme sich ihrer sauberen Kleider. Kommst du mit? fragte sie, und ich dachte an die Reisen ans Meer und ins Gebirge in meiner behüteten Kindheit. Aber nein, sie meinte Indien, Persien, Mexiko. Sie berauschte sich an klangvollen Silben, die dem Gedächtnis von einem aufs andere Mal entglitten, so fremd waren sie. Katmandu, sagte sie lustvoll und horchte den Vokalen nach, als wären sie Musik, Kermanschah, Mandalay, Surabaja, und war enttäuscht, als ich ihre Zauberworte auf den Landkarten in unserem alten Schulatlas fand. Nein, nicht ins Gebirge wollte sie fahren, nicht einmal ans Meer, der Musik in den Namen von Orten und Ländern wollte sie nachfahren, wie ein Kind, das Feen und Kobolde suchen geht. Fangen wir klein an, schlug ich vor und nannte Córdoba und Sevilla. Aber sie wollte das unvorstellbar Unvertraute, nach Schiraz und Isfahan, nach Casablanca und Marrakesch. Und allmählich weckte sie auch meine Neugier auf Abenteuer, von denen zu lesen mir bisher genügt hatte. Was kann uns schon passieren, sagte ich am letzten Abend vor unserer ersten großen Reise und hielt mich mit einem beschwörenden Blick an dem schmalen Streifen Nachthimmel vor ihrem Fenster fest. Es war das erstemal, daß ich mehr Angst hatte als sie.

Wir erlebten viel und lebten täglich bis an den Rand der Erschöpfung. Nach schlaflosen Nächten, in denen wir uns vor den Einheimischen und ihren Hunden geängstigt hatten, krochen wir morgens aus den Schlafsäcken und putzten uns die Zähne in der Toilette eines Restaurants, in dem wir nicht frühstückten, weil es zu teuer war. Einmal, auf einem kurdischen Campingplatz, rollten wir mitten in der Nacht unsere Schlafsäcke zusammen und schlichen davon, aus Angst vor den vielen Messern und Gewehren, die rund um uns aufblitzten. Im Busdepot sitzend, warteten wir auf den Morgen. Aber Jana wollte es nicht anders, sie wolle das fremde Leben spüren, sagte sie, sie wolle nicht ins Hotel. Eine einzige Nacht, bat ich sie, zum Sterben müde nach fünf Nächten im Freien, in denen ich vor Angst die Augen nicht zu schließen gewagt hatte. Wenn du willst, eine Nacht. Aber wir fanden kein Hotel, das ihr billig genug war, und landeten auf dem Dach einer Jugendherberge.

Wir schliefen an Stränden und in der Wüste und hatten am Morgen die Kleider und Augen voll Sand. In aller Frühe wachten wir in der sengenden Sonne auf, und Jana hetzte uns weiter, zur Straße hinauf, über der schon am Morgen die Luft vor Hitze zitterte, zur Bushaltestelle oder an den Straßenrand, in der sinnlosen Hoffnung auf eine Limousine mit

Klimaanlage, die uns ein Stück mitnehmen würde. Sie hatte die Straßenkarten im Rucksack, sie wußte, wohin sie wollte, und überließ es mir, Fahrpläne zu lesen, Abfahrtszeiten zu erfragen und Lebensmittel aufzutreiben. Aber wenn wir nach sechzehnstündiger Fahrt aus dem Autobus taumelten, war sie es, die mich in die Städte hineintrieb, auf Hügel und Felsen hinauf, in abgelegene Buchten. Ich verband die Vorstellung des Reisens noch immer mit Urlaub, mit Entspannung, spätem Aufstehen im Hotelzimmer und lustvoll vertanen Tagen. Aber Jana betrieb es wie einen Beruf, wie eine Besessenheit, die sie jeden Morgen weitertrieb. Als suche sie etwas Bestimmtes. Die Sicherheit, mit der sie Ortsnamen nannte, der Eifer, mit dem sie am Morgen ihre Sachen in den Rucksack stopfte, die Panik, wenn wir einen Anschluß versäumten und zwei Tage in einem Ort bleiben mußten, und jedesmal gegen Ende einer Reise das Elend, das sie grundlos überfiel, als habe sie wieder nicht gefunden, was sie suchte. Bei jeder Reise kam irgendwann der Augenblick, in dem sie stumm, mit hängendem Kopf, auf einer Bank, einer Pritsche oder einer Stufe sitzen blieb und nicht mehr weiterwollte, nie mehr aufstehen, nie mehr irgendwo einsteigen. Nichts wolle sie mehr, sagte sie dann tonlos und mit hoffnungslosem Blick, ich solle sie in Ruhe lassen, es sei alles gleich sinnlos. Vielleicht waren es gerade diese Augenblicke, die unsere Freundschaft festigten, wenn ich mich ihrer annehmen mußte, als sei sie ein kleines Kind, ihr zu Essen brachte, ihren Rucksack trug, für sie redete und dachte und den Arm fest um ihren Rücken legte, damit sie weinen konnte. Nach einer Woche war alles wieder vorbei. Sie bedankte sich nie, war danach aber sanfter und liebevoller, und ich fühlte mich ihr sehr nahe, bis zu dem Augenblick, in dem wir auf dem Bahnhof oder dem Flughafen unserer Stadt ankamen.

Wenn es je Freundschaft zwischen uns gegeben hat, so

war es in dieser Zeit unseres gemeinsamen Reisens, die auch in der Erinnerung gemeinsamer Besitz bleibt.

Ich würde dich gern an die Vormittage in den Obstplantagen erinnern. Die langen Reihen kaum mannshoher Birnbäume auf Erdwällen und die großen viereckigen Holzbutten, in die wir die harten Birnen warfen, eine ganze Jahreszeit lang. Nach und nach lernten wir die andern Arbeiter kennen, Eingesessene und Abenteurer wie wir, mit denen wir keine Sprache gemeinsam hatten, aber in deren schweigenden Gegenwart wir uns aufgehoben fühlten. Jeden Morgen vor Sonnenaufgang der unfreundliche Ruf des Vorarbeiters und das Klopfen an der Tür unserer Baracke. Um halb fünf, wenn es hell wurde, saßen wir schon fröstelnd auf holprigen Traktoranhängern, da lag der Tau noch auf den Zweigen, und die Schlangen verkrochen sich gerade vor der aufgehenden Sonne ins Dickicht. Am Vormittag, wenn die Sonne zu brennen begann, endete der Arbeitstag. Wenn wir auf den Sandwegen zu unserer Hütte mit den zwei Matratzen, einem Tisch und einem Spind zurückgingen, sagten wir mit dem überlegenen Gefühl, das bessere Leben gewählt zu haben, jetzt fängt gerade die erste Vorlesung an. Aber natürlich stimmte auch das nicht, denn wir nahmen uns nie die Mühe, die Zeitverschiebung miteinzurechnen.

Genausogut könnte ich dich an das kleine Bergdorf im Atlasgebirge erinnern, das wir zuletzt doch noch fanden, am Rand der Verzweiflung, vor Einbruch der Nacht. Ich könnte uns die blau und weiß getünchten Steinmauern in Erinnerung rufen, die sich gegen den Berghang und die mit kreisrunden Steinen gepflasterte Straße zu stemmen schienen, die kleinen vergitterten Fenster in breiten Türmen, durch die wir nach verschleierten Gesichtern spähten; die bunten Marktstände rund um den Platz und die trüben Öllampen in türlosen Eingängen. Dort sahen wir ein Kleid, das uns beiden gefiel, es war von einem Blau, wie das Meer es in glücklichen Träumen hat, wie es Sonntagsmaler und Fotografen immer wieder vergeblich auf kitschige Bilder zu bannen suchen, ein Blau, wie es war, bevor jemand versuchte, eine Farbe daraus zu machen. Der Händler bemerkte unser Interesse, holte das Kleid von der Stange herunter und hielt es Jana an den Körper. Warum ihr? Ich war gut gelaunt, verbat mir den Neid, lobte, wie gut es ihr stünde, und erbot mich, einen Preis für sie auszuhandeln. Und sie stand daneben, während ich feilschte, als wollte sie es gar nicht mehr haben, schon halb zum Gehen gewandt, ungeduldig und aus unerfindlichem Grund plötzlich gereizt. Da warf der Araber in gespielter Verzweiflung die Hände hoch und hielt es ihr hin, als Geschenk, es bringt Glück in der Liebe, versprach er.

Oder möchtest du dich an die atemlose Stille an einem bestimmten Strand bei Sonnenuntergang erinnern, wir beide wissen, welchen ich meine, und an die Beduinenzelte von der Farbe der zerrissenen Erdkruste? An die kleine Oase mit Dattelpalmen im Schatten der überhängenden Felsen, über die Quellen und Rinnsale sprangen, oder an die wasserlosen Schluchten und Klippen aus brüchigem Flugsand? Lebensgefahr, stand auf dem Schild, das am Stacheldraht befestigt war. Was blieb mir anderes übrig, als hinter dir durch den Verhau zu klettern, mit Vernunft warst du ja nicht ansprechbar. Dahinter lag eine Welt aus Sand und Stein, lautlos, ohne Spuren, unbetreten seit Jahren, vielleicht Jahrhunderten, Jahrtausenden? Kupferfarbene Felsschluchten, aus deren Riffen und Kämmen schwarze Schatten sickerten, dunkelviolette Berge, die ihre Spitzen wie Klingen in den gläsernen Himmel stießen. Krater, weiß an den Rändern, von der tiefstehenden Sonne beleuchtet, und plötzlich, ohne Übergänge, gelb mit tiefen schwarzen Rissen, und immer mehr Schatten, während die Sonne am Rand der Wüste verschwand. Tafelberge, Steilwände mit langen waagerechten Rillen, Felsmassive, die wie Festungen vor uns standen, windzerfressene Säulen, bizarre Gebilde aus Stein, der in der Hand zerrieselte, wenn man sich festhielt. Geisterstädte, zernagt und durchlöchert, ausgehöhlt und glattgefeilt vom Wind, Risse im Boden und unerwartet die Nacht und der plötzlich einsetzende harte Wind, der Sandböen hochschleuderte und uns ins Gesicht warf. Und wir ausgesetzt in dieser Mondlandschaft, diesem unheimlichen, weiß schimmernden Ort des Schweigens, ohne Weg und ohne Richtung. In einer Landschaft, in der es keine Perspektiven gab, in der Entfernungen trogen, in der der nächste Fels, greifbar nah, wie es schien, Tagreisen entfernt lag. Wir entkamen den Flugsandspalten, wie wir in jenen Jahren oft Gefahren entronnen sind, als wollte der Tod uns noch lange nicht haben. Auf dem Berg brannte ein Feuer, und wir gingen darauf zu, ohne auf den pfadlosen Boden zu achten. So kamen wir wieder zu dem Stacheldraht – als kämen wir aus der Unterwelt zurück.

Durch die Bazare könnten wir wieder gehen, verstohlene Blicke in Moscheen und Koranschulen werfen, süchtig die Düfte der großen Gewürzsäcke einatmen und schließlich hungrig dem Geruch von Hammelfleisch folgen, das über dem offenen Feuer von schmutzstarrenden Händen gedreht und von schillernden Fliegen umschwärmt wurde. Wir würden krank werden davon, in fremden ungewaschenen Betten den Arzt erwarten, der uns nicht verstehen würde, den Tod herbeisehnen, um nicht mehr auf die stinkende Latrine zu müssen, und geschwächt die nächste Reise antreten. Wir würden neue Bazare finden, dunkle Gewölbe und strohüberdachte Straßen, in die flimmernd die Sonne fiele, und würden plötzlich, geblendet und schwindlig vom Licht, vor Türmen und Minaretten stehen und wissen, daß es sich gelohnt hatte zu überleben. In finstere Gewölbe würden wir uns wieder vorwagen und Frauen in gebauschten, bestickten Gewändern überraschen, die ihre Lasten abgestellt und ihre Schleier aus dem Gesicht geschoben hatten. Beim trüben Licht schwacher Glühbirnen könnten wir im düster leuchtenden Rot der Tomaten und Paprikaschoten wühlen und uns vom Ruf eines Araberjungen in Eingänge locken lassen, Miz come and look! Denn jeder hat etwas feilzubieten oder will etwas von uns haben, eine Zigarette gegen ein Glas viel zu süßen, klebrigen Tees, und auf einem Hocker sitzt ein Flötenspieler und läßt traurige Schlangen tanzen. Wir könnten die langen dünnen Tuniken anprobieren, in die bunten Fetzen schlüpfen, die in den Eingängen hängen wie Kulissen, und uns vor einer Spiegelscherbe drehen, verwandelt, uns selbst abhanden gekommen im Labyrinth von Tausendundeiner Nacht, das war es doch, was wir suchten, und nie wieder in die Wirklichkeit zurückmüssen. Ein altersloser Armenier, der neben einem weißen Kühlschrank auf den Steinstufen zur Moschee saß und reglos seine Wasserpfeife rauchte, gewöhnte sich an unser tägliches Kommen; er winkte uns herbei und schenkte uns verschrumpelte Gurken und Datteln, die er aus seinem weiten Gewand von der Farbe des Wüstensands hervorholte. Auch Tee ließ er für uns holen und war stolz auf sein Englisch, acht Kinder habe er, an den Fingern zählte er sie ab, vier Jungen, vier Mädchen, und zwölf Enkelkinder, und jedes liebe er wie sein Augenlicht. Wir schämten uns, weil wir nichts in seiner Sprache sagen konnten als vielen Dank.

Und überall die Verderbnis der Wüstenstädte, die sich in die Melonen frißt und die Tomaten zersetzt, während man noch um sie feilscht, die einem in die Knochen dringt, daß man sich willenlos niedersetzt und aus dem dargebotenen Krug trinkt, ohne nach dem Brunnen zu fragen, aus dem das Wasser geschöpft wurde. Erst später, wenn einem die Schmerzen die Eingeweide zerreißen, erinnert man sich an den schmutzigen Krug und das stinkende Wasser, das damals nur naß war, kühl und naß. Vom Bazar wankt man zur

Herberge im gelben Licht der untergehenden Sonne, die fensterlosen Lehmmauern entlang. Das Licht erlischt so plötzlich, als hätte es jemand ausgedreht, und der Nachtwind bewegt die staubigen Bäume. Die Nacht kommt schnell in der Wüste, die Hitze bleibt. Und mitten in der Nacht weckt einen ein dumpfes Heulen in der Luft, das durch die Gassen hallt und immer lauter wird, von den Windtürmen hundertfach zurückgeworfen, ein Gebetstumult um vier Uhr früh, von allen Minaretten der Stadt. Und wenn das Heulen verstummt ist und das Echo in die noch schwarzen Torbögen und die Löcher der Windtürme zurückgekrochen ist, tritt eine Ruhe ein wie die Erschöpfung nach einem Aufruhr. Aber bald beginnen die Morgengeräusche, das Schreien der Esel, schlurfende Schritte auf den Gassen und Hufgeklapper, und die Sonne hebt sich über den Rand der Wüste, sengend heiß von dem Augenblick an, in dem die Minarette unter ihren ersten Strahlen aufblitzen, und die Hitze legt sich schwer und lähmend über die Stadt.

Vielleicht möchtest du dich an Vertrauteres erinnern, an ein kleines Bergdorf, in dem du bei Maisschnaps und Oliven dem Wirt, der uns nicht verstand, versprachst, du kämst auf deiner Hochzeitsreise bestimmt wieder in seine Schenke. Beide sagten wir damals berauscht, hier könnten wir leben, und lobten den endlosen Sternenhimmel. Aber am Morgen, als die ersten Sonnenstrahlen gerade die Kuppen der runden Berge berührten, brachen wir wieder auf. Geblieben sind wir nirgends, auch nicht in dem namenlosen Kloster mit den verblichenen Fresken im Kreuzgang unter dem besonnten Ziegeldach. Wir schauten durch das Spitzbogenfenster einer leeren Zelle auf einen Fleck Grün mit ein paar Rosen in der Sonne und von einem anderen Zellenfenster auf einen Glockenturm und ein paar Bäume. So könnte ich leben, sagtest du, ganz nach innen, aber es hielt dich auch hier keine vier Tage. Die Schwestern überzogen die Betten im Gästezimmer, und zum Frühstück gab es große Stücke Weißbrot und Schafskäse in der Küche, tagsüber wanderten wir durch die Ruinenstadt, gingen durch zahllose Torbögen, kletterten über Mauerreste und fanden Fresken in ruhigen dumpfen Farben, liefen von Durchblick zu Durchblick, gierig nach der immer gleichen Landschaft, den weiten verbrannten Feldern und flachen Hügeln, und versprachen einander, lange hierzubleiben. Aber am Abend, beim Essen im Dorfgasthaus, setzte sich einer zu uns und erzählte von Landschaften, die wir noch nicht kannten, Abenteuern, die er überstanden hatte und die dich reizten. Noch in derselben Nacht fingst du an, deinen Rucksack zu packen, die Zelle und den Kreuzgang schobst du auf für später, wolltest nichts mehr hören von Ruhe und Frieden, du wärst auch ohne mich weitergezogen.

Einen Tag noch laß mich dir in Erinnerung rufen, einen Ostersonntag. Am Morgen hatte ein Gewitterregen die Wege aufgeweicht, und wir saßen frierend mit nassen Kleidern in einer kleinen Kaffeestube und warteten auf den Autobus, der Verspätung hatte. Ein junger Mann setzte sich zu uns und bat uns, mit ihm zu kommen. Flüsternd und verstohlen um sich blickend, gestand er uns, er sei Kommunist, und zog uns mit sich zu der höher gelegenen Straße hinauf, die um den Ort lief. Beim Gehen, sagte er, sei man am sichersten vor Spitzeln. Als die Felder am Rand der Stadt den Blick weiteten, erzählte er, er sei im Gefängnis gefoltert worden, jetzt sei er auf der Flucht und warte auf einen Freund, der ihn weit fortbringen werde in eine Gegend in den Bergen, wo er als Schmiedegeselle untertauchen könne. Eigentlich sei er Student und habe nie etwas anderes gekannt als die Stadt und liebe sie, die Menschenmassen auf den Brücken, das Geschrei und den Aufruhr der Menge. Auch Bücher liebte er und heftige Diskussionen bis in die Morgenstunden. Das alles wäre nun zu Ende. Pferde würde er beschlagen in einem kleinen Gebirgsdorf, sich einen Bart wachsen lassen, damit ihn niemand mehr erkenne, und bis an sein Lebensende von der Revolution träumen, die ja doch nie käme, nicht in seinem Land. Dann kam der Freund mit einem Auto, auf dem Taxi stand, und wir stiegen ein, in die Flucht eines Unbekannten verwickelt, mit flinken Blicken nach allen Seiten, und fuhren in rasender Fahrt durch die Steppe, zwei Tage lang, Tag und Nacht, nur vor einsamen Teehäusern tranken wir schnell süßen klebrigen Tee, und immer umgab uns dieselbe Landschaft, die braune weite Steppe, in der Ferne umgrenzt von flachen Hügeln. Wir sprachen wenig, hörten schweigend auf die Musik aus dem Radio und den klatschenden Rhythmus, den die dunklen behaarten Hände des Freundes auf dem Lenkrad mitschlugen. Wir fuhren an Pferdeherden vorbei, an Schafherden und pflügenden Bauern, die die große Einsamkeit der Steppe in den Boden drückte, an den hingeduckten Lehmdörfern der Ebene, in die langsam ansteigenden Hügel hinein, bis die Täler eng wurden, die Dörfer und Türme in Bergfalten versteckt lagen. Erst dann fuhren wir langsamer, blieben öfter stehen, an Flüssen, in denen Frauen in bunten Pluderhosen und Kopftüchern Wäsche wuschen, an Wasserfällen in der baumlosen braunen Berglandschaft vorbei. Nach Einbruch der Nacht stiegen wir in das von Felsen umschlossene Dorf hinunter, in dem der flüchtige Student leben würde, bis man ihn erwischte oder bis sein revolutionärer Eifer erloschen war und er die Bücher, die nächtelangen Diskussionen und vielleicht auch das Gefängnis im täglichen Einerlei seines Handwerks vergessen haben würde. Sein Freund führte uns zu der einzigen Herberge des Dorfes. Er blieb draußen stehen, mit dem Gesicht eines Verurteilten, das nicht mehr neugierig ist auf die Zukunft. Wir hatten zwei Tage lang sein Leben geteilt, seine Flucht maskiert, wir würden ihn nie wieder sehen und nichts mehr von seinem Leben erfahren. So viele Schicksale, in die wir für Stunden hineinblickten und die uns für immer ins Dunkel entglitten.

*

Auch damals mißtraute ich denen, die in der Geborgenheit aufgewachsen waren und sich mit ihrer neuen Freiheit brüsteten. Eines Tages würden sie der Freiheit müde werden und in den Schutz ihrer Elternhäuser zurückkehren. Ich hielt mich an die, denen man ansah, daß sie die Häuser, aus denen sie kamen, unbewohnbar zurückgelassen hatten und nie mehr aufhören würden zu suchen. Manchmal, lange bevor ich selber aufbrach, kam eine Nachricht von ihnen, sie seien dem Paradies auf der Spur. Der Weg, sagten sie, führe durch die größte Angst hindurch, die Angst vor dem Fremdsein. Wenn man die aushielte, liege mitten in der Fremde das Ziel. Wer hätte sich besser geübt als ich in der Angst vor dem Fremdsein? Nirgends konnte es schlimmer sein als dort, wo ich seit meiner Kindheit war. Welche Erleichterung mußte es sein, das Fremdsein dort zu spüren, wo nichts vertraut war! Ich sah ihnen sehnsüchtig zu, wie sie auf dem Bahnhof die Züge erwarteten, aber sie nahmen mich ja nicht mit.

Da ging ich zu Sonja. Ich wollte sie endlich einweihen, ich wollte sie mitnehmen, ich wollte sie verführen. Es gab viele Gründe, warum ich immer wieder zu Sonja ging: es gab die Geheimsprache unserer Kindheit und die vielen gemeinsamen Erinnerungen, es gab die Vertrautheit, die jede Verstellung überflüssig machte. Kein Mensch außer ihr und meiner Mutter hatte meine Angst so unverhüllt gesehen. Karin hatte ich davon erzählt, aber erlebt hatte sie meine Angst nie, in ihrer Gegenwart konnte es keine Angst geben. Aber Sonja war in der Gewalt meiner Angst, denn die ihre war ebenso groß, sie war so groß, daß Sonja keinen anderen Ausweg wußte, als sie zu verleugnen. Einmal hatte ich zu ihr vom Tod gesprochen und gesehen, wie ihr die Angst die Tränen in die Augen trieb. Ich hatte ihr die Zukunft aus den Karten gelesen, nein, nein, das glaube ich nicht, hatte sie gerufen, aber ich hatte schon die Gänsehaut auf ihren bloßen Armen gesehen. Das letztemal, daß wir davon sprachen, saßen wir in meiner Küche, es war schon nach Mitternacht, da erzählte ich ihr von den Spalten im festen Boden, die sich plötzlich öffnen konnten, und man stürzte tief hinunter, von Falltür zu Falltür. Sonja, sagte ich, du kennst das doch auch, es beginnt mit den Träumen. In ihren Augen sah ich, daß sie wußte, wovon ich sprach, aber sie wandte sich ab und sagte, bitte, red nicht davon, ich kann nicht! Seither hatte ich nicht mehr davon gesprochen, aber ich hatte jetzt Gewißheit. Ich wußte, daß ich die stärkere von uns beiden war und immer einen Anteil an ihr haben würde. So als ob wir einander unter der Erde mit unseren Wurzeln berührten. Aber ich wollte sie nicht mehr beunruhigen, ich schwieg. Ich empfand eine neue Zärtlichkeit für sie und zugleich auch eine Verachtung, die mich zu kleinen Grausamkeiten hinriß. Sonja, dachte ich, ich werde dich herüberziehen zu mir, auch dein Haus wird unbewohnbar werden, du wirst dich zitternd vor Angst an mich klammern. Komm heraus aus deiner Geborgenheit, um die ich dich immer beneidet habe, komm, fahren wir weit weg von der Sicherheit, die du mir voraushast, dann sind wir gleich und einander ganz nah.

Laut sprach ich zu ihr von der Freiheit, vom Abenteuer und sah zu, wie ihre Augen aufleuchteten. Ich bestimmte das Ziel, es lag in der Ebene, vielleicht verborgen zwischen flachen weiten Hügeln, hinter Regenschleiern das wilde Rot blühender Mohnfelder und zwischen hohen Bäumen das Haus. Wir stiegen nach vielen Stunden aus dem Zug, ich sah das Erschrecken ins Sonjas Gesicht unter dem Anprall der unvertrauten Laute, des Gestanks im Hafen, der zudringlich tastenden Hände. Ausgesetzt, ja, Sonja, so ist es, wenn man unter den anderen leben muß, die man nicht versteht! Ich nahm sie an der Hand und zog sie auf die Fähre, die Nähe der fremden Menschen beleidigte sie. Und jetzt zeige ich dir ein Chaos, daß dir die Sinne vergehen, du Bürgerstochter. Es war eine rachedurstige Grausamkeit in mir, als ich sie in unseren ersten Bazar zog. Das halte ich nicht aus, schrie sie und würgte an ihren Tränen, das Angestarrtwerden, das Gedränge, die grapschenden Hände! Sie lief mir davon, dem Ausgang zu. Ich tauchte die Arme bis zu den Ellbogen in einen Sack voll Gewürze, der Händler rannte zeternd hinter mir her. Sonja, jetzt fängt das Leben an, wirklich zu werden, und morgen gehe ich allein in den Bazar! Ich hielt ihr meine duftenden Arme hin. Wovor fürchtest du dich?

Am nächsten Tag kam sie jedoch wieder mit in den Bazar. Sie blieb stehen und berührte die Felle und Seidenstoffe, die über dunklen Eingängen hingen, sie ging mit mir in die Altstadt, und wir stiegen heimlich die enge Wendeltreppe zum Minarett hinauf, der Wind riß uns beinah in die Tiefe hinunter, und unter uns schoben sich die roten Ziegeldächer den grünen Berg hinauf, der Dunst des Frühsommerregens hing darüber und verwischte ihre Konturen. Gefällt's dir, fragte ich sie. Wortlos umarmte sie mich und drehte mich auf der engen Plattform herum. Jetzt war sie bereit für jedes Abenteuer.

Nur eines verschwieg ich ihr. Daß ich etwas anderes suchte als Farben, Töne und Abenteuer. Beim Aufbruch spielte das Ziel keine Rolle, und wir übten uns ja zunächst im Aufbruch. Früh am Morgen die Umrisse der taunassen Feigenblätter vor einem kleinen Fenster, die Straßen noch leer, so früh bricht niemand auf, wir sind schon über die Hügel, wenn die noch immer unsichtbare Sonne das Steppengras von unten her schwefelgelb beleuchtet und die Schafe verschlafen zu grasen beginnen. In einem anderen Land gehen wir bei dem gleichen Leuchten, das der aufgehenden Sonne vorangeht, über die Hafenpier, an schlafenden Auswandererfamilien vorbei. Es müßte einen Ort geben, wo die tiefe Stille, die dieses Leuchten durchdringt, den ganzen Tag anhält. Wer sich in diesem Schweigen und in diesem Licht ansiedeln könnte, der müßte nie wieder weiter. Im Osten, hatten uns welche erzählt, gibt es dieses Leuchten den ganzen Tag unter den großen Tropenblüten des Dschungels, und Völker gibt es dort, die mit ihren Stimmen das Schweigen nicht brechen. Wir machten uns auf den Weg.

Es gab Nächte im Freien mit endlosen sternübersäten Himmeln und einem großen weißen Mond, der das Land taghell erleuchtete. Und mitten in der Nacht wachte ich auf und hörte Sonja in ihrem Schlafsack neben mir weinen. Was ist los, Sonja, was hast du? Ich habe Angst, ich werde wahnsinnig vor Angst! Ich weiß, wie es ist, wenn man wahnsinnig wird vor Angst, warte, ich krieche zu dir in den Schlafsack und halte dich fest. Es macht mir nichts, daß ich in der Hitze des engen Schlafsacks nicht mehr einschlafe, bis die schwarzen Schatten grau werden und sich die Landschaft aus der Nacht erhebt. Ich weckte Sonja auf, und wir gingen in das Piniental zur Quelle, die wir am Vortag gefunden hatten, und schauten zu, wie die Strahlen der aufgehenden Sonne schräg und einzeln durch die Zweige fielen, wir atmeten die Stille ein und teilten sie mit den Zikaden, die zu schrillen begannen. Wir saßen schweigend und eng aneinandergerückt auf gestürzten Säulen und brachen bei den Lauten von menschlichen Stimmen wieder auf.

Bald hatte ich herausgefunden, daß Sonja vor der Nacht und dem Schweigen die meiste Angst hatte, aber sie fürchtete sich auch vor dem Rausch der Farben, Gerüche und Töne, der sie hinriß, aus sich herausriß und zugleich in Panik versetzte. Einmal zeigte ich ihr eine Fata Morgana. Da, Sonja, siehst du am Rand der Wüste in der zitternden Luft den blauen See und die Palmen? Sie begann, in der Hitze zu frösteln. Werde ich jetzt verrückt, fragte sie ängstlich. Und eine Tagreise weiter, mitten in der Wüste ein Baum, über und über mit roten Blüten bedeckt, daneben ein weißes ebenerdiges Haus mit flachem Dach. Das ist wirklich, Sonja, denn man jagt uns mit Hunden und Steinen davon. Aber Sonja lachte, bückte sich nach einem Stein und warf ihn zurück. Davor hatte sie keine Angst.

Eines Abends kamen wir nach einer langen Wanderung über Geröllfelder auf der Suche nach trinkbarem Wasser zu der Jugendherberge, in der die Arbeiter, die bei den Ausgrabungen halfen, untergebracht waren. Sie erzählten von einem, der habe es nicht ausgehalten, die Hitze, die Abgeschiedenheit, immer nur Sonne und Steine, und vor allem die Stille, und sei eines Tages vom Felsen in die Tiefe gesprungen, einfach so, als ob er einen Kopfsprung ins Wasser machte. Sonja rannte weg von der Gruppe, die auf der Veranda in der Dunkelheit saß und Geschichten erzählte, sie lief in den hellerleuchteten Speisesaal und wich mir aus. Als ich sie um vier Uhr früh weckte, weil wir den Berg besteigen wollten, deshalb waren wir ja gekommen, stand sie nicht auf. Da gehe ich nicht hinauf, flüsterte sie, noch immer verstört. Tu, was du willst, aber ich gehe da nicht mit! Ich ging ohne sie, zum erstenmal allein mit der Stille, die Sterne standen noch am Himmel, Geröll glitt unter meinen tastenden Füßen weg. Auf halber Höhe lichtete sich die Schwärze über der Wüste, das Meer weiter draußen war ein weißer milchiger Streifen, der Berg ragte grau vor mir auf. Weiter oben ging das Geröll in unebene Felsstufen über. Hinter der Wand, an der ich entlangstieg, verwandelte sich der rötliche Schein der Sonne am Horizont in ein dunkelrotes Leuchten, und plötzlich explodierte die Sonne über dem Rand der Wüste. Als ich oben auf dem Plateau stand, war es schon heller Tag, die

Wüste unten war schwefelgelb, nur in den baumlosen Schluchten lagen noch violette Schatten.

Als ich zu Sonja in die Herberge zurückkam, war sie verstimmt. Wir zogen wortlos zur Bushaltestelle. Aber ich hatte eine neue Erfahrung gemacht, ich wußte jetzt, daß ich auch sie einmal zurücklassen würde auf meiner Suche. Es machte mich glücklich, nachts im Bett über mir ihre Atemzüge zu hören, ich hätte ihren Schritt unter tausend anderen erkannt, ihre Gewohnheiten und Bedürfnisse waren mir vertraut, und ihre Nähe bedeutete Geborgenheit, aber ankommen, dort, wo ich ankommen wollte, mußte ich ohne sie. Irgendwann, vielleicht nach dem zehnten oder zwanzigsten Aufbruch, würde sie wieder heimfahren, und ich würde, aus der letzten Bindung befreit, allein weitersuchen.

*

Das erstemal, als wir im Freien übernachteten, im Mondschatten einer Steinmauer und eines Olivenbaums, hatte ich vor Angst die ganze Nacht nicht einschlafen können. Nie wieder, sagte ich am Morgen, und Jana versuchte, mich zu überzeugen, daß man die Angst nur überwinden könne, wenn man sich mitten in sie hineinbegebe. Ihre neue Furchtlosigkeit erstaunte mich. Zu Hause hatte sie Angst, allein in ein Restaurant zu gehen, und nun schob sie sich begeistert durch das dichteste Gewühl der Märkte. Um drei Uhr nachts, als wir in einer Hafenstadt zum Campingplatz unterwegs waren, floh sie so geschickt vor einem Rudel halbwüchsiger Verfolger, daß wir plötzlich allein auf dem kleinen Platz vor einer Kirche standen. Kein Laut, keine Schritte waren mehr zu hören, und wir schliefen auf den Steinbänken vor dem Portal bis zum Morgen. Mit ihrer Tollkühnheit brachte sie uns oft in Gefahr. Immer wieder be-

stand sie darauf, die Straßen zu verlassen und aufs Geratewohl in die verlassene Landschaft hineinzuwandern.

Einmal waren wir einem ausgetrockneten Flußbett gefolgt, und in den Bergen, die sich wie schwarze Elefanten-
rücken aus der Ebene erhoben, hatten wir uns verirrt. Von
jeder Anhöhe, auf die wir kletterten, sah man wieder nur
schwarze Schluchten, die Ebene mit der Straße war verschwunden. Gegen Abend stießen wir auf eine Schafherde,
und der Schafhirt nahm uns mit zu seiner Steinhütte auf
dem Hochland. Er sah uns mit kleinen verschlagenen Augen
von der Seite an, sonst konnten wir von seinem Gesicht nur
die Nase erkennen, die wie ein Krummsäbel über dem dichten schwarzen Bart stand. Es war sehr schmutzig in der höh-
lenartigen Behausung aus aufgeschichteten Steinen. Der
bärtige Hirt hob einen Stein aus einer Vertiefung und holte
Schaffleisch und Fladenbrot hervor. Auch die Feuerstelle
war nur eine von aufgeschichteten Steinen umgebene Vertiefung im Boden. Wir aßen alle von einem schmutzverkru-
steten Blechteller und tranken kaltes Gebirgswasser aus
einem Tonkrug. Aber wir wußten, wir konnten ihm nun vertrauen, wir standen im Schutz seiner Gastfreundschaft. Danach bot er uns seine Pfeife an; Haschisch, sagte Jana nach
wenigen Zügen, sie hatte seit ihrem Umgang mit den Studenten Erfahrung mit Drogen, rauch nicht zuviel, warnte sie
mich, es ist stark. Aber ich war schon unterwegs zu einem
schrecklichen Alptraum, das Feuer der Herdstelle brannte in
gelben und blau umrandeten Stichflammen bis an die
Decke, die Balken stürzten auf uns herunter, und die Flammen stießen durch das Dach, jetzt fing auch der Himmel
Feuer, und die Schäferhunde vor dem Haus wachten auf und
rasten wild bellend als schwarze Schatten vor den Flammen
daher, ein Messer blitzte in nächster Nähe, Schüsse krach-
ten, eine schwarze Gestalt verdunkelte die Tür, man hörte
kehlige Laute und einen heulenden Aufschrei. Ich packte

Jana beim Arm und riß sie mit mir zur Tür hinaus, durch die Dornen den Abhang hinunter, wir rannten durch das verdorrte Gestrüpp ein Flußtal entlang, bis es hell wurde. Meinen Rucksack hatte ich in der Hütte vergessen. Was war los, da oben, fragten wir einander, als wir endlich einen Pfad mit tiefen Räderspuren fanden. Wir erzählten einander unsere Wahrnehmungen und versuchten, unsere Halluzinationen von der Wirklichkeit zu trennen, jemand hatte geschossen, jemand hatte geschrien, die Hunde hatten gebellt. Wir fanden gegen Mittag die Ebene, von der wir aufgebrochen waren, und ein Bauer brachte uns mit seinem Traktor zum Busdepot.

Aber Jana war unbelehrbar, sie bestieg Felsen mit der Taschenlampe und in Sandalen, um die Sonne über der Wüste aufgehen zu sehen. Wir sahen, wie in den Straßen einer geteilten Stadt die Fensterläden verriegelt wurden und an den Straßenrändern Militärjeeps hielten, wir spürten die atemlose Erwartung über dem Stadtteil und sahen Jugendliche aus ihren Verstecken hinter den niedrigen Balustraden flacher Dächer spähen, aber Jana wollte bleiben, sie war neugierig, sie wollte wissen, was passieren würde. Ich konnte sie schließlich überreden weiterzufahren, und als wir erfuhren, daß nichts passiert sei, sagte sie erleichtert, dann haben wir nichts versäumt. Ich weiß, sagte sie einmal, daß alles Wichtige in meinem Leben geschehen wird, während ich unterwegs bin.

*

Das war der Orient, von dem sie uns erzählt hatten, es sei das Paradies, Sonne, betörende Farben und Musik, glückliche Menschen und unvorstellbare Schönheit. Unten an den Stränden warfen sie die Toten in den Fluß, und wem wäre es eingefallen, die Lebenden zu zählen, die in den mit Fetzen und Schilf geflickten Blechtonnen am Kanal hausten? Es wimmelte von Menschen, sie strömten über die Brücken, drängten sich auf den Booten, in Unterständen, als seien ganze Völker auf der Flucht, vierzigjährige Greise, alte ausgemergelte Körper und glatte Kinderkörper. Bilder, eingeätzt ins Gehirn und nicht mehr wegzuschieben. Frauen, tagelang im Monsunregen bis zu den Knöcheln im Wasser, Tag und Nacht zum Stehen gezwungen, der Regen dringt durch das Strohdach des Unterstands, er weicht ihnen die Fetzen vom Körper, todkranke Kinder in den Armen. Die Wirklichkeit übertraf alle Berichte. Aber wir hielten uns an den sauberen Stränden auf und übernachteten immer häufiger in Hotels, wir sahen vom Fenster im vierzehnten Stock auf die Elendsquartiere hinunter und schämten uns nur ein wenig. Was können wir tun, sagten wir einander, überall gehen die Seuchen um, wir müssen uns schützen.

Nie werden wir dieses Elend vergessen können, sagten wir betreten und hilflos, bevor wir den Blick auf die Tempelpyramiden richteten, überwältigt von soviel Gold und steingewordener Schönheit, daß wir glaubten, im Märchen zu sein. Das also hatten die anderen gemeint. Schuldbewußt und bedrückt betrachteten wir die Elfenbeinornamente, die Mythologien und Kosmologien aus Stein, unverändert seit dreitausend Jahren, und wer schwindelfrei war, konnte vom Gipfel der Pyramiden die Dschunken im braunen Fluß unten sehen, die Unterstände aus Bambus, Blech und Pappe. Anschließend wurden die Touristen zu den Goldschmieden und Edelsteinhändlern geführt und kauften Smaragde und Goldgehänge, und wir gingen in unser Hotel mit Klimaanlage und verdunkelten Fenstern. Wo hätten wir sonst übernachten sollen? Es gab keine bescheidenen Unterkünfte zwischen Elend und Reichtum, es gab keine Verständigung und keine Brücke zur Armut. Am Anfang waren wir beschämt und verzweifelt, dann stumpften wir ab und aßen gedankenlos Nationalgerichte, von denen die Menschen unten an den Kanälen nicht einmal träumten. Hätten wir uns damals wirklich geschämt, wir hätten unsere Kleider an die Armen verschenkt, die dicht an die Boote herangeschwommen kamen. Dann hätten wir erleichtert weggehen können, bekleidet nur mehr mit den Farben der Tropenwälder, die in die kupferroten Flüsse und ins Meer hineinwateten, hinter den Bettlern her.

Ich erinnere mich auch an die Gasse, gewunden und immer bergauf, mit buckligem Kopfsteinpflaster, wo plötzlich ein Mann vor uns lag, auf die Seite gerollt und zusammengekrümmt. Entsetzt sahen wir unseren Begleiter an, der dort aufgewachsen war, und fragten, was sollen wir machen? Sollen wir ihn aufheben, die Polizei rufen? Nein, sagte er, einfach weitergehen, sonst werden wir in alles mögliche verwickelt. Wir gingen weiter, vielleicht sogar ein wenig beklommen. Am Abend aßen wir Hammelfleisch und gingen in eine Bar.

Ich erinnere mich auch an die Frau mit dem Säugling an der mageren Brust. Nicht bloß einmal kam sie uns entgegen, fast täglich kamen solche Frauen ans Auto heran, und Achim kurbelte das Fenster hoch, denn erstens sei das nur ein Trick, sagte er, und allen könne man ja doch nicht helfen, kaum nimmst du die Brieftasche heraus, stehen gleich hundert da und halten die Hände auf. Vielleicht haben mir diese Bilder die schönen Erinnerungen ausgebleicht. Fremde sind wir geblieben, Gaffsüchtige, Voyeure.

Natürlich erinnere ich mich auch an die schöne junge Frau mit dem bauchigen Korb auf dem Kopf, die mir lächelnd einen Becher voll rotem Saft gab, trink, und wartete, bis ich gekostet hatte. Während ich trank, verwandelte sich die Lebensgefahr, in die ich mich begab, in eine Verlockung, die Schuld zu tilgen, Schritt für Schritt bis zur letzten bewußten Sekunde die Schmerzen, die Mattigkeit, das steigende Fieber zu leiden. Daniels Tod nachzuvollziehen und aufzuheben durch meinen. Königlich schritt sie davon, den hohen geflochtenen Korb mit Stockwerken von Früchten auf dem erhobenen Kopf, eine Auszeichnung, von ihr den Tod empfangen zu haben. Die nächsten Tage glaubte ich mit doppelter Intensität zu leben. Ich sog berauscht den Duft der getrockneten Gewürze ein, biß voll Lust und Todesverachtung in das glänzende Fleisch ungewaschener Papayafrüchte, steckte mir Orchideen ins Haar, drückte mein Gesicht in Trauben purpurfarbener Tropenblüten, in die weichen samtigen Kelche mit den zitternden Härchen darin, zehn Tage Gesundheit waren mir noch gegeben, wie ein Fest wollte ich sie begehen.

Trotzdem überkam mich wieder die Trauer und nachts die Panik, zehn Tage nur mehr, und ich hatte vergessen, was ich mit meinem Leben hatte erreichen wollen. Am Morgen stieg ich den glitschigen Pfad vom Brückendamm zum Fluß hinunter und mischte mich unter die Sandträgerinnen. Hunderte von Frauen mit breiten Körben auf den nassen Haaren wateten in den seichten Fluß bis zur Mitte, wo das trübe Wasser in Brusthöhe floß. Der Flußsand war locker und schwarz zwischen den Fingern, sie senkten die Körbe ins Wasser, schürften am Grund entlang und trugen die sandgefüllten Körbe zu den Lastautos auf dem Uferdamm. Wie spielende Kinder sahen sie von weitem aus, und ich erinnerte mich an meine alte Sehnsucht dazuzugehören, ganz gleich wo, auch hier wäre ich glücklich gewesen, keuchend Körbe voll nassen Sands über die Uferböschung zu tragen, ihre Sprache zu sprechen und mich wie sie am Abend hinter einer dünnen Wand schlafen zu legen.

Immer wieder schloß ich mich an, ohne zu fragen, ich verstand ja nicht einmal ihre Sprache. Der Weg zum Tempel war lang, ein endloser steiler Fußmarsch, und es war heiß, die Tropensonne stand hoch am weißen Himmel. Sie trugen ihre bunte Feiertagstracht, mit breiten Schärpen und Reiskörnern auf Stirn und Wangen. Die Frauen hatten hohe Türme von Früchten auf den Köpfen, aufrecht und leichtfüßig liefen sie den Männern voraus, die nur ihre flache Kopfbedeckung zum Schutz vor bösen Geistern trugen. Die Tempelpyramide stieg mit vielen hundert Stufen in die tiefhängenden Wolken. Unbehelligt kletterte ich am Ende der Prozession in die Wolken hinein wie in eine warme tropfende Höhle, aber an dem schmalen Steintor, das ins Tempelinnere führte, wies man mich ab, meine Haut war zu hell, mein Kopf unbedeckt. Ich stand im Vorhof und überließ mich meinem Selbstmitleid, ich sah zu, wie man ein Schwein in den Hof zerrte, eines der vielen Opfertiere, und ihm die Kehle durchschnitt. Niemand beachtete mich. Während ein stetiger Strom neuer Pilger zum Torspalt des Tempels strebte, stieg ich, an den gemeißelten Steinrand der Stufen gepreßt, an den schwarzen Fahnen vorbei aus den dampfenden Wolken in die Hitze des Nachmittags zurück, vorbei an den Sippen, die sich zu beiden Seiten des Wegs zum Essen gelagert hatten, und wartete ernüchtert an der verlassenen Haltestelle auf den Touristenbus. Als ich ganz allein in dem geräumigen Bus durch die grünen Berge zum Hafen hinunterfuhr, fiel alles von mir ab, wie schon manchmal, alles Selbstmitleid, die Angst, auch die Trauer. Mit einem unbändigen Gefühl der Befreiung schlenderte ich über den Friedhof neben dem Hafen, einem Friedhof voll junger Toten, keiner über vierzig, junge Matrosen, neunzehn Jahre alt, fünfundzwanzig, gestorben an Ruhr, Malaria und Typhus, von Bord gefallen, von Einheimischen erschlagen, junge Frauen von Missionaren, ihre ungeborenen Kinder im Leib, an Seuchen gestorben oder im Kindbett, es kam kein Gefühl der Vergeblichkeit in mir auf, es war Zeit, dachte ich, die Suche zu beenden, ich war dankbar für die Leere ohne Wörter und Gefühle, die sich in mir ausbreitete. Es war meine letzte Reise.

*

Bei der Rückkehr, auf dem heimatlichen Flughafen, kam jedesmal Gereiztheit auf, Enttäuschung darüber, daß nichts sich geändert hatte. Wir waren schmutzig und müde und mußten am nächsten Tag den Alltag wiederaufnehmen. Das Wunder, der große Umsturz hatte sich nicht ereignet, weder dort, wo wir gewesen waren, noch in der Stadt, in die wir zurückkehrten. Wieder nichts, sagte Jana, wenn wir das Flughafengebäude verließen, und versuchte, möglichst schnell von mir wegzukommen und zu ihrer anderen Freundin hinüberzupendeln, um sich ihre Unzufriedenheit erklären zu lassen. Warum? Wir haben doch soviel erlebt, warum diese Leere, warum seit Jahren dieselbe Leere, mit nichts zu füllen?

Ich wußte es auch nicht.

Aber Karin wußte es. Weil du deinen Platz im Leben noch nicht gefunden hast, sagte sie wahrscheinlich mütterlich-freundlich und versicherte ihr, daß alles Herumziehen in der Welt, alles Suchen nun bald zu Ende sei, sobald Jana ihren Platz gefunden habe. Aber Jana wollte nicht mehr warten, sie wollte ihren Platz schnell, bevor es zu spät war, sie war das Suchen leid. Ja, wann denn, fragte sie sehnsüchtig, wann wird das Wunder geschehen? Dann lächelte Karin wohl geheimnisvoll und zufrieden: Du wirst es wissen.

Aber am nächsten Tag, aus Karins Mütterlichkeit entlassen, fragte Jana wieder zornig, wann geschieht denn endlich etwas? Was wollte sie denn? Oft klagte sie, es geschehe zuviel, sie könne die Schrecken, die sich rundum ereigneten, nicht mehr ertragen. Aber bei unseren Reisen ertrug sie den Anblick der Armut ganz gut, sie lebte mit den täglichen Katastrophen, die sich in unserer Nähe und überall auf der Welt zutrugen, wie alle damit lebten, schweigend, tatenlos, wenn auch manchmal bedrückt. Doch gleich konnte sie wieder fragen, warum geschieht denn nichts? Morgen gehen wir ins Konzert, zählte ich ihr auf, übermorgen ist Sonntag, wir können wandern gehen, und wenn du willst, können wir am Samstag essen gehen. Nein, das meine sie nicht, das Unvorstellbare solle einbrechen, das nie Dagewesene. Erlöst werden wolle sie von allem Tun. Und weil nichts passierte, blieb sie trotzig in ihrer Wohnung, zog den Vorhang nur einen Spalt auf, weit genug, um festzustellen, daß die Sonne schien, und ließ das Telefon klingeln.

Gehen wir einkaufen, schlug ich vor, um sie aus ihrer Trostlosigkeit herauszureißen. Meist ging sie auf meine Vorschläge ein, widerwillig und so, als wollte sie mir nur beweisen, daß ohnehin nichts dabei herauskomme. Nein, sie wolle in kein Geschäft, in dem sie sich von vornherein festlegen müsse, was sie wolle. Ein wenig herumsuchen, ja, vielleicht fände sich etwas. Ins Kaufhaus also, in überquellenden Sonderangeboten stöbern, an Kleiderständern vorbeischlendern, lustlos einen Ärmel anheben, ein Tuch hervorziehen, ein Höschen in den Wäscheberg zurückstopfen. Nein, das war keine gute Idee, gab ich zu, schon bevor sie mit starren Augen und angehaltenem Atem zum Ausgang lief, als brenne es hinter ihr, als hätte man sie beim Ladendiebstahl ertappt. Ist dir nicht gut, rief ich, und hastete hinter ihr her. Sie halte das nicht mehr aus, dieses Leben, das kein Leben sei, sie ersticke, wann geschehe denn endlich etwas. Ein Straßenmusikant ohne Beine, die amputierten Stümpfe von sich gestreckt, gab ihr den Rest. Sie begann zu laufen, lief durch die ganze Stadt bis nach Hause, die Treppe zu ihrer Wohnung hinauf, zwei, drei Stufen auf einmal, riß die Tür auf, schlug sie mir vor der Nase zu und begann drinnen zu schreien und einen Gegenstand auf den Küchenboden zu schlagen. Und ich stand draußen vor ihrer Tür, auf deren Klinke ich nicht zu drücken wagte, aus Angst vor der Nähe von etwas, das ich nicht kannte, in das ich nie würde eindringen können, und stellte mir gleichzeitig vor, wie ich das eben Erlebte einem Uneingeweihten erzählen würde, eine lächerliche Situation.

Wir sprachen nie wieder über den Vorfall, und ich lernte, vorsichtiger mit ihr umzugehen, sie mit mir fortzuziehen, wenn Panik in ihre Augen trat, ihr nicht zu widersprechen, wenn sie sagte, das halte ich nicht aus, ihr nicht mehr Feigheit vorzuwerfen und sie aufzufordern, etwas dagegen zu tun. Wir mieden die Kaufhäuser, wir mieden überfüllte Säle, wir warteten auf die fast leeren Autobusse und Straßenbahnen. Kaum ging sie auf einer belebten Straße, wurde ihr Körper steif und ihre Bewegungen ungeschickt. Blicke quälten sie so sehr, daß sie über ihre Füße stolperte und vergaß, worüber wir gerade gesprochen hatten. Wenn im Kaffeehaus eine Tasse umkippte, wenn Flüssigkeit über den Tisch rann, wenn Kleingeld hinter eine Theke rollte, immer war es Jana gewesen, und hinter dem verlegenen Lächeln, mit dem sie sich entschuldigte, konnte man eine wilde, beängstigende Wut aufsteigen sehen. Dann war es Zeit, sie fortzuziehen. Wenn wir reisten, schien sie keine Angst vor Blicken zu haben, dann bewegte sie sich auf der Straße mit gedankenloser Selbstverständlichkeit, aber auch da gab es Zeiten unbegründeter Wutausbrüche, plötzlicher Trostlosigkeiten.

In den Jahren, in denen uns trotz aller Verschiedenheit eine auf die Rollen der Beschützerin und der Beschützten festgelegte Freundschaft verband, begriff ich, daß sie an der Grenze lebte, in einem Bereich, der ihr nicht mehr den Schutz vor den ständigen Reizen der Wirklichkeit bot, der mich vielem gegenüber, das ihr schon unerträglich erschien, immun machte. Ich brauchte lange, um zu verstehen, daß ihr Mitgefühl echt sein konnte, auch wenn sie entsetzt davonlief, anstatt zu helfen. Ich hatte sie auf Bahnhöfen und im unvermeidlichen Gedränge fahrig werden sehen, wenn sie sich des Ansturms der Eindrücke und Menschen nicht mehr erwehren konnte, nichts mehr begriff, nicht mehr verstand, nur mehr hilflos dastand vor der unlösbaren Aufgabe, Fahrgeld zu zählen und es auf den Schalter zu legen. Ich glaubte zu wissen, was in ihr vorging, wenn sie mit stumpfem Blick vor der Abfahrtstafel stand und den Zug nicht fand, wenn sie plötzlich vor sich hin sah, als blickte sie in einen Abgrund, und schließlich aufgab, sich fallen ließ mit einem kaum merklichen Zusammensacken des Körpers und einem Blick, der befreit und uneinholbar in die Ferne glitt. Dennoch fiel es mir schwer, meine Ungeduld zu verbergen, sie nicht aufzufordern, reiß dich zusammen, und stell dich nicht so an. Nichts hatte sich geändert seit dem Beginn unserer Freundschaft, noch immer betrachtete ich sie mit Faszination und ein wenig Verachtung, ein wenig Abscheu.

Was war es, was mich an Jana anzog, als müßte ich trotz aller mißlungenen Versuche doch noch die Seelengemeinschaft mit ihr erreichen, die ich mir damals als die Erfüllung vorstellte? Diskutieren konnte ich mit ihr nicht, auch aus Wortspielen machte sie sich wenig, ernst war sie, ohne Sinn für Humor und manchmal ein wenig pathetisch. Du verstehst mich nicht, sagte sie. Auch sie schien mich manchmal zu verachten. Das amüsierte mich. Nur Karin versteht mich. Das machte mich wütend und eifersüchtig. Karin ist der erste Mensch, der mich liebt, sie will mein Bestes. Das war es, was mich an Jana anzog. Daß ich sie retten mußte. Sie war so schutzlos, so verwundbar und so verführbar. Ihre Schwäche war es, die mich anzog, ihre Formbarkeit, ihre Beeinflußbarkeit. Sie hatte soviel Talent zu gläubiger Hingabe, ein so starkes Bedürfnis, sich in der Geborgenheit eines andern auszuruhen, und soviel Angst. Wie hätte sie jemals handeln können, wenn es sie schon in Panik versetzte, unwichtige

Entscheidungen zu treffen. Sie hielt, unfähig zu wählen, zwei Möglichkeiten in den Händen, wollte beide, wollte keine und ließ andere oder den Zufall entscheiden. Wie leicht war es da für solche wie Karin und wohl auch für mich, zu sagen, das ist es, was du willst, das ist es, was du brauchst, und die Macht auszukosten, wenn sie sich fügte. Irgendwo mußte auch in Jana ein verschütteter Wille sein, denn Karin hatte ihr nicht die Musik nehmen können. Sie war es, die das Reisen durchgesetzt hatte, und zuletzt hatte sie Achim bekommen, gegen seinen eigenen Willen, gegen jede Vernunft. Wer hatte dem früher so trotzigen Kind den Willen ausgetrieben? Oder war es möglich, daß es ihr meist gleichgültig war, was sie wählte, und daß sie sich nicht entscheiden konnte, weil es für sie einerlei war, weil es in ihrer Welt nicht zählte?

Und auch das war es, was mich an ihr faszinierte, daß sie, ohne es recht zu wissen, in einer anderen Welt zu leben schien, die ihr anhaftete wie eine Aura von Unberührbarkeit, beinahe von Unschuld, wie ein Geheimnis, so flüchtig, daß man nie sicher sein konnte, ob man nicht einem Betrug aufgesessen war, und dann doch wieder handgreiflich da als Weltfremdheit, als Begriffsstutzigkeit, als hätte sie mit der Wirklichkeit, die sie umgab, nichts gemein. Schau mich an, hörst du mir überhaupt zu, rief ich manchmal verzweifelt, wenn ihr Blick weit weg durch die Wand zum Fenster hinaus ging und nicht einzuholen war. Später, wenn wir beide lange geschwiegen hatten und ich schon nicht mehr wußte, wofür ich so dringend ihre Aufmerksamkeit gebraucht hätte, fragte sie dann beiläufig: Was hast du gesagt? Manchmal war sie nicht abwesend, sondern schien zu horchen, mit angespanntem Gesicht und vorgebeugtem Oberkörper. Ist was, fragte ich gereizt, und sie sah mich verwirrt an, als tauchte sie aus einem tiefen Traum auf. Was ist, fragte sie zurück. Ihr selber wäre es nie eingefallen, sich über mich Gedanken zu machen, auf meine Wünsche einzugehen. Sie nahm mich hin, so wie sie Karin hinnahm, mit der gleichen Selbstverständlichkeit, mit der sie Menschen und Gegenstände betrachtete, so als sei alles nur für sie inszeniert.

*

Aber ich packe schon längst nicht mehr meinen Rucksack, der an einer der vielen Küsten unter toten Booten und Fischkadavern vermodert, ich halte mir der Reihe nach die alten Muscheln ans Ohr und versuche, aus ihrem Rauschen den Strand zu erkennen, an dem ich sie fand, ihren Ursprung zu ahnen aus der Melodie, von der ich nie weiß, ob sie nicht doch in der Muschel klingt oder wirklich nur in meinem Ohr. Ist es vielleicht die Musik des Winds in den Hohlräumen sturmzerfressener Felsen? Oder die rasende Fahrt die felsige Küste entlang, in den brennenden Abend hinein, die so in den Ohren tost? Ist es die Brandung bei Sturm oder das langsame Eindringen der Flut am Abend? Tief im spiralenförmigen Rauschen, das mich hinunterzieht auf den Grund wie Musik, angekommen außerhalb der Zeit, liegen sie ausgebreitet, die vielen Leben, die ich besitzen wollte, alle auf einmal, unversehrt, aber schon unerreichbar, wie kleine, kaum erkennbare Fetzen von Melodien, die mir der Wind aus dem Ohr reißt, bevor ich sie noch zu Ende singen kann.

Auf dem brennenden Teppich der atemlosen Suche, der Flucht, der Sucht nach sich überstürzendem Leben liegen sie auf den ausgekühlten Steinen im luftleeren Grab, ich werde mich hüten, sie zu berühren, denn noch liegt hier das Leben und der Tod so nah beieinander, man hat sich noch nicht entschieden, aber schon hat man die Wahl an ein Unberechenbares verloren, bevor man es weiß. Mein Kopf war so leicht, daß ich nie den Boden berührte, und so voll von Musik, daß Angst und Zweifel verschwanden, so konnte ich von

Leben zu Leben fliegen, ein Jahrzehnt als Beduine in Sand-stürmen in knatternden Zelten, auf Kamelhöckern und im dunklen Bazar, ein Dutzend Jahre als Tempeltänzerin, als Hüterin der Schatten, die hinter den Statuen hocken, ein Vierteljahrhundert in einer Bambushütte auf den Reisterras-sen am Ende der Welt, ein halbes Leben als Fischer auf einer nie entdeckten Insel mit hohlen, dumpf tönenden Tuffstei-nen als Küstenwächter, als Lotosblüte in einem Tempelbek-ken unter Pagoden, als Rikschafahrer im siebzigsten Le-bensjahr mit unzähligen Geschichten, fünf Menschenleben hätten nicht ausgereicht, und dennoch war sogar eines noch viel zu lang, eine Kriechspur der Vergeblichkeit nicht mehr gezählter Jahre.

Aber alle diese Erinnerungen waren einmal Wirklichkeit gewesen, mit schmerzhaft bloßgelegten Nervenenden erlit-ten, bis zum Wahnsinn erfühlt, erlebt mit schutzlos geöffne-ten Sinnen, selbst das Hinunterstürzen in leere, tödliche Nächte mußte mit offenen Augen wieder und wieder ertra-gen werden.

Wann würde es genug sein? Wenn es keinen Ort mehr gab, an dem ich nicht schon vergeblich gesucht hätte? Wann würde das große Ausruhen kommen, das Ziel, wie Karin es mir versprochen, das Seufzen und Gliederstrecken, das große Glück, das Ende der Angst? Müde war ich geworden, ausgemergelt vom Suchen, abgezehrt von der Flucht, behaf-tet mit den Malen der Rastlosigkeit, sichtbar für alle in den Augen, die immer schon weiter waren als ich, am schleppen-den Schritt, am Verlust aller Maßstäbe. Nie hätte ich damals gedacht, daß es so aussehen würde, das Ende, an dem ich wußte, jetzt ist es erreicht, und alle Gefühle, Ängste und Er-wartungen entließ, sogar die Angst vor dem Tod, ganz klein waren sie alle geworden und schlichen beschämt davon. Nichts war mehr da, was mich noch hinausgepeitscht hätte auf die erneute Suche nach irgend etwas, nicht ins Paradies war ich eingekehrt, noch viel unerreichbarer war ich geworden, zwischen alle Träume in einen Spalt gefallen, nicht einmal der Tod hätte mich dort gefunden.

Einmal, am Anfang, bevor ich im Kreis zu gehen begann, als selbst meine Alpträume noch Hoffnungen zuließen, sah ich ihn, der damals noch keinen Namen hatte, in einem Fiebertraum. Ich sah ihn so deutlich, daß ich ihn später erkannte, deutlicher als jemals danach, dunkel, voll Kraft und unnachgiebiger Härte, ein schönes Tier, auf einer Kutsche, von wilden Pferden gezogen, und vorn, auf dem Bock, lag ein herrlicher schwarzer Stier mit durchschnittener Kehle. Es war eine Hochzeitskutsche, und er war gekommen, mich zu holen. Die Pferde zertrampelten die Blumenbeete und Ziersträucher vor dem Haus und machten auch vor der geschlossenen Tür nicht halt. Ich war bereit.

Bleib diesmal daheim, sagten sie, du bist noch nicht genesen, du solltest dich noch schonen, fahr später, verschieb's auf ein anderes Jahr. Nein, sagte ich, nur dieses eine Mal zählt. Mit welchem Spürsinn ich mich in die Katastrophe stürzte! Dennoch hätte ich mich gern noch an den letzten zerzausten Bäumen festgehalten und mit ihnen Wurzeln geschlagen, wäre ich gern noch abgesprungen, als das Flugzeug steil in den Himmel flog und die Wolkendecke durchstieß. Jahre hätte ich mir gewünscht als Aufschub, Jahre für einen Dornröschenschlaf, denn jetzt war die Entscheidung verwirkt, noch ehe ich gelernt hatte, dem Unaufhaltsamen eigene Taten zwischen die Speichen zu werfen. Ich hatte mit allen Träumen nur spielen wollen, jonglieren wie mit Bällen, fünf Leben wollte ich haben, zum Ausprobieren in bunter Folge, und sooft eines unansehnlich wurde, wieder ein frisches, neues. Was habe ich angerichtet in meinem Übermut, rief ich und klammerte mich an Sonja. Ich habe geschehen lassen, daß es ohne mein Zutun beginnt! Aber sie wußte nicht, wovon ich sprach, sie glaubte nur, was sie sah und mit

Händen ergreifen konnte, mit ihren praktischen Händen und ihrem schnellen Verstand. Von den Ahnungen wußte sie nichts, die hielt sie für Unsinn, sie liebte das Tageslicht, die scharfen klaren Konturen. Was konnte sie wissen von den Zwischenreichen, den Spiegeln, den Nächten, in denen unheimliche Verwandlungen geschahen. Sie wollte nichts wissen, sie lachte mich aus.

Lange im Dunkeln mußt du in einen Spiegel blicken, da siehst du dir auf den Grund, nur wirst du es nicht glauben, oder du wirst es nicht ertragen und das Licht andrehen, damit du es nicht mehr siehst und sagen kannst, jetzt sehe ich besser. Aber ich will auf den Grund sehen, dieses Verlangen nach Wahrheit ist mir geblieben. Das hatte ich damals schon, als nichts anderes zu erkennen war als das traurige müde Gesicht meiner Mutter, fern, nächtlich und ohne Trost. Inzwischen hat sich viel abgelagert, viel Abgestorbenes liegt bereits auf dem Grund, Unersetzliches und solches, dessen Verlust kaum mehr schmerzt. Eine in einer nächtlichen Hafenstadt durch Unachtsamkeit ertrunkene Zuneigung – ich habe ihr nicht nachgeschaut, obwohl es schmerzte, sie so schnell wieder zu verlieren. Erst als ich lange vom Unfallort weg war, konnte ich mich wieder erinnern, wie es zuvor war, wie wir am Morgen aus den Büschen der Parkanlagen gekrochen waren und einander verwundert und glücklich im Wasserspiegel der Teiche und Brunnen betrachtet hatten. Alle Tage und Stunden könnte ich aufreihen, in denen ich etwas aufgab und zurückwarf, um es auf den Grund gleiten zu lassen, zum Bodensatz, wo das Vergessen beginnt und sich Schwärme von Erinnerungen mästen. Mit Vorliebe ließ ich das, was aufgegeben werden mußte, in den Nächten in die Tiefe gleiten, um nicht sehen zu müssen, ob es steil und spurlos versank oder endlose Ringe zog. Dennoch wußte ich immer genau, wo es lag, auch in seinen Verwandlungen, so daß ich es mir jetzt, ohne Schmerz zu empfinden, ans Ohr halten kann oder zärtlich nah an die Augen und es mich wieder trägt, in der Nacht auf das Meer hinaus, auf einer breiten silbernen Straße bis zum Mond, obwohl ich weiß, daß wir damals nicht angekommen sind, nicht ankommen konnten, obwohl es ein großer Tropenmond war, rot, mit unscharfen Rändern und zum Greifen nah.

Tage könnte ich damit zubringen, versteinerten Schmerz ans Licht zu heben und mich zu wundern, wie klein er geworden ist und wie lautlos. Ich sehe mich stehen vor einem festlichen Spiegel und denke, schöner war ich nie, und doch liegt am Ende der Nacht der Spiegel in Scherben, und zwischen dem Anfang und dem Ende steht eine Frau, die ich niemals kannte, im goldbestickten Kostüm, lächelnd und schön in Achims betörten Augen, nie hatte ich seine Augen so leuchten sehen. Und ich stehe im Morgengrauen mit blutigen Fäusten vor den schwarzen und silbrig glänzenden Scherben und erinnere mich Jahre später nur mehr an das gealterte, haßverzerrte Gesicht, das ich nur für Minuten ertrug. Und jetzt halte ich eine Handvoll Nächte ins Licht, verwundert über ihre Unscheinbarkeit, während damals die einzelnen, quälenden Stunden sich beim Warten noch in unendliche Minuten zerteilten und ich aus dem Betrachten des Sekundenzeigers noch Bitterkeit sog. Selbst die Erinnerung an die Stunden vor dem Morgengrauen, die sich mit Alpträumen vermischten, um das dämmernde Bewußtsein in die Uneinholbarkeit des Wahnsinns zu stoßen, rührt nicht mehr an den Schatten eines Gefühls. Wie lächerlich, dieses Leben voll großer Gefühle, möchte ich denken, wenn ich nicht wüßte, am Ende halte ich noch immer eine Nacht in der geschlossenen Faust, die längste, über die ich nicht spotten kann wie über all die anderen, die Nacht im schmutzig-weißen Korridor eines Spitals, und noch immer, obwohl ich sie schon unzählige Male betrachtet, gedreht und gewendet habe, um ihr auf den Grund zu kommen in meinem selbstquälerischen Verlangen nach Wahrheit, spränge ich ihr am liebsten voraus, um das Urteil nicht hören zu müssen, das sie beschloß.

*

Es wird Zeit, daß du weggehst, sagte ich schließlich selber einmal, so offensichtlich schien es, daß dieses Leben nicht mehr für Jana taugte. Du mußt dir endlich klarwerden, was du vom Leben erwartest. Für mich war es einfach, ich brauchte mich noch nicht festzulegen, ich studierte noch. Du mußt wissen, wer du sein willst, das hatte man mir von klein auf gesagt, klare Linien, und dann dazu stehen. Jana schämte sich nicht einmal, wenn man ihr Charakterlosigkeit vorwarf. Manchmal verkroch sie sich in ihrer Wohnung, schützte Unwohlsein vor und ging nicht zur Arbeit, was sie sich an keinem anderen Arbeitsplatz hätte leisten können, dann sah man sie wieder ziellos in der Stadt herumtreiben, schlampig und ungepflegt, in langen Röcken und flachen Sandalen, abwesend und mürrisch. Dabei hatte sie keinen Grund, unglücklich zu sein, sie kannte viele Leute, verdiente gut, ging in Konzerte, konnte es sich leisten und war am Abend nur selten erreichbar, so oft ging sie aus. Todunglücklich sei sie, versicherte sie mir wieder einmal, im Loch, ganz tief im Loch, es wird Zeit, daß etwas geschieht. Dann tu doch was dagegen, rief ich, heirate doch von mir aus, irgendeinen, den du auf der Straße kennenlernst. Ich hatte nicht erwartet, daß sie mich beim Wort nehmen würde.

Krank war sie von unserer letzten Reise zurückgekommen, krank und verstört. Weil sie sich einredete, eine Sommerliebe nicht vergessen zu können, eine der vielen Sommerbekanntschaften, die jedes Jahr unsere zufälligen Reisewege kreuzten, einige Tage in unserer Nähe blieben und uns dann am frühen Morgen zum Autobusbahnhof begleiteten, unausgeschlafen, ohne ein Versprechen, ohne vom Wiedersehen zu reden, keiner hätte es von ihnen erwartet. Dieser hatte zwar vom Wiedersehen gesprochen, aber auch nur beiläufig, wie man sagt, auf bald dann, melde dich wieder. Aber Jana war danach ganz und gar verwandelt, nichts interessierte sie mehr, wo doch immer sie es gewesen war, die uns von Ort zu Ort hetzte. Jetzt sah sie die Landschaft nicht mehr, fragte wozu, wenn ich zum Aufbruch drängte.

Eines Nachts wachte ich von ihrem Stöhnen auf, sie saß im Bett und klagte über unerträgliche Schmerzen, es war nicht das erstemal, daß wir beim Reisen krank wurden.

Nein, sagte sie, diesmal ist es schlimmer. Diesmal könne sie nicht mehr weiter, sie werde in diesem Hotelzimmer sterben, mit der grauen, von Rissen zerfurchten Zimmerdecke über sich.

Ich versuchte, einen Arzt zu finden, konnte mich aber nicht verständlich machen, brachte ihr leichtverträgliche Kost mit, die sie sofort erbrach. Schließlich überredete ich sie aufzustehen, um zur nächsten Stadt zurückzufahren, wo wir im Notfall ein Spital finden würden und einen Arzt, dem wir uns verständlich machen konnten.

Zwei Tage lang saß sie zusammengekrümmt im Autobus, stöhnte auf, wenn wir über Schlaglöcher rumpelten, mach das Fenster zu, bat sie, ich halte den Luftzug nicht aus. Aber alle Fenster des Autobusses waren offen, aus allen Fenstern fuhr uns die Gluthitze des Fahrtwindes ins Gesicht. Wir brachen die Reise ab und fuhren mit dem Schnellzug zur Hauptstadt zurück, noch nie hatten wir uns so geschlagen gegeben, daß wir vorzeitig zum Ausgangspunkt zurückkehrten und untätig die Tage bis zum Abflug absaßen.

Ich hielt es nicht aus in dem Zimmer, vor dessen vergittertem Fenster ich die Füße der Einheimischen vorbeieilen sah und die langen Röcke der Frauen rascheln hörte. Lustlos ging ich durch die Straßen, langweilte mich sogar im Bazar, hatte vergessen, was ich hier suchte, warum ich hier war, warum ich überhaupt jemals aufgebrochen war zu irgendeiner Reise, und wußte, es war zu Ende, wir würden nie wieder miteinander reisen.

Müde stiegen wir aus dem Flugzeug. Wir hatten seit dem Warten in der Abflughalle kein Wort gesprochen. Obwohl ich mir sagte, sie könne doch nichts dafür, daß sie krank sei, war ich böse auf sie, als hätte sie mir absichtlich meinen Anteil am Vergnügen zerstört, zuerst, indem sie uns wegen einer Verliebtheit viel zu lange in der Tempelstadt festgehalten und mich kaum beachtet hatte, und dann, als sie krank wurde und uns den Rest der Reise verdarb. Da war ich dann gut genug, ihr Gepäck zu tragen und Essen herbeizuschaffen.

Vom Flughafen fuhren wir gleich zum Arzt, der eine schwere Hepatitis feststellte und sie ins Spital einwies. Eva kam, sie hatte ihre Studienfächer gewechselt und wollte in unserer Stadt weiterstudieren, fröhlich und voller Tatendrang brachte sie im Vorbeigehn Blumensträuße, der Vater besuchte sie oft, trotz der zweieinhalbstündigen Fahrt, Karin kam, und ebenso Kollegen und Bekannte. Sie hätte sich umsorgt fühlen können. Das Schlimmste war überstanden, sie brauchte nur gesund zu werden.

Aber sie nahm ihre Besucher kaum wahr, starrte trübsinnig vor sich hin, setzte zum Sprechen an, wenn man sie drängte, zuckte die Achseln, schüttelte den Kopf, es geht nicht, schien von plötzlicher Stummheit befallen.

Die Glaswand, sagte sie, man kann nicht durch die Glaswand reden.

Es fängt wieder an, rief ihr Vater verzweifelt, den Türgriff noch in der Hand, und machte sich auf, einen Psychiater zu suchen. Wir verstehen dich doch, sagte Eva betont ruhig und verständnisvoll, wir sind ja bei dir, ganz nah, und setzte sich zum Zeichen ihrer Nähe auf Janas Bett. Aber Jana beharrte,

155

die Glaswand hindere sie am Sprechen, ihr hört mich ja doch nicht. Versuch es, baten wir im Chor. Es ist alles so weit weg, murmelte sie und sank tiefer in die Kissen zurück.

Manchmal, wenn ich gegen Abend noch schnell vorbeikam und im Zwielicht in ihr Zimmer trat, lag sie da und weinte ohne einen Laut, ohne daß sich ihr Gesicht bewegte. Nichts ist, antwortete sie auf meine besorgte Frage, ich weiß auch nicht, was mit mir los ist, etwas von mir ist in der Wüste geblieben.

Die Krankheit zog sich hin, länger, als die Ärzte vorausgesagt hatten, man schickte sie schließlich heim, aber bald war sie wieder im Spital, sie habe sich nicht an ihre Diät gehalten, hieß es, die Leber versagte. Sie will nicht gesund werden, sagte Karin, die ich in der Eingangshalle traf, zu unerwartet, um ihr auszuweichen. Wäre das nicht ein Fall für Sie, fragte ich, aber sie sah mich streng an, wie eine Schülerin, die man zurechtweisen muß. Jana hat ihren Platz im Leben noch nicht gefunden, erklärte sie mir, das Suchen ist für sie mit Schmerzen verbunden, mit notwendigen Schmerzen.

Ich hatte die Schlüssel zu Janas Wohnung und ging hin unter dem Vorwand, zu lüften und nachzuschauen, ob alles abgedreht sei. Neugierig war ich, als könne ich etwas entdecken, was ich noch nicht über sie wußte, eine verborgene Seite von ihr, etwas erspähen, das mir ihren Lebensüberdruß besser erklärte. Aber die Sonne, die schräg aus dem obersten Winkel des hohen Fensters auf den fleckigen Boden fiel, reichte nicht weiter als bis knapp vor das Fenster, und hätte sie weiter gereicht, sie hätte nur eine aufgeräumte Leere ausgeleuchtet, ein Zimmer, als wäre es schon lange unbewohnt, die Musikinstrumente eingepackt in schwarze Kästen, der Klavierdeckel zugeklappt, kein Zettel auf dem Tisch, keine Tasse, die Wände kahl bis auf zwei ungerahmte Drucke aus Kunstkalendern. Wie ein Hotelzimmer, dachte ich, nicht zum Bleiben eingerichtet. Ein lähmendes Gefühl von Vergeblichkeit zog mich auf den Sessel vor dem leeren Schreibtisch. Die Gewißheit, wieder versagt zu haben, ihr noch immer nicht nähergekommen zu sein, verdichtete sich in der Leere des Zimmers zu einer ungeheuren Müdigkeit, aus der ich mich nie mehr erheben zu können glaubte. Selbst aufzustehen und das Licht aufzudrehen schien mir eine zu heftige, unangebrachte Handlung, als könnte ich etwas stören, das diese Reglosigkeit forderte.

Aber während ich dort saß und mit meinem langsamen, wie gelähmten Verstand nach einer Erklärung suchte, einem Schlüssel, der zu Jana, zu ihren vielen unverständlichen Seiten, zu ihrem gequälten Leben paßte, verbat ich mir meine Neugier, die Vorstellung eines Schlüssels zu ihrer Fremdheit. Ich war, wenigstens für die Dauer meines Aufenthalts in ihrer Wohnung, bereit, mich ganz und gar auf sie einzulassen, ihre Trauer und ihre Apathie, ohne nach ihrem Ursprung zu fragen. Der Vorsatz hielt vielleicht nicht einmal bis zum Ende des Tages, aber zu meiner Rechtfertigung muß ich sagen, daß ich ihn tatsächlich hatte und daß ich, ohne nach Erklärungen zu suchen, erfaßte, was es war, das mir Jana immer wieder entzog – in Regionen, in die ich ihr nicht folgen wollte. Ich begriff es mit meinem Körper, der in ihrem Zimmer wie in einem Grab verharren wollte, während sich mein Verstand langsam entleerte und eine ganze Wüste von Vergeblichkeit einließ. Hätte ich so verharren können, vielleicht wäre ich ihr das nächste Mal, wenn sie von der Glaswand sprach, nahe genug gewesen, daß ich ihr nicht mehr wegrutschte aus der greifbaren Nähe. Augenblicke lang konnte ich mich selber so sehen, wie sie mich sehen mußte, mit meiner Angst vor Gefühlen, deretwegen ich sie immer wieder im Stich gelassen hatte, und meinem Glauben an Klarheit und Vernunft, mit dem ich ihr das Verständnis für ihre Ängste immer wieder verweigert hatte, mit meiner Feigheit auch, mich dem Leben auszuliefern. Ich selbst wartete, ohne es mir einzugestehen, atemlos darauf, daß etwas geschehe. Vielleicht war es das, dachte ich in Augenblicken des Muts, in denen mein Verstand sich weigerte, gegen mich zu arbeiten, was mich an Jana so faszinierte, daß sie mir näher war, als ich wahrhaben wollte, daß sie gezwungen oder freiwillig hinunterstieg in die Depression, die Trauer, die Erstarrung. Deshalb hatte ich sie angeschrien, als sie lustlos im Bett lag, deshalb war ich tagelang bis zur Erschöpfung in der fremden Stadt herumgelaufen, obwohl ich wußte, daß sie krank war und mich brauchte, nur um nicht zusehen zu müssen, wie sie langsam immer tiefer hineinglitt in die bodenlose Trostlosigkeit. Man sollte meinen, ich hätte meinen Hochmut, meine Überlegenheit verlieren müssen an jenem Nachmittag in ihrem Zimmer.

*

Wenn das Unvermeidliche eintrat und ein unbeabsichtigter Anstoß, irgendeiner, mich wieder hinunterzwang, war ich plötzlich immer allein. Selbst bei den Zusammenkünften mit Freunden, mit denen mich nichts verband als die Suche nach unvorstellbaren Räumen, festlich erleuchteten, und üppigen schattigen Gärten, nie erfuhr ich, ob es sie wirklich gab. Man konnte sich ja nicht aussuchen, in welchen Raum man gestoßen wurde, jeder zog sich allein zurück, schweigend, nach innen gewandt, ich sah sie weggleiten wie Schatten, ihre festen Konturen verlieren, nie habe ich mich einsamer gefühlt. Ich wußte, in welche Gefahr ich mich begab, wenn ich mich zu ihnen setzte, nur um des Aufgehobenseins willen, danach suchte ja sonst keiner, gläubig hörte ich zu, wenn sie berichteten, daß sie schwerelos auf die Kerzenflamme zuschwebten, in sie hinein oder durch sie hindurch, leicht und unversehrt und durch die kleine Sinnestäuschung schon weiser geworden. Wenn dir der Flug glückt, bist du eine von uns, dann bist du eingeweiht, wie sicher sie ihrer selbst waren. Bei mir gab es immer nur Abstürze, ich sah in die Kerzenflamme wie die andern, und sie verschlang mich, leckte mich einfach vom Boden auf. Ich wagte nicht zu schreien aus Angst, die Schläfer ringsum, die mit offenen Augen ihren Träumen nachhingen, würden sich auf mich stürzen und mich aus der einzigen Bruderschaft verbannen, die mich jemals eingelassen hatte. Wie Dämonenstatuen erschienen sie mir, vornübergebeugt mit glasigem Blick, was hatte ich denn von ihnen erwartet? Jetzt hatte ich nur mehr Angst vor ihnen, wollte weg. Der Höhle der betäubten Schläfer entkommen, von Alptraumbildern verfolgt, rannte ich durch die Stadt, die Türme neigten sich und wollten sich auf mich stürzen, die Alleebäume rasten auf mich zu, die ganze nächtliche Stadt war in lautlosem Aufruhr, ein Klöppel schlug mir auf den Kopf mit vier leichten und zwei schweren Schlägen. Im Bett lag ich wie in einer Zentrifuge, ausgeschleudert bis in den traumlosen Morgen, den ich verschlief. Und dennoch, obwohl ich die Zwischenbereiche, nach denen sie suchten, viel besser kannte als sie, ging ich doch wieder hin zu den unduldsamen Priestern der verwirrten einsamen Träume, um mir ein wenig Zugehörigkeit zu erschleichen. In jede Leere war ich bereit mich zu stürzen, wenn man mir versprach, sie sei dazu da, sich mit dem zu füllen, was ich vermißte.

Im Vorzimmer eines anderen Ordens hatten sie sich meinen Beitritt bezahlen lassen. Ich hatte Blumen und Reis als Opfergaben zum Ritus der Einweihung mitgebracht und wagte nicht zu zweifeln, daß mir bald alle Räume offenstehen würden. Für mein Beitrittsgeld und meinen Glauben bekam ich zwei sirrende Silben zugeflüstert, mehr bedurfte es nicht, versicherte man mir, nur daran glauben und mein Bewußtsein entleeren und die Silben hineinwerfen in die sich weitende Leere, in das schwarze Loch, in das ich am

Ende nachstürzte, als die Ränder zu bröckeln begannen. Aber dafür war keiner mehr zuständig, das hatte man nicht einkalkuliert. Nie war einer zuständig, wenn es gegolten hätte, mein zerschmettertes Bewußtsein zu bergen, das ich gutgläubig in den Abgrund gestoßen hatte, weil sie sagten, eine wie du kann fliegen, und ich starb viele Tode, von denen sie kaum etwas ahnten.

Sie rückten ab und sprachen besorgt mit verstellter Stimme von Psyche und Verstand und davon, wie sie mich wieder in ihre Gewalt bringen könnten. Aber immer erst dann, wenn wieder Stille eingetreten war, der ich lange und ungestört nachlauschen wollte. Vorher, wenn alle Wände zitterten vor ohrenbetäubendem Lärm, in dem ich eingesperrt war wie in einen dröhnenden Maschinenraum, da merkte keiner auf, da ließ man mich drinnen, bis ich zerstampft war. Nur wenn es mir einmal gelang, die Stahltür aufzusprengen und schreiend und nach Luft ringend hinauszulaufen, und wenn ich dann vor Erschöpfung fast glücklich verstummte, ohne das Bedürfnis, je wieder zu sprechen, dann liefen sie händeringend herbei, brachten ratlose Ärzte mit und bestanden darauf, daß ich krank sei und in sicheren Gewahrsam gebracht werden müsse, damit ich wieder redete wie ein artiger Papagei, damit man die defekten Teile, Psyche und Verstand, aus mir herauszöge und neu herrichtete.

Mit zunehmender Erfahrung verlor ich mein Vertrauen und lernte mich selber zu schützen, mir Freiräume zu schaffen, in die ich keinen mehr einließ und von denen keiner wußte, daß es sie gab. Ich umging ihre Ungeduld, mit der sie mich zum Reden zwangen, mit kleinen unbedeutenden Zugeständnissen. Warum ließen sie mir nie die Zeit, darauf zu warten, daß die Stimme von selbst zurückkam, daß der Drang, mich mitzuteilen, das Bedürfnis zu schweigen ablöste? Nur Karin drängte mich nie, dadurch brachte sie mich in ihre Gewalt. Was war denn so beängstigend an meinem Bedürfnis zu schweigen, beinahe wunschlos in der Musik unterzutauchen, kurze Zeit frei von Angst, und die Bilder nachklingen zu lassen, ohne erneut nach Sinn suchen zu müssen, krampfhaft nach Wörtern zu graben, um das Unverständliche, Unzerteilbare zu benennen. Ja, das vor allem war es, wogegen ich mich wehrte, gegen die Bezeichnungen, mit denen sie der Zustände habhaft werden wollten, der Bilder und Töne, die sie bis zur Unkenntlichkeit verstümmelten bei dem Versuch, sie mit groben Expertenhänden in der Wirklichkeit festzuzurren. Kein Wunder, daß ich wieder zu denen zurückkehrte, die mit Träumen handelten, auch wenn es Alpträume waren, in der Hoffnung, dort vielleicht die richtigen Töne zu erlauschen, die bekannten Gerüche einzuatmen, die wenigen wichtigen Oberflächen zu ertasten, die mir aus unbekannten Gründen vertraut erschienen, und weiter zu gehen, als sicher oder erlaubt war, um vielleicht doch einmal irgendwo anzukommen, an einem Ziel, von dem man noch nicht einmal ein Bild, eine Vorstellung hatte. Aber kaum war ich ein Stück in diese Richtung gegangen, hieß es jedesmal, stillgestanden und hiergeblieben, zu den sinnlosen alltäglichen Verrichtungen, die doch keinen Schritt weiterführten.

Alles, dachte ich, lieber als das. Wenn ich nicht fliegen darf, will ich wenigstens stürzen, wegtauchen, einmal ganz ans Ende gelangen und ausruhen im Endgültigen, die Augen schließen, die Glieder ordnen und langsam erstarren in der Vollendung. Wie mir die Kälte entgegenschlug, wie mir die Angst vorausstürzte, sie war schneller als ich, aber ich hörte sie nicht aufschlagen unter mir. Ein Plateau, dachte ich, dankbar Halt zu finden in der Tiefe, das kann noch nicht der Grund sein, ich kann noch Gegenstände erkennen, ich höre sie oben noch Unverständliches rufen. Wie leicht man von einem zum anderen Mal die Schrecken vergißt! Aber nie habe ich mich ganz bis zum Grund fallen lassen, immer hat mich auf halber Höhe etwas daran gehindert. Einmal war es der Vater, der mit ratlosen Händen über mir stand. Ihm zuliebe tauchte ich wieder empor, hatte er nicht schon seine Frau verloren, die er genauso hilflos liebte, ihm zuliebe suchte ich wieder nach Worten und ließ mich zurückführen in die Wirklichkeit, die ihnen soviel bedeutete. Und immer wieder nahm ich das Gewicht meines überflüssig gewordenen Lebens auf, für Karin, damit sie stolz auf mich sein konnte, für Achim, damit er sah, wie sehr ich ihn liebte, für Daniel, denn was sollte sonst aus ihm werden. Aber kaum war ich wieder oben und sagte, es geht schon besser, macht euch um mich keine Sorgen, laßt ihr mich wieder fallen, stoßt mich gleichgültig oder auch nur gedankenlos in einen neuen Schacht, von dem ich, absturzerfahren, wie ich bin, bislang noch nichts wußte. Und ich sehe neiderfüllt zu, wie sich für andere glückliche Jahre runden, eins nach dem andern, wie sie in Sicherheit leben, während ich immer vorläufig lebe, in der Erwartung der nächsten Katastrophe, des nächsten Absturzes, gewärtig, daß einer den andern an Grausamkeit noch übertrifft.

*

Alles Versäumte wollte ich nachholen, Vergangenes, seit Jahren vorsichtig Umgangenes sollte endlich aufgeräumt werden, um die Ferne zwischen Jana und mir zu beseitigen. Alles wollte ich wissen und nicht mehr geniert und ängstlich wegsehen. Wie war das damals, Eva, fragte ich mutig, vielleicht etwas zu forsch für jemanden, der von meiner guten Absicht nichts wußte, war das genauso, das erstemal, du weißt schon, als Jana dann ins Spital mußte? Wieso ich das jetzt wissen wolle, warum auf einmal das Interesse. Eva war mir immer mit Mißtrauen begegnet. Ich möchte sie ja nur verstehen, um ihr helfen zu können, und weil ich damals nicht konnte, nie habe ich es fertiggebracht, mich zu entschuldigen, zu sagen, ich habe etwas getan, wofür ich mich schäme. Aber Eva ließ mich einfach stehen. Frag sie doch selber, sagte sie.

Erst später, als ich sie öfter besuchte und wir zusammen die Wohnung einrichteten, in die Jana mit ihrer Familie einziehen sollte, erzählte sie mir, wie Jana als Kind gewesen war, abwesend und verschlossen, und wie sie sich ganz zurückgezogen habe nach dem Tod ihrer Mutter, jede Mithilfe im Haushalt verweigerte und auch zum Essen nicht mehr erschien. Sie, Eva, habe das nicht gewundert, schon lange habe sie nichts mehr gewundert, was Jana tat oder sich weigerte zu tun, aber der Vater habe ihr Schweigen nicht mehr ertragen, ja, redest du denn überhaupt nicht mehr mit uns, habe er sie in seiner Hilflosigkeit angeschrien und sie gezwungen, sitzen zu bleiben und ihm Rede und Antwort zu stehen. Dann saß sie ihm gegenüber auf ihrem Sessel und sah ihn an, als verstünde sie ihn nicht, verwundert, als spreche er eine fremde Sprache, beinahe ein wenig amüsiert und so, als gingen sie beide nichts an.

Der Vater hatte sich nie viel um seine Töchter gekümmert, und als er plötzlich vor der Aufgabe stand, für sie zu sorgen, ihnen die Mutter zu ersetzen, sie womöglich auch noch erziehen zu müssen, war er ratlos und unsicher und probierte alle Erziehungsstrategien an Jana aus. Er ging in die Schule, um Klagen vorzubauen, und erfuhr zu seiner Beruhigung nichts Alarmierendes, nein, sie rede kaum, eigentlich gar nicht, nur wenn sie gefragt werde, manchmal, aber sie störe nicht und die Aufgaben seien immer gemacht, gewissenhaft, wie es schien und richtig, nein, Klagen gebe es keine, zwar sei auch nichts lobend zu erwähnen, möglich, daß sie in letzter Zeit häufiger unaufmerksam gewesen sei, aber, beeilte man sich zu betonen, das sei ja verständlich, der große

Verlust, schwer zu verkraften, besonders für ein introvertiertes Kind wie Jana. Geben Sie ihr Zeit, Zeit und Liebe, es wird schon werden.

Vielleicht ist sie böse auf dich, weil du ausgehst, sagte Eva. Der Vater hatte wieder begonnen, mit Frauen auszugehen, manchmal eine zum Essen nach Hause zu bringen, aber Jana äußerte sich nicht dazu, verbrachte die meiste Zeit in ihrem Zimmer, hörte auch nicht mehr Musik und reagierte auf jede Anrede, jede Freundlichkeit, jede Frage mit Schweigen, summte manchmal leise und wandte sich summend ab. Sie macht mich noch wahnsinnig, sagte der Vater gereizt, versuchte es auch mit Strenge, schrie sie an, hielt sie am Arm fest. Jetzt will ich eine Antwort, jetzt, sofort, bestand darauf, daß sie bei Tisch anwesend war, sich an der Hausarbeit beteiligte. Selten leistete sie Widerstand, und so saß sie eben bei Tisch und zog mit den Fingern den Rand des Tisches, ihres Tellers und ihres Glases nach.

Eines Morgens verließ sie ihr Bett nicht mehr, schrie und wehrte sich, als der Vater sie streng herausholen wollte, schwieg zu seinen Reden. Der Arzt kam ins Haus, sprach von Schock und Depression, riet zu einem Aufenthalt in einem Sanatorium. Aber der Vater konnte sich nicht entschließen, sagte, er wolle sie nicht abschieben. Am Morgen, wenn er in ihr Zimmer kam, zog sie die Bettdecke über den Kopf, und wenn er leise die Tür hinter sich geschlossen hatte, zog sie die Vorhänge wieder vor, dunkel wollte sie es haben und ganz still. Vielleicht reißt die Musik sie heraus, dachte der Vater, sie war doch ein Musikgenie, auch wenn sie in letzter Zeit nicht mehr spielte und keine Musik mehr hören wollte, das Radio oder den Plattenspieler mit einer Hast abdrehte, als hätte sie Angst vor Tönen. Nein, nein, keine Musik, rief sie und wollte zum Plattenspieler, aber der Vater hielt sie zurück, glaubte sie zwingen zu müssen, Musik ist Therapie. Da schlüpfte sie an ihm vorbei, riß die Platte vom sich weiterdrehenden Plattenteller und zerbrach sie über dem angezogenen Knie. Das geht zu weit, schrie er und gab ihr die erste Ohrfeige ihres Lebens, selber entsetzt, als sie zu schreien begann und ihn wegstieß. Er wolle sie doch nur trösten, halten, sich entschuldigen. Aber sie schrie, als sei sie mißhandelt worden, hockte sich in die Ecke und schrie, so laut sie konnte, stieß jede Annäherung von sich, drei Stunden hockte sie so da und brüllte wie ein kleines Kind. Schließlich war sie zu erschöpft zum Schreien und ließ sich in ihr Zimmer führen, wo sie weiterweinte, die halbe Nacht, bis sie einschlief. Auch am Morgen weinte sie wieder, als der Vater in ihr Zimmer trat. Hilflos und selber den Tränen nahe, rief er den Arzt an, der vor Wochen zu einem Sanatoriumaufenthalt geraten hatte. Er wolle Jana in der Nähe haben, sagte er, und so kam Jana in die psychiatrische Abteilung des Spitals in der Stadt, in der sie zur Schule ging.

Das Komische war, sagte Eva, als Jana weg war, war es plötzlich ganz still im Haus, obwohl Jana doch nicht geredet hatte, und jetzt saß der Vater herum und redete nicht mehr mit mir, ging auch nicht mehr aus, schien meine Anwesenheit nicht zu merken, wie früher, als beide Eltern sich um Jana Sorgen machten. Nach kurzer Zeit hatte man Jana mit Medikamenten stabilisiert, sie schien sich ganz wohl zu fühlen im Spital, am Anfang beantwortete sie alle Fragen mit Nein, wie sie es als Kind getan hatte, aber bald redete sie wieder mit ihrem Vater, der sie täglich besuchte, und als sie wieder heimkam, war sie zwar immer noch still und abwesend, aber aufsässig war sie nicht mehr. Verstehst du sie jetzt besser, fragte mich Eva ironisch, und ich schämte mich wie ein ertappter Voyeur. Nein, eigentlich konnte ich mir das alles nicht vorstellen.

Als Jana wieder gesund war und zur Arbeit ging, waren die schönsten Herbsttage schon vorbei, die Tage waren grau, voll von eintönigem Regen und tiefhängenden Wolken, man eilte in feuchten Kleidern schnell von Tür zu Tür, und ich sah wenig von Jana. Am Vormittag war sie bei der Arbeit, ging wieder täglich den gewohnten Weg in die Innenstadt, langsam und ohne Schwung, noch immer müde von der Krankheit. Es kostete mich Mühe, die Müdigkeit von mir abzuschütteln, in die sie mich immer wieder mit ihrer leisen Stimme und ihren langsamen Bewegungen hineinzog.

Ich tat mein Bestes, soviel wie möglich mit ihr zusammenzusein und sie teilnehmen zu lassen an meiner neuen Lebenslust, mit der mich eine unerwartete kurzlebige Verliebtheit beflügelte. Dabei handelte ich gegen mein eigenes Interesse, oft kostete es mich eine beträchtliche Willensanstrengung, den Abend mit ihr zu verbringen und ihre Launenhaftigkeit, ihre ablehnende Unlust zu ertragen, wenn ich wußte, daß ich jetzt auch woanders und glücklicher hätte sein können. Oft schwor ich mir, das nächste Wochenende soll sie selber sehen, was sie mit sich anfängt, und rief dann doch wieder an, Jana, möchtest du mit uns kommen, möchtest du mit uns essen, obwohl ich wußte, sie würde nicht mitkommen wollen, sie würde andeuten, wie einsam sie sei und ob ich nicht später noch auf einen Sprung allein zu ihr kommen könne. Oder sie würde sich als lebender Vorwurf auf unseren Spaziergängen hinterdrein schleppen und unsere Heiterkeit, unser unproblematisches Glück vergiften. Ich war nicht blind dafür, daß sie sich einsam fühlte und daß sich viele ihrer Bekannten zurückgezogen hatten, daß sie sehnsüchtig auf meine Anrufe, auf meine Besuche wartete und immer gleich bei der Tür war, wenn ich läutete, auch wenn sie dann gehässig und mürrisch war und mir Vorwürfe machte, mich vielleicht sogar weggeschickt hätte, um mich zu bestrafen, hätte sie nicht gewußt, daß ich nur zu gern wieder gegangen wäre.

Warum immer du, beklagte sie sich bitter, als wäre ich glücklich, nur um sie zu verhöhnen.

Ich kann nichts dafür, Jana, es ist halt so gekommen, wie damals im Sommer bei dir.

Aber ich habe nichts mehr von ihm gehört, sagte sie, er schreibt nicht.

Sie wartete also noch immer, hatte ihn nicht schon längst abgeschrieben, dachte sogar manchmal daran, dorthin zu fahren, wo sie ihn vermutete, jetzt, wo hier ohnehin alles immer sinnloser wurde und immer weniger sie in der Stadt hielt.

Aber du weißt doch gar nichts von ihm, du kennst ihn doch gar nicht, gab ich zu bedenken, was erfährt man von einem Menschen schon in einer halben Woche.

Sechs Tagen, berichtigte sie mich, den ersten Nachmittag rechnete sie schon mit und auch den Morgen unserer Abreise, als er ungewaschen am Bahnhof erschien, was Jana ihm besonders hoch anrechnete, und davon redete, daß er sie im Herbst vielleicht besuchen komme, auf jeden Fall werde er ihr schreiben. Gleich am Anfang war dann auch ein Brief gekommen oder vielleicht nur eine Ansichtskarte, auf der er ihr eine Adresse mitteilte, dorthin könne sie Post schicken, wenn sie ihm schreiben wolle, kommen könne er leider nicht, er habe ein neues Angebot, er habe noch vor, eine Weile zu reisen.

Was macht er denn eigentlich, fragte ich sie.

Er ist Künstler, sagte sie stolz, als sei es irgendwie ihr Verdienst.

Vermutlich schrieb sie ihm viele Briefe an die Kontaktadresse, zweifellos Briefe, in denen sie ihm ihre Liebe nachtrug und ihn mit ihrer Einsamkeit bedrängte, ihn, den Fremden, behandelte, als sei er ihr Vertrauter, ihm alles berichtete und immer wieder auf jene vier Tage im Sommer zurückkam, die er sonst wahrscheinlich schon längst vergessen hätte.

Ihr Tag zerfalle in zwei sinnlose Teile, klagte sie, in die Hoffnung, einen Brief, eine Karte von ihm im Postkasten zu finden, und die Enttäuschung für den Rest des Tages.

Mit dem ersten Schnee im November kam wieder ein Brief von ihm, in dem er sein Befremden über ihre Briefe ausdrückte. Sie habe sich geirrt, jedenfalls wisse er mit ihren verwirrten Liebesbotschaften nichts anzufangen, sie berührten ihn peinlich, im übrigen sei er über die Adresse von nun an nicht mehr erreichbar. An diesem Tag ging sie nicht zur Arbeit. Als ich sie am Abend besuchte, saß sie auf dem Bett, von leeren Keksschachteln umgeben, sie aß immer Süßigkeiten, wenn sie unglücklich war. Auch an den folgenden Tagen verließ sie ihre Wohnung nicht. Ich mußte für sie anrufen und sagen, sie sei krank. Ungekämmt und im Nachthemd saß sie auf dem Bett und aß Schokolade.

Trotz der unzweideutigen Abfuhr, die sie bekommen hatte, fuhr sie fort, Briefe zu schreiben, die ungeöffnet zurückkamen mit dem Vermerk, Adressat verzogen. Irgendwann in diesem naßkalten Winter, der auf den regnerischen Herbst gefolgt war, gab sie es wohl auf, Briefe zu schreiben, die nicht ankamen, nicht geöffnet und nicht gelesen wurden. Rücksichtslos beanspruchte sie meine Zeit und mein Mitgefühl, als sei sie die erste, die sich gezwungen sah, eine Hoffnung aufzugeben. Und ich saß die dunklen Nachmittage in ihrem Schweigen ab, um meines Versprechens willen, von dem sie nicht einmal etwas wußte. Dabei brannte ich darauf, mich meiner eigenen in eine Krise geratenen Beziehung zu widmen, von der ich ihr nichts erzählte. Ich wußte ja, sie würde meine Probleme nur als die gerechte Strafe für mein Glück betrachten und sich nicht ablenken lassen von ihrem Selbstmitleid. Aber es wäre doch sowieso nichts aus dieser zufälligen Bekanntschaft geworden, versuchte ich sie zu trösten und sprach von besseren Zeiten, die bestimmt kommen würden, fast schon wie Karin. Vielleicht nicht dieser, sagte ich, vielleicht ein anderer. Das Leben ist lang und voller Überraschungen.

Ich will nicht mehr warten, rief sie, und keinen anderen, nur diesen oder gar keinen.

Ihre jüngere Schwester Eva straffte sich leicht im Sessel, du bist ein Kind, Jana, ein Baby, aber jetzt muß ich gehen, ich hab nämlich heut noch was vor.

Und Jana ließ ihren Zorn über die Schwester, die fröhlich und unbeeindruckt von Janas Unglück hinausgetanzt war, an mir aus, weil ich sitzen blieb und mich schämte, ausgerechnet jetzt glücklich zu sein und es nicht leugnen zu können. Ich sühnte für mein unangebrachtes Glück, indem ich mich selbst bestrafte und den Abend bei ihr blieb, obwohl auch ich verabredet war.

Ich weiß nicht, ob es tatsächlich Janas Schuld war, daß meine Liebe den Winter nicht überlebte. Damals war ich davon überzeugt, ich hätte ihr mein Glück geopfert, ich hätte sie über mein eigenes Interesse gestellt, über das, was zählte im Leben, über die Erfüllung. Und gerade jetzt, wo mir alle Hoffnungen zusammenstürzten, wo ich bereit war, mit ihr zu trauern und dem Leben abzuschwören, weil es ja doch nur Verrat bereithielt, gerade jetzt mußte sie triumphieren vor Glück über den Brief, den Achim ihr nach vier Monaten Schweigen geschrieben hatte. Sogar ein Foto hatte er beigelegt. Von jetzt an kamen sie wöchentlich, die schmalen lila Kuverts, in denen er schrieb, er könne sich gut vorstellen, mit ihr zu reisen, vielleicht sogar mit ihr zu leben auf Zeit. Zwar könne er sie nicht besuchen, er sei ganz und gar pleite, und vielleicht könne sie ihm etwas Geld schicken, auch Aquarellfarben seien schwer zu bekommen, dort, wo er im Augenblick sei, und wenn sie schon dabei sei beim Schikken, einen neuen Schlafsack könne er auch brauchen, ansonsten aber sende er tausend Küsse bis zum nächsten Brief, der eine Woche später auch tatsächlich eintraf, mit neuen Wünschen und neuen Plänen. Und Jana rannte zur Post, von ungeahnter Energie beflügelt, und schickte wöchentlich große Pakete. Sie hob ihr Geld von der Bank ab und schrieb leichten Herzens und großzügig Geldanweisungen. Er teilte ihr regelmäßig mit, wo er sich gerade aufhielt.

Er nützt dich doch nur aus, gab ich zu bedenken, was willst du machen, wenn er bloß dein Geld nimmt und damit verschwindet?

Zunächst war sie entsetzt über die Unterstellung, dann lachte sie. Wenn schon, es macht mich glücklich, etwas für ihn zu tun, ich würde noch mehr tun, wenn ich könnte.

Du bist verrückt, sagte Eva.

Nein, sagte Jana, plötzlich weise geworden, ich bin verliebt. Dann laß dich ausnützen, sagten wir.

Ich beneidete sie sogar um ihr zweifelhaftes Glück, wenn ich sah, wie ihre Augen leuchteten, wenn sie seine Briefe öffnete, wie verändert sie war durch ihren kaum zu rechtfertigenden Glauben, daß einer sie liebte. Es muß doch was dran sein, dachte ich und fiel mit um so größerer Heftigkeit und Verzweiflung in die Leere, die jeder zu Ende gegangenen Liebe folgt.

Jana sang kritiklos die Schlager, die zu anderen Zeiten ihr Musikempfinden verletzt hätten, sie machte mich täglich auf die Zeichen des Frühlings aufmerksam. Sogar die Sonne in den Pfützen beschwingte sie. Der Frühling kommt, jubelte sie, als sei er der Vorbote des fernen Geliebten, dem es nicht einfiel, sein Wanderleben zu unterbrechen und Jana zu besuchen, obwohl sie ihm regelmäßig Geld schickte. Sicherlich war sie ehrlich bemüht, mich in meinem Unglück zu trösten, zumal sie ihre Zeit nicht aufteilen mußte, wie ich es getan hatte. Taktvoll versuchte sie, ihr Glück zu verbergen, wenn ich Trost suchend zu ihr kam. Vielleicht nicht dieser, sagte sie und konnte das

Strahlen in ihren Augen nicht unterdrücken, vielleicht ein anderer, das Leben ist lang, wie du weißt, und voller Überraschungen.

Ich wollte weg vom Schauplatz meiner Niederlage. Ich hatte genug von Männern und besann mich wieder auf die Vorzüge der Freundschaft. Weißt du was, rief ich, fahren wir heim und verbringen die Osterferien bei mir zu Hause. So stellte ich es mir vor: Wir würden am Morgen in dem hellen Zimmer, in dem ich früher die Aufgaben gemacht und gespielt hatte, von der Sonne aufwachen, die das Muster der Vorhänge auf den Teppichboden warf, wir würden unternehmungslustig und ausgeruht in der Küche sitzen und von meiner Mutter, die froh sein würde, jemanden bedienen zu können, das Frühstück serviert bekommen. Dann würden wir über die Frühlingswiesen unserer Kindheit wandern, in den Bannwald zurückkehren, den ich zwölf Jahre lang nicht mehr betreten hatte. Zu Mittag würden wir beim Bauernwirt an der warmen sonnenbeschienenen Hauswand Geselchtes essen und Heurigen trinken, und später unsere Wanderung fortsetzen, über feuchte Wiesen rutschen und am Abend glücklich und müde nach Hause kommen. Und im Verlauf dieser Rückkehr in die Unschuld würden sich alle schmerzhaften Erinnerungen und alle Verstimmungen, die es je zwischen uns gegeben hatte, auflösen. Wir würden aus dieser Beschwörung der Kindheit auftauchen, bereit zu einem neuen Anfang.

Jana nahm meine Einladung an. Ja, sie könne schon mitkommen, sagte sie, als tue sie mir einen Gefallen, wenn ich ihr jemanden finden könne, der ihr verläßlich die Post nachschicke. Ich bat ihre Hausmeisterin um die Gefälligkeit und trug ihr auf, alle Briefe sofort an meine Adresse zu schicken.

Gleich am ersten Morgen stiegen wir in den Bannwald, gingen über die Wiesen und wunderten uns, daß der Ansturm der glücklichen Erinnerungen ausblieb. Alles erschien mir so viel kleiner, als ich es in Erinnerung hatte, als wären wir mit Siebenmeilenstiefeln in ein Zwergenreich eingebrochen. Alles war anders als früher, entbehrte der Magie. Dabei war ich ganz sicher gewesen, daß es sie einmal gegeben hatte, da, wo jetzt nur ein paar überwachsene Felsbrocken lagen, genau da, wo ein kleiner Waldschopf, mit Himbeergestrüpp durchwachsen, über den Hang ragte, irgendwo zwischen der Straße, dem Fluß und den Feldern, die sich weit ins flache Land hinein erstreckten. Enttäuscht kehrten wir früh am Nachmittag zurück. Hatten wir uns zehn Tage Zeit genommen, um eine Waldlichtung und ein paar Felsen zu durchforschen?

In den nächsten Tagen liefen wir ohne Begeisterung durch die Gegend und redeten davon, wohin wir sonst noch hätten reisen können. Jana besuchte ihren Vater und kam am Abend verstimmt zurück. Sie weigerte sich, das einzige Kaffeehaus im Ort zu betreten.

Was sollen wir denn sonst tun die ganze Zeit, fragte ich sie, als hätten wir nicht schon viele tatenlose Tage miteinander verbracht.

Wir saßen gelangweilt an Wiesenrainen und Waldrändern und bekamen nasse Füße. Wir redeten leise mit trauriger Stimme von der Vergangenheit. Weißt du noch, sagten wir, als hätten wir keine Zukunft vor uns.

Jana wollte auch nicht in die Nähe des Friedhofs gehen, innerhalb weniger Tage verwandelte sie sich wieder in das verschreckte Kind, geduckt und blicklos, das kleine Flüchtlingsmädchen, das nichts begriff und das vor allem Angst hatte. Und als wir Eva mit einem Freund auf einem Spaziergang trafen und gemeinsam weitergingen, wechselte sie kein Wort, keinen Blick mit ihrer Schwester. Dabei wußte ich, daß die beiden einander in der Stadt öfter besuchten, miteinander kochten und daß Jana den Freund ihrer Schwester kannte.

Mußt du uns wirklich dauernd die Stimmung verderben, fragte ich sie am Abend.

Da begann sie mir Vorwürfe zu machen, daß ich sie bevormundete, immer bevormundet hätte, daß Eva und ich sie behandelten, als seien wir ihre Eltern, sie ließe sich keine Zwangsjacken mehr anlegen, sie wolle frei sein von den unausgesetzten Erwartungen, Forderungen und Ermahnungen.

Und morgen fahre ich wieder weg, erklärte sie, bevor ich noch verrückt werde in diesem Dorf.

Ich gab ihr recht, je weiter sie von zu Hause entfernt war, desto leichter war es, mit ihr zu leben.

Nach einem Besuch bei Karin in der Kleinstadt war sie ein wenig ruhiger, und erleichtert fuhren wir zusammen wieder in die Universitätsstadt zurück.

Von welchem Ort würdest du sagen, da bin ich zu Hause, fragte ich.

Den habe ich noch nicht gefunden, antwortete sie, und nach einer Weile, während der sie angestrengt zum Fenster hinausgesehen hatte, fügte sie hinzu, ich kann mich nicht mehr erinnern.

Ich war sehr müde, als ich an diesem Abend meine Wohnungstür aufsperrte, und die Wohnung erschien mir leer, kalt und trostlos. Es war nicht nur die Enttäuschung darüber, daß die Heilung durch die Kindheit nicht stattgefunden hatte, sondern mehr noch die Erkenntnis, daß ich mich geirrt hatte, daß diese Kindheitsjahre für Jana nicht dasselbe bedeutet hatten wie für mich, daß ihre Erinnerungen an das erste Paradies und ihre Vorstellung von Geborgenheit weder das Dorf berührten, in dem wir aufgewachsen waren, noch an unsere Freundschaft geknüpft waren. Fremd waren wir einander geblieben selbst in Zeiten, in denen ich geglaubt hatte, ihr am nächsten zu sein.

*

Schneller als in der Wüste die Nacht über den Rest des Tages fällt, fiel das Vergessen über mich her. Zuerst vergaß ich die Einzelheiten, die Farben, nach einer Woche schon wußte ich nicht mehr seine Augenfarbe, den genauen Farbton seines Haars, dann verwirrten sich die Zeit- und Handlungsabläufe und rissen auch stückweise die mit ihnen verwobenen Gefühle mit, zuletzt blieben unbestimmbare Töne, die beim geringsten Anstoß meinen Körper durchliefen wie die Wellen einer Erschütterung. Nie wieder war mir seine Nähe so vertraut gewesen wie am Anfang. Später, je länger ich mit ihm lebte, war er mir immer fremder geworden. Schließlich, am Ende, wurde ich den Verdacht nicht mehr los, daß er derselbe sei, der als der gesichtslose Fremde mich seit meiner Kindheit bedrohte, der Schatten in meinem Rücken, der mir den Rückzug in die Geborgenheit abschnitt.

Gern würde ich ihn beschreiben, so wie er mir zuerst erschien, als noch kein Schatten auf ihm lag. Erschien er mir nicht wie ein Schmetterling, bunt, flüchtig und verwirrend? War es die Flüchtigkeit, die von ihm ausging, die Leichtigkeit, mit der er sich fast bei jedem Schritt vom Boden zu heben schien, die mich reizte, weil ich ahnte, hier ist einer, mit dem könntest du fliegen? Der ist nicht für lange, sagte Sonja, der ist zu unstet, was siehst du denn eigentlich an dem? Da hatte das Vergessen schon zu arbeiten begonnen, und ich quälte mich damit, Einzelheiten zusammenzutragen, die doch kein Ganzes ergaben, ein spitzes Gesicht und langes dunkles Haar, es war unerträglich, wie mir alles zerrann, auseinanderfuhr wie ein Spiegelbild auf dem Wasser. Ich begann, mich auf das Echo in meinem Körper zu verlassen, tippte die Saiten an mit Bildern und Wörtern, die nicht mitteilbar waren, so flüchtig blieben sie. So konnte ich die verlorene Erinnerung durch innere Klangbilder ersetzen, dem Unsichtbaren, ungreifbar Gewordenen einen neuen Ort und neue Wirklichkeit geben. Lange lebte Achims Bild so in mir, geschützt vor der Außenwelt, und kein Verrat, den er mir antat, kein Schmerz, den er mir zufügte, konnte seine Schönheit verzerren.

Zuerst glaubte ich, ich brauchte Achim nur wiederzufinden und die Erinnerung, die ich in mir trug, würde mir leibhaftig entgegentreten. Deshalb war es so wichtig, daß ich mich an die Äußerlichkeiten erinnerte, an die Farbe seiner Augen, die Form seiner Wangen, die Art, wie er ging und seine Hände hielt. Du mit dem Kindermund und den Schmetterlingsflügeln, schrieb ich, ich werde dich suchen, ich werde dich finden, und festhalten werde ich dich, auch wenn du noch so sehr mit den Flügeln schlägst. Schick mir ein Foto, damit ich einen Steckbrief aussende für alle Länder der Welt. So sicher war ich meiner Sache, so wenig verstand ich von den Verwandlungen des Erinnerns im Schmelzofen meiner Wünsche.

Was bist du? hatte ich ihn gefragt. Ein wandernder Philosoph, ein Künstler, ich mache Bilder, Figuren, Gedichte, ich mache Träume sichtbar. Auch ich möchte Träumen Gestalt geben, sagte ich schüchtern, aber sie wollen nicht an die Oberfläche, meine Träume verzerren sich, sobald sie die Haut zur Wirklichkeit durchstoßen, ich leihe mir die Träume anderer aus, um meine Sprachlosigkeit zu verbergen. Ehrfurcht erfüllte mich vor seiner überlegenen Berufung, vor der Sicherheit, mit der er die Kunst für sich in Anspruch nahm, im Dienst der Kunst diente ich ihm. Die Kunst braucht zu essen, sagte ich zu Sonja, wenn sie mir Leichtgläubigkeit vorwarf. Wie hätte ich annehmen sollen, daß einer, der suchte wie ich, der den reinen Farben, Bildern und Tönen nachging, um sie aus dem flüchtig Erahnten zu bergen, daß so einer lügen konnte. Daß einer, der Wahrheit zu suchen vorgab, selber nicht ohne Ausflüchte lebte und fühlte? Und wenn er sagte, ich mag dich, hielt ich es für Scheu vor den großen entleerten Worten und war ihm dankbar, daß er sich von den andern unterschied und das Wort Liebe niemals bemühte. Zehn Jahre später sagte er, ich liebe, und es klang wie die erste Wahrheit aus seinem Mund. Aber ich hatte zehn Jahre mit einem Trugbild gelebt, das mir die Einsamkeit aus falschen Erinnerungen gebaut hatte, und mein Körper, der Verräter der unbestechlichen Wirklichkeit, hatte mich niemals gewarnt. Zehn Jahre lang hatte ich bettelnd auf den Tempelstufen gesessen, und als sich endlich die Tür öffnete, war da nichts als ein von mir selber angefertigtes Idol. Hätte ich dankbar sein müssen für die späte Erkenntnis? Dazu sickerte sie mir zu zögernd ins Bewußtsein, denn nicht auf einmal und plötzlich durchzuckte sie mich, langsam mit gequälten Fragen und quälenden Antworten schaffte sie sich einen widerwillig gewährten Platz. Wie sehr hast du dann mich geliebt, fünfzig Prozent, vierzig oder wenigstens fünf? Sinnlos war dieses Bohren und mir so unerträglich wie ihm. Keine Freundlichkeit konnte mich mehr beschwichtigen, denn nie waren es hundert Prozent, er nahm es auf einmal sehr genau mit der Wahrheit. Damals erst stürzten mir alle Illusionen ein, und ich begann, ihn zu hassen wegen schäbiger zehn oder zwanzig Prozent verweigerter Liebe.

Aber am Anfang, als ich ihn mir in immer neuen Verwandlungen schuf und mit meinen Träumen behängte, damals wäre es mir gar nicht eingefallen, unsere Liebe in Maßeinheiten zu wägen. Neben ihm sitzen zu dürfen war mir genug Belohnung, ihn schnell zu berühren genügte, die Erde unter mir zum Schwanken zu bringen, nichts verlangte ich von ihm, nur daß er da sei, mir hie und da einen Blick schenkte, mir seine Hand lieh, zum Halten, zum Streicheln, zum Küssen. Nie wäre es mir eingefallen zu sagen, komm und reise mit uns, solange es mir gefällt. Er hatte sich einquartiert für den Sommer, um in der Werkstatt eines einheimischen Meisters Keramikkacheln herzustellen, und als es

Zeit für uns war weiterzureisen, sagte er, die Kunst geht vor, und ich war glücklich und dankbar, daß er um sechs Uhr morgens zur Bushaltestelle kam und bis zum Ende der Straße winkte. Wie hätte ich damals wissen sollen, daß auch er alles liegenlassen, selbst sein Kind verlassen konnte, um der Chimäre einer Liebe bis ans Ende der Welt nachzujagen.

Hätte ich Sonja damals fortgeschickt und wäre bei ihm geblieben statt weiterzureisen, dann wäre es mir nicht gelungen, die wenigen ungenauen Erinnerungsfragmente so restlos zu verwandeln, daß nichts mehr blieb als ein verschleiertes Bild meiner selbst, mein leuchtender Schatten, von allem befreit, was mich niederdrückte. Nach ihm wollte ich suchen auf allen Kontinenten der Erde. Ob es mir denn nicht peinlich sei, fragten sie mich, einem Mann mit solcher Ausdauer nachzulaufen? Mir selber lief ich ja nach, meinen in einem selbstgeschaffenen Gott Fleisch gewordenen Träumen. Wie ein Spürhund setzte ich ihm nach, ließ mich nicht verblüffen, wenn er plötzlich untertauchte, erriet seine Gedanken und Pläne aus großen Entfernungen, suchte die Fährten seiner spontanen Entschlüsse und Wendungen in Gerüchten ausfindig zu machen, immer um die Länge von Wochen, oft nur von Tagen hinter ihm her, fragte die aus, mit denen er gegessen und bei denen er genächtigt hatte, fand auch die Mädchen, mit denen er unterwegs geschlafen hatte, und zweifelte keine Minute daran, daß er für keine andere bestimmt war als für mich. Als ich ihn dann leibhaft vor mir sah am Ende meiner Irrfahrt, war keine Spur des geträumten Glanzes an ihm, beinahe häßlich war er, mit großen, groben Händen und einem zur Grausamkeit bereiten, etwas formlosen Mund. So stand er in der Küche eines großen Restaurants, von fremden Leuten umgeben, ein Unbekannter, und hörte als einziger auf den Namen, der in meinen Ohren schöner klang als Musik. Ich war enttäuscht und vielleicht ein wenig erleichtert, weil ich gefürchtet hatte, vor Glück zu vergehen, und nun kein Blitz auf mich niederfuhr, um mich zu zerschmettern. Ich konnte noch wählen, ob ich unerkannt wieder weggehen wollte oder ob ich bleiben würde, um in diesem Fremden nach Erinnerungsspuren zu suchen, schließlich war ich von weit her gekommen, um ihn zu finden, und hatte ein Flugbillett, das mich für längere Zeit in dieser Stadt zu bleiben zwang. Also blieb ich und sagte, ich habe immer alles bekommen, was ich wollte, am besten, du gibst gleich deinen Widerstand auf.

Du hast doch immer alles bekommen, was du wolltest, sagte er später. Ja, aber jedesmal verwandelten sich meine Wünsche bei der Erfüllung in eine Katastrophe, und es bedurfte eines neuen Wunsches, um ihre Auswirkungen gerade noch lebend zu überstehen.

*

Wenn ich von Jana erzählte, würde ich auch erklären müssen, wie wir zueinander standen. Aber nie werde ich wissen, was Jana für mich empfand. Beim Reisen spürte ich oft eine große Zärtlichkeit von ihr, eine unerwartete Mütterlichkeit, die mich erstaunte. Aber bald glitt sie wieder weg in eine Abwesenheit, in der sie unerreichbar war. Manchmal, wenn sie mit mir sprach, hatte ich das Gefühl, ihre Worte galten nicht mir, ihr Lachen nicht, nicht einmal die Fröhlichkeit, in die sie unvermittelt ausbrechen konnte. Wenn ich anderen gegenüber meine Freundin erwähnte, meinte ich Jana. Sie war nicht die einzige, mit der ich Zeit verbrachte oder die ich gern hatte, aber jede andere hätte ich als eine Freundin von mir bezeichnet.

Dabei ist Freundschaft nicht ausreichend, um die große Nähe zu beschreiben, die immer zugleich eine quälende unüberbrückbare Ferne war. Am Anfang hatte ich gemeint, es sei ihr fremdartiges Aussehen, ihr Akzent, ihre Herkunft, was sich meiner Vorstellung entzog und mich anzog. Aber ich dachte schon lange nicht mehr über ihre Herkunft nach, ihr Akzent war verschwunden, und an ihr Äußeres hatte ich mich gewöhnt. Doch die Fremdheit und ihre Anziehung waren geblieben. Soviel von ihr ich auch zu verstehen glaubte, immer blieb eine Barriere, die mich fernhielt, die mich zornig und hilflos machte und der ich schließlich den Rücken zuwandte. So viele unkomplizierte Freundinnen hätte ich haben können, Eva war eine von ihnen, aber immer wieder hatte es mich zu Jana hingezogen, immer wieder hatte mich das ganz andere, das mir auch in Augenblicken der größten Nähe jeden Einblick verwehrte, mit unwiderstehlicher Faszination angezogen. Worin besteht es, dieses andere, fragte ich mich. In ihren Depressionen, in ihrer Musikalität, in ihren Phasen der Abwesenheit? Es entglitt mir, je krampfhafter ich versuchte, es festzuhalten und zu betrachten. Manchmal, wenn wir beisammensaßen und ich zu ermüden begann, schien es mir, als verwandelten sich allmählich ihre Züge, bis mir eine Unbekannte gegenübersaß. Ich bekam plötzlich Angst vor ihr, sie erinnerte mich an eine Hexe, und ich dachte, der Kern, das andere, jetzt ist es an die Oberfläche getreten und hat sie ganz in Besitz genommen. Wie eine Besessene kam sie mir dann vor, und nur mit Mühe hielt ich die Frage zurück, wer bist du? Unzählige Male bin ich an diese Grenze des anderen herangegangen, ich habe Bruchstücke davon in mir selbst wiedererkannt, die Angst, den Verlust jeden Sinns und jeder Bedeutung, aber den Zutritt hat es mir nie gewährt.

Und so ist die Geschichte unserer Freundschaft eine Geschichte gescheiterter Annäherungen und einer fortschreitenden Entzweiung geworden. Andere kamen dazwischen, und es gab Mißtrauen und Lügen, es gab Vorwürfe und Mißverständnisse, die wir nie klären konnten, weil wir immer zu wenig voneinander und unserer Verwundbarkeit wußten. Und schließlich kam Achim. Sein Erscheinen beendete die einzige wichtige Beziehung, die ich in meinem ganzen Leben gehabt hatte, und ließ jeder von uns Verzweiflung und Leere zurück, nachdem er sich zwischen uns gedrängt und uns entzweit hatte. Nicht einmal eine Dreiecksgeschichte ist daraus geworden, nicht einmal dazu reichte es. Drei aufeinander bezogene Einsamkeiten wurden daraus, drei, die einander nicht mehr sein konnten als Instrumente der Zerstörung aller Hoffnungen und Illusionen.

Stell dir vor, Jana, ich wäre ein Junge gewesen, der einzige Sohn meiner Eltern, behütet aufgewachsen und neugierig, wie ich es als Kind war, mit guter Beobachtungsgabe und einer Faszination an allem, was fremd und geheimnisvoll, was nicht gewöhnlich ist und sich dem schnellen Zugriff verschließt. Er hätte dich unter den anderen Kindern gesehen, selber kaum älter, aber mit seinem noch unverdorbenen Bedürfnis, Macht auszuüben, begierig darauf, dich zu beschützen. Er hätte dich gesehen mit deinem schmalen Gesicht und den ziellos wandernden Augen, und weil Siebenjährige noch nicht in Liebe entbrennen, hätte er sich, wie ich, immer wieder in deine Nähe gezogen gefühlt, neugierig zuerst, warum dieses fremde Mädchen nicht sprach und sich von den Spielen der anderen Kinder fernhielt, später mit wachsendem Verlangen, ihr ein Wort zu entlocken, ein Lächeln, einen erkennenden Blick, vielleicht sogar ein Zeichen der Freundschaft. Um das zu erlangen, hätte er lange werben müssen und dabei deine Verletzbarkeit kennengelernt, deine Schutzlosigkeit und auch die in dir verborgene Kraft, deinen großen, nach innen gewandten Mut. Er hätte wie alle Jungen davon geträumt, der Ritter zu sein, der die schöne Prinzessin vom Drachen befreit, sie vor den wilden Horden schützt und sich ihrer Schönheit und ihrer zaghaften Zuneigung erfreut. Unzertrennlich wärt ihr geworden, ein Kinderpaar, für die Zukunft bestimmt, hätten die Erwachsenen in eurer Umgebung wohlwollend gesagt. In der Volksschulzeit wärt ihr täglich in den Bannwald hinaufgestiegen, er hätte dir die Zweige zur Seite gebogen und dir aus Moos ein verborgenes Lager gerichtet. Später wärt ihr zusammen mit der Eisenbahn zur Schule gefahren, hättet euch verschwörerisch zugelächelt, wenn die anderen über euch getuschelt hätten, wärt durch den Stadtpark geschlendert, und er hätte vielleicht damals begonnen, dich von der Seite anzusehen, mit langsam sich wandelndem Blick, scheu und glücklich, neben dir gehen zu dürfen, dem schönsten Mädchen, das viele verstohlene Blicke auf sich zog. Irgendwann hätte er wohl den Arm um deine Taille gelegt und dich behutsam aus der Kindheit herübergezogen, ohne Eile, denn es wartete ja nichts anderes auf ihn. Er hätte ja nicht wegstreben müssen von dir auf der Suche nach der Erfüllung aller unbestimmten, drängenden Erwartungen an das Leben. So hätte er dir Zeit lassen können und dich vor dem plötzlichen Sturz aus der Kindheit bewahrt. Nie hätte er dein Vertrauen enttäuschen müssen, und er hätte wohl auch den Mut gehabt, nach dem Tod deiner Mutter bei dir zu bleiben und deinen Kummer zu ertragen. Und hättest du trotzdem Karin kennengelernt, du hättest ihr Geschwätz von deinem Platz im Leben nicht gebraucht, das Irrlicht, das sie dir für die ferne Zukunft als Ziel aufsteckte, hätte seiner sicheren Nähe den Glanz nicht streitig gemacht. Auch Achim hätte euch nicht entzweien können, denn er, dein Jugendfreund, hätte um dich gekämpft und sich nicht mit Achim gegen dich verbündet. Und irgendwann hättet ihr geheiratet, denn ihr wärt ja doch nicht voneinander losgekommen, aber ob das gutgegangen wäre? Vielleicht wärt ihr trotz aller guten Vorzeichen doch nicht in die Geschichte eingegangen neben Romeo und Julia, Dante und Beatrice. Vielleicht war es gut, daß Sonja als Mädchen geboren wurde, sie machte sich zwar schuldig an dir, zerstörte dir aber nicht das Leben, wie Achim es tat.

*

Wenn wir einander nie kennengelernt hätten, Achim, wären wir dann umhergetrieben worden bis ins hohe Alter vom beunruhigten, nie bestätigten Ahnen voneinander? Oder hätte ich eines Nachts am offenen Fenster gesessen, irgendwo in einem Hotelzimmer, und unten in der finsteren Straße deine Stimme erkannt, wiedererkannt, obwohl ich sie noch nie gehört hatte? Wäre ich in die Kleider gesprungen, die Treppe hinuntergerast, aus dem Haus gestürzt in die Nacht hinaus, nur um dich wieder um die Länge einer Minute zu verfehlen? Oder nehmen wir an, unsere Blicke hätten sich sekundenlang aus aneinander vorbeifahrenden Zügen gekreuzt, ich hätte dich auf der Plattform eines mir unbekannten Bahnhofs aus dem abfahrenden Schnellzug entdeckt oder irgendwo für einen Augenblick im dichten Gedränge? Wäre es dann mein Schicksal gewesen, einen anderen zu heiraten? Hätte ich mein Lebtag hinter geschlossenen Lidern von dir geträumt, ohne je deinen Namen zu erfahren?

Als ich mich, froh, am Ziel zu sein und nicht mehr entscheiden zu müssen, dem Zufall überließ, sagte ich mir, es hat so sein müssen. Wenn das Unwahrscheinliche eintritt, ist es das Schicksal. Ein junges Mädchen, das nie gelernt hat zu fordern, das die unbedeutendste Zuwendung entgegennimmt wie ein unverdientes Geschenk, das sich heimlich, ohne es jemandem zu verraten, für eine zur Sprachlosigkeit, zur Ausdruckslosigkeit verdammte Künstlerin hält, gerade sie trifft, unvorbereitet und ahnungslos, in einer berühmten Moschee, die sie aus einem plötzlichen Einfall gerade in diesem Jahr zur heißesten Stunde eines Wüstentags besucht, den Mann, nach dem sie auf der Suche zu sein glaubt, und sie hätte ihn nicht beachtet und nicht erkannt, hätte die große Gelegenheit ihres Lebens verpaßt, wenn er sie nicht angesprochen hätte. Und woher weiß sie, daß er es ist, nach dem sie auf der Suche ist? Sie weiß es eben, sie ist müde und krank vor Sehnsucht nach Geborgenheit, und sie hat keine Erfahrung, um zu vergleichen. Als er sagt, ich bin Künstler, so selbstverständlich und ganz ohne Scheu und Bescheidenheit, sogar ohne Ehrfurcht, da weiß sie es eben, daß er es sein muß, daß das Unwahrscheinliche eingetreten ist, das Unwiederholbare, das Schicksal. Daß ein plötzliches, von ihnen selbst unbemerktes Erkennen verwandter Seelen stattgefunden hat. Und diese Seelenverwandtschaft schien ihr keineswegs geschmälert dadurch, daß sie nichts Gemeinsames hatten, keine vergleichbaren Erfahrungen, nicht einmal eine gemeinsame Sprache. Ganz selbstverständlich schien es ihr daher, daß diese in Stunden meßbare Begegnung ihr Leben in ein Vorher und Nachher zertrennte, es spaltete mit einem unheilbaren, einem heillosen Riß.

Und wenn ich dich nicht wiedergefunden hätte, wüßte ich, wie es ist, vom Glück überwältigt, vom Schmerz erdrückt zu werden? Mußtest du kommen, damit mein Leben begänne, und hätte es nicht auch noch leichtere Leben für mich gegeben? Was wurde an meinem Leben unverwechselbar in dem Augenblick, als ich zu suchen aufhörte und mich zufriedengab? Warst du ein Mittel oder Zweck?

Immer kommt der Augenblick, in dem einer sagt, ich habe dich nie geliebt, und der andere um so verletzter auf seiner Liebe beharrt. Ich war es, die lange beharrte und schwor, ich hätte ihn jede Sekunde geliebt, und trotzdem erinnere ich mich an einen Morgen, da sah ich ihn neben mir, so klar, so scharf wie aus der Atmosphäre herausgehoben, im ersten Licht eines kalten Tags. Er lag auf dem Rücken, die Polsterzipfel um beide Ohren, grausam und lieblos der Mund, breit und bullig die Stirn. Kalt sah ich auf ihn hinunter mit den noch schlafbetäubten Erinnerungen unzähliger kleiner Verletzungen im Bewußtsein, sagte bitter, da liegt sie, die größte Illusion meines Lebens, noch haßte ich ihn nicht. Ich erkannte nur im langsam wachsenden Licht einer erschreckend kalten Vernunft, daß ich ihn nicht liebte, diesen Fremden in meinem Bett. Und selbst die Erinnerung, ihn geliebt zu haben, wich so schnell zurück, sinnlos, sie einholen zu wollen. Den ganzen Tag ging ich, betäubt von dem neuen niederdrückenden Wissen, schweigend umher, wich ihm aus, versuchte, in Andeutungen davon zu reden, als er mich mißtrauisch fragte, und verlor in den täglichen Annäherungen und Zurückweisungen erneut die Sicherheit jenes Morgens. Erst viel später wieder, als ich, um mich selber zu quälen, den längst besiegelten Tod unserer Liebe wieder aus dem ersehnten Vergessen zerrte, erinnerte ich mich, daß es schon lange so gewesen war und vielleicht bei mir begonnen hatte, daß ich ihn schon damals oft betrachtet hatte, von weitem, wie durch das falsche Ende eines Fernglases, und mich ungläubig fragte, wer ist dieser Fremde, dieser aufgeblasene Geck, an den ich ohne Echo meine Zärtlichkeit verschwende, an dessen schalldichte Wände ich vergeblich meine Botschaften schreie?

Noch einmal will ich es also versuchen, mich an den Anfang zurückzutasten, als mich das Glück aufhob und fortriß, durch die Länder fegte, über die Türme und Dächer wirbelte, mir die Luft aus den Lungen drückte, in meinem Kopf kreiste wie Trunkenheit, mein Fühlen betäubte für alle Oberflächen außer der Haut, dem Haar, dem Gesicht, die ich nicht müde wurde, mit meinen Fingerspitzen zu berühren. Was hatte diesen Aufruhr hervorgerufen? War er die Antwort auf das erste vorläufige Ende der Einsamkeit und der Verlassenheitsängste meiner Kindheit? Es war gekommen, als mich die Kraft verließ, mit der ich wartete, auf das Wunder, den Platz im Leben, darauf, daß etwas geschah und dem Warten ein Ende bereitete.

Karin, die Freundin, der ich bedenkenlos vertraute, hatte gesagt, du wirst es spüren, plötzlich, ohne zu zögern, ohne je wieder umkehren zu wollen. Zweifellos, ich spürte etwas, das meine zügellosesten Träume weit hinter sich ließ. Wem die Kräfte erlahmen, der sieht Fata Morganen, die die Schönheit jeder Oase weit übertreffen. Und manche Trugbilder lächeln zurück, sie lassen sich umarmen, sie nehmen Gestalt an, sie werden lebendig und der Wirklichkeit zum Verwechseln ähnlich.

*

Immer wieder habe ich mir Vorwürfe gemacht, ich hätte versagt, trotz bester Vorsätze und gelegentlicher Einsichten. Ich hatte gelernt, Janas Sprunghaftigkeit hinzunehmen, ihre ungeduldigen Forderungen, ihre sprachlosen Verzweiflungsanfälle, ihr jähes Aufflammen und ihr ebenso unvorhersehbares Verstummen und Abstürzen in die Depression. Ich hatte aufgehört, sie ändern zu wollen, und war doch überzeugt, sie würde sich jeden Augenblick erneut ins Unglück stürzen und mich mit sich reißen.

Aber hat sie sich jemals Gedanken über mich gemacht? Hat sie jemals Angst gehabt um mich oder in meiner Abwesenheit an mich gedacht? Da bist du ja, sagte sie ungeduldig, wenn ich, fast immer pünktlich, zu einer Verabredung erschien, ich hab schon geglaubt, du kommst nicht mehr. Ich erzählte ihr von mir, oft nur, weil ich ihr Schweigen nicht ertrug, aber von ihr erfuhr ich kaum mehr, als was ich ohnehin selber erriet. Manchmal, wenn ich erzählte, hörte sie mir nicht einmal zu, und wenn sie zuhörte, wußte sie nie recht, was sie dazu sagen sollte, und sagte in ihrer Verlegenheit oft das Falsche, etwas, das mich ärgerlich oder peinlich berührte. Und wenn ich sie um Rat fragte, wußte sie keinen. Aber warte, rief sie, was hast du in letzter Zeit geträumt? Aus Zahlenmagie und Träumen braute sie seltsame Erklärungen und Ratschläge für die Zukunft zusammen. Das habe ihre Großmutter auch so gemacht und sogar ihre Mutter, und dann kamen die immer wieder erzählten Beispiele von in Erfüllung gegangenen Ahnungen und Wahrträumen. Von Zeit zu Zeit drängte sie mir ihre Tarotkarten auf und konnte nicht verstehen, daß ich kein Interesse an ihren fragwürdigen Prophezeiungen hatte. Ich glaubte nicht an ihre Magie, hielt sie für eine weitere Ausflucht, mit der Jana Entscheidungen aus der Hand gab, einen unzulässigen Versuch, ihr Leben nicht selbst zu lenken. Trotzdem hatte ich, wenn ich ihr dabei zusah, immer das Gefühl, ins Verbotene vorzudringen, und konnte mich einer Angst, die mich an der Kopfhaut packte, nicht erwehren.

Vor falschen Freunden sollst du dich hüten, sagte sie und war nicht ganz sicher, ob sie meine Karten legte oder die ihren. Und schon wieder taucht der Liebhaber auf, der Kelchritter. Ihrer oder meiner? Wie sollte sie das wissen, wo ihr meine Zukunft nicht naheging.

Wer wird ihn bekommen, fragte ich amüsiert.

Keine von beiden, zu viele Schwerter sind rundherum.

Was bedeuten Schwerter?

Streit. Mit der Stabkönigin, erklärte sie ernsthaft, die steht auf dem Kopf, sie ist dir übel gesinnt.

Also doch meine Zukunft, fragte ich und konnte mein Interesse nicht mehr verheimlichen, obwohl ich es abgestritten hätte, daß ich ihr glaubte.

Dann kommt eine Katastrophe, rätselte sie, oder eine große, umwälzende Veränderung. Und dann wirst du einsam sein. Siehst du, die Einsiedlerin, sagte sie, das kommt dabei heraus, und lachte nun selber, als sei es ihr peinlich, zugegeben zu haben, daß sie daran glaubte. Kein Glück in der Liebe, sagte sie nebenbei, ich auch nicht.

Wir lachten beide enttäuscht.

Du nimmst das alles doch nicht wirklich ernst? fragte ich schon erleichtert.

Doch, beharrte sie und begann von neuem, Spiralen und Kreuze zu legen. Das mache sie nur so, sagte sie entschuldigend, zur Entspannung, aber ein anderes Mal, als sie eine große wachsende Spirale vor sich auslegte, den Magier, den Tod, die Liebenden, gab sie zu, eine Angst vor der Zukunft zu haben, die sie von allem ablenke, eine wahnsinnige Katastrophenangst. Die Karten waren ein Riegel, den ihre Angst vor die Zukunft zu schieben versuchte, ein Ausdruck ihrer Gewißheit, ohne Selbstbestimmung ausgeliefert zu sein.

So hatte sie wohl auch den endgültigen Schritt weg von ihrem bisherigen Leben nicht getan, ohne vorher die Karten zu fragen. Aber dann nahm sie sich keine Zeit mehr, sich von mir zu verabschieden. Zufällig erfuhr ich, daß sie ihre Arbeit gekündigt hatte und überstürzt aufgebrochen sei, ohne ein bestimmtes Ziel. Sie wolle ausführen, wovon wir alle nur träumten, sollte sie gesagt haben. Manchmal entsetzte mich ihr sinnloser Mut, mit dem sie aus ihrer Passivität ausbrach. Ich hatte sie im Verdacht gehabt, mit romantischen Rollen zu liebäugeln und sie radikal mit der Wirklichkeit zu verwechseln – wo sonst hätte sie sich aufgehalten mit ihrem abwesenden Blick? An allem möglichen hatte sie sich zu orientieren versucht, man konnte diese Versuche an den Buchrücken ihrer meist ungelesenen Bücher verfolgen, Yoga, transzendentale Meditation, Erleuchtung durch Drogen, Mystik, Hinduismus, Maoismus; Marx, Engels und Tarot, und was andere aufgriffen und hinter sich ließen, schien für sie Wege anzubahnen, die sie immer mehr ins Abseits führten.

Einfach verschwunden war sie diesmal, ohne mich anzurufen. Nur den Schlüssel zu ihrem Postkasten hatte ich. Später, im Lauf des Sommers, kamen Ansichtskarten, meist unterwegs geschrieben, das Papier durchgedrückt, Karten, die den Eindruck gaben, als sei ihr das Reisen eine Qual, wechselnde Briefmarken, wechselnde Länder. Klagen über das Wetter, die Müdigkeit, die Leute, und keine Adresse, an die ich ihr hätte schreiben können: Dann komm doch heim, ich suche dir schon wieder eine Arbeit.

Endlich ein Brief mit einer Adresse, sie brauche Geld, viel Geld, für eine Flugkarte, ich solle ihr Klavier verkaufen und ihr postwendend das Geld schicken. Ich redete mit Eva, und ihr Vater versprach, alles zu regeln. Er schickte ihr eine Flugkarte, die sie zwingen würde, nach drei Monaten zurückzukommen.

Von da an traf ich mich öfter mit Eva. Die hatte genau das, was sie wollte, ein geselliges Leben, ein Studium nebenher, alles von ihrem Vater finanziert. Wenn Eva beschlossen hätte, auf Reisen zu gehen – niemand hätte sich um sie Sorgen machen müssen. Sie hätte im voraus geplant und gebucht, Preise durchdacht, Ruhepausen eingeplant, Unvorhersehbares vorhergesehen, und von jeder Stadt hätte sie eine Karte geschrieben, wohlbehalten angekommen, es ist schön hier. Warum blieb mir Eva, mit der mich viel mehr Ähnlichkeit verband als mit Jana, so fremd?

Wer würde für Jana die Wechselkurse errechnen, die Fahrpläne lesen für sie, die Stadtpläne und die fremden Schriftzeichen? Wer würde sie wegziehen und vor ihrer eigenen Verzweiflung beschützen, wenn sie aufhörte zu verstehen? Eva hätte das für sie tun können, ich hatte es in der Vergangenheit für sie getan, aber nein, allein wollte sie sein und so fremd wie nur möglich in einer Welt, die sie nicht einmal in vertrauter Umgebung verstand.

Was soll das, fragte Eva verständnislos, was will sie damit beweisen?

Vielleicht will sie sich selber spüren, ihre Freiheit uns gegenüber beweisen, sie fühlt sich ja immer bevormundet von uns. Vielleicht glaubt sie, wenn sie alle Erklärungen und alle Rollen, die sie hier festlegen, zurückläßt, kommt sie sich selber näher.

Und ich erzählte Eva, wie verändert Jana im Ausland immer gewesen war, wie mutig, wie tollkühn, wie selbstsicher. Vielleicht will sie diesem Teil ihrer selbst bis zum äußersten folgen, ohne von mir zurückgehalten zu werden. Oder ist es ihre Fremdheit, die sie bis an die Grenze des Erträglichen auskosten will, fragte ich mich, aber zu Eva hatte ich nie über Janas Fremdheit gesprochen.

Sie hat doch immer soviel Angst, sagte Eva, sie fühlt sich doch ständig bedroht und erwartet täglich die große Katastrophe, wie hält sie das aus, dort, wo sie wirklich Grund zur Angst hat?

Ich wußte es auch nicht. Vielleicht gerade deshalb, vermutete ich und erinnerte mich daran, wie sie in Augenblicken der Gefahr immer ganz ruhig geworden war. Was von außen kam, hatte sie immer leichter ertragen als die Abstürze in ihre eigenen unsichtbaren Höllen. Eva, die sich noch mehr als ich um Jana sorgte, besuchte mich fast täglich und freute sich über jede noch so karge Ansichtskarte, die uns bewies, daß Jana gegen unsere Erwartungen noch immer lebte und auch ohne unsere Hilfe Herbergen und Zuganschlüsse fand.

*

Aber wenn du versuchst, dich ganz genau zu erinnern, wirst du zugeben müssen, daß es gar keine Suche war, so tatendurstig warst du nicht oder jedenfalls nicht lange. Weg wolltest du, weit weg auch vom Leben, so weit wie möglich. Wohin, das war dir nur in den seltenen Augenblicken klar, in denen du die falschen Handlungen setztest. Lange konntest du schuldlos bleiben, indem du wartetest, daß dir die Dinge zustießen, während du auf der Flucht vor der Wirklichkeit warst, um auf Umwegen zurückzugelangen in die kaum mehr erinnerte Geborgenheit deiner frühen Kindheit, die sich nie wiederherstellte, auch nicht, als du alle Bedingungen dafür geschaffen hattest. Was war es, das so unerträglich war, daß du dir immer neue Fluchtwege suchen mußtest? Das weißt du nicht mehr, weil du nie gelernt hattest zu sagen, ich will oder ich will dieses oder jenes nicht. Immer war es ein Unbehagen, das anschwoll und wieder verebbte, das dich manchmal so sehr einhüllte und zudeckte, daß du vor Ekel und Überdruß aus dem Leben wolltest. Schwer war es und klebrig und so ermüdend, als stiegen Dämpfe von Vergeblichkeit daraus auf.

Nur in der Musik stellten sich die klaren, reinen Konturen und eine zum Fliegen verleitende Leichtigkeit wieder her, in der Musik und im Aufbruch, je unbedingter der Aufbruch, desto reiner und durchsichtiger die Möglichkeit einer Zukunft. Nicht daß dir der Mut gefehlt hätte auszubrechen, aber immer wurde dir der Ausbruch vereitelt. Kaum hattest du die Musik entdeckt, wurde sie dir schon eingegrenzt, erklärt und in Pflichtübungen zerstückelt. Dann folgtest du einem waghalsigen Traum, man entwöhnte dich mit Tabletten und langen einfühlsamen Gesprächen, bis du deine eigene Stimme von denen der andern nicht mehr unterscheiden konntest. Eingerichtet in einem für dich maßgeschneiderten Leben, hast du noch immer versucht, durch Ritzen und heimliche Fluchtwege auszubrechen, um ein wenig Sinn zu schöpfen. Die meisten Schlupflöcher jedoch wurden nachträglich bald zugenagelt.

Eine war es vor allem, die den lückenlosen Zwang, der mich von Anfang an eingeschnürt hatte, verkörperte. Fast zwanzig Jahre brauchte ich, bis ich den Mut hatte, sie abzuschütteln. Aber sie ließ mich nicht in Ruhe, immer wieder tauchte sie unvermutet auf, in neuen Gestalten, verkleidet als Ordnung, als Fürsorglichkeit, als unwiderlegbare Vernunft. Vielleicht war sie nur ein verachteter Teil meiner selbst, der sich rächte dafür, nicht ernst genommen zu werden. Also mußte sie meine Gegenspielerin sein und zugleich meine Vertraute, sie mußte sich scharf von mir unterscheiden, das tat sie auch, sie war groß und blond und in der Schule immer die Beste, und mir so nahe stehen, daß sie meine Gedanken, die sie mißbilligte, immer erriet. Wir konnten voneinander nicht loskommen und doch nie Freundinnen werden, so warf sie mir Briefe in den Postkasten, wenn ich versuchte, sie nicht zu beachten, und saß dann stundenlang hingelümmelt auf meinem Bett, um sich mir bis ins Innerste zu entblößen. Aber wenn ich zaghaft begann, ihre Nähe zu akzeptieren, sah sie mich plötzlich mit spitzem gehässigen Gesicht an und bewies mir meine ungebildete Unterlegenheit, damit ich nicht vergaß, ihr zu mißtrauen. Ausdauernd warb sie um mich, nur um spurlos zu verschwinden, sobald ich mich daran gewöhnt hatte, auf sie zu warten. In ihrer Gegenwart stand ich auf einer Bühne, befangen und überzeugt, daß sie meine Minderwertigkeit, alles Schändliche, das ich verbarg, längst durchschaut hatte und sich mir zuwendete wie einem seltenen Tier. Meine Vernunft war sie, die, wie leicht zu beweisen, bei mir selbst nur schwach ausgebildet war, meine höhere Instanz, mein Über-Ich. Sie war es, die mich im Alltag verankerte, und zusammen mit Karin hielt sie mich in der Wirklichkeit fest. Ist es verwunderlich, daß es mich reizte, ohne ihren Schutz auszukommen und das zu werden, wovor sie mich lange fürsorglich beschützt hatte, wohl wissend, daß es der Rohstoff war, aus dem ich bestand, ein vernunftloses Tier, eine Barbarin in schmutzigen grellen Kleidern mit unerlaubt wirrem schwarzen Haar, zügellos und unberechenbar, ungebildet und unbeherrscht, eine Fremde mit dem Schmutz der Tiefebene an

191

den Fersen? Nur daß ich ihr, der Erbin einer langen Väter-reihe von alter Kultur, die Musik voraushatte, konnte sie nicht verstehen, und so versuchte sie, mich wegzudrängen mit ihrem überlegenen Wissen und einem Verstand, der keine Geheimnisse zuließ.

Nachdem ich sie weit zurückgelassen hatte, die andere, mein verständiges, vernünftigeres Ich, fühlte ich mich zunächst befreit und voll Lust auf die Welt. Ziellos, aus der letzten, niederdrückenden Geborgenheit gerissen, ließ ich mich vom Wind und der wandernden Sonne durch die Straßen fremder Städte treiben, wählte die Bahnhöfe, an denen ich ausstieg, nicht nach dem Reiseführer, widerstand den Stadtplänen an den Kiosken, ging trotzig und achtlos an den Museen vorbei, ganz und gar Barbarin. Bald hatte mein Trotz sich gelegt, nichts war mehr zu beweisen, keiner sah mich an, ich war doppelt fremd, nicht mehr auf der Flucht und das Ziel meiner Suche nicht auszumachen. Die Vergeblichkeit, der ich gerade entkommen war, fiel mit neuem Gewicht auf mich. Spät am Nachmittag stieg ich, steif vom langen Sitzen, aus dem Zug, die Bahnhöfe ähnelten einander zum Verwechseln, so zugig und ungastlich, daß ich Angst hatte, mich umzusehen, Angst hatte stehenzubleiben, immer schneller mußte ich gehen, wagte es schon nicht mehr, um mich zu blicken, rannte an Auslagen und Gesichtern vorbei, blicklos und ohne Neugier, getrieben nur mehr von dem unsinnigen Verlangen nach endgültigem Ausruhen. In dieser Umkehr wurde die Flucht zur Suche, das Ziel auswechselbar, jedes hätte ich angenommen, das mir erlaubt hätte, mich bis zur Bewußtlosigkeit meiner selbst zu entledigen.

Immer wieder trug ich meine unachtsam als das geringere Übel gewählte Einsamkeit in neue Städte hinein, läutete an einer Tür, die Skizze der Zimmervermittlung in der Hand, mit leichtem Gepäck und dennoch Schweiß zwischen den Schulterblättern, und immer war es ein schäbiges möbliertes

Zimmer, das man mir aufschloß, nicht der Ort endgültigen Ausruhens. Schließlich sehnte ich mich sogar nach den sauberen, teuren Hotels, die Sonja aus ihren Reiseführern herausgesucht hatte. Die Wirtinnen waren mißtrauisch, schoben einen Fuß in die Tür und streckten die Hand aus, jetzt zahlen, und ihre flinken Augen huschten tastend über mich hin. Dann stand ich allein in dem fremden Zimmer, das mich nicht einmal zum Sitzen einlud, und verstand nicht mehr, warum dieses Zimmer, warum diese Stadt, und welche Bewandtnis hatte es überhaupt mit mir? Vor den Fenstern versperrten Brandmauern die Sicht, oder ich blickte auf parkende Autos. Warum diese Stadt, und wohin gehörte ich? Und was nun, in der grenzenlosen Freiheit? Verschämt und aus Langeweile schlug ich dann doch den Prospekt des Touristenbüros auf, las Kunsthistorisches Museum, Botanischer Garten, Sommerresidenz, und hatte plötzlich sogar Angst, das Zimmer zu verlassen, hatte Angst vor der fremden Sprache und davor, wieder als Fremde erkennbar zu sein, als eine, die sich nicht auskannte, die nichts verstand und unwissend war. Das Zimmer, eben noch fremd und ungemütlich, bot jetzt Schutz vor dem nicht zu bewältigenden Unbekannten. Außerdem wurde es inzwischen dunkel, die Lichter in fremden Fenstern täuschten Geborgenheit vor und vergrößerten die Angst vor dem Ausgesetztsein, der Magen knurrte, und ich holte Haltbares, Nüsse und Zwieback, aus meinem Gepäck, um nicht mehr fort zu müssen, schlug die abgenutzte Bettdecke zurück, dankbar zumindest, das Leintuch sauber zu finden, und setzte mich schließlich doch nieder. Es wurde Nacht, der schlimmste Teil fremder Zimmer, in dem die Angst, die keinen Vorwand mehr brauchte, mich anfiel wie ein wildes Tier, schwarz und unsichtbar sprang sie aus den Ecken und von den Stuckverzierungen an der Decke herunter, sie war überall. Wenn die Gegenstände im ersten Morgenlicht wieder Konturen annahmen und sich der Krampf löste, der mich aufs Bett gepreßt hatte, wußte ich schon nicht mehr, wie es mir gelungen war, die Nacht zu überleben. Dann erst merkte ich, wie kalt es im Zimmer geworden war, zaghaft, mit klammen Gliedern stieg ich aus dem Bett, versuchte, das Fenster zu schließen, das sich unter meinen vor Angst und Kälte starren Fingern nicht bewegte, weder hinauf noch hinunter ging, und die feuchte Morgenluft vertrieb die schwarzen Knäuel und Wirbel der Angst in meinem Gehirn. Ich sah in den Spiegel, in dem es zuerst hell geworden war, und gewann allmählich mein Bewußtsein zurück. Mit dem ersten Zug würde ich wegfahren, die ganze Nacht durchfahren, bis ich an einem vertrauten Ziel war, nur keine Nächte mehr wie diese.

Und dann ist plötzlich einer da, der die Schwermut fremder Städte in ein Abenteuer verwandelt, und man weiß wieder, warum man die Strapazen und Risiken auf sich genommen hat. Selbst die Erinnerung an die Angst vor der Fremdheit und das Entsetzen der Nacht ist verflogen. Ohne Zögern wagt man sich in überfüllte, schlechtbeleuchtete Kneipen, in winklige Altstadtviertel und düstere Hinterzimmer, wo Opiumraucher dösen. Wie zwei Kinder, die unbeaufsichtigt auf gefährlichen, verbotenen Plätzen spielen, zogen wir jeden Morgen aus, um die verrufensten, abgelegensten Teile der Welt zu erobern. Und in den Nächten, in heruntergekommenen Herbergen oder unter freiem Himmel, immer wieder das Erstaunen aneinander, wie am ersten Tag. Damals sagten wir, gleich, was später geschieht, diese Tage sollen unberührt bleiben, unberührbar selbst durch Trennung und Überdruß.

Wir hatten Angst, sobald wir uns niederließen, würden Rastlosigkeit und Langeweile uns auseinandertreiben, wir spürten damals schon die Entfernung, die wir lange Zeit im gemeinsamen Abenteuer zu überbrücken verstanden. Solange ihm nichts vertrauter war als ich, dachte ich, würde er immer wieder zu mir zurückkommen, zwei Komplizen gegen eine unbekannte Welt, zufrieden in der vollkommenen Vorläufigkeit, im Spiel mit hinausgeschobenen Möglichkeiten, die jederzeit eintreten konnten, wenn wir es ihnen erlaubten, aber noch brauchtes wir uns für keine zu entscheiden. Noch sprachen und dachten wir wie aus einem Mund, weil wir uns über den anderen keine Gedanken machten. Wohin wollen wir fahren? Zum Piratenhafen hinter den maurischen Häusern natürlich, zu den Schiffen mit den balgenden Katzen an Deck und weiter, auf einem Sampan, bis an den Anfang der Welt. Es hätte uns auffallen müssen, daß wir fieberhaft weitersuchten, während wir einander beteuerten, das Ziel aller Wünsche gefunden zu haben. Den Anfang der Welt. Erstaunt glaubte ich ihn manchmal kurze Zeit zu erkennen. Und weiter, an den letzten Fischerdörfern vorbei, den verlassenen Pfahlbauten und den Unterständen aus Brettern und Wellblech, wo Tausende silberne Fischleichen auf dem Boden der Boote dorrten. Vorbei noch an den Planken mit den toten Schiffen, die im Urschlamm steckten, wo das Meer in der Sonne schmolz und silberne Fischschuppen auf dem Rücken des Ozeans schimmerten bis an den Horizont. Die Fischrücken wimmelten von Larven, winzigen, rückengepanzerten Echsen, die größeren fielen über die kleineren her, fraßen sie auf, wurden selber gefressen, ohne Gegenwehr, und der Schlamm brodelte vom endlosen Kampf. Ist das der Anfang der Welt, den du gesucht hast? Aber weiter draußen, wo das gebleichte Meer in den weißen Himmel überging, trieben lautlos Schiffe mit Segeln wie chinesische Fächer. Es ging immer weiter, wenn man nicht zu genau hinsah.

*

Eine Freundschaft in Abwesenheiten, in herbeigesehnten Abschieden. Immer kürzer die Intervalle der Nähe. Es bleibt nur mehr, die einzelnen Schritte der Entzweiung nachzuvollziehen.

Ausgerechnet von Karin, die ich schon fast vergessen hatte, erfuhr ich die Neuigkeit, die Janas Postkarten mir verschwiegen hatten. Ich war nach Hause gefahren, pendelte hin und her zwischen der Stadt, in der ich acht Jahre gelebt hatte und noch immer eine Einzimmerwohnung besaß, und der Kleinstadt, in der ich zur Schule gegangen war und eine Anstellung hatte, die ich als Übergangslösung ertrug. Auf dem Bahnhof, den Fuß schon auf dem Trittbrett der Lokalbahn, hörte ich eine unbekannte Stimme meinen Namen rufen und sah verwundert Karin auf mich zueilen, plattfüßig, in flachen Schuhen, mit vorgeschobenem Kinn, fliegenden Löckchen und grimmigem Triumph in ihrem verschwommenen Gesicht. Ob ich es schon wisse, rief sie von weitem, eine Hochzeit, bald gebe es eine Hochzeit. Und näher kommend, immer noch atemlos und aufgeregt, sie habe es ja gewußt, auch Jana werde ihren Platz, ihr Glück finden, jetzt sei es soweit, einen Brief habe sie bekommen, einen rührenden, lieben, über alle Maßen glücklichen Brief, der sie restlos überzeugt habe, es müsse der Richtige sein, der Mann fürs Leben.

Achim? fragte ich.

Ja, Achim, sagte sie enttäuscht, dann sei es also doch keine Neuigkeit mehr.

Ich beruhigte sie, nichts wisse ich, gar nichts, ich sei nur dabeigewesen, als sie ihn kennenlernte.

Also, dann kennen Sie ihn ja, rief sie begeistert, ein charmanter junger Mann, nicht wahr, ein wenig flatterhaft will mir scheinen, aber die Ehe wird ihn schon domestizieren, Sie werden sehen, beide werden sie sich eines Tages hier niederlassen und eine Familie gründen.

Ich behielt meinen Zweifel für mich, wozu mit ihr streiten, wenn sie doch glaubte, Jana in- und auswendig zu kennen? Noch seien sie auf Reisen, räumte sie ein, noch dächten sie nicht daran, ein Heim zu gründen, aber der erste Schritt sei getan und Jana endlich glücklich und in festen Händen, alles weitere werde sich schneller ergeben, als wir es für möglich hielten. Drücken Sie ihr die Daumen, rief sie mir nach, als der Zug endlich abfuhr.

Was war geschehen, daß ich mich schwindlig und mit einer unbestimmten Übelkeit im Magen ins Abteil tastete und mich erleichtert auf den harten Sitz fallen ließ? Nichts war geschehen. Jana hatte ihn gefunden, ihren Achim, ihre fixe Idee, ihre Zufallsbekanntschaft aus der Wüste. Es war vorauszusehen gewesen. Und jetzt reisten sie miteinander und hatten nicht im Sinn, sich so schnell wieder zu trennen. Oder sie hatte nicht im Sinn, ihn so schnell wieder laufenzulassen. Es war Karins Unterstellung gewesen, die meinen Knien beim Einsteigen die Festigkeit genommen hatte, das plötzliche Gefühl, sekundenlang, unverhüllt und unerbittlich das zu erkennen, was ich, ohne mir jemals Rechenschaft darüber abgegeben zu haben, Schicksal nannte, etwas, das zu groß war, um es zu lenken und in der Hand zu behalten, etwas, das seine untilgbaren Zeichen hinterließ, etwas, das einem zustieß. Unsinn, von Schicksal zu reden, bloß weil Jana einen Reisegefährten gefunden hatte, den sie, da mochte Karin durchaus recht haben, so weit bringen würde, daß er sie heiratete.

Schnell hatte ich mich wieder gefaßt und dankte meinem Verstand für die Fähigkeit, die Lage schnell und illusionslos zu durchschauen. Nichts war geschehen, und nichts Außergewöhnliches würde geschehen. Angenommen, Karin hatte recht und Jana und Achim würden heiraten und in der Nähe wohnen – nichts würde sich dadurch ändern. Ich will nicht die Eifersucht leugnen, die so schnell verflog wie die Felder und Waldstücke vor dem Fenster des fahrenden Zuges. Angekommen war sie also, am Ziel, und schrieb rührende, liebe, über alle Maßen glückliche Briefe. Vergeblich suchte ich in meinen Erinnerungen nach dem Gefühl, das man so unfehlbar als Glück über alle Maßen erkennt, wenn es eintritt. Ich fand nur den Neid, den ich schnell verjagte.

So unerwartet, wie sie ein Jahr und einen Sommer zuvor verschwunden war, tauchte Jana wieder auf. Unangekündigt saß sie eines Abends, als ich von der Arbeit heimkam, auf den Steinstufen vor dem Haus, verlegen, mit einem angebissenen Kuchen als Gastgeschenk. Warum gerade vor meinem Haus? Bei Eva sei kein Platz, sie habe ihren Freund bei sich wohnen. Eva war im Frühjahr aus ihrem Studentenzimmer ausgezogen und wohnte jetzt in Janas nordseitiger Zweizimmerwohnung. Ich nahm sie mit hinauf, was blieb mir anderes übrig? Sollte ich sie wegschicken? Müde sah sie aus und gar nicht wie eine, die den Platz im Leben gefunden hatte, eher wie eine, die, vom Meer an den Strand gespült, landeinwärts ging, Asyl suchend, verlegen, lustlos. Vielleicht war Schadenfreude in meiner Frage, wie man sich denn fühle in festen Händen und wo denn Achim sei, schon wieder verschwunden? Und wie sie denn nun wirklich gewesen sei, die lange vorweggenommene Hochzeitsreise.

Alle unsere gemeinsamen Erlebnisse hatte sie an ihn verraten auf dieser Reise. Das hatte ich schon den Ansichtskarten entnommen, und das bestätigte sich nun, als sie mir die Stationen ihrer Reise mit Achim aufzählte, als wären es fremde Namen für mich, Ortsbezeichnungen, unbekannte Reiserouten. Die Obstplantagen, die Bazare, die Wüste, die Hafenstädte und das Dorf in den Bergen. Sie sprach davon, als hätte sie alle Erinnerungsspuren an Früheres ausgelöscht. Seine und ihre Vergangenheit waren diese Orte von nun an, sie hatten nichts mehr mit mir zu tun. Nein, sie wollte sich nicht erinnern, wußte nicht mehr, daß auch ich jenen Hafen gesehen haben mußte, zusammen mit ihr, sogar Fotos davon besaß, die es bewiesen. Rechtfertigte das nicht die Grausamkeit, mit der ich ihr Glück in Frage stellte? In der Nacht, als sie, in ihren Schlafsack eingerollt, auf dem Teppich schlief, suchte ich die Ansichtskarten und Fotos jener Orte hervor und zerriß sie.

Trotzdem fuhr ich mit ihr zu ihrer Schwester. Auch dort lagen Vorwürfe und Streit in der Luft. Ich half ihr packen, endgültig ausziehen aus einer nie wirklich in Besitz genommenen Wohnung, aus der sie jetzt nicht schnell genug verschwinden konnte. Und Eva stand da mit verschränkten Armen und deutete schweigend auf Gegenstände, das gehört dir und jenes, nein, nimm es ruhig mit, ich will es nicht. Im dunklen Vorhaus warteten wir auf den Käufer des Klaviers, das Eva schon lange im Weg war, und gingen später ohne Abschied davon. Von zu Hause holte sie noch einen Koffer und zog nun endgültig bei mir ein, nein, auch daheim könne sie nicht bleiben, es habe Streit gegeben, ihr Vater sei dagegen, daß sie Achim heirate. Nicht lange würde sie bei mir bleiben müssen, versicherte sie mir, nur bis Achim eine Wohnung gefunden habe, dort, wo sie sich eine Zeitlang niederlassen wollten, weil er einen Lehrauftrag habe. Sie selber werde zunächst einmal gar nichts tun, nur für ihn kochen und für ihn dasein.

Wunderbar, sagte ich, bist du glücklich, freust du dich?

Ja, schon, sagte sie bedrückt.

Am Morgen, wenn ich, vom Wecker aus dem Schlaf gerissen, in die Küche kam, saß sie schon dort und hielt eine Tasse schwarzen Kaffees mit beiden Händen umklammert. Wie ertappt saß sie da, als hätte ich ihr am Vorabend die Tür gewiesen und sie sei immer noch da. Mit schlechtem Gewissen erbot ich mich, das Frühstück zu richten, obwohl ich in Eile war und selber nie frühstückte. Wie ein Flüchtling sitzt sie da, dachte ich. Sie beklagte sich nicht, ungeduldig sei sie, gab sie zu, wolle nicht so lange untätig auf der Schwelle zum neuen Leben verharren, endlich anfangen damit. Dabei spielte sie mit dem billigen Silberring an ihrer Hand, der ein Verlobungsring sein sollte, und zitterte in der Morgenkühle im dünnen Nachthemd. Tagsüber, wenn ich weg war, aß sie meinen Kühlschrank leer, konnte vor allem von den Süßigkeiten nie genug bekommen, und erbot sich nicht, für uns einzukaufen. Hast du nicht eine Menge Geld, fragte ich einmal beiläufig. Sie hatte doch Möbel und das Klavier verkauft. Das habe sie Achim geschickt, für die Wohnungsanzahlung. Wann immer ich heimkam, zu Mittag oder am späten Nachmittag, sie saß bei heruntergelassenen Jalousien auf meinem Sofa, ein Buch neben sich, in dem sie nicht las, so als wollte sie sagen, ich sitze nicht nutzlos herum, ich tue ja etwas, schau her, ich lese in deinen Büchern.

Mit jedem Tag fiel es mir schwerer, ihre wortkarge, niederdrückende Gegenwart zu ertragen. Ich bot mich an, mit ihr durch die Stadt zu bummeln, sie ins Kaffeehaus einzuladen, sie ließ sich ja ohnehin von mir verköstigen, aber auch ich verlor schon bald wieder das Interesse, ihr schleppender Gang ließ jede Gasse endlos erscheinen, selbst der strahlendste Herbsttag verlor unter ihrem gleichgültigen Blick seinen Glanz. Sie hatte mit ihrem bisherigen Leben abgeschlossen und wollte keinen Reiz mehr wahrhaben, der sie von der Zukunft, in der sie schon angsterfüllt lebte, ablenken konnte. Als müsse sie sich beweisen, daß dieses Leben bereits unbewohnbar geworden war. Ich wartete ungeduldig darauf, daß Achim sie zu sich kommen ließ, ebenso ungeduldig wie sie. Aber wir sprachen nicht darüber. Sie seufzte im Schlaf, schrie auf, ich weiß nicht, schrie sie, laß mich, und saß am Tag herum, als sei es ihre Aufgabe, alles Leben rundum und in uns zum Erlöschen zu bringen. Ich ließ sie allein, soviel ich konnte, ging nach der Arbeit spazieren, um nicht zu ihr zurückzumüssen, und sah sie von weitem langsam die Flußpromenade entlanggehen, als zöge sie ein Gewicht hinter sich her.

Und dann kam, wie zu erwarten, der Abend, an dem sich die angestaute Feindseligkeit, der Überdruß aneinander in heftigen Worten, in Anschuldigungen und verletzenden Vorwürfen entlud. An die Worte, die fielen, erinnere ich mich nicht, nur daran, daß wir, ohne uns versöhnt zu haben, zu Bett gingen. Am Morgen begann sie zu packen. Ich stellte keine Fragen, brachte es noch fertig, ihr das Gepäck zum Bahnhof tragen zu helfen, suchte nach einem versöhnlichen Satz zum Abschied, einem, der alles, was ich gesagt und wohl auch gemeint hatte, alles, woran ich mich jetzt nicht mehr erinnern konnte, zumindest verwischte, ihm die Endgültigkeit nahm. Nichts fiel mir ein, als ihr mit einer Floskel alles Gute zu wünschen. Erleichtert winkte ich, als der Zug abfuhr. Sie winkte nicht zurück. Als ich den Bahnhof verließ, traf ich Eva; sie hatte das Wochenende zu Hause bei ihrem Vater und dessen Frau verbracht.

*

Noch immer fürchtest du deine Vernunft, die immer draußen stand, aufmerksam zusah und überlegen lächelte, die wie ein Chor zu dir sprach, nimm dich und dein Leben in die Hand, entscheide dich, wähle, such deinen Platz im Leben. Habe ich ihr nicht gehorcht, auf meine Weise? Aber gleichzeitig weißt du, daß es nichts gab, woran du mehr glaubtest als an die undurchdringlichen Augenblicke, in denen plötzlich Antworten und Wegweiser vor dir auftauchten. Und schämst dich noch immer einzugestehen, daß du vernunftlos wie eine Wilde diese Augenblicke beschworst, mit Magie, mit Träumen, mit den abgegriffenen Karten deiner Großmutter, indem du die letzte Vernunft aus deinem Bewußtsein herausschütteltest und dankbar die Leere ohne

Gedanken und Worte einziehen ließest, in der sich statt Antworten Bilder erhoben.

Und so hatten sie es mir vorgezeichnet, die Bilder, die die Beschaffenheit von Gewißheiten hatten und deren Erfüllung nicht von Entscheidungen abhing – wie sollte ich das meiner Vernunft erklären, die mich zu Entscheidungen drängte? Wenn ich lange genug unterwegs war, weit genug herumgekommen auf der Flucht vor der Fremde zu Hause, dann würde am Ende ein Ort auftauchen, der mich annehmen und festhalten würde. Ja, um diesen Ort des Ankommens zu finden, lohnte es sich, ein Leben lang auf der Suche zu sein. Und wenn es bloß die Müdigkeit war, die mich dort festhielt, die Verzweiflung oder die Gewißheit, daß es kein Ankommen gab und jeder beliebige Ort so gut war wie jeder andere? Auch daran hatte ich gedacht und hatte es in Kauf genommen, lieber bewußtlose Müdigkeit als bewußt ein ganzes Leben am falschen Ort.

Und wenn der Weg ins Verderben führte, in sinnloses Leiden und nie mehr abzuschüttelnde Schuld? Ein schweres Leben erbat ich mir in meiner Unwissenheit, nur nicht ein leeres. Das tat ich in einer Nacht, von der ich annahm, sie müsse zählen, und machte meinen Wunsch an einem Stern fest, weil ich an unsichtbare Zusammenhänge glaubte. Danach erlaubte ich es mir nicht mehr zurückzublicken, weil ich zunehmend die fraglose Gewißheit an allem verlor, ganz besonders an mir selbst. Katastrophen und Glück wechseln in regelmäßigen Abständen, auch das glaubte ich aus Erfahrung zu wissen, Absturz und Aufstieg wie Ebbe und Flut, und rechnete weiter mit der Logik meiner Magie. Wenn ich mich festhielt an diesem Wunsch, an dieser Beschwörung, würde ich diesen Augenblick unerträglichen Glücks ausdehnen können in ein Glücksjahr, in eine unabsehbare Reihe glücklicher Jahre. Und weil ich übermütig war, nahm ich die Karten zu Hilfe, um meine Spekulation zu beweisen.

In diesen Tagen ging alles gut, und alles kam wie gewünscht und blieb an mir hängen wie das Gold im Märchen. Später verwandelte es sich in ein bitteres, tränentreibendes Kraut, es mußten die in Erfüllung gegangenen Wünsche sein, deren Keime so geleuchtet hatten. Hatte ich nicht gesagt, daß ich alles bekam, was ich wollte?

Ist das nicht schon viel, ein Leben zu bekommen, das am Anfang so aussieht, wie man es sich gewünscht hat? Ich konnte ja nicht alles im voraus berechnen, jedes Wort, jeden Schmerz voraussehen, der mir im Lauf der Zeit zugefügt werden würde. Der Augenblick, in dem das Glück in sein Gegenteil umschlägt, liegt immer im dunkeln, er ist ja zunächst nur eine Irritation – wie die, als er sagte, es sei notwendig, daß eine Frau ihre Träume aufgebe, leichthin sagte er das beim Anblick der verschleierten Frauen in den Souks. Noch fällt es einem nicht auf, daß man selber damit gemeint ist. Viel länger dauert es, bis sich der erste Schmerz erhebt und nicht mehr zum Schweigen zu bringen ist, weil plötzlich alle früheren, kaum beachteten Verletzungen einstimmen, alle zugefügten Stiche, aller hinzugefügte Schmerz. Dann beginnt man, die vergessene Erinnerung in Anspruch zu nehmen.

Wann war es, daß das Glück zur Illusion verkam? Als er staunte, da bist du also und hast keine Erklärung als deine Liebe? Oder als dir ganz ohne Grund an seiner Seite immer häufiger die alte Einsamkeit wieder in den Rücken zu fallen begann und du zu ihm hinüberlangtest, im Dunkeln, nach der Wärme seiner Hand tastend, und zurückfuhrst, berührt von der eisigen Schneide eines wohlüberlegten Worts? Nicht mehr festzustellen der Zeitpunkt, obwohl du Nächte damit zubringst, ihn ausfindig zu machen. Vielleicht begann es schon damals, als du auf die wahnwitzige Idee kamst, ihn suchen zu müssen. Spätestens beim letzten Gang durch die Stadt, in der du aufgewachsen warst, stand der

Entschluß, alle Sicherheit auf eine Karte zu setzen, fest, und du gingst durch die Stadt mit dem Wissen, daß dieses Leben, das dir täglich dein Anderssein vor Augen führte und dir als Entschädigung Schutz bot, daß dieses Leben nun endgültig vorbei war, auch die langen Stunden, die nur dir gehörten, auch die Musik und das düstere Zimmer mit den Instrumenten, auch die Freiheit der selbstbestimmten Einsamkeit. Mit einem Vorwurf fing es an, daß man dich zwang, wer war es, der dich zwang, du selber, er, die andern, dich zu entscheiden, ein Leben aufzugeben, eine Fremdheit für eine andere, eine Einsamkeit für eine noch bodenlosere.

Es war nicht so, daß ich mich blindlings in seine Arme stürzte. Einmal, noch vor dem Aufbruch, an einem schwarzen Herbsttag, während der Sturm die letzten Blätter von den Bäumen riß, schrieb ich einen langen Brief. Achim, schrieb ich, alles war ein Irrtum, ich liebe dich nicht mehr oder nicht genug, damals also schon, und dann zerriß ich ihn und überließ dem Sturm die Fetzen, schließlich hatte ich schon mein Klavier verkauft, mein ganzes vergangenes Leben, an dem ich nun verzweifelt hing, und wartete in Sonjas Wohnung auf die Geborgenheit an seiner Schulter, auf das neue Leben, das mir alles, selbst die Musik, ersetzen sollte, und weil es mir nicht mehr gelungen war, mich am Bekannten festzuklammern, ließ ich los und ließ mich tragen, durch die Leere schleudern, um einen neuen Platz zu finden. Wie sollte ich ihn finden, dachte ich, ohne Risiko, den Platz im Leben, den mir Karin schon so lange versprach.

Noch einmal schrieb ich, ich habe Angst, du wirst mir alle Freiheit rauben wollen und meiner einfältig angebotenen Liebe müde werden, ich fürchte, du könntest mir die Musik verbieten, an der dir nichts liegt, ich maße mir nicht Gleichheit mit dir an, aber es ist mir unvorstellbar, ohne die Musik zu leben, sie bedeutet mir nicht weniger als dir die Kunst, für die du ohne Rücksicht lebst. Vor deiner Untreue habe ich

Angst, schrieb ich, vor deiner Genußsucht und deinen redseligen Freunden, die mich von deiner Seite wegzudrängen suchen. Auch diesen Brief zerriß ich und gestand mir selber nicht ein, daß ich ihn durchschaut hatte. Sprachlos kam ich zu ihm, mit einer Sprache, der nachzuhorchen er sich nie die Mühe nahm. Ich komme, rief ich statt dessen vom Bahnhof in die defekte Telephonmuschel, und anstelle seiner Stimme hörte ich ein Rauschen wie von einem fremden Planeten, ich bringe alles, was ich habe, schrie ich, weil ich keine Antwort hören konnte, und alles gehört dir. Nie würde ich sicher wissen, ob er mich gehört hatte.

Waren wir nicht geradezu füreinander bestimmt, beide der Kunst verschrieben, beide gleich heimatlos und unstet, schon lange Fremde im eigenen Haus, fremd selbst in der eigenen Sprache, mit undeutlichen, verschwommenen Erinnerungen an mehr Geborgenheit als die gekannte, nie sicher, ob die Erinnerung nicht bloßes Wunschbild war? Zweimal Fremdheit, dachte ich, ergibt vielleicht Vertrautheit. Jana, sagte er, ich bin wie ein Eisberg, und niemand glaubt mir die zwei Drittel meines Fundaments, niemand, niemand kennt mich, niemandem ist es gelungen, mich zu verstehen, und wie zum Beweis zeigte er mir die feinen weißen Narben an den Handgelenken, die ich ergriff. Ich schwor, sogar die Kälte zu ertragen, in die er mich oft stieß, schon damals, und sie zu erforschen, die zwei eisigen Drittel seiner Seele, ihm die Einsamkeit zu lindern, an der er litt. Und wann ist er meinem Schweigen und den Pausen zwischen dem nur halb Gesagten, dem nicht mehr Sagbaren, das mich bedrückte, nachgegangen? Als Antwort schickte er mich weg, sagte, er brauche Neuanfänge, neue Luft zum Atmen, ich stünde seiner Kunst im Weg, und holte mich anderntags zurück aus der Verbannung, schrieb Gedichte an mich und deckte meinen Schmerz mit Versprechen zu, die er schneller, als ich ihnen Glauben schenkte, brach. Vorsätzlich blind war ich, um den Verlauf der Katastrophe nicht zu ahnen. Und alles nur als Vorbereitung für jene Schuld, die uns wie zwei Verbrecher zusammenschmiedete und endgültig trennen würde.

Aber zurück zum letzten Tag im Spätherbst, an dem ich Briefe schrieb und der Wind die letzten Blätter von den Bäumen fegte. Ein Riß der letzte Gang durch die vertraute Stadt, ein Riß der letzte Abend und der Blick vom abfahrenden Zug zurück, die unbegründete Ahnung, ins Glück fährt dieser Schnellzug nicht, beinahe wär ich abgesprungen, vom nächsten Bahnhof wieder zurückgefahren, aber wohin, doch nicht nach Hause, dort erwartete mich niemand, und nicht zu Sonja, die vermutlich gerade die Fenster weit geöffnet hatte und meine Spuren tilgte. Also es geschehen lassen, das Losgelöstwerden, wenn schon nicht ins Glück, so doch auch nicht ins Unglück, nur in ein neues Leben, in dem es neue Einsamkeiten geben würde und neue Unfreiheit, auch neue Sehnsüchte und immer wieder einen Aufbruch, einen Ausbruch und eine neue Falle.

Auch Tage reinster Freude. Graue Wintertage, an denen einer unauffindbaren Quelle unirdisches Licht entströmte und du, die Hand in seiner Manteltasche, durch den blätterlosen Stadtpark gingst, für Stunden angekommen mit einer Sicherheit und einer angstbefreiten Ruhe, als füllte dich Musik bis an den Rand. Oder auf einer Anhöhe, von der du bei Nacht auf eine fremde lichterfüllte Stadt hinuntersahst und dachtest, nichts kann uns geschehen, uns, dachtest du, und dieses *uns* hob jede Angst auf. Lange Zeit warst du berauscht von diesem Wort, du hättest nicht gezögert, jedes Gesetz, jede Grenze in seinem Namen zu überschreiten, pflücktest Blumen in öffentlichen Parkanlagen, weil sich unser Wiedersehen jährte, und das war nur ein kleiner Vorgeschmack von dem, was du noch alles wagen würdest. Als wolltest du verhindern, daß deine Glückseligkeit von seinem Handeln abhing, erfandest du von Anfang an dieses magische Wort *wir* als Rechtfertigung, als Begründung, als Antwort und als immer weiter sich entfernendes Ziel. Wir saßen auf den Stufen dieses Tempels, würdest du einmal sagen, und über dieses harte, von der Sonne entflammte Steppengras sind wir gegangen, und immer wieder sind wir heimgekommen, in ein Zimmer, das uns nicht gehörte. Und alle Angst, die ganze Einsamkeit, die ganze Schuld kam aus dem Wort, das nicht die Kraft hatte, die ich mir von ihm versprach.

*

Wie lange war Jana denn bei dir, fragte Eva, und der mitfühlende Tonfall sagte mir, daß sie mir zum ersten Mal, seit wir uns kannten, jene Vertrautheit anbot, die sie mir bis jetzt mißtrauisch und hochmütig verweigert hatte. Einem so ins Haus zu schneien, rücksichtslos, nicht?

Jana, unsere gemeinsame Feindin, die wir erfolgreich in die Flucht geschlagen hatten. Zurückgeblieben mit schlechtem Gewissen, sprachen wir einander von jeder Schuld frei. Wirklich, in der Wohnung war kein Platz, sie konnte doch nicht in der Badewanne schlafen. Ich konnte mir einen Freispruch erkaufen, indem ich ihr recht gab. So erleichterten wir unser bedrücktes Gewissen und warfen beruhigt Jana ein zweites Mal aus unserem Leben hinaus.

Anschließend, auf dem Heimweg, konnten wir mit verstellter, scheinheiliger Stimme über Janas Zukunft sprechen. Die Vertrautheit reichte nicht aus, über uns selber zu reden. Nie würden wir einander nahe genug kommen, um Jana nicht mehr als Brücke für unsere zeitweilige Freundschaft zu benutzen. Jahre später sollte sich der gleiche Verrat an Jana wiederholen. Nichts würden wir gelernt haben, als daß sie leichter abzuweisen war, solange sie noch nicht auf der Türschwelle saß. Und noch später würden wir bestürzt schlechte Nachrichten austauschen. Im Augenblick war Jana die überflüssige Spielgefährtin, die sich eindrängte, wo sie nicht erwünscht war, die noch immer nicht die Spielregeln verstand. Vierzehn Tage, und nicht einmal fürs Essen dazuzuzahlen, eine Zumutung, die jede Grobheit rechtfertigte. Und überhaupt. Vieles konnte vorgebracht werden, was unser Verhalten, unsere Empörung, in die wir uns hineinredeten, unseren jahrelang unterdrückten Haß rechtfertigte. Angeregt saßen wir im Kaffeehaus, es reichte beinahe für eine Freundschaft. Während dieses kurzen Zwischenspiels, das mit der Rückkehr Janas endete, erfuhr ich viel über Jana, wovon sie mir nie erzählt hätte.

Ich erfuhr von ihrem Aufenthalt in der Nervenklinik und wie es dazu gekommen war, von ihren Abstürzen in beinahe errechenbaren Abständen, ihrem mühsamen desorientierten Auftauchen, ihren unbegründeten Ängsten, sprach davon, als könnte ich ihr daraus einen Vorwurf machen oder ein endgültiges Urteil über sie fällen: lebensuntauglich. Normal sei sie nie gewesen, bestätigte Eva, schon ihre Eltern hätten es gewußt und darunter gelitten. Ihr Vater habe sie endgültig aufgegeben seit der Geschichte mit dem Hippie, dem Künstler. Manisch-depressiv, so leicht war sie einzuordnen. Ob sie wohl jetzt in ihrem Schnellzug nach oben oder unten unterwegs sei? Und wo wird sie einmal enden? Das wohlige Entsetzen, das einem über die Haut fährt, leicht, wie ein kalter Windhauch, ohne erkennbaren Ursprung.

Schließlich kamen wir auf ihn zu sprechen, und ich genoß meinen Vorsprung. Wie ist er denn, ihr Künstler, ihr Hippie? Nur mehr unbestimmt erinnerte ich mich an sein Äußeres, rief meine selten von der Wirklichkeit abschweifende Phantasie zu Hilfe, schulterlanges dichtes Haar, lockig, ungepflegt, eher unauffällig, durchschnittlich, keine auffallenden Merkmale als ein Mund, der mich irritiert hatte, ein immer ironischer Mund, als amüsiere er sich schweigend auf Kosten anderer. Und so, im Wesen? Eigentlich nett, charmant, wollte ich sagen, aber es paßte nicht zu seinem ruppigen Äußeren, zwanghaft bemüht, im Mittelpunkt zu stehen, ein Schauspieler, ein Komödiant. Ob er begabt sei, wußte ich nicht, nur daß er gern und viel von seiner Berufung sprach, als sei er der Hüter und Hohepriester der Kunst. An seine Launenhaftigkeit konnte ich mich erinnern, trotz der kurzen Zeit der Bekanntschaft, sein plötzliches verletzendes Schweigen, an seine Pose als unverstandener Dulder. Und Janas sprachlose unterwürfig-zärtliche Andacht, mit der sie ihn reden ließ, ihre Zerknirschtheit, mit der sie sein Schweigen ertrug. So sei sie zu Hause nie gewesen, so könne sie sich die Schwester nicht vorstellen, anders als die abwesende, manchmal exaltierte Verrückte konnte Eva ihre Schwester nicht sehen. Erinnere dich, wenn sie mit Karin zusammen war: derselbe devote Blick, dieselbe stumme Anbetung, widerspruchslos und gehorsam. Woher sie das wohl hat? Zu Hause wurde nie Gehorsam gefordert. Vielleicht sucht sie einen, in dessen Hände sie sich willenlos geben kann, einen Erlöser. Schon als Kind weigerte sie sich, ich zu sagen. Einmal wird sie es lernen müssen.

Wir saßen zusammen und sagten, sie wird noch lernen müssen, sie wird noch Lehrgeld zahlen, mehr als genug, aber wir, das sprachen wir zwar nicht aus, wir durchschauten die Dinge, wir hatten das Leben im Griff, wir wagten nicht viel und merkten nicht, daß wir auch nichts gewannen. Was war denn schon zu gewinnen, ein wenig Abenteuer, ein langhaariger Tagedieb, ein paar Erfahrungen mehr oder weniger. Sie saß mir gegenüber, sympathisch, gepflegt und Jana zum Verwechseln ähnlich, die gleiche Stimme mit einem kaum hörbaren Akzent, der einen zwang, immer wieder gespannt auf bestimmte Laute zu warten, die gleichen feingliedrigen kleinen Hände, die auf dem Klavier nur mit Mühe eine Oktave greifen konnten. Warum glichen die Schwestern einander so wenig, daß man die Feindin der einen sein mußte, um die andere zu verstehen? Hoffentlich geht es gut mit Jana, sagten wir, bevor wir uns trennten, und wußten beide, wie gleichgültig sie uns in diesem Augenblick war, in dem wir es dennoch nicht fertigbrachten, einander Gutes zu wünschen, weil wir einander den eben begangenen Verrat nicht verziehen. Und wenn nicht, rief Eva fröhlich schon aus einiger Entfernung, dann kommt sie halt wieder zurück, was hat sie denn zu verlieren? Vielleicht war sie schon in wenigen Monaten wieder da, lebensmüde und von einer in ihr selber wurzelnden Vergeblichkeit niedergedrückt. Was hatte sie denn zu verlieren?

Inzwischen nahm ich mir mit dem frischen Schwung, mit dem ich die von Jana hinterlassene Unordnung aufräumte, vor, einen neuen Anfang zu setzen. Zunächst putzte ich die Böden, zog verrutschte Decken glatt, knüllte ihre Bettwäsche zusammen und stopfte sie in die Waschmaschine, stellte sogar die Matratzen zum Lüften auf, öffnete alle Fenster, kaufte neue Vorräte ein. Dann setzte ich mich in der aufdringlichen Stille der schon dämmrigen Küche mit einem Notizblock an den Tisch und begann, mein Leben zu planen, vergaß nicht, mir Spielräume für Unvorhergesehenes zu lassen, neben Konzertabenden, Kaffeehausbesuchen und Einladungen, für die ich eine Liste von Bekannten und Freunden zusammenstellte. Zu lange hatte ich mein Leben ohne Konzept und von Zufälligkeiten diktiert vertan. Es wurde Zeit, zu planen und zu handeln, ein vernünftiges Leben zu führen, erfüllt von Büchern, Musik und Natur, von Geselligkeit und Selbstbesinnung. Ich würde mich hüten, ein Chaos aus meinem Leben zu machen wie Jana. Auf Geleistetes wollte ich einmal zurückblicken können, nicht auf einen Haufen wahnwitziger, von Anfang an zum Scheitern verurteilter Ansätze. Nie war ich so abgeklärt, so weise gewesen wie an diesem Abend, an dem ich leidenschaftslos in Erwartung eines neuen Lebens zu Bett ging.

Warum sollte es nicht so kommen? Ein Leben, sauber und klar, in dem nichts zurückgenommen und nichts erklärt werden muß, ein Leben für den biographischen Abriß in der Enzyklopädie: lebte nach dem Abschluß des Studiums in N., schrieb Bücher, Artikel, reiste, genügte sich selbst. All das gelang mir in kürzester Zeit, ich hätte zufrieden sein können. Ich war es nicht, ich hatte gelogen. Wie sie jetzt langsam aufwacht, stellte ich mir sehnsüchtig vor, mit seinem warmen Körper neben sich, und mein Tag begann mit einer unerträglichen Leere, in die ich meine Arbeit hineinstopfte. Jetzt sitzen sie zusammen beim Frühstück, immer strahlte die Sonne auf ihren Frühstückstisch, und ich trank eine Tasse Kaffee im Stehen, schlüpfte achtlos in meine ausgetretenen Schuhe. Jetzt geht sie einkaufen, sie schlendert in der warmen Sonne, während ich renne, als käme ich zu spät. Vielleicht versitzt sie den Vormittag im Kaffeehaus, in einem Straßencafé unter weiß leuchtenden Kastanienblüten, und denkt an die vergangene Nacht, geht ihm entgegen, als er aus dem Hörsaal kommt, wieder schlendern sie, immer haben sie Zeit, wohin sollten sie noch wollen, angekommen sind sie, am Ziel. Ich beschleunigte das Tempo, mit dem ich schrieb, durch die abendlichen Straßen hetzte, die ich nicht sah, aß, einkaufte, als sei ich drauf und dran, irgend etwas zu versäumen, als liefe ich auf ein Ziel zu, das mit keinem Schritt deutlicher wurde. Manchmal ertappte ich mich bei der verzweifelten Frage, kommt denn nicht endlich ein Wunder, wie lange noch soll ich so leben, so sinnlos, so freudlos? Dann ging ich aus, lud Bekannte ein. Niemand sollte mir vorwerfen, ich ließe mich gehen, der schlimmste Vorwurf, ich sei passiv, warte antriebslos, daß etwas geschehe. Ich ging aus und langweilte mich. Unsinn, dachte ich, du bist mittendrin im Geschehen. Nein, ich hatte keinen Grund, mich zu beklagen, ich verdiente gut, hatte Freizeit, viele Bekannte, brauchte die

Abende nicht allein zu verbringen, und im Urlaub machte ich kleinere Reisen.

An überklaren, schwülen Vorfrühlingstagen, wenn der Föhn an den Zäunen und Bäumen riß und die Voralpen nackt und blau in die Stadt einzudringen schienen, sich bis an den Fluß heranschoben, ging ich zu den Siedlungen vor der Stadt hinaus, immer am Fluß entlang, an unzähligen Pärchen vorbei, die die Parkanlagen überschwemmten, und weiter hinaus zum Friedhof, wo niemand mehr hinkam, an der Friedhofsmauer entlang, zögernd schon, denn vor einer Bank an der Südseite hörte der Weg auf, die Wiesen waren morastig, sinnlos, querfeldein weiterzuhasten. Um den Rückweg hinauszuzögern, setzte ich mich jedesmal auf die Bank an der Mauer, als wartete ich auf ein Stelldichein, bevor ich, unruhig geworden, wieder zurückging, auf der anderen Seite des Flusses, wieder an Pärchen vorbei und durch die menschenleeren Gassen der Altstadt, zurück zu meiner Wohnung, die mir immer kälter und düsterer erschien.

Ich sah in den Spiegel, aber daran lag es nicht, ich hatte oft genug ausprobiert, ob es daran lag, hatte mich ausführen lassen, hatte in Biergärten gesessen mit Menschen, die ich kaum kannte, und sah mich dort sitzen, neben dem, der später mit mir heimgehen würde, sah mich nichtssagend lächeln, von den andern nicht zu unterscheiden, höchstens durch die Langeweile, die man mir nicht ansah, von der nur ich wußte, während ich mir zusah wie einer Fremden. Nie hatte ich die Kraft, diese Fremde mitzunehmen, ich ließ sie sitzen, irgendwann würde uns der Alkohol noch weiter auseinanderdrängen, dann würde ich sie erst wieder am Morgen auffinden und erstaunt den Mann neben ihr betrachten, den ich nicht kannte. Und im Spiegel, nachdem er weggegangen war, würde ich wieder feststellen, daran liegt es nicht, trotz der sinnlos vergeudeten Nacht, die sich mir im Gesicht abgelagert hatte. Fremd, dachte ich, und war plötzlich im fremden Leben, in Janas Leben, als wäre sie in mich hineingeschlüpft und hätte mich abgetrennt von den andern, von mir selber, von jedem möglichen Sinn, den ich meinem Leben zu geben versuchte. Ich sehnte sie herbei, nur um wieder die Vernünftige sein zu dürfen, diejenige, die denkt und handelt und lenkt.

Als säße ich auf einem Bahnhof, kam es mir vor, unschlüssig, ob ich die Abfahrt oder Ankunft eines Zuges erwartete. Und hatte mich schon selber durchschaut als eine, der die Fähigkeit zur Distanz zum Verhängnis geworden war. Aber der Einfluß, den ich auf andere ausüben konnte, half mir nicht, mir selber näherzukommen. Ich reiste also ab und ging vor der Abreise in das Kaffeehaus, in dem ich mich früher mit Jana getroffen hatte. Ein ehrliches Gefühl erflehte ich mir, nur ein einziges, um den Riß zu heilen, in dem ich hing, zwischen ihr und mir hin und her gezerrt. Aber ich langweilte mich bloß und sah mich an einem Kaffeehaustisch sitzen und auf Gefühle warten und immer verzweifelter warten und hatte schließlich doch noch ein ehrliches Gefühl, das der Lächerlichkeit.

Ich ließ mir nichts durchgehen, ich log selten, außer in großen Dingen, wo ich mir nur mehr erlaubte zu ahnen, daß ich log. Ich log in meinen Briefen an Jana. Auch ihr ließ ich nichts durchgehen, sie war schwach, sie besaß nicht genug analytischen Verstand, um über sich selbst ins klare zu kommen. Wer sonst sollte ihr den Dienst der heilsamen Härte den eigenen Schwächen gegenüber erweisen, wenn nicht ich, ihre Freundin. Sie schrieb mir nicht häufig, fünf Briefe in einem Jahr und Ansichtskarten von ihren Reisen, die sie nach vier Monaten wiederaufgenommen hatten. Vielleicht schrieb sie an Karin noch immer maßlos glückliche Briefe. Die wenigen, die ich bekam, waren leise, von einer uneingestandenen Trauer. Ich glaube, es geht nicht mehr lange, schrieb sie, ob ich wohl meine, sie könne wieder Arbeit finden in unserer Stadt. Daß es nicht mehr ginge, antwortete ich, das glaube man oft, es war ein langer Brief, bemüht, auf sie einzugehen. Es wäre leicht gewesen zu schreiben, komm wieder zurück, wir werden bestimmt eine Arbeit für dich finden. Aber ich wußte, hier konnte sie nicht mehr anknüpfen, nie würde sie hier glücklich sein, mit diesem Leben hatte sie ein für allemal abgeschlossen. Die Liebe, schrieb ich, müsse erarbeitet werden. Woher hatte ich diese Weisheit über die Liebe? Jeden Tag müsse die Liebe von neuem erarbeitet werden, wenn sie lebendig und jung bleiben solle. Wo hatte ich das gelesen? Kein Preis dürfe zu hoch sein, keine Anstrengung zu groß, keine Selbstverleugnung zu rückhaltlos, schrieb ich in meiner Ahnungslosigkeit, um das einzige aufrechtzuerhalten, was in einer Situation wie der ihren zählte, nämlich die gegenseitige Zuneigung. Sie solle nie vergessen, daß nicht jede das Glück habe wie sie, für die große Liebe auserwählt worden zu sein. Ich beklage mich nicht, hielt ich ihr vor, obwohl ich nun schon über dreißig sei und noch immer darauf warte. Schrieb sich da nicht wieder meine Rachsucht hinein in den selbstlosen Rat, mein nie überwundener Neid? Hätte ich nicht alles gegeben für eine Stunde Überwältigung durch das Glück? Hätte ich daran gezweifelt, daß es gerecht sei, dafür mit Schmerz zu bezahlen? Meine Lüge war meine Härte, maskiert als Verantwortungsgefühl, als gutgemeinter Rat, mit der ich ihr das Mitgefühl verweigerte. Kein Mitleid für eine, die die große romantische Liebe erlebte, dachte ich, zornig vor uneingestandenem Selbstmitleid. Auf diesen Brief bekam ich keine Antwort.

Ein Jahr später sollte ich mit Eva Vorhänge kaufen und ein Kinderbett aussuchen gehen, Wohnungen am Stadtrand besichtigen und Bettzeug nähen und nicht danach gefragt werden, ob ich es für richtig hielt, daß Jana zurückkam, mit Achim und dem Kind. Großzügig würde ich ihr verzeihen, daß sie mir nie mehr geschrieben hatte, und mich trotzdem auf sie freuen, obwohl ich ihre Rückkehr für eine Dummheit hielt. Denn es gelang mir nicht, mir Jana in der Wohnung vorzustellen, die wir schließlich fanden, eine Zweizimmerwohnung mit Blick auf Vorstadtsiedlungen und flache Hügel, fünfzehn Minuten von der Endhaltestelle einer Autobuslinie entfernt, deren Autobusse stündlich verkehrten.

Am Ende der Welt, wandte ich ein, würdest du das aushalten?

Ich bin ja auch nicht verheiratet, und ich erwarte kein Kind, sagte Eva, ich stelle mir das wunderbar vor, mit dem Kinderwagen durch diese Siedlungsstraßen zu fahren, kein Verkehr, kein Lärm, und die anderen Frauen, mit denen sie sich anfreunden kann, und später kann sie das Kind auf dem Rasen vor dem Haus krabbeln lassen.

Eva, die Kinder gern hatte und sich schon auf Janas Kind freute, nahm plötzlich die Zukunft ihrer Schwester mit Eifer in die Hand, ohne zu überlegen, ob Jana dieses für sie eingerichtete Leben ertragen würde. Und ich schwieg, denn ich wußte selber nicht mehr, was ich vom Leben erwartete.

*

Erinnere dich, Achim, wie oft wir an Ufern saßen, an Flußufern, an Seeufern, an den Ufern fast aller Meere der Welt, aller Ozeane, und immer hatten wir dieses Gefühl, eine Entscheidung treffen zu müssen, als seien wir an einem Ende angekommen, unschlüssig, wie wir uns verhalten sollten, ob wir umkehren sollten oder weitergehen ins Unbekannte. Und nie bekam ich eine Antwort von dir, immer wurdest du plötzlich gesichtslos, zogst dir den Hut über die Augen oder wandtest dich ab, als wolltest du mich verwirren und glauben machen, du seist es nicht. Oft war das Wasser düster und grau, und ich wollte weg, ich hatte Angst vor dem Schweigen neben mir, komm zurück auf den schmalen

Schilfpfad, bevor der Regen uns fortjagt und wir in den Pfützen versinken, komm heim, wollte ich sagen, mich friert, immer glaubte ich, die Ursachen meines Unbehagens anderswo suchen zu müssen als bei dir, und wenn ich es schließlich wagte, mich ganz zu dir umzuwenden, da warst du verschwunden und ich allein mit dem Unbekannten, dem Mörder, der mich seit meiner Kindheit verfolgte.

Nie hielt er, was er versprach, und immer war er ein anderer, als er mich eben noch glauben machte, ein anderer bei Tag und ein anderer bei Nacht, blitzschnell verwandelte er sich, ohne mich jemals zu warnen. Komm, gehen wir in den Park, konnte er sagen, und schauen der Sonne zu, wie sie den Nebel frißt, nur um mich im Stiegenhaus schon anzuschreien, geh weg, ich kann deine Gegenwart nicht mehr ertragen, Haß in den Augen, starr und weiß wie eine seiner Marmorskulpturen, eine Dämonenfigur. Warte nur, dachte ich, du wirst die abweisende Hand nicht mehr zurückziehen können, nie mehr die vor Abscheu von dir gestreckten Finger zu einer zärtlichen Berührung krümmen, und ging anfangs noch zornig allein durch die öden herbstlichen Straßen zum Park, wo ich dann zusammengekrümmt auf einer Bank saß und langsam vor Kälte erstarrte, von der ich noch immer nicht zugeben wollte, daß es die seine war. Aber schon kam er gelaufen, gesprungen, herangegaukelt, wie ein Narr, wie ein Kind, wie ein Schmetterling, und wühlte das bunte Laub auf den Wegen und unter den Bäumen mit Händen und Füßen auf, mein übermütiger Spielgefährte.

Komm, heute wollen wir diesen langweiligen Planeten verlassen, rief er mir zu, und ich war bereit. Siehst du den Vollmond über dem Fluß, der nimmt uns mit wie schon früher einmal, über alle Dächer hinweg, wohin wir wollen! Schon rollst du den bunten Teppich aus, den zum Fliegen aus dem Bazar zum Ausverkauf billiger Träume, schon breitest du deine Arme aus, in die ich sinken will, fallen, stürzen, aber warum hältst du mich nicht? Ich stürze an ihm vorbei, mit der Geschwindigkeit eines fallenden Meteors, allein durch die Schwärze eines ausgestorbenen Weltalls, und wie schon oft stürze ich irgendwo in die Felslandschaft früherer steingewordener Träume.

Heute umtänzelst du mich und sagst, du bist schön, komm, zieh dich aus, laß dich umarmen, verwöhnen, erlaube, daß ich dir die Füße küsse, und immer wieder vergesse ich dann, daß du gestern gesagt hast, Dreck bist du für mich, ich mach mir die Finger nicht schmutzig an dir. Und morgen werde ich, das weiß ich jetzt schon, im Bett kauern und weinen, weil du mich geschlagen hast, und einmal wirst du die Tür von außen zusperren und nie mehr zurückkommen.

Wie oft du dich schon verwandelt hast, und nie warst du der, den ich so lange gesucht hatte. Ich war schon so müde davon, dich festhalten und zwingen zu wollen, dein erstes Gesicht zu zeigen, das ich zu kennen glaubte, dich von allen Seiten ausgiebig zu betrachten und auf jede Seite mit großen Buchstaben MEIN zu schreiben, aber nichts blieb haften an dir. Statt dessen saß ich allein in der Kälte und setzte ein Puzzle zusammen. Es waren die Teile eines Mannes, ich wußte noch nicht genau, wie er aussehen würde. Mit meinem Atem und meiner Wärme wollte ich ihn beleben und legte mich über ihn, aber er war kalt und schlüpfrig, ein Eisblock, der sich im Dampf meiner Wärme aufzulösen begann.

Ein Turm warst du, ohne Fenster und Treppe, ich klopfte vergeblich. Eine Wolke warst du und flogst davon, ein Schmetterling, der sich ins leuchtende Haar anderer setzte, ein Abgrund der Verlassenheit, in den ich mich abseilte, wo ich in der Gletscherspalte erfror. Ein Sturm warst du, der mich meiner Sinne beraubte, ein Blitz, der mir bis in die Wurzeln fuhr und ein Feuer entfachte, das keiner mehr löschen würde, ein Lichtstrahl, der junge Schößlinge umspielte, ein Vogelgezwitscher, unsichtbar drehte es mir das Herz um, ein Leierkasten im Frühling, in den ich Geldstücke warf, damit er mir nie verstummte, ein unvollendetes Liebeslied, das sich in der Wüste, aus der es kam, wieder verlor.

In meiner Verzweiflung hatte ich eine unglückselige Idee. Wenn ich ihn so weit brächte, daß er vor Zeugen schwor, mich nicht zu verlassen, wenn ich seinen Namen trüge, als sei ich ein Teil von ihm, wenn ich ihn schließlich zwänge, in etwas, was mir gehörte, sich selber zu sehen, würde ich dann ruhig sein können, sicher in meinem Besitzanspruch? Andere taten dasselbe, unlautere Mittel waren es, das ahnte ich, aber ich war so müde vom nicht enden wollenden Spiel der Verwandlungen, mit denen er sich immer von neuem entzog. Ich begann, ihm Fallen zu stellen, ich sagte, du mußt dich entscheiden, sonst will ich nicht länger bleiben, und hoffte, er nähme mich nicht beim Wort. Ach, laß mich, sagte er, mir gefällt es so, wie es ist. Immer mehr nahm er Gestalt an, der Traum vom Platz im Leben, den mir Karin vermacht hatte, und ich sah das Offensichtliche nicht, daß er nicht in mein Leben paßte, der Traum von Küche und weißen Gardinen, von glänzenden Möbeln, funkelnden Gläsern und sicherem Gewinn, der Traum vom ausbruchssicheren Nest, er fraß sich fast ohne mein Zutun in unser Leben wie Rost, wie eine Alterserscheinung der Liebe. Muß es denn sein, fragte er, es wird alles zerstören. Aber ich wollte seiner Freiheit, sich zu entziehen, ein Ende setzen und glaubte, ich hätte selber nichts zu verlieren. Eines Nachts, als wir wie oft durch die Parkanlagen wanderten und die Blumenkelche mit Küssen öffneten, als er unvorsichtig geworden fragte, wirst du mich niemals verlassen, wiederholte ich unerbittlich meine Bedingung, ungerührt sogar von dieser Stunde, diesem Augenblick. Wann, fragte er, und ich nannte ohne Zögern das Datum und merkte nicht, daß wir im plötzlich aufkommenden Nachtwind fröstelnd auseinandergerückt waren, daß es schien, als sei eben der Herbst eingefallen, mit einem ersten Frosthauch. Wie immer glaubte ich, die Kälte käme von draußen.

*

An einem kalten Februarmorgen ohne Sonne stiegen sie aus dem Schlafwagenabteil, Achim zuerst, dann Jana, vorsichtig, den Mantel offen, sichtbar schwanger, aber nicht, wie ich sie mir vorgestellt hatte, behäbig, matronenhaft; die Veränderung war in ihrem Gesicht geschehen, die zarten zusammengedrängten Züge gedunsen, die Haut fleckig mit bleichem Grund, ein Gesicht wie eine Maske und die Augen, der Blick nicht mehr einzuholen, so abwesend, in die Ferne gerichtet und zugleich auf die nächste Nähe, als sei sie kurzsichtig oder blind. Ja, mit blinden Augen stieg sie aus dem Zug und lächelte kaum, als sie uns sah. Um so übertriebener unsere unsichere Freude, unser geheucheltes Erstaunen. Jedem, der uns von weitem zusah, mußten wir wie eine glückliche Familie erscheinen, die das junge Paar in Empfang nimmt.

Erst Achims überflüssiges Jetzt sind wir da, bedeutsam, als spräche er von einer Zeitenwende, riß uns aus der Verlegenheit. Oder war es, daß wir vom ersten Augenblick an seine Autorität anerkannten und jedes Wort von ihm als Befehl betrachteten?

Eva übernahm, übertrieben geschäftig und tüchtig, die Führung, winkte ein Taxi herbei, wollte so schnell wie möglich die Überraschung auskosten, ließ die Wohnungsschlüssel klimpern. Aber ich saß zwischen Achim und Jana im Fond und wußte schon vor dem Aussteigen, daß es keine Jubelschreie, keine Jungvermählten-Glückseligkeit im neuen Heim geben würde. Ich nahm das Schweigen wahr, das sich über mich hinweg zwischen ihnen spannte, und wagte es nicht, mich einem von beiden zuzuwenden aus Angst vor dem Explodieren dieses Schweigens, wünschte mir, ich könnte sie trennen und vertrauliche Fragen stellen, die nicht beantwortet werden würden in Gegenwart des andern. Also schwieg ich und warf Jana verstohlene Blicke zu. Wie fremd sie mir war, als hätte ich sie nie näher gekannt. Nach so langer Trennung gelang mir nicht mehr, als ihr unsicher wie aus großer Entfernung zuzulächeln. Eva sprang aus dem Taxi, sie bestand darauf, es zu bezahlen, es war ihr Tag, ihre Überraschung, und dann stürmte sie voraus, zog die Vorhänge auf, stellte die matten Winterrosen ins Licht. Dann drehte sie sich zu den beiden um mit einem gespannten Lächeln, das in ihrem Gesicht stehenblieb und langsam der Enttäuschung wich. Gefällt's euch nicht?

Doch, doch, riefen sie beide, wie ertappt, und begannen durch die kleine Wohnung zu laufen, mit Augen, die einander vermieden, und ich fing Evas Blick auf, wollen wir gehen und sie allein lassen? Warum weinte Jana, aus Rührung? Dann standen wir voreinander mit hängenden Armen. Sollen wir euch nicht jetzt allein lassen, ihr werdet müde sein. Ich spürte Achims spöttischen Blick, wurde unsicher, linkisch, gleich würde ich rot werden, wollte weg, zuviel Unausgesprochenes lag in der Luft, so viel, in das ich nicht hineingezogen werden, und eine unbestimmte Herausforderung, auf die ich nicht eingehen wollte. Aber sie wollten nicht allein bleiben, beide widersprachen heftig, sie wollten gleich wieder weg aus der Wohnung, irgendwo etwas essen, schlug er vor, um das Alleinsein hinauszuschieben.

Verlegen schweigend gingen wir durch die Stadt. Waren die anderen ebenso wie ich versucht, sich plötzlich zu verabschieden und in einer Seitengasse zu verschwinden?

Geheiratet haben wir auch, sagte Achim schließlich, als das Schweigen peinlich zu werden begann.

Er sagte es beiläufig, aber es fiel schwer wie ein bitteres

Eingeständnis in das Schweigen hinein, und er versuchte, die Beiläufigkeit zu retten, indem er verlegen lachte, als hätte er sich einen geschmacklosen Witz geleistet. Das sei zu erwarten gewesen, sagte Eva sachlich, und Jana schwieg. In einem Lokal mit rustikalen Möbeln und dunkler Täfelung warteten wir als einzige Gäste auf ein frühes Mittagessen, wurden schließlich beim Wein gesprächiger, ohne jedoch von uns selber zu reden. Vielmehr Achim wurde gesprächig, und wir hörten zu und gaben ihm beflissen die Stichworte, damit er weiterrede, uns von der Kunst erzähle, seiner Kunst und seinem Kunstbegriff und vor allem von sich, wie er kämpfte und litt, heroisch und einsam, ein Märtyrer seiner Berufung, einer, der das Joch der ganzen Welt auf sich nahm, zu keinem Kompromiß bereit, hart mit sich selbst und so notwendigerweise hart gegenüber seiner Umwelt, das sei nicht zu vermeiden, der Preis sei hoch dafür, daß sich ihm die Dinge öffneten wie keinem sonst, ihm bestürzende Einsichten gewährten und ihn aufforderten, sich ihnen auszuliefern, rückhaltlos, und alles der Kunst zu opfern, alles. So mitreißend redete er von sich, so fordernd war sein Blick, daß man bereit war, alles zu tun, um ihm dieses Los des Auserwählten zu erleichtern, die Einsamkeit zu lindern, bis man zufällig zur Seite blickte und Jana sah, seine Frau, die stumm und ohne Begeisterung dasaß, als habe sie nicht zugehört, als ginge sie das alles nichts an. Was ist geschehen, denkt man, versteht sie ihn nicht mehr, warum verweigert sie ihm das Mitgefühl, weiß sie denn nicht, welche Aufgabe ihr zukommt als der Frau eines Künstlers? Da sieht sie einen an, und in ihren Augen steht ein ganz anderer Kummer, eine ganz andere Verzweiflung, die ihr allein gehört, um die man sich aber in diesem Augenblick nicht auch noch kümmern kann, denn er spricht unbarmherzig weiter, er muß ja, er ist ein Vulkan, in dem es unter der Oberfläche schwelt, so sagt er, ein Eisberg, von dessen Masse nur ein Fünftel sichtbar ist, und sein Blick richtet sich fordernd auf mich, bohrt sich mit peinlicher Intensität in meine gebannten Augen. Und ehe man versteht, was geschieht, hat man schon Verantwortung übernommen, ihm mit den Augen und einem zärtlichen Klang in der Stimme versprochen, daß man bereit sei, ihm beizustehen gegen eine verständnislose Welt. Und wenn man wieder, verlegen diesmal, zu Jana hinüberschaut, sieht man ein scharfes, waches Mißtrauen in ihrem Gesicht, eine Feindseligkeit, die man sich nicht erklären kann und die jede erneute Annäherung von vornherein vereitelt.

Als wir am Nachmittag das Restaurant verließen, fühlte ich mich erhitzt und glücklich. Die Beklemmung des Morgens war von allen gewichen, außer von Jana, die beharrlich geschwiegen hatte. An der Autobushaltestelle verabschiedeten wir uns lärmend und fröhlich, mit Küssen und guten Wünschen zum Einstand und Ermahnungen, sich den ersten Traum im neuen Bett gut zu merken, der erste Traum geht in Erfüllung. Ich rannte die Treppe zu meiner Wohnung hinauf, zwei Stufen auf einmal, so glücklich und jung war ich schon lange nicht mehr gewesen, tanzen hätte ich jetzt mögen, so leicht fühlte ich mich, so frei von der niederdrückenden Vergeblichkeit, an die ich mich klaglos gewöhnt hatte. Ein neues Leben, sagte ich übermütig zu mir selber, kannst du es glauben, ein neues Leben. Am meisten log ich, indem ich mich weigerte, Gefühle zu Ende zu denken.

Von nun an würde ich zwanghaft versuchen, dieses Gefühl glücklichen Beschwingtseins zu wiederholen, und würde mich weiterhin weigern, seine Ursache zu erforschen. Naiv, wie es mir nicht zukam, würde ich bei Jana und Achim im Wohnzimmer sitzen und ihn mit Worten liebkosen, ihm gegenübersitzen und vergessen, daß Jana im selben Raum war, ihn meines Mitgefühls versichern, von Seelenverwandtschaft reden und so tun, als gäbe es sie gar nicht, die in der Küche hantierte, schwerfällig von der Schwangerschaft, schweigend und fügsam wie eine Haushälterin, die uns das Essen auf den Tisch stellte, während wir weiterdiskutierten, zu sehr ineinander vertieft, um sie zu beachten. Selten nahm sie an unseren Gesprächen teil, und wir kümmerten uns nicht um sie, erwähnten sie auch mit keinem Wort, so als sei sie gar nicht vorhanden. Nicht aus Bosheit übergingen wir sie, es wäre mir nicht eingefallen, sie verletzen zu wollen. Wir waren ja Freunde, alle, er, sie und ich, wir waren immer zusammen, was gab es da zu verbergen? Nur anzufangen wußten wir nichts mit ihr. Sie schwieg beharrlich, verletzt, wie es schien, aber es gab zu viele brennende Fragen und Themen, um ihrer mimosenhaften Verletztheit nachzugehen. War es denn meine Schuld, wenn sie unsere Interessen nicht teilte, wenn sie, wie zu erwarten gewesen war, in ihrer Entwicklung steckengeblieben, ihm nicht mehr Partnerin sein konnte und unbeteiligt blieb, während ich wuchs, an ihn heranwuchs und ihn besser verstand von Mal zu Mal.

Bist du wirklich so naiv, fragte die, der ich früher, als ich noch einsam und unglücklich war, immer gefolgt war. Schau, wo du mich beinahe hingebracht hättest, entgegnete ich, Jana vor Augen mit ihrer unerträglichen Schwermut. Findest du es fair, wie du sie verdrängst aus dieser Beziehung, fragte sie unverschämt weiter, wie du ihr den Mann wegnimmst, so denke es doch zu Ende, was du tust, schämst du dich nicht? Ich habe keinen Grund, mich zu schämen, verteidigte ich mich trotzig, es ist nichts vorgekommen, was sie nicht wissen dürfte, laß mir mein Glück aus der Ferne. Eine Heuchlerin nannte sie mich, eine falsche Freundin, es ist nicht wahr, daß mich keiner gewarnt hätte. Ich erinnere mich nicht, wie Janas Schwangerschaft verlief, ich habe sie nie gefragt, ich vermied jedes Gespräch allein mit ihr, um ihren mißtrauischen Blick nicht aushalten zu müssen, um nicht auch ihr beteuern zu müssen, es ist nichts, wirklich nicht, keine nimmt ihn dir weg.

*

Nichts mehr war so wie früher. Oft hatte Achim das Wort Freiheit im Mund, es klang wie ein Vorwurf, manchmal fast wie ein Angriff. Was konnte er meinen, wenn er sich von Tag zu Tag mehr nach den andern richtete, schau, wie gut gekleidet sie sind, das macht man jetzt so, das ist *in*. Ich wußte schon, was er meinte.

Die Wohnung wurde uns zu eng, noch ehe wir sie in Besitz genommen hatten, wir drohten aneinander zu ersticken. Iß das nicht, das habe ich für mich gekauft, atme nicht so tief, du nimmst mir die Luft weg, geh weg, ich kann nicht mehr denken, wenn du die Räume mit dir ausfüllst! Mach die Fenster auf, antwortete ich, laß die Wärme herein, ich erfriere an dir, besonders in den Nächten, in den schlaflosen Nächten, in denen du am Tisch sitzt und ich dich gereizt Flüche murmeln, den Bleistift zu Boden werfen höre, das böse, mörderische Geräusch zerreißenden Papiers. Haßt du mich schon? Es ist nur mehr eine Frage der Zeit.

Die Wände traten mit jedem Tag näher an uns heran, aber wir wollten nicht mehr zusammenrücken. Aus gegenüberliegenden Ecken sahen wir uns feindselig an. Einer muß gehen, siehst du das denn nicht? Dann gehe ich? sagte ich fragend. Er zuckte die Achseln. Am Morgen, als er die Augen aufschlug, legte ich ihm wortlos die Fahrkarte aufs Bett, siehst du, bald bist du mich los, noch immer nicht die Endgültigkeit des Abschieds in der Stimme. Ich weiß nicht mehr, vielleicht habe ich dich doch geliebt, sagte er unschlüssig und wurde hellwach, als ich die Fahrkarte zerriß. Dann ist ja alles gut, dann kann ich ja bleiben. Er sagte nicht, so habe er es nicht gemeint, er sah mich an, als sei er ein wenig stolz auf mich, vielleicht war es nur seine Eitelkeit.

Ich möchte weg von hier, bat ich ihn, mit dem Geld für die Heimfahrt und allem, was ich noch besitze, ich lade dich ein. Kein Preis war mir zu hoch, ihn ganz fest an mich zu binden, in ein karges Land wollte ich, das fremder nicht mehr sein konnte, so lückenlos fremd, mit unverständlichen Lauten, Gebäuden, Bräuchen und Gerüchen, daß ich sicher sein konnte, er werde sich mir zuwenden, wenn ihn soviel Fremdheit ermüdete, vielleicht sogar abstieß. Immer war ich die Fremde im Vertrauten gewesen, und früher oder später hatten sich alle abgewendet von mir, um im Bekannten auszuruhen. Die Bedingungen mußte ich umkehren, und er würde ganz ohne mein Zutun zurückkehren, wenn er nach Antworten suchte.

In jenem Land, das an Kargheit und Härte alle bisherigen übertraf, gab es eine alte geheime Religion, neben der der vorgeschriebene Glaube machtlos war. Ihre Priesterinnen, die allein auf Krankheiten, Geburten und Tod der Menschen Einfluß hatten, lebten in der Einsamkeit außerhalb der Dörfer, sie tanzten und fielen in Trance, und man sprach von ihnen voll Ehrfurcht und Angst.

Auch nahe dem Dorf, in dem wir uns aufhielten, gab es eine, alle Bewohner hörten auf sie und fürchteten sie und kamen mit Geschenken zu ihr für einen Rat, eine Heilung oder einen Zauber. Für Geschenke, fragte ich mißtrauisch, fällt sie in Trance? Trotzdem ging ich zu ihr. Ihr Haus war kein Tempel, wie ich erwartet hatte, ich erkannte es nur an den bunten geschnitzten Pfosten am Tor, die man mir beschrieben hatte, grelle Dämonenfratzen mit weit aufgerissenen Mündern, sonst war es ein Haus wie alle andern in jenem Land, mit hoher Schwelle, als überschritte man eine Grenze, und geschnitzten Türen und Fenstern, die mit Reispapier bespannt waren und durch die ein dumpfes Licht auf die sauber gescheuerten bienenwachsgelben Fußböden fiel. Das Haus bestand aus nur einem Raum mit Wachspapier auf dem Boden, das dunkel gefleckt war vom Rauch. Ich zog vor der Tür die Schuhe aus, wie es Sitte war, und trat gebückt durch die niedrige Öffnung. Ein starker fremder Geruch schlug mir entgegen.

Im Halbdunkel sah ich die Frau und war erstaunt, eine junge Frau zu finden, mit schwarzem, nach hinten gekämmten Haar und zarter, verwachsen wirkender Gestalt; nur ihr Gesicht war alt, mit schlaffer Haut wie zerknülltes Seidenpapier und müden leidenden Augen. Nicht wie eine Priesterin sah sie aus, sondern wie eine von früher Krankheit und von Einsamkeit heimgesuchte Frau, eine Ausgestoßene, eine Fremde. Der Grund, warum man sie ausstieß, fällt im Laufe der Jahre in Vergessenheit, aber sie wird nie mehr dazugehören. Ich näherte mich ihr mit Ehrfurcht und Angst. Ich hielt einen Zettel in der Hand, auf den unser Dolmetscher Fragen geschrieben hatte, und einen Bleistift für ihre Antwort. Hätte sie meine Sprache gesprochen, vielleicht hätte ich sie für die Störung um Verzeihung gebeten und wäre schnell weggegangen, vielleicht hätte ich gesagt, ich verstehe ein wenig von deinem Leben. So mußte ich stumm bleiben. Aber sie nahm mir schnell die mitgebrachten Geschenke aus der Hand, ein Säckchen voll Reis und Spätsommerfrüchte, und öffnete den Zettel, ohne Überraschung zu zeigen. Es ist ungewöhnlich für eine Frau in jenem Land, lesen und schreiben zu können.

Die tiefstehende Sonne schoß blendende Pfeilbündel durch das grobfaserige Reispapier, aber sie stand im Schatten, kaum sichtbar, reglos in ihrem weiten dunklen Gewand. Sie deutete auf eine dünne Matte vor einem Tischchen mit Reistee, und ich setzte mich nieder, während sie eine zweite Tasse holte. So saßen wir einander lange gegenüber und tranken schweigend den bitteren, kalt gewordenen Tee. Sie saß mit dem Rücken zur Sonne, und ich konnte kaum ihr Gesicht erkennen, ich konnte in ihren Augen nicht lesen, die mich unentwegt zu betrachten schienen, während das gespannte Schweigen zwischen uns sich verdichtete, fast greifbar wurde, kaum mehr zu ertragen. Sinnlos, den Mund zu öffnen und die Stille mit unverstandenen Lauten zu brechen, obwohl ich versucht war, es zu tun, nur um mich zu vergewissern, daß ich unter ihrem Blick nicht meine Stimme verloren hatte. Aber ich weiß, daß ich in diesem Augenblick nicht hätte aufstehen können, festgehalten von ihrem Blick, hingezwungen in die ungewohnte Hockstellung, aus der ich nie wieder meine Beine befreien würde, solange sie mich festhielt mit diesen alten müden Augen. Ein starker fremder Geruch zog von draußen oder von der Kochstelle in meinem Rücken her durch den dunkler werdenden Raum, den die Sonnenbündel verlassen hatten, und ich begann zu frösteln.

Endlich beugte sie sich vor und schrieb etwas auf das Papier, das ich mitgebracht hatte, und lächelte mich mit weiß schimmernden Zähnen an. Dann verneigten wir uns voreinander, wie es in jenem Land Sitte ist, und ich trat hinaus in die Sonne, die mir vom äußersten Rand der gelben abgeernteten Felder in die Augen brannte. Blind, mit roten Kreisen vor den Augen tastete ich mich über den glattgestampften Innenhof durch das geschnitzte Tor, benommen, als tauchte ich aus einer lautlosen Unterwelt auf.

Achim stand gespannt vor der Herberge, in der wir wohnten. Erzähl, wie war es. Ich weiß nicht, was geschehen ist, sagte ich verwirrt, doch etwas nicht mehr Gutzumachendes, etwas, das nicht mehr abzuwenden war, war geschehen. Dongsan, unser Dolmetscher, las mir die Antwort vor: Einer betrügt dich. Und noch immer wie betäubt von dem rauchschwadendurchzogenen Raum, fragte ich nicht, wer. Alles war deutlich und unabwendbar. Noch einen zweiten Satz hatte sie aufgeschrieben, keinen Satz, eine Frage: Was suchst du hier, du wirst es nicht finden. Aber Dongsan hatte Schwierigkeiten mit diesem Satz, er könne auch heißen, du besitzt es nicht mehr oder du hast es verloren, das sei in einer Sprache ohne die Formen der Zukunft und Vergangenheit nicht so eindeutig, erklärte er, nichts besitzen, nicht finden und verloren haben, das hänge vom Standpunkt des Sprechenden ab. Was hat denn auf deinem Zettel gestanden, wollte Achim wissen. Ich erinnerte mich nicht, Dongsan eine Frage diktiert zu haben. Er hatte etwas auf einen Zettel geschrieben, und ich war damit hingegangen. Aber als wir durch den dunklen Flur der Herberge gingen und mir sein Gesicht, sein Atem ganz nahe war, roch ich ihn wieder, den fremden Geruch, der mir in ihrem Haus aufgefallen war. Ginseng, sagte er abwesend lächelnd, der Liebestrank, den die Einheimischen aus einer Wurzel brauen, die aussieht wie der Körper einer nackten Frau ohne Kopf.

Damals muß es gewesen sein, daß zum erstenmal wie eine heiße Stichflamme Eifersucht in mir hochschoß. Noch war es nur eine Ahnung, ein Gefühl jenseits denkbarer, sagbarer Worte, etwas Unbestimmtes war es, das sich heiß wie Feuer in meinem Körper hochschraubte, im Brustkorb verweilte, die Kehle zusammenpreßte, als wollte es mich ersticken, und das Gesicht rötete. Als es das Gehirn erreichte, stürzte ich kopfüber in eine Leere, vielleicht um das Unvorstellbare noch nicht denken zu müssen. Als es vorüber war, hatte ich keine Kraft mehr in meinen Gliedern, ich hatte keinen Gedanken im Kopf, nur ein vages Erstaunen, daß er unberührt und nichtsahnend neben mir ging, und dennoch war es so, wie ich es geahnt hatte, als ich aus ihrem Haus trat, ich würde ihm nie mehr blindlings vertrauen.

Später bekam ich Übung und erkannte mit immer feiner werdendem Spürsinn, daß sie mir nur die Augen geöffnet hatte für etwas, das fast so alt war wie unsere Beziehung. Ich brauchte mich gar nicht mehr umzusehen, ob er noch oder wieder allein mit mir war. Nur seine Augen brauchte ich zu beobachten, ob sie mich ansahen oder ob sie auseinanderflohen wie ertappte Diebe, bevor er innehielt und, mit frischer Verschlagenheit gewappnet, sich trotzig stellte, was willst du von mir, ich bin ja ganz bei dir. Immer häufiger konnte ich ihn dabei überraschen, wie er mich in Gedanken betrog, wenn ich plötzlich die Augen aufschlug: Ich bin's, Achim, sieh mich an. Unerlaubte Schnüffelei warf er mir vor und sagte, ich sei es, die unsere Liebe töte. Nie konnte ich ihm das Geringste beweisen, doch nie mehr hörte ich auf, allen Schwüren zum Trotz, ihn zu beobachten, ängstlich, besessen schon fast, je mehr er sich mir verweigerte, seine geheimen, oft harmlosen Wege aufzuspüren, Spuren zu suchen in seinem Gesicht, auf seinen Kleidern, verdächtige Zettel in seinen Taschen, Nummern, die ich dann nächtelang wählte, und wenn sich jemand meldete, horchte ich in die Stille hinter der unbekannten verschlafenen Stimme hinein, horchte, war er es, der in dieser Stille atemlos wartete, daß ich nach ihm fragte, aufs Geratewohl? Und in den Nächten, die er bei mir war, quälten mich Träume, deren unbestechliche Klarheit ich kaum ertrug, von Augen ohne Lidern gezwungen zu sehen, was ich nicht sehen wollte, Lust mitanzusehen, die mich folterte. Am Morgen, zu Tode erschöpft, sagte ich, heute nacht hast du mich wieder betrogen, und er sagte begierig, erzähle, mit wem, eitel gemacht durch meine Eifersucht. Doch ich wußte, es war nur eine Frage der Zeit, dann würde er aufhören zu lügen und sagen, ich gehe für sie ans Ende der Welt, und er würde mir Gedichte vorlesen, Liebesgedichte an sie, dein Lächeln gleicht einer sich öffnenden Rose, deine Augen, schwarze Tümpel, in die ich tauche, nackt und unendlich frei.

*

Meine Doppelgängerin sah mir am Ende jeden Tages, der mir einen Triumph über Jana gebracht hatte, vorwurfsvoll aus dem Spiegel entgegen. Falschheit warf sie mir vor und zwang mich an den Schreibtisch, an dem ich dann lange Briefe an Jana schrieb, aber nie schickte ich einen ab. Geh zu ihr, befahl sie mir, und ich gehorchte, aber erst am Abend, wenn Achim zu Hause war. Ich gab mir dann besondere Mühe, Jana in unsere Gespräche einzubeziehen. Aber die Stimme, die keiner außer mir vernahm, höhnte: diese zur Schau gestellte Rücksichtnahme, die verletzende Behutsamkeit, mit der du glaubst, sie zu hintergehen! Manchmal, abends im Bett, setzte sie mir so zu, daß auch der Schlaf mich nicht mehr retten konnte: Rücksichtslos bist du nie gewesen, aber wenn man dich braucht, hast du Wichtigeres vor und bist nicht ansprechbar. Die Verführungskünste, die du eingesetzt hast, um Janas Vertrauen zu gewinnen und sie an dich zu binden, nur um sie immer wieder fallenzulassen! Ich schämte mich und begann, mich beobachtet zu fühlen, ich war überzeugt, jeder sähe den Verrat in meinen Augen, jede Bewegung könnte mich überführen.

Wenn immer ich mit Jana und Achim zusammen war, spürte ich meinen unbestechlichen Schatten im Rücken, da stand er mit gekreuzten Armen und lächelte wissend, während ich mich in meinen harmlosen Sätzen verhedderte, errötete, Blicken auswich und am liebsten geschrien hätte: Ich weiß, was du von mir denkst, Jana, ich weiß, daß du mich für verlogen, falsch und wortbrüchig hältst!

Ich begann, mich selbst dann beobachtet zu fühlen, wenn ich Jana längere Zeit ausgewichen war, um ihren Blick nicht mehr ertragen zu müssen. Ihr mißtrauischer Blick und meine anklagende Stimme verfolgten mich bald überallhin.

Wie du dich in anderer Leute Wohnungen, in anderer Leute Leben umsiehst, schnell und verstohlen, als wolltest du etwas mitnehmen. Wie dich alles fasziniert, deine Neugier erweckt, deine mitleidlose Schaulust. Wie du versuchst, dir alles Fremde einzuverleiben, als hättest du nichts eigenes, als müßtest du dir schnell ein Stück fremdes Leben aneignen, um deine eigene Dürftigkeit zu verdecken. Nie kam es dir in den Sinn, Verantwortung zu übernehmen. Als wärst du dein Leben lang im Kino, gehst du hinaus, wenn du glaubst, genug gesehen zu haben. Das ist nicht wahr, versuchte ich mich zu verteidigen, wies darauf hin, daß ich mich jahrelang um Jana gekümmert hatte, schon als Kind; ihre Wohnung, ihren Arbeitsplatz verdankte sie mir. Das tatest du alles nicht ihretwegen, sondern um sie in deine Macht zu bringen, deshalb warst du auf Karin so eifersüchtig, sie machte dir das Besitzrecht streitig. Wie sollte ich beweisen, daß ich nicht so war. Woher sollte ich die Selbstsicherheit nehmen, mich weiterhin so zu sehen, wie ich mich immer sah, verständnisvoll, vernünftig, rücksichtsvoll und einfühlend.

Wenn ich dich unter verschiedenen Menschen beobachte, bist du jedesmal eine andere, ein Chamäleon bist du, ohne eigene Farbe. Aber niemand erlaubt dir so sehr wie Jana, deine Lieblingsrolle zu spielen, deshalb läufst du ihr immer wieder nach, du Beschützerin, du Vampir, stiehlst dich immer wieder in ihr Leben, damit sie dich daran teilnehmen läßt. Sogar ihren Mann mußte sie mit dir teilen im Namen der Freundschaft. Nur wenn sie nichts mehr hat, das dein Interesse erweckt, läßt du von ihr ab, wenn sie nichts mehr hat, das sie mit dir oder irgendwem teilen könnte. Aber solange du sie berauben kannst, bleibst du in ihrer Nähe. Bist immer bereit, zu ihr zu eilen, läßt jede Verabredung fallen, um mit ihr und Achim den Abend zu verbringen. Nie ohne dir vorher die Haare gewaschen zu haben und dich sorgfältig zu schminken. Läßt keinen Ausflug aus, den sie planen, du bist doch sonst nicht so sportlich, springst mit hochhackigen Schuhen lachend über Wassergräben in seine Arme. Die

Schuhe sind ruiniert, du hast sie erst vor einem Monat gekauft, sie waren teuer, aber du machst eine wegwerfende
Handbewegung, das macht nichts. Du hast gar nicht gemerkt, daß er nur dir über Wassergräben hilft. Sie hat ja feste
Wanderschuhe an, die die Beine dick und den Gang derb
und ungraziös machen. Sie hat auch einen gefütterten Anorak mit Kapuze an, die zieht sie sich über den Kopf, wenn
auf den Berghängen der Wind an deinen frischgewaschenen
hellen Haaren reißt. Eine Woche später wirst du zwar vor
Ohrenschmerzen nicht schlafen können, aber jetzt strahlst
du dafür, wenn er in ihrer Gegenwart sagt, du seist atemberaubend schön. Später wird er dir seinen Anorak umhängen,
damit du in deinem dünnen Frühjahrskostüm nicht frierst.
Aber bei alldem wirst du dir gar nichts gedacht haben, du
Einfühlsame.

Später werde ich dich beobachten können, wie du unbefangen stundenlang mit ihm über Büchern und Bildern sitzt,
wie ihr leise vertraute Gespräche führt; warum flüstert ihr,
wenn euch jeder hören darf? Warum blickt ihr manchmal
verstohlen, nicht einmal der andere soll es merken, zur ange-
lehnten Küchentür, wo Jana und das Kind sich aufhalten?
Nie wirst du ihm widersprechen, wenn er sagt, nur du verstehst mich ganz. Wenn ihr zusammen ins Café oder ins
Gasthaus geht, passiert es dir manchmal, daß du auf einen
Tisch mit zwei Stühlen und zwei Gedecken zugehst. Du
lachst übertrieben, wenn ein dritter Stuhl für Jana herbeige-
holt werden muß, lachst über deine eigene Gedankenlosig-
keit. Einmal warst du zu einer Faschingsfeier eingeladen
und hattest nichts Rechtes zum Anziehen, und Jana, die
Gute, Naive, schlug vor, du könntest ihr blaues Kleid haben,
das kanntest du doch, und sie hatte ohnehin keine Gelegenheit, es zu tragen, das reichbestickte, blaue, tiefausgeschnit-
tene, du weißt schon, das aus dem Atlasgebirge, das mit den
langen Gehschlitzen, das angeblich Glück in der Liebe

bringt. Auf das Faschingsfest bist du dann nicht gegangen, aber du hast das Kleid anprobiert in ihrer Wohnung und setztest dich ihm gegenüber, eine Darbietung nur für ihn, er verstand auch und ließ kein Auge von dir, war ganz versunken in deinen Anblick, bis dir Jana beinahe befahl, das Kleid wieder auszuziehen, um den Bann, in den du ihn zogst, du Arglose, wieder zu brechen. Über Tische, über ganze Räume hinweg dieses Einverständnis zwischen euch beiden.

Sie gab sich objektiv, meine geheime Beobachterin, täglich bestätigte sie mir, du bist schöner geworden, seit Achim und Jana in der Stadt leben, stell dich in die Sonne, und laß dein langes gewelltes Haar glänzen, niemand weiß, daß es dauergewellt ist. Wie sorgfältig geschminkt du jetzt immer bist, gepflegt und damenhaft, mit langen lackierten Fingernägeln, wie Eva, seit Achim eine anerkennende Bemerkung über Evas gepflegte Hände machte. Er riecht gern an deinem Haar und bestätigt dir, sooft du es hören möchtest, wie gut du aussiehst. Kein Wunder, wenn man Jana ansieht, die von Tag zu Tag mehr verwildert, sich wochenlang die Haare nicht wäscht, in farblosen, formlosen Kitteln herumläuft, Flecken auf den Ärmeln. Sie käme ja doch nie aus dem Haus, rechtfertigt sie sich müde, die paar gestohlenen Stunden, die ihr noch blieben, wolle sie nicht mit Körperpflege vergeuden, sonst käme sie überhaupt nicht mehr zum Klavierspielen. Er hat sowieso aufgehört, mich zu sehen, sagte sie einmal, als wir allein waren. Ich glaubte, ihr Vorträge halten zu müssen darüber, was Männer gern sehen, was sie von Frauen erwarten, wie sie ihn halten könne, wie sie sein Interesse wieder wecken könne. Sie schüttelte den Kopf, lächelte bitter, als spräche ich von etwas, wovon ich keine Ahnung hätte. Ich meinte es gut mit ihr, sie tat mir leid, wenn er sie wie einen Gegenstand behandelte, wie einen Stuhl, den man mit dem Fuß zur Seite stieß, wenn er im Weg steht. Aber wenn man sie so ansah, konnte man ihn auch verstehen. Still und mürrisch war sie geworden, noch stiller als früher, als wollte sie in ihrer Farblosigkeit unsichtbar, in ihrer Lautlosigkeit unhörbar werden.

Und wenn sie bettlägrig war, kamst du sie pflegen und legtest ihm deine schlanken gepflegten Hände mit den lakkierten Fingernägeln auf die Stirn, um sicher zu sein, daß sie ihn nicht angesteckt hatte, um ihn die Mütterlichkeit fühlen zu lassen, die sie ihm verweigerte. Dann mußte sie aufstehen und sich um das Kind kümmern, denn von Kindern konntest du nicht auch noch etwas verstehen, das war ihre Sache, sie war die Mutter, ihr glich dieses Kind, auch wenn es ihm wie aus dem Gesicht geschnitten war. War das vielleicht der Grund, daß du ihn nicht anschauen konntest, diesen schweigsamen Sohn? Du hattest keinen Grund, auf Jana eifersüchtig zu sein, aber auf das Kind warst du eifersüchtig. Sei beruhigt, du gewannst immer, jedesmal, wenn sich euch das Kind näherte, schickte er es weg, du siehst doch, daß ich beschäftigt bin, Danny, geh zu deiner Mutter.

Ein Porträt wollte er von dir machen, es sollte eine Bronzebüste daraus werden. Täglich kamst du zu ihm ins Atelier. Auf dem Heimweg am Abend, im Autobus, vom einen Ende der Stadt zum andern, hieltet ihr einander bei den Händen. Die Wohnung, in der sie den ganzen Tag auf ihn gewartet hatte, betratet ihr wie ein Paar, beschwipst vom Alkohol, den ihr während des Modellierens getrunken hattet, und von der Frühlingsluft draußen. Ihr setztet euch zum gedeckten Tisch, sie mußte ein drittes Gedeck für sich selber holen, denn jeden Tag, als sei sie unfähig, bis drei zu zählen, lagen da nur zwei Gedecke einander gegenüber. Er habe schon immer gewußt, daß sie nicht bis drei zählen könne, sagte er. Sie sprang auf und lief in die Küche. Nie stritten sie in meiner Gegenwart, immer lief sie in die Küche, manchmal hörte man dort etwas zerschellen, zersplittern. Damals schämte ich mich für ihn, sagte, das war nicht nett von dir, Achim.

Warst du nicht an diesem Abend liebevoller zu ihm als sonst? Später kam Jana herein, sagte, sie müsse sich niederlegen, sie hätte unerträgliche Kopfschmerzen. Hast du nicht Achim einen belustigten, verschwörerischen Blick zugeworfen? Ich fragte sie, ob sie noch etwas brauche, ob wir noch etwas für sie tun könnten. Und als Daniel wieder aus seinem Zimmer hervorkam, weil er nicht schlafen wollte und durstig war, habt ihr ihn zu seiner Mutter ins Schlafzimmer geschickt. Ich konnte nicht mit Kindern umgehen, mit Daniel schon gar nicht, ich glaube, er mochte mich auch nicht.

Hast du in diesen zweieinhalb Jahren jemals versucht zu erfahren, was Jana den ganzen Tag tat, was es war, das sie so sichtbar unglücklich machte, habt ihr in dieser Zeit jemals ehrlich miteinander geredet?

Jedenfalls habe ich mir keine Schuld aufgeladen, und ich habe gelitten unter dieser Askese im Namen der Freundschaft. Es wäre ein leichtes gewesen, ihr Achim wegzunehmen, es hätte nur eines kleinen Zeichens bedurft, und oft war ich nahe daran, meine Rücksicht zu vergessen, ein Wort hätte manchmal genügt. Es wurde nicht ausgesprochen. Ich hatte mir nichts vorzuwerfen.

*

Zwei Jahre, dann drei, dann noch einmal zwei, wie schnell die Zeit vergeht, sagten sie, wenn sie Daniel sahen, aber in einem Jahr war alles enthalten, alles Spätere war Wiederholung, es ging immer noch weiter, als bekämen wir gar nicht genug von diesem letzten Stück und seinen unzähligen Variationen. Das Ende, das ist das Ende, sagten wir zueinander, jetzt ist es aus, jetzt ist es genug, und begannen von neuem in sinnlosen, unsinnigen, wahnsinnigen Anläufen, wie wenn man mit dem Kopf gegen die Wand rennt, immer wieder, aber die Wand ist nicht zum Einsturz zu bringen, und wenn es zu spät ist, findet einer die Tür und fühlt sich endlich frei davonzugehen.

Geduldig stieg ich Stufe für Stufe hinunter, wunderte mich gar nicht einmal, alles kam so langsam, so schleichend, daß man am Anfang glaubt, was immer geschieht, es gehört dazu. Manchmal rief ich, Achim, jetzt bin ich ganz unten, es ist genug, hol mich wieder herauf, und er nahm mich behutsam an der Hand und führte mich einen kleinen Schritt weiter, ich war erleichtert, ihn immer in meiner Nähe zu haben, auch wenn er mich von hinten weiterstieß und ich hinuntertaumelte, hie und da zwei Stufen auf einmal, nie erlebte ich diesen Gang als eintönig, jede Stufe war anders, mit den bloßen Füßen ertastet, mit dem ganzen Körper und schon lange nicht mehr freiwillig.

Aber jedesmal, wenn ich mir schwor, jetzt sei das Ende gekommen, gab es unvermutet wieder einen Aufbruch, ein halb zurückgenommenes Versprechen, und jedesmal nahm die Vertrautheit noch zu. Erleichtert stellte ich fest, der Luftzug, der beim Öffnen der Tür entstanden war, hatte sich verflüchtigt, war von den bekannten Gerüchen nach Alkohol, nach schmutziger Wäsche und erstickendem Überdruß aufgesogen worden, und er empfing mich in jedem neuen Raum, er stand hinter der Tür, in riechenden Unterhosen und Socken, das Weinglas in der Hand, da wären wir wieder, fangen wir wieder an? Und wir grinsten einander unsicher zu wie zwei Ganoven nach einem fehlgeschlagenen Coup, machen wir also weiter?

Ich habe nie verstanden, wie es kam, daß mit jeder Trennung die Vertrautheit wuchs. Mit zunehmender Sicherheit trafen wir einander an den verletzbarsten Stellen, es bedurfte keiner Spitzfindigkeit mehr. Mit der unheimlichen Sicherheit, mit der früher unsere Zärtlichkeiten ihre dankbarste Antwort auf dem Körper des anderen gefunden hatten, trafen unsere Worte und Gesten jetzt die Schmerzpunkte, die Wunden, die nie heilen konnten. Kein Außenstehender hätte sie ahnen können. Wir aber vergaßen sie nie, auch nicht in Augenblicken der Versöhnung, denn da zeigten wir sie einander, vorwurfsvoll und stolz, Wunden, die wir einander beigebracht hatten, taten es in der Hoffnung auf Mitleid, auf Verständnis, vielleicht sogar auf ein verschämtes Schuldgeständnis, das jedoch nie kam. Statt dessen sagten wir, siehst du, so bist du, so häßlich, so entstellt, wer außer mir könnte dich so, wie du bist, noch lieben? Denn auch die Lust am Verletzen wurde ein Bindemittel, ein klebriger Stoff, der uns zusammenhielt. Es war nicht das Geld, wie ich immer sagte, auch nicht das Kind, die Zerstörung war es, das schleichende Zerstörungswerk, das uns hinderte, den anderen aus den Augen zu lassen. Besser im Vertrauten verharren, als schutzlos in die Freiheit zu treten, auch Folter gewährt einen Schutz, man hat die Hölle durchmessen, sie mit dem Körper ausgemessen, mit überwachen Sinnen ausgetastet, Stück für Stück, Jahr um Jahr, man ist hier zu Hause.

Dennoch, es gab immer Neues im längst schon Bekannten, Abweichungen, die uns zum Atemanhalten zwangen, was jetzt? Augenblicke, in denen das Unvorstellbare sich vor ungläubigen Augen vollzog, das, wovon man einmal gesagt hatte, wenn es geschähe, ich hielte es nicht aus, ich würde verrückt. Und man wundert sich, daß man sitzen bleibt und denkt, jetzt ist alles gesagt, und statt des Schmerzes nur eine ermüdende Leere in sich verspürt.

Wie Abenteurer steuerten wir immer wieder auf das Ende zu, das wir doch fürchteten, das wir noch lange nicht wollten, nur sichtbar sollte es werden. Wir stießen einander vorwärts, jetzt, paß auf, jetzt stoße ich dich hinunter, und lachten über das Entsetzen des andern, spürten mit Wollust unser eigenes Entsetzen, das die Kopfhaut zusammenzog und den Herzschlag beschleunigte. Wie viele Schwüre, Verspre-

chen und Flüche bemüht werden müssen, um die Vertrautheit unentrinnbar zu machen, die Fugen fest aneinanderzu-
leimen, wir werden niemals, wir werden immer, im Glück
und im Leid, du hast nie, mit dir habe ich nie, du warst immer, du warst für mich nie, mein Todesengel bist du geworden.

Irgendwann fand ich dann die Trumpfkarte im Deck, ungläubig zuerst, plötzlich soviel Macht zu besitzen, steckte sie
heimlich weg, für später, für Notfälle, wollte sie schon wegwerfen, um nie in Versuchung zu kommen, sie schnell vergessen als Beweis des Vertrauens, behielt sie dann doch, für
alle Fälle, drehte und wendete sie verstohlen voll heimlicher
Vorfreude, malte mir immer häufiger die Szene aus, wenn
ich sie auf den Tisch legte und beobachtete, wie sein Gesicht
auseinanderfiel, bei jeder mir zugefügten Verletzung zog ich
Überlegenheit und Kraft aus ihrem Besitz, wartete auf die
Stunde, von der er nichts ahnte, in der ich ihm mit einem
Wurf, mit einem Satz alles in Schutt und Asche legen würde,
das ganze aufgeblasene Nichts, das er war. Der Satz, der nie
gesagt werden sollte und doch immer gesagt wird am vermeintlichen Ende, aber ein Satz genügt nicht, so sauber geht
kein Ende vor sich, so einfach löst sich nicht auf, was über
Jahre mit soviel Haß und Hartnäckigkeit zusammengefloch-
ten wird. Der letzte Satz, der Trumpf, der donnernde Akkord
vor dem mißtönenden Chaos des Zusammenbruchs, fiel
nicht tiefer als jeder Satz und wurde wegen seiner Ohn-
macht, an die wir nicht glauben konnten, ich und der Satz,
viele Male noch wiederholt.

Na und, sagte er, ist das alles? Nicht die letzten Sätze waren es, die unser Fundament endlich doch noch zum Einsturz brachten, sondern die langen Zeiträume, in denen ich
mit leerem Kopf meine Koffer packte und wieder auspackte,
in denen das Schweigen sich so schwer über die Räume
legte, daß kein Fensteröffnen mehr half und kein Satz mehr

gehört wurde, weil alles bereits gesagt war und wir, noch immer vergeßlich, den Mund öffneten und gleich wieder schlossen, es war nichts mehr zu sagen übriggeblieben.

In einem solchen Augenblick wichen die vertrauten Wände auseinander und hörten nicht auf zurückzuweichen, um raumlose Wüsten einzulassen, und der Tisch, die Wände standen mit scharfen Kanten im kalten Licht, unendlich in ihrer Ausdehnung, an ihrem Ende, im Fluchtwinkel, ein Mensch, kaum noch zu erkennen, klein und dunkel wie ein einsames Insekt in soviel geometrischer Klarheit, liebst du mich, rief ich über das weite, gleißende, blendende Feld hinweg, noch nie hatte ich diese Frage gestellt, sie aufgespart bis zum Schluß, ich, ich, ich, tönte es zurück, deine Stimme und mein Echo ununterscheidbar, denn du warst schon zu weit entfernt, um mich zu hören. Also las ich jedes Nein auf, das von früher her noch auf dem sich nun langsam entleerenden Tisch lag.

Irgendwann erhob ich mich auch damals, es war ja doch keiner da, mich aufzuheben, und wunderte mich, daß da noch Beine waren, die sich von selber bewegten und den schweren, fühllosen Körper trugen, und Hände, die mechanisch die Zimmertür öffneten, obwohl ich den Türgriff nicht spürte. Von irgendwoher drängte sich wie immer in solchen Situationen ein Spiegel entgegen, und da sahst du die Augen, die du nie zuvor gesehen hattest, erschrakst, standest wie angewurzelt und beobachtetest diese Augen in dem Gesicht, das sich über die Zerstörung beugte und ohne Wimpernschlag hineinstarrte. Diese Augen, dachtest du, würdest du nie mehr zu dir zurückholen können, und als sich die Augenbrauen zusammenzogen und der Mund sich öffnete, blicktest du weg, denn einer mit solchen Augen war nicht mehr zu helfen.

Aber da ist noch das Kind, du bist ja nicht allein, es ist fraglos dein Kind, das es ohne dein Wollen nicht gäbe, und weil es nicht wäre ohne dich und nicht sein kann, ohne daß du bist, mußt du die Augen im Spiegel verdrängen und stündlich über die Scherben deines bisherigen Lebens springen, gern mußt du es tun, sonst zählt es nicht, und Sicherheit mußt du ihm geben, egal, woher du sie nimmst. Du mußt die Kluft zwischen der Verrückten im Spiegel und dir versöhnen, wieder ich sagen lernen, zu dir und zu ihr, denn du hast keine Wahl, als zu bleiben. Woher du die Kraft dazu nimmst, ist deine Sache, auch wenn sie aus dem Haß kommt, den du niederhältst, wenn er sagt, geh doch, du bist nichts wert, ein häßlicher Mühlstein bist du um meinen Hals, auch wenn sie aus der Mordlust kommt, mit der du im ersten Tageslicht in Achims schlafendes Gesicht blickst, oder aus der Einsamkeit, die du ertragen gelernt hast wie viele andere, vielleicht auch aus dem Wissen, daß draußen nichts auf dich wartet.

Damals habe ich überleben gelernt unter unmenschlichen Bedingungen, ich bin lautlos und unsichtbar an dir vorbeigewachsen, Achim, an deinem Weltschmerz, der dir so gut zu Gesicht stand, an deinem wehleidigen Tanz um dich selbst. Hättest du mich dir nicht immer mit deiner Lust an meinem Schmerz vom Leib gehalten, ich hätte sie dir sogar noch verziehen, deine Seelenfreundinnen, deine Elixiere gegen das Altern, die Stützen deiner Männlichkeit und deiner fragwürdigen Kunst. Denn alles lernt man unter bestimmten Bedingungen abzulegen, die Eitelkeit und die Hoffnung auf glücklichere Tage, selbst den Glauben an das unsinnige Gesetz von der großen, alles verzehrenden, einzig richtigen Liebe. Sogar das Selbstmitleid trieben sie mir aus, die täglichen und nächtlichen Exerzitien des Überlebens in der Lieblosigkeit und manchmal sogar den sehnsüchtigen Blick auf den Ausweg, der soviel Ruhe versprach.

*

Drei fast vollkommene Jahre. Nicht ganze drei Jahre. Im Winter waren Achim und Jana zurückgekommen, und im Spätherbst, noch vor dem dritten Winter, gingen sie. Ich dachte, von den Erinnerungen würde ich leben können, für weitere drei Jahrzehnte.

Herbstwanderungen zu dritt. Der Sommer der neuentdeckten Poesie hielt bis weit in den Winter an. Ausflüge aufs Land, oft noch müde von durchwachten Nächten, in denen wir zuviel geredet und getrunken hatten. Die unzähligen aufgeweichten Frühlingswege, die wir gegangen sind, strahlender Föhnhimmel über schwarzen, frisch aufgeworfenen Erdschollen. Grasschneisen zwischen den Sommerfeldern oder verschneite Wälder, in denen wir uns verirrten. Fast wie in unserer Kindheit. Aber mit einer neuen Begeisterung im Blick, der mir die alte Landschaft unkenntlich machte. Fast immer haben wir uns verirrt, so neu waren mir die Wege, die ich seit meiner Kindheit kannte. Die vielen Sonnenuntergänge über unberührt blauem Schnee, aus denen ich die Gewißheit las, daß mein Leben eine neue Bedeutung bekommen hatte, die ich noch nicht ganz verstand. Irrwege im Nebel und das plötzliche Auftauchen über der Nebelgrenze in einen glasgrünen Himmel hinter den schwarzen Konturen einer im Nebel versinkenden Ruine. Alles, was ich vorfand, wurde bedeutsam als Zeichen für das Neue, das ich nicht zu benennen wagte, um es nicht der Lächerlichkeit preisgeben zu müssen. In solchen Augenblikken berauschte mich das sichere Wissen, nicht mehr abgeschnitten zu sein von allem Leben. In Achims Gegenwart verband ich mühelos alles mit allem, aber am meisten mit uns beiden. Über nebelfeuchte Straßen gingen wir und vergaßen die Landschaft um uns im Gespräch. Sie war die Kulisse, die die Bilder bereitstellte für unsere sprachlos hervordrängenden Gefühle. Am Abend die schläfrige Heimfahrt im warmen Zugabteil und die halben Nächte zu zweit im

Kaffeehaus. Jana war müde und mußte das Kind zu Bett bringen.

Ich habe mir keinen einzigen von den Wegen gemerkt, die wir damals gegangen sind, auch nicht die Orte, die wir hinter uns ließen, sie gehörten zu einer Zeit, die nicht wiederholbar sein würde, wenn sie einmal vorbei war, nicht einmal in der Erinnerung und schon gar nicht mit beliebigen anderen. Ich wollte es so, daß es eine Landschaft ohne Orientierungspunkte und Wegweiser blieb, eine innere Landschaft mit Straßen ohne Anfang und Ende voll unbekannter magischer Inseln, die wir verwischen und auslöschen konnten, jede Minute improvisiert und hinter den wachsamen Rükken der andern, der nächste Schritt schon wieder im Dunkeln, eine Gratwanderung, ortlos. Nur Einzelheiten tauchen mehr auf, sosehr ich auch jetzt die Erinnerungen bemühe, Stimmungen, beschwert durch ihre Symbolhaftigkeit, das harte Frühlingsgras eines Abhangs, das in die Fußsohlen stach, der Schauer, der die grüne Haut ungemähter Wiesen überlief, er fuhr auch mir über den Nacken, so fühlte ich mich eins mit der Natur. Kühle, trockene Waldwege, Gesprächsfetzen, die für immer an den rissigen Stämmen haften werden, kurze Berührungen, lange Augenblicke der Nähe, bis auf die letzte Spur aus der Erinnerung getilgt, aber eingegraben in die rissige Oberfläche eines beliebigen Felsens, den ich bezeichnen könnte, dort war es. Das verstohlene Tasten einer Hand in der Türfassung einer verrauchten Wirtsstube, die Trübung seines Lippenabdrucks am Rand meines Weinglases. Augenblicke, über die ich mir später Rechenschaft ablegen müßte, dachte ich, aber nicht jetzt, nicht während ich sie atemlos auskostete.

War meine Liebe nicht tragisch, schmerzlich, ausweglos? Nicht einmal seiner konnte ich sicher sein. Wie schön, wie bedeutsam, voll von geheimen Zeichen der Tag auch gewesen war, wie tief die Harmonie, das Einverständnis in allem

Gesagten und allem Verschwiegenen, nach Hause ging ich immer allein. Manchmal begleitete er mich bis zur Tür, nie kam er mit, und die Sicherheit, die ich tagsüber gefühlt hatte, war spätestens dann verschwunden, wenn ich das kratzende Geräusch meines Schlüssels im Türschloß und seine sich entfernenden Schritte hörte. An der Schwelle zu meiner Wohnung verloren die Dinge ihre Symbolkraft, als erwürgte sie der Verstand, den ich dort aufgespeichert hatte in schlechten Zeiten.

Wenn ich allein war, in den langen schlaflosen Stunden, die solchen Tagen, solchen Abenden folgten, kam mir jede Sicherheit abhanden. Hätte ich nicht die Grenzen meiner Phantasie gekannt, hätte ich selbst an den Tatsachen gezweifelt. An diesen Tatsachen hielt ich mich fest, rief sie mir immer wieder vor die in der Dunkelheit hellwachen Augen, drehte und wendete sie hin und her, jedes Wort, das er gesagt hatte, ob es nicht doch einen noch unerkannten verborgenen Sinn hätte. Seine Augen, sein Mund, seine Hände, war mir eine Nuance entgangen? Jede Geste, jeder Blick, von den Farben der miterinnerten Landschaft trügerisch entstellt, eingefärbt vom Gold der untergehenden Sonne, das, erst jetzt sah ich es klar, trotz aller Bereitschaft nicht mir gegolten hatte. Was also hatte mir gegolten, wenn nicht die Sonnenfunken in seinen Augen, so schmerzhaft, so unerreichbar und nah? Vielleicht war alles nur Zufall, und ich hatte Bedeutungen gesehen, die es nicht gab? Dieser Blick, jene Geste, wie sonst sollte ich sie deuten? Wie konnte ich mich dagegen wehren, immer wieder den Sinn hinter den Worten, Blicken und Berührungen zu suchen? Vielleicht lag irgendwo ein Geständnis vergraben, ein Schwur unter das Zufällige gestreut, etwas, woran ich mich festhalten konnte, mit dem im Arm ich endlich einschlafen konnte? Nur eine winzige Spur Gewißheit wollte ich haben, eine Hoffnung gegen jedes Erwarten.

In meinen schlaflosen Nächten wurde ich kühn. Aber bei jeder Annäherung zuckte ich zurück, nein, ich habe nichts getan, ich habe auch gar nichts gemerkt, so war es nicht gemeint, ich will an nichts schuld sein, seht mich nicht so an. Und dann das schnelle verlegene Übergehen zum Unverfänglichen, zum lauten unbefangenen Gespräch, es ist alles in Ordnung, die Gefahr überwunden. Später, zu Hause, dann wieder die Wut, auf Jana, auf mich selber, auf meine Rücksicht, meine Feigheit, die ich meinem Glück in den Weg stellte. Drei Jahre lang diese Rücksichtnahme auf etwas, das langsam aufhörte zu existieren, und keine Anerkennung, kein Dank für meine Selbstlosigkeit, nur immer das Mißtrauen, mit dem sie meine Handlungen und Worte schweigend verfolgte. Als müsse ich froh sein, in ihrer Nähe geduldet zu werden, denn ihre Nähe war seine Nähe, immer seltener ließ sie uns allein. Sogar zur Autobushaltestelle begleitete sie mich spät am Abend, ohne sich die Mühe zu nehmen, auch nur ein Wort mit mir zu sprechen, und schob sich zwischen uns auf den Spaziergängen am Fluß.

Drei vollkommene Jahre. Warum litt ich nur so unsäglich? Ich fahre für zwei Wochen zu einem Künstlertreffen, kommst du mit, fragte er. Wir waren im Kino gewesen und hatten Mühe, zu uns selber zurückzukehren, es war dunkel auf der Straße, und wir vermieden es, einander anzusehen. So konnten wir weitergehen wie das Liebespaar im Film, ohne Verantwortung zu übernehmen für das, was wir sagten. Ich ging wie vor einer Kamera, jeder Schritt war mir peinlich bewußt, ich spürte, wie mir am Ende der Allee das Licht der Straßenlaternen ins Haar fiel, und hätte weinen mögen um mich selber. Auch daß er mich an der Haustür schnell auf den Mund küßte, brauchte in der Doppeldeutigkeit, in der wir gefangen waren, noch nichts zu bedeuten. Später, als ich allein war und den Film abgeschüttelt hatte, blieben trotz allem noch diese Tatsachen: er hat mich geküßt, er hat mich eingeladen, mit ihm zu verreisen. Ich begann, mich einzurichten auf das große Glück. Aber in den folgenden Wochen vermied er es, mit mir allein zu sein, er redete viel und Belangloses und reiste schließlich allein ab. Vor Jana brüstete er sich mit seiner Treue, sagte, auf mich kannst du dich verlassen. Später gab er zu, daß er gelogen, daß er auf dieser Reise begonnen hatte, uns zu betrügen, Jana und mich. Aber ich hatte drei Jahre vertan, in denen ich Tag und Nacht um diese aussichtslose Liebe kreiste, während ich nebenher lebte, arbeitete, aß und schlief und am Ende nichts besaß als Erinnerungen an Augenblicke, von denen ich nicht einmal sagen konnte, ob sie mich schmerzten oder glücklich machten.

Nur an Daniel merkte ich, daß sich dieser unerträgliche Zustand bereits über Jahre hinzog. Ich weiß nicht viel von Kindern, ich verstehe bis heute nicht, wie sie heranwachsen, sich ständig verändern und ihre Umgebung verändern, von Jahr zu Jahr größer werden und schließlich davongehen, um selber Kinder zu haben. Ich verstehe auch nichts von den Müttern und dem, was Frauen zu Müttern macht, was an den Übergängen vom Frausein zum Muttersein geschieht, wann Mütter ihr Mädchengesicht ablegen und warum. Ich erinnere mich an Jana, wie sie in der neuen leeren Wohnung stand. Ihr Gesicht, gedunsen und roh verwischt, ließ die schmalen straffen Züge der Zwanzigjährigen nur noch erahnen, die Bewegungen unbeholfen, als zöge ein Gewicht, das schwerer war als die wenigen Kilogramm, die das Kind wiegen würde, sie nach hinten. Sie kaufte sich einen niedrigen Stuhl, um die geschwollenen Beine hoch zu lagern. Sie weinte oft, und es schien dann, als sei ein Widerstand in ihr zusammengebrochen. Achim bemühte sich um sie in dieser Zeit. Er führte sie behutsam über die vereisten Gehsteige, half ihr auf Trittbretter, nahm sie vor aller Augen in den Arm, während sie ihm unversöhnliche Blicke zuwarf. Sie behauptete, er stelle sein fürsorgliches Getue zur Schau. Wenn wir gemeinsame Wanderungen machten und uns mit Schneebällen bewarfen, wurden ihre Augen schwarz vor Zorn und weigerten sich, uns zu begegnen. So strafte sie ihn dafür, daß er sich nicht unentwegt ihr und ihrem unbeweglichen Körper zuwandte. Immer hatte ich geglaubt, ein Kind erwarte man voll Freude, aber sie ging mit einem leidenden Gesicht herum, als sei sie randvoll mit Trauer. In ihren Augen war Angst oder Verzweiflung, über die sie jedoch nicht sprechen wollte. Da saß sie mit hochgelegten Beinen und horchte in sich hinein, als trüge sie einen gefährlichen Sprengstoff in sich. Am Ende, als sie begann, Babywäsche zu kaufen und ihren Koffer bereitzustellen, wich die Panik nicht mehr aus ihrem Gesicht.

Als das Kind kam, war Achim verreist. Jeder sah ein, daß er seine Karriere nicht aufs Spiel setzen konnte um eines Ereignisses willen, das sich nicht beschleunigen ließ. Jahrelang hatte er auf den Durchbruch gewartet, hatte die Hoffnung aufgegeben und trotzdem weitergearbeitet. Jetzt war der Augenblick da, und alle seine Freunde freuten sich mit ihm, außer Jana. Er kann das Kind ja doch nicht für dich zur Welt bringen, sagten wir. Das Kind wird auch ohne sein Beisein geboren werden, aber diese Gelegenheit kommt nie wieder, sie kann auch deine Zukunft verändern, wie kannst du nur so egoistisch sein. Selbst Eva war auf seiner Seite. Aber Janas Gesicht verzerrte sich zu einer häßlichen Grimasse aus Haß und Angst. Das verzeihe ich dir nie, schrie sie ihn an, wenn du mich jetzt verläßt. Er verläßt dich doch nicht, er ist nur vier Wochen verreist. Bleib bei mir, weinte sie, nur dieses eine Mal, sie flehte ihn an, immer wieder, es war peinlich mitanzusehen, wie sie sich demütigte. Sein Entschluß stand fest, sie war ihm nur mehr lästig mit ihrem Weinen, ihrem Geschrei, hast du eine Ahnung, wie viele Frauen gebären ohne einen Mann, der ihnen die Hand hält?

Sie schlug ihm ins Gesicht, rutschte auf der Straße aus, fiel hin, lag reglos und unverletzt, Panik im Gesicht, er hob sie auf. Das wirst du mir büßen, schrie sie. Welche Strafe hatte sie im Sinn? Du hast ja uns, Sonja und mich, lenkte Eva ein. Aber mit Jana war nicht zu reden. Wir sprachen nicht mehr davon, lenkten sie von diesem Thema ab, versuchten, ihre Launen, ihre Tränen nicht zu beachten, ihre fahrigen Handbewegungen, mit denen sie blitzschnell Gläser vom Tisch stieß, wie ein ungezogenes Kind. Schämen sollst du dich, sagten wir und lasen die Scherben auf. Nein, Jana hat die Gläser zerbrochen, sie soll sich um die Scherben kümmern, befahl Achim. Als sie sich bückte, drückte er ihr die Schuhspitze ins Kreuz. Ich sah es und schwieg, aber ich schämte mich seinetwegen. Laß sie doch, sagte ich später, als er mit Worten auf sie loshackte. Er fuhr weg ohne Versöhnung. Aber vorher rief er noch im Spital an und hinterließ seine Telefonnummer, auch Eva und mich rief er an, und allen schärfte er ein, Janas Leben zu retten, falls ein Leben auf dem Spiel stehen sollte. Siehst du, er liebt dich doch, beruhigten wir sie.

Als wir sie besuchten, war das Kind schon geboren. Achim war sofort benachrichtigt worden. Wir steckten seine Blumen in eine Vase. Nicht so nah, sagte sie und stieß den Strauß vom Tischchen. Auch in ihrer Erschöpfung fühlte sie nur die Bitterkeit, verlassen worden zu sein. Freust du dich denn gar nicht, fragten wir. Sie drehte den Kopf weg und begann zu weinen.

*

Zugegeben, am Anfang war mir die Schwangerschaft lästig. Jetzt, wo ich ohne Zweifel wußte, früher oder später würde er gehen. Er verbarg seinen Überdruß nicht mehr vor mir, brütete vor sich hin, schüttelte mich ab, geh, wenn dich mein Schweigen stört, geh, ich habe dich nicht gerufen. Später immer häufiger die Bitte, der ich mich voll Angst widersetzte, sei nicht mehr da, wenn ich zurückkomme, mach es uns leicht. Aber ich blieb. Ich verschwieg es lange vor ihm, aus Angst, er würde es mir wegnehmen wollen; ich freute mich auch ein wenig, etwas von ihm zu besitzen, ein Pfand, wie die Leute sagen. Noch war ich leicht beweglich und konnte mir nicht vorstellen, daß es nicht immer so bleiben würde. Aber ich ahnte schon, daß ich, gleich ob er ging oder bei mir blieb, allein sein würde mit dem Gewicht, das mich täglich tiefer hinunterzog, in die Erde hinein, in eine vorzeitliche Brutwelt, auf die er sich nicht einlassen würde. So kam es dann auch, er schwankte zwischen Rührung, Ekel und Gleichgültigkeit. Und ich ging dumpf vor mich hin, froh, den Strapazen des Reisens entronnen zu sein, der Angst vor den tropischen Krankheiten, die ich für mich nie gefürchtet hatte, aber jetzt gehörte ich mir ja nicht mehr, nur mehr aufquellender Boden war ich, Fruchtboden, Nährboden, vermischt mit Erdsäften, ein schwankendes Meeresungeheuer, das weit hinaustrieb, auf unbekannte Horizonte zu, mein Körper gezeichnet wie eine Landkarte, mit blauen mäandrierenden Adern und Rissen wie vor einem Erdbeben, mir selber nicht mehr geheuer und gänzlich schutzlos, als hätte man mich ohne Kleider, ja ohne Haut den Sturmböen ausgesetzt, so schnitt mir jeder Luftzug ins Fleisch, jedes harmlose Wort trieb mir Tränen in die Augen.

Nächtelang trieb mein gedunsener Körper dahin wie ein Schiff, ich wollte ihn treiben lassen, durch die Tage und Nächte. Wozu aufstehen, wozu mich der Helligkeit aussetzen, den Schmerzen und unzähligen Verletzungen von überall her standhalten? Einsinken wollte ich, versinken. Ruhe erhoffte ich mir, die Abgeschiedenheit eines unbestimmten anderen Zustands, einen Hohlraum, in den ich hineinkriechen konnte, tief ins Dunkel. Ohne Erstaunen sah ich zu, wie Achim die Konturen verlor, sich neben mir auflöste wie Nebel, dumpf zu mir sprach wie Nebelhörner von weit her, es machte keinen Unterschied mehr, ob ich sprach oder schwieg. Aber es war kein glücklicher Zustand, von Schwerelosigkeit konnte nicht die Rede sein, ich weinte, ohne zu wissen warum, es fiel mir schwer, klare Gedanken zu fassen unter seinen drängenden Fragen, warum sagst du nichts, warum weinst du schon wieder, was ist mit dir los, hör auf zu weinen. Es tat wohl, nicht aufhören zu können, das gelöste Strömen über Wangen und Kinn zu spüren, gleichmäßig, warm, verwundert fast nahm ich es wahr. Warum, schrie er, hör auf, schrie er und schlug mir ins Gesicht. Sehr viel später erst verstand ich, daß es die Verzweiflung war, mich nicht mehr erreichen zu können. Wie mein Vater, eine flüchtige Erinnerung, die zerbrochene Schallplatte und der Schlag ins Gesicht, der erste und letzte, und wieder wie damals die sich mit rasender Geschwindigkeit verbreiternde Spalte in meinem Bewußtsein, von der ich keine Erinnerung habe, keine Bilder, weil mir in diesem Augenblick die Sinne vergingen, mir der Kopf barst im Funkensprühen um mich herum und ich abstürzte in diese Spalte, in diese reine, vor lauter Nichts wirbelnde Leere, und noch im Fallen, während ich die Herrschaft über jeden einzelnen Körperteil aufgab, das Gefühl der Befreiung. Kein Sturz war es, ein Sprung vielmehr, ein Luxus, den ich mir endlich nach soviel Anspannung und Selbstkontrolle geleistet hatte.

Danach die Bestürzung dessen, der mich geschlagen hatte, die kannte ich schon, seine Unfähigkeit, um Verzeihung zu bitten, wie mein Vater, die Ratlosigkeit, mit der er mich an den Arzt weitergab, nur sah man diesmal in Anbetracht meines Zustands von Tabletten und Spritzen ab. Ruhe wurde verordnet, Liebe wurde befohlen, Veränderung, Geborgenheit, weg von hier, zu Freunden, Verwandten, riet der Arzt, in die Heimat, ohne auf meine Einwände zu achten, ich war ja die Verrückte, ich konnte ja nicht für mich entscheiden. Pflichtbewußt und beflissen brachte mich Achim zweimal in der Woche zum Psychiater, damit ich Fremdwörter mit ihm übte, Mutterschaft, sagte er behutsam und eindringlich, Nestwärme, Mutterinstinkt, ich hatte ihn nicht, kannte ihn nicht, ein instinktloses Muttertier, schlimmer als jede Katze, ich mußte erst lernen zu denken für, zu leben für, zu essen für, zu schlafen für, ruhig bleiben für, täglich übten wir Für-Wörter. Achim wurde davon befreit, als hätte er diese Übungen nicht nötiger als ich, als hätte mein Zustand nichts mit ihm zu tun, als hätte ich alles allein verschuldet, ohne sein Zutun. In der Liebe zum Mann die Liebe zum Kind üben, wurde befohlen – hatte ich ihn nicht bis in den Wahnsinn geliebt? Zusammen mit dem Instinkt, den mein Körper zu produzieren vergessen hatte, war auch die Liebe plötzlich abhanden gekommen, starr vor Ablehnung sah ich ihn näher kommen, rühr mich nicht an, ich ertrage es nicht. Ein Wort setzte sich fest in meinem Bewußtsein, ich kannte es nur von ihm, hatte es immer abgetreten an ihn, jetzt riß ich es an mich, Freiheit will ich, sagte ich widersetzlich, dieselbe Freiheit, die er sich nimmt, boshaft und schadenfroh, die Freiheit, leicht, ohne Schwere davonzugehen. Aber das kannst du jetzt nicht, sagten sie streng, du hast jetzt Verantwortung. Eingewurzelt in die saugende Erde, mit den schweren Füßen im Boden festgewachsen, ein Stück Mutterboden ohne Mutterinstinkt, zu bedauern ist sie, mit dem rasenden Verlangen nach Freiheit ans Bett gefesselt, an die unbeirrbar steigenden, anschwellenden Schmerzen. Ich sah ihn davongehen, plötzlich hellsichtig geworden, leicht und unberührt ging er weg, niemand stellte seine Freiheit in Frage, wer hinderte ihn, so davonzugehen, für immer, allen Beteuerungen zum Trotz?

So war ich von Anfang an mit dem Kind allein. Durch sein

Verschwinden hatte er seine Vaterschaft verwirkt, ich hatte sie ihm abgesprochen, nichts zählte mehr als die Verlassenheit, in die er mich verstoßen hatte. Sein Rücken war die Antwort auf meine letzte jemals geäußerte Bitte, laß uns nicht allein. Später würde ich noch einmal in der Tür stehen, aber ich würde nicht mehr bitten. Das Kind hat Fieber, würde ich sagen, und sein Rücken würde weitergehen, erst an der Wagentür würde er mir sein abweisendes Gesicht zuwenden, aber ich würde schon lange zu stolz sein, ihn um etwas zu bitten, selbst für das Kind. So hast du seine Geburt und seinen Tod versäumt und mir durch den Verzicht auf jeglichen Anspruch eine Unberührbarkeit zurückgegeben, aus der mir die Kraft kam zu sagen: Ich werde dich nie verlassen, mein Kind. Auch ohne Instinkt, den habe ich niemals gekannt, ohne Verlangen, ein Nest zu bauen, nein, Muttertier war ich nie, ein nie gutzumachender Makel, dieser fehlende Trieb, trotz der randvollen Liebe, weiß Gott, wo die ihren Ursprung hat.

Als es zu spät war, schrie er mich an, du hast unser Kind auf dem Gewissen, und die Menschen wichen entsetzt zurück. Ich habe mich nicht gewehrt, was hätte ich sagen sollen? Ich habe damals, als Achim zum erstenmal wegging, ein Versprechen abgelegt und es gebrochen. In die tauben Ohren des Neugeborenen hatte ich es gelegt, ich werde dich nie verlassen, hatte mich auch lange daran gehalten, allen Versuchungen zum Trotz, der Kälte zum Trotz, die mir Achim Winter und Sommer ins Haus trug. Alles hatte ich ertragen um dieses Versprechens willen. Ich hatte tatenlos zugesehen, wie ich mir selber langsam abhanden kam, ich hatte der Versuchung der Freiheit widerstanden und mich bis zum Schluß geweigert, die Leichtigkeit auszukosten, die mir die Flucht versprach. Dennoch konnte Achim am Ende sagen, du allein trägst die Schuld, und ich schwieg und nahm den Vorwurf auf mich. Sooft ich mich seither auch dagegen zur

Wehr gesetzt habe, immer steht vor der Frage, wie ist es gekommen, das Urteil, nie komme ich ihm mit Einwänden zuvor. Denn immer tritt die Erinnerung an den Augenblick dazwischen, in dem ich mein Versprechen brach, und zugleich erinnere ich mich wieder daran, daß ich mit dem Versprechen die Verantwortung auf mich nahm, ganz und ungeteilt. Vielleicht war es gar nicht der kurze taumelnde Augenblick des Erliegens, der bestraft werden sollte, vielleicht war es die Hybris dieses ersten Schwurs.

Als Achim zurückkam, brachte er eine neue Feindseligkeit mit und einen Namen für das Kind als erstes Geburtstagsgeschenk. Mit einem grundlos anklagenden Blick stürmte er in das Zimmer und griff, ohne mich zu begrüßen, zum Telefon. Daniel wird das Kind heißen, sagte er in den Hörer hinein und bedankte sich für die Glückwünsche. So erfuhr ich den Namen als beschlossene Tatsache. Ein viel zu großer, unpassender Name, fand ich, pompös wie ein Taufkleid, man legt es nachher in den Schrank und zieht dem Kind die kleinen alltäglichen Sachen an, die wolligen, weichen Kosenamen. Bis zum Schluß ging mir dieser Name nur schwer von den Lippen.

Die Feindseligkeit wuchs im Kampf um das Kind. Achim nahm es für sich in Anspruch, denn er hatte ihm einen Namen gegeben; wie sollte es nicht sein Eigentum sein, wenn es seinen Namen trug und seine Züge? Aber ich hatte einen Vorsprung, das Versprechen der ersten Stunde, die Verschwörung vom Anfang an. Und später immer von neuem ein geheimes Einverständnis jenseits der Sprache, von dem Achim nichts wußte, er hatte ja Wichtigeres zu tun, er würde anfangen, sich um das Kind zu kümmern, wenn es zu sprechen begann und Verstand zeigte. Aber als es sprechen lernte, erfanden wir eine Geheimsprache, in die wir Achim nicht einweihten. Als Rache dafür, daß er uns aus seinem Erwachsenenleben ausschloß, Arm in Arm mit Sonja nur mehr vor ihr seine wunde Seele entblößte. Trotzig zog ich mich mit dem Kind zurück. Ich weigerte mich standhaft, es Daniel zu nennen. Immer weiter entfernten wir uns von Achim, denn das Kind brachte mir mühelos bei, was mir mit Achim nicht einmal in den seltensten Stunden vollkommen gelungen war.

Daniel, dem ich aus Trotz gegen seinen Vater den Namen, den ersten Halt im Leben verweigerte, lehrte mich, ohne Angst den Boden der Wirklichkeit zu verlassen, so als wäre es das alltäglichste Unterfangen und nicht, wie ich früher geglaubt hatte, eine gefährliche Expedition mit unsicherem Ausgang. Ernsthaft, mit sicherem Schritt führten wir die schwarzen Wolkenlämmer zum Mond auf die Weide. Nachts gingen wir in den Wolfswald, in den Eulenwald und befreiten Rotkäppchen aus seinem Käfig. Den Frosch konnten wir aus seinem kalten Brunnen erlösen, wir suchten ihm ein weiches Laubbett im Wald und brachten ihm täglich frische Regenwürmer. Wir liebten den Winter und ließen abends die Kälte unsere Finger behauchen, damit die Schneeträume kämen und wir uns mit den Eisbären an einen großen steinernen Tisch setzen konnten. Jeden Abend kam im Winter die Schneekönigin zu uns auf Besuch, und wir brachen ein Stück von ihr ab, das am nächsten Abend wieder nachgewachsen war, einen Eiszapfenfinger oder eine ganze Lebkuchenhand. Es gab auch Zeiten, da hielt uns der Eismann gefangen bis zum erschöpften Morgen. Lieber der Eismann, dachte ich, als das Tier, das die Angst und den Tod nach sich schleppt. Solange wir mit den weltbewegenden Mächten, die, nur für uns sichtbar, unsere Tage bevölkerten, auf gutem Fuß standen, schien mir, konnte uns nichts geschehen, denn noch kam nichts von draußen zu uns herein, das zum Begreifen zu groß war. Wie erstaunt und erleichtert ich war, daß auch der Tod die Grenzen unserer Welt nicht zu sprengen vermochte. Der Sturm hat den Baum umgeworfen, sagte er sachlich, der Baum ist tot. Wer hat dir vom Tod erzählt, rief ich entsetzt. Ungerührt zählte er auf, das Blatt auf dem Boden, der Igel am Straßenrand, die Leute, die im Friedhof unter den Blumen liegen, alle tot. Früh freundete er sich an mit dem Tod, gelassen und ohne Angst, nahm ihn auf in seine magische Welt, ohne Furcht, hatte wohl auch ein Bild von ihm wie vom Weihnachtsmann, vom lieben Gott und vom Teufel. Später, dachte ich, später wird man ihm das alles austreiben und ihm mit der Wirklichkeit Angst einjagen.

*

Vielleicht sollte ich mich ganz aus dem Spiel lassen und nur ihre Geschichte erzählen, herauszufinden suchen, was sie an den Tagen damals und den Abenden machten, an denen sie keine Gäste hatten. Achim ging in sein Atelier, ein Zimmer mit Bad und Balkon, das er sich am Stadtrand eingerichtet hatte. Ein Luxus, sagte Jana, eine Notwendigkeit, beharrte er. Er könne nur arbeiten, wenn er weit von ihr und dem Kind entfernt sei. Warum sie nicht mitverdiene, wenn sie sich mehr leisten wolle, fragte er. Warum er nicht eine Arbeit fände, mit der er den Lebensunterhalt verdienen könne statt des gelegentlichen Stipendiums, das er dann zum Reisen verwende, sagte sie bitter.

Von außen gesehen waren sie eine Durchschnittsfamilie. Er ging am Morgen zur Arbeit, fuhr mit dem Autobus zum Atelier, sie blieb zu Hause, ging einkaufen, verbrachte den Tag, ich habe sie nie gefragt, wie. Er kam am Abend zum Essen heim, es gab Streit, es gab Versöhnungen, man konnte die Spuren erkennen, wenn man zu Besuch kam. Es gab Eifersucht, es gab Zeiten der Einigkeit, es gab ein Kind, das Mama und Papa sagte und diese beiden Menschen meinte, die aus Gewohnheit, denn Liebe hatte es wohl schon lange nicht mehr gegeben, zusammenblieben. Im Sommer gingen sie manchmal ins Schwimmbad, im Herbst gingen sie ab und zu wandern, das Kind abwechselnd auf dem Rücken, im Winter gingen sie mit Daniel rodeln. Urlaub konnten sie sich nicht mehr leisten, nur Achim machte Studienreisen, wegen der Steuern, sagte er, und Jana haßte ihn dafür. Zu Hause aßen sie bescheiden und gingen früh schlafen, außer sie hatten Besuch, dann waren sie nicht aufeinander angewiesen.

Jana war klein und zart wie früher, nur ihr Gesicht hatte sich verändert seit ihrer Schwangerschaft, das Mädchengesicht hatte sich nicht mehr hervorarbeiten können unter den schärferen Zügen, die ihr geblieben waren, nachdem die Schwellungen der Schwangerschaftsmonate verschwunden waren. Noch nicht dreißig, hatte sie schon Falten, zwei Lachfalten oder Sorgenfalten von den Nasenflügeln bis zum Kinn und eine steile Stirnfalte, die sich nur zeigte, wenn sie zornig war oder Achim mit Verachtung strafte. Es schien, als verlöre ihr Gesicht mit jedem Jahr mehr an Rundung, als schrumpfte das Fleisch unter der ledrig werdenden Haut, die Nase bereits ein nahezu fleischloser vorspringender Knochen. Bald würde das Hexenhafte, das sich in ihrem Mädchengesicht so faszinierend angedeutet hatte, sichtbar in ihrem Gesicht stehenbleiben. Das Kind sah Achim ähnlich mit seinen grünen Augen und den nach allen Seiten sich ringelnden Locken, aber es hatte Janas bräunliche Haut und die überscharfen Konturen der Gesichtszüge, die an ihr früher so auffallend gewesen waren. Eine hübsche Familie, nett anzusehen, man durfte nur nicht zu genau hinsehen. Denn dann wurde man das Gefühl nicht mehr los, daß etwas nicht stimmte, ohne daß man sagen konnte, was es war.

Sie waren nicht zu jung, um ein Kind zu haben, sie sahen auch nicht zu jung aus. Erst wenn man jeden von ihnen allein sah, fiel es einem vielleicht auf, sie paßten nicht zusammen, möglicherweise paßten sie überhaupt zu niemandem, beide nicht. Achim war ein Einzelgänger, einer, von dem man erwartet, daß er jederzeit wortlos aufsteht und geht und sich jede Frage verbittet. Einer, den man sich vorstellt, wie er mit am Rücken verschränkten Armen lange einsame Wege geht; einer, der ein Dachzimmer bewohnt, dessen Fenster bis in die Morgenstunden erhellt sind. Wie konnte so einer heimkommen am Abend in den erstickenden Kreis einer Familie und nach dem Essen, mit Haushaltssorgen belastet, den alltäglichen Trott des Familienlebens ertragen? Nicht auszudenken. Nicht nur meine Phantasie entzündete sich an seiner Bohemegestalt, er übte eine starke Faszination auf Frauen aus. Ein Mann wie Achim zieht durch die Welt und liebt in jeder Stadt neue Frauen. Unvorstellbar, daß er täglich gegen sechs Uhr nach Hause kam, seinen Sohn auf die Schultern hob oder sich zum Abendessen setzte.

Und Jana? Wer sie zum erstenmal sah, hätte niemals eine Hausfrau in ihr vermutet. Eine Frau, die soviel unbetretbaren Raum um sich herum schuf, der man nicht zutraute, daß sie jemals genug auf die Erde herunterkommen würde, um Kartoffeln zu schälen und Windeln zu wechseln. Mit diesen zarten kleinen Händen, dem einzigen, das mädchenhaft an ihr geblieben war, die man nicht anzufassen wagte. Und den wie eh und je fernsüchtigen müden Augen. Ist eine Frau wie Jana nicht dazu bestimmt, ein Leben lang einsam zu sein und Gründe zu haben für ihre Uneinholbarkeit und ihre Trauer, Gründe, die sie verschweigt und die sie geheimnisvoll machen? Ist sie nicht die ewig Unerreichbare, die sich jedem Begehren entzieht, das verschleierte Bild, das kein Sterblicher je berührt? Kann eine Frau wie Jana praktische Hilfe und Ratschläge geben, die ein weltfremder Mann wie Achim so dringend braucht? Kann sie Nestwärme erzeugen, mit Mütterlichkeit umgeben, Geborgenheit schenken, kann sie ein Kind wiegen, stundenlang? Viele bezweifelten es, viele, auch Eva und ich, vermuteten in dieser Unfähigkeit, die ein Teil ihres Wesens zu sein schien, den Grund für den Mangel an Harmonie in dieser Familie.

Zwei Jahre waren sie dabei, die Wohnung einzurichten, Bettstellen unter die Matratzen zu schieben, ein größeres Kinderbett zu kaufen, dieses und jenes, was eine Wohnung gemütlich macht. Nach zwei Jahren gaben sie es auf, der Aufbruch bahnte sich unbemerkt an in den Räumen, in denen das Provisorische zum Dauerzustand geworden war. Schließlich ließen sie vier Sessel zurück, einen Küchentisch, ein Klavier und die Matratzen. Der Hausrat, den sie mitnahmen, paßte in drei Koffer und eine unansehnliche bauchige Tasche. Der kleine Junge, kaum drei Jahre alt, viel zu zart und klein selbst für dieses Alter, aber mit den Augen eines grüblerischen Erwachsenen, Janas Augen, saß auf den Schultern seines Vaters. Verantwortungslosigkeit warf ihnen Eva vor, dieses Kind auf eine Reise mit unbestimmtem Ziel mitzunehmen. Das Angebot, Daniel zunächst bei sich zu behalten, bis sie sich irgendwo niedergelassen hätten, mußte sie wieder zurücknehmen, denn sie hatte selbst ein Stellenangebot in einer weiter entfernten Stadt bekommen. Gerade hatte er begonnen, die Worte einer Sprache auf ihre Verläßlichkeit im Umgang mit der Wirklichkeit zu erproben. In der neuen Umgebung würden diese Worte ohne Wirkung bleiben, zu unverständlichen Lauten zerfallen, zum Geheimcode verkommen. Wie sollte dieses sich zögernd entwickelnde Kind den wahllosen Eindrücken standhalten, den Strapazen einer Reise, die nicht Mittel zum Zweck, sondern eine Lebensform war, zu der seine Eltern zurückkehren wollten?

Nie haben wir darüber gesprochen, was Achim und Jana sich von diesem Aufbruch erhofften. Sie kehrten zum Leben ihrer Jugend zurück, zu einer Lebensform, die längst wieder ausgestorben war, als seien sie dort steckengeblieben und müßten nun zurückkehren, um sich von dort wieder Gründe und Sinn für ihr Leben zu holen. Was war es, das eine Generation damals ausschwärmen ließ, um wahllos die Kontinente zu durchstreifen, die Inseln zu übervölkern? Das Verlangen nach Freiheit? Die Hoffnung auf mehr Leben, ein Leben, das man nicht umhin kann zu spüren, lückenlos, in jeder Minute, bis an die Schmerzgrenze und darüber hinaus, bis an die Grenzen der Erschöpfung? Konnte es noch immer Neugier sein? Längst hatten sie ja alles gesehen, was auf dieser Welt sehenswert war. Oder war es bloß die Langeweile, von der Achim so oft sprach? War es Janas unsinnige Hoffnung, sie könne die Magie der früheren, längst spurlos verschwundenen Liebe in fernen Städten unter heißem Himmel wiederherstellen? Längst hatten die andern, die vor Jahren mit uns aufgebrochen waren, ihre Jugendträume in Fotoalben und Reisetagebüchern verstaut, waren seßhaft geworden und fuhren in die Ferien, an kinderfreundliche Badestrände und in die Berge, wie meine Eltern in meiner Kindheit. Nur diese beiden nahmen ein Kind mit auf eine Reise ohne Ende ins Unbekannte, eine Wahnsinnssafari, wie Eva es nannte, noch ehe es Verstand genug hatte zu begreifen, was mit ihm geschah. Hatte nicht Jana einmal gesagt, sie sei seit der Flucht ihrer Eltern in ihrer Kindheit auf der Suche nach Heimat, aus der sie so übergangslos und unvorbereitet herausgerissen worden war? Und trotzdem zögerte sie nicht, ihr Kind mitzunehmen, mit weniger Grund, in eine noch unsicherere Zukunft. Denn nur eines schien diese Zukunft mit Sicherheit zu enthalten, von Jahr zu Jahr, von Woche zu Woche und am Ende schon von Tag zu Tag deutlicher sichtbar: die Auflösung ihrer Ehe, es war nur mehr eine Frage der Zeit.

Was war geschehen? Nichts war geschehen, der Zerfall hatte längst begonnen, bevor sie sich in unserer Stadt niederließen. Jetzt traten die Symptome zutage: seine Verachtung, sein Freiheitsdrang, sein nur mehr schlecht verhohlener Haß. Ihre Verzweiflung, ihre täglich von neuem abgetriebene Sehnsucht nach Freiheit, ihre Müdigkeit angesichts der Ausweglosigkeit, in der sie sich eingesperrt sah. Er kam heim, setzte sich an den Tisch und schwieg. Irgendwann hatte er zu trinken begonnen, kam manchmal schon betrunken heim, schwor, er könne nur in betrunkenem Zustand auf Inspiration hoffen, und benutzte den Zustand, der ihn der Verantwortung enthob, um ihr rücksichtslos seinen Lebensekel und seinen Haß ins Gesicht zu schreien. Lange hielt die Fassade vor den andern, Jana zog sich zurück, und Achim spielte den Künstler, der sich Narrenfreiheit erlaubte. Ein erfrischend exzentrisches Paar, zwei, mit denen man gern befreundet war. Und plötzlich saßen einander zwei verbitterte unglückliche Menschen am Tisch gegenüber, jeder konnte es sehen, von ihren Träumen verraten, müde, verzweifelt an ihren Hoffnungen und Idealen. Dazwischen, eingeklemmt in das unheilvolle Schweigen, das Kind, das unsicher von einem zum andern schaute. Achims Verzweiflung am Leben, mit der er mich anfangs aufgewühlt hatte, schlug plötzlich in Zynismus um. Lustvoll zerstörte er seine eigenen Glaubenssätze, in theatralischem Haß, der jedoch nur mehr die Kraft hatte, sich gegen Jana zu richten. Ein alternder Trinker mit bleichem faltigem Gesicht, dessen Tragödie sich im Festhalten an Requisiten erschöpfte. Ein Künstler ohne Inspiration, ein Mensch, dem der Sinn abhanden gekommen war. Meine Liebe hatte ich ihm noch immer nicht entziehen können, das würde noch Jahre dauern, aber nach einem Abend mit ihm kam ich ohne Hochgefühl nach Hause, nur müde, mit einem leichten Gefühl von Ekel. Immer wieder ging ich hin und hatte schon längst keine Erwartungen mehr, nicht einmal mehr Träume, es war ein immer langsamer werdendes Gehen im Kreis.

*

Bei den alltäglichen Dingen um mich herum hatte es angefangen. Bei den täglich gedankenlos benutzten Wörtern, die ich zumindest im Griff zu haben glaubte und die mir plötzlich entfielen wie die Tassen und Gläser beim Spülen, mit einem trockenen Splittern, und der Inhalt ergoß sich auf den Fußboden, nicht mehr wert, eingesammelt zu werden. Immer häufiger passierte es mir, daß ich falsche Inhalte in falsche Gefäße füllte und sie bei unsachgemäßer Aufbewahrung verdarben, ein sinnloser Verschleiß, sinnlos die Inhalte, sinnlos die Gefäße, sinnlos die Wörter. Selbst die großen Entwürfe verkamen in halb fertig gedachten Nebensätzen und in dem sich täglich vergrößernden Schweigen, das formlos und inhaltslos blieb. Die gedankenlose Wiederholung von Handlungen und ihren Bezeichnungen, immer denselben: anziehen, ausziehen, umziehen, zuziehen, wegziehen, aufstehen, anfangen, aufstellen, abwaschen und kein Ende abzusehen, selbst Daniel merkte es, schon wieder? fragte er. Schon wieder, noch immer, immer wieder, heute und morgen und immer weiter. Im Wohnzimmer bei Kerzenlicht und Wein sitzen Sonja und Achim, sie wollen nicht wahrhaben, daß alle Inhalte schon ungültig sind, sie sprechen noch immer mit unverständlicher Sicherheit die großen Wörter aus, nehmen den Mund voll mit Liebe, Leben, Glück und Leiden. Die haben in unseren kleinen flachen Gefäßen schon lange nicht mehr Platz, ich habe gelernt, ohne sie auszukommen. Aber täglich von neuem kramen sie ihre gegenstandslosen Traumvorstellungen hervor, berauschen sich an ihnen, hängen sie auf wie Christbaumkugeln, das bißchen Bedeutung, das es bei uns noch gibt, spiegelt sich in ihnen, die letzten Spuren Glück, die letzten Stäubchen Liebe ziehen sie an wie Magneten, und nachher ist es noch dunkler. Ich habe nichts mehr zu bieten, als täglich aufzustehen, welche ungeheure Kraft mich das kostet, das Kind anzuziehen, den Tag vor mir herzuschieben, der oft das Gewicht ganzer Jahre annimmt, und am Abend ist nichts erreicht. Der Tag, sobald ich aufhöre, mich dagegenzustemmen, rollt wieder zum Anfang zurück, verwandelt sich in Morgen, und am Ende war das schon das Leben? Das bißchen Menschsein, das sich im Warten auf ein veränderndes Wort erschöpft, während man Bewußtlosigkeiten verrichtet mit einer Verzweiflung, die gegen Abend zunimmt, und schließlich müde vom sinnlosen Warten einschläft.

Und plötzlich bist du selbst an der Reihe zu verschwinden. Du wirfst die Kleider, die du nie mehr anziehst, in den Müll, stellst die Füße in den Schuhkasten, zu lange gehen sie schon herrenlos im Kreis und hinterlassen überflüssige Spuren, du machst die Fenster auf und läßt deine Hände davonfliegen wie zwei Zugvögel, die sich noch rechtzeitig retten konnten, dann machst du mit deinen Haaren ein Herdfeuer, daß es knistert, und legst zuletzt deinen Kopf ins Brotschneidemesser. Unkenntlich lebt es sich leichter. Beinahe atmest du auf, als du siehst, daß nichts mehr zu verlieren ist. Selbst wenn dich jetzt die Versuchung packte, es wäre sinnlos, wieder die alten Kleider hervorzuholen, sie passen nicht mehr, sind höchstens noch gut für den Kostümverleih. Jemand hat ein großes Wort in einem Kuvert in den Briefschlitz geworfen, es ist an die adressiert, die früher hier wohnte, nehmen Sie sich die Freiheit, steht drauf, haben Sie Selbstvertrauen, sogar eine Gebrauchsanweisung ist noch dabei, der Kopf auf dem Küchentisch zerbricht beim vergeblichen Nachdenken, woraus wird Freiheit gewonnen, wozu verwendet man sie, ein offenbar unbrauchbares Gewürz und viel zu kostspielig. Zum Glück sind die Wände noch unverrückbar, alles andere führt ein heilloses Eigenleben, es hat sich wie alles in diesem Leben selbständig gemacht, jeder Sessel weiß, wie viele Schritte es von einer Wand bis zur anderen sind, nur du weißt es nicht, hast nie den ganzen Anlauf geschafft, du drehst dich lieber im Kreis oder rennst mit dem Kopf gegen die Wand und läßt die Füße zum Ausschreiten im Schrank stehen.

Doch, du wagst es noch immer auszugehen, obwohl du weißt, jedesmal kann das letzte Mal gewesen sein, aber draußen ist es nicht besser. Die Zeit läuft dir davon, eigentlich hättest du sie dir ja nicht nehmen dürfen, kopflos läufst du hinter ihr her, richtungslos und voll Angst, denn du hast keine Zeit zum Verlieren, läufst hinter vertanen Stunden und Minuten her, sie sind ja nichts Geringeres als die Freiheit, die du dir unerlaubterweise genommen hast, und jetzt kannst du nichts anfangen mit diesen zwei kostbaren Dingen, der Zeit und der Freiheit, hast verlernt, mit ihnen sparsam umzugehen und sie für dich zu verwenden, am Ende hast du sie ungenützt einfach verloren. Draußen kommen dir manchmal wirre Vorstellungen, du bildest dir ein, irgendwo in den ziehenden, fliehenden Wolken noch anderes davonfliegen gesehen zu haben, Bäume vielleicht, Berggipfel und ganze Gärten, glaubst plötzlich in einer sich entleerenden Mondlandschaft zu stehen. Da stapfst du dann schon lieber in Steinbrüchen herum, um Kristalle und Versteinerungen zu suchen. Dort triffst du wieder auf Achim, der neue Gesichte, neue Visionen aus den Steinen zu schlagen versucht. Kunst, sagt er bedeutungsvoll, Kunststück, sagst du verächtlich, erbittert, weil er selbst in der von ihm verschuldeten Versteinerung deinem Gesicht nichts abgewinnen konnte.

Einmal bist du dann doch davongelaufen, hast heimlich mit schlechtem Gewissen deine alten breitgetretenen Füße aus dem Schuhkasten geholt, die Hände wieder herbeigewinkt, das frühere Gesicht wie eine Maske aus dem Juxgeschäft aufgesetzt, natürlich paßte es alles nicht mehr, im Spiegel sahst du aus, als gingst du zum Karneval, um so besser, so erkennt man dich nicht. So, ohne Gepäck, wolltest du fort, ohne die geringste Ahnung, was du eigentlich suchtest.

Du hieltst dich nur an die flüchtige Erinnerung, daß genauso einst dein Leben begonnen hatte. Die Glätte der Straße brachte deine ungeübten Füße fast zu Fall, deine an Fernen nicht mehr gewohnten Augen konnten immer nur bis zur Lichtpfütze der nächsten Laterne sehen. Ein sinnloses Abenteuer, ohne Geld in der Tasche, ohne Tasche, ohne Paß. Beim Anblick des ersten Fremden erfaßte dich Panik, so ausgesetzt kamst du dir vor, erreichtest atemlos die erleuchteten Fenster eurer Wohnung, schlüpftest mit letzter Kraft durch die Tür, keiner hatte deinen Fluchtversuch bemerkt. Weinend umfingst du das Kind, beinahe dankbar strichst du mit deinen schon wieder fühllos werdenden Fingern über die leeren Gefäße, die hart und stumpf auf dem Abtropfbrett standen, alle kopfüber, ausgeleert, so leer wie dein Kopf. Hilflos klammertest du dich an den letzten Sinn in der rasch wachsenden Leere, an dein Versprechen, das du beinahe gebrochen hättest.

*

Später habe ich mich oft gefragt, ob ich etwas hätte aufhalten können, wenn ich in diesen Jahren mit Jana gesprochen hätte, wenn ich sie aufgesucht hätte in Achims Abwesenheit, untertags, und sie gefragt, zum Reden gebracht hätte.

Wenn wir zu dritt waren, fing ich manchmal einen Blick von ihr auf, einen verzweifelten, einen bittenden, einen gequälten, und schaute weg. Ich wußte es damals nicht, aber es waren Achims Augen, mit denen ich mir angewöhnt hatte, sie zu sehen. Schlampig und nachlässig, lethargisch und lustlos, unzufrieden und abweisend, und manchmal unerwartet dieser flehende Blick. Ich hatte mir Achims Gefühle zu eigen gemacht. Ich verachtete sie, ich haßte sie, ich verspürte oft eine Lust, ihr weh zu tun, sie schien mit diesem demütigen Blick geradezu darum zu betteln. Ohne es zu bemerken, lernte ich sie zu behandeln, wie Achim sie behandelte, wie einen Gegenstand, man nimmt ihn sowenig als möglich wahr, manchmal gibt man ihm einen Tritt. Ich habe ihr nie einen Tritt gegeben, ich habe nie mit Absicht etwas Verletzendes gesagt. Ich tat so, als hätte Achim mich schon lange gekannt, lange vor Jana, als wäre ich eine gute alte Bekannte von ihm, und Jana war eben die Frau, die er später geheiratet hatte und die jetzt stillschweigend als drittes Rad zu dulden war. War es nicht gewissermaßen auch so? Warum sollte sie mehr Recht auf ihn haben als ich?

Ich erinnerte mich ebensogut wie sie an den gekachelten Fayencenbogen in der Mittagshitze, den leeren Tempelhof mit dem reglosen Wasserspiegel in der Mitte, in dem die Minarette mit den Spitzen nach unten flimmerten. Ein Hippie, jünger als wir, einer, wie wir sie in den großen Städten täglich sahen, einer, der es sich nicht leisten konnte, im Hotel abzusteigen oder die Flughafengebühr zu bezahlen, verschwitzt und müde, der aus Gewohnheit immer weiterging, mit ausgetrocknetem Mund und ziellosem Blick, so einer blieb stehen und fragte in drei Sprachen, wann der verschlossene Teil der Moschee geöffnet würde. Müde und an der Antwort nicht mehr interessiert, setzte er sich zu uns auf die Steinbank im Torbogen. In diesem Augenblick war noch nichts entschieden. Erst als Jana näher an ihn heranrückte, weil er von der Wüste im Landesinnern sprach oder weil er sagte, er sei Künstler, ich weiß nicht, was es war, das ihr Gesicht plötzlich veränderte, ihren Augen plötzlich ungeteilte Gegenwart verlieh, erst da rückte ich ab, überließ ihn ihr. Wer weiß, vielleicht habe ich ihn ihr damals um der Freundschaft willen kampflos überlassen, mich hintangestellt, weil ich erkannte, diesen will sie für sich? Vielleicht war es gerade unsere Freundschaft gewesen, die mein Glück vereitelt hatte? Hatte sie nicht selber einmal gesagt, als sie das Tarot für mich las, hüte dich vor falschen Freunden? Oft hatte ich uns auf Fotos und heimlich in Spiegeln verglichen, wenn wir beide unvermutet in einem Auslagefenster, in jeder beliebigen Glasscheibe erschienen. Ihr schmales, dunkles, abwesendes Gesicht, unergründlich, faszinierend, und mein breites helles Gesicht, alltäglich, gewiß, aber mit einem Lächeln, das strahlen konnte, auch verzaubern, wenn ich glücklich war, ein offenes Gesicht, das zum Kennenlernen einlud. Hatte er nicht gesagt, du bist atemberaubend, als ich ihr blaues Abendkleid anzog? Wer sagt denn, daß sie es hätte sein müssen vom Anfang an? Deshalb konnte ich ihr diese Demütigung nicht ersparen, ich mußte es immer wieder hören, es immer wieder bestätigt bekommen, daß sie es nur durch Zufall war, weil sie es gewesen war, die um ihn warb, daß genausogut ich es hätte sein können. Daß er nicht von Anfang an gedacht hatte, ich nehme die Dunkle und sonst keine. Diese Ungewißheit quälte mich, zwang mich immer wieder, Geständnisse von ihm zu erpressen.

Zu dem Zeitpunkt, als ich ihn wortlos bedrängte, sich zwischen mir und ihr zu entscheiden, er brauchte sie ja gar nicht zu verlassen, nur hören wollte ich es, daß ich schöner war, interessanter, faszinierender, auf den Vergleich kam es mir an, zu diesem Zeitpunkt hatte ich längst schon gewonnen. Kein Wunder, schau sie dir bloß einmal an, sagte er, eine böse Alte wird sie bald werden, meine Alte, schade, denkt sie jetzt, daß sie uns nicht in den Topf werfen kann in ihrer Hexenküche, lach doch, ist ja nur ein Spaß. Aber viel Humor hatte sie nie besessen, nie hatte sie mitgelacht. Schwerfällig oder trotzig hatte sie sich immer geweigert, an unsren Wortspielen, unserem Geplänkel teilzunehmen. Laß sie, das geht über ihren Horizont. Die vielen kleinen Triumphe, die er mir zuspielte als Entschädigung dafür, daß trotz allem ich es war, die am Ende des Abends allein nach Hause ging. Wie es wohl weiterging zwischen den beiden, nachdem ich die Tür geschlossen hatte? Sie würden sich wieder versöhnen.

Ich weiß nicht, wie sie die Tage verbrachte. Die endlosen Strecken Zeit. Ich hatte einen Beruf, der mir den Tag aufteilte, daneben die knapp bemessene Freizeit, Abende, Wochenenden, keine Minute, über die ich nicht Rechenschaft hätte ablegen können. Besuche, Theater, Konzerte, Bücher. Tage, ausgefüllt bis zum Rand, nur die Nächte leer. Nur für die Nächte brauchte ich Tabletten, um die Leere nicht zu fühlen. Und sie sagte, ja, du hast Zeit, die Haare frisch gewaschen, saubere gebügelte Blusen, trotz Beruf und Freizeitverpflichtungen. Und sie, die tagelang das Haus nicht verließ, keine Veranlassung hatte, es zu verlassen, sagte, ja, du hast Zeit. Nie habe ich sie gefragt, wie sie die Tage verbrachte. Stillschweigend hatten wir beschlossen, Achim und ich, daß sie faul und unfähig war. Hängendes fettiges Haar und ein Geruch wie von ungewaschener Wäsche. Und überall die klebrige Gegenwart des Kindes, Flecken auf den Kleidern, Spielsachen auf dem Boden, selbst nachdem sie das Kind ins Bett gebracht hatte, Windeln und der süßliche Geruch nach Milch in der abgestandenen Luft. Drei Jahre lang vom klebrigen Säuglingsgeruch behaftet, wie konnte sie noch erwarten, daß er sich ihr nähere wie einer Frau. Und immer so müde. Zornige Augen und die Falte auf der Stirn: Warum kannst du nicht einmal mithelfen? Ich? fragte Achim, ich bekomme nicht bezahlt dafür, das ist dein Beruf. Aber sie hatte es ja so gewollt, hatte es ja nicht erwarten können, als Karin ihr den Platz im Leben versprach.

Wo war Karin jetzt? Die Freundschaft hatte sich abgekühlt, Jana sprach nicht mehr von ihr, Karin hatte wenig Zeit, sie war sehr beschäftigt. Es blieb ja nichts mehr zu tun, sie hatte Jana genau dorthin gebracht, wo sie sie haben wollte. Was hätte sie sagen sollen, wenn sie gesehen hätte, daß Jana an dem von ihr verheißenen Glück litt, was hätte sie ihr raten sollen? Triffst du dich noch manchmal mit Karin, fragte ich nebenher. Nein, sie hat keine Zeit. Wen gab es sonst noch? Sie hatte keine neuen Freunde gewonnen in den drei Jahren. Wie sollte sie denn? Sie verließ ja kaum die Wohnung.

Manchmal versuchte ich es, trotz ihres Mißtrauens mich ihr zu nähern, ihr zumindest Ratschläge zu geben. Mach was aus dir, du mußt mehr auf dein Äußeres achten. So weit waren wir voneinander entfernt. Ich erinnere mich an keine Gespräche. Ich erinnere mich an meine Ungeduld mit ihrer stumpfen Sprachlosigkeit, an meine Verachtung, wenn sie dumpf und ungepflegt mit uns am Tisch saß. Ich konnte ihr nicht helfen, ich verstand sie nicht. Ich verstand nicht, wie sie sich so gehenlassen konnte, wie sie so sehr versinken konnte in einem Leben, das sie so sichtbar als unerträglich empfand. Oft träumte ich mich an ihre Stelle. Schon möglich, daß meine Träume bereits tausendmal vor mir geträumt worden waren, die Träume davon, am Ziel zu sein, morgens beim Frühstück zu sitzen, zu zweit, umgeben von weißem Porzellan und wunderbaren Gerüchen, den Zucker zu reichen, Kaffee einzugießen, die Wärme der Nacht noch in den Gliedern. So einfach, dachte ich, und sie schafft es nicht.

Einmal traf ich mich mit Achim zu Mittag in der Stadt, rufen wir Jana an, schlug er vor. Aber Jana war noch nicht angezogen, das Kind, das Geschirr, die Wäsche, und sie hätte gar keine Lust zu kommen.

Stell dir vor, halb zwölf, und sie ist noch nicht einmal angezogen.

Abends spülte ich meine leere Frühstückstasse mit dem eingetrockneten Kaffeerand aus und aß im Stehen und stellte mir vor, wie gern ich den Tisch decken würde für einen zweiten. Ich haßte Jana bei dem Gedanken. Wie hätte ich sie verstehen sollen? Ich habe mich immer nach ihrem Leben gesehnt, nach der sicheren Nähe eines Menschen, auf den man Besitzrecht hat, nach der Erfüllung. Mein Leben und ihr Leben. Gab es nichts dazwischen? Ich haßte sie, als hätte sie mir mutwillig alles weggenommen, was ich glaubte zu brauchen, um glücklich zu sein. Sie hatte es an sich gerissen und ließ es langsam verrotten. Sie hatte fast verlernt zu sprechen, sie blinzelte im Tageslicht, weil sie sich immer in nordseitigen Räumen aufhielt. Nie hätte ich mir den Verdacht erlaubt, daß das Leben, das sie gewählt hatte, sie zugrunde richtete, obwohl ich wußte, daß es so war. Ich konnte es nicht zugeben, es hätte mir einen Traum zerstört, den Traum von einer möglichen Zukunft.

*

Es war ja nicht immer so gewesen. Sogar vor fünf Jahren noch waren wir anders gewesen, sehr jung und bedürfnislos, vom frühen Morgen an unterwegs in immer denselben Kleidern, kaum belastet von dem wenigen, das wir besaßen, begierig nach neuen Orten und neuen Menschen, nicht einzuschüchtern, nicht unterzukriegen. Gewaschen hatten wir uns an öffentlichen Brunnen, geschlafen hatten wir oft unter freiem Himmel, gegessen hatten wir das Brot der Einheimischen, bedürfnislos und glücklich.

Du siehst das alles viel zu verklärt, sagte Achim, erinnere dich, wie oft einer ohne den anderen weiterreiste nach einem Streit, wieviel böses Schweigen es auch damals gab. Und an deine unausgesetzte Eifersucht. Ich erinnere mich nicht. Ich erinnere mich an viel Fahrtwind und daran, daß wir oft gelacht haben. Ich erinnere mich, daß wir immer wieder versuchten, an den Anfang der Welt zu gelangen. Und als du am Rand der Oase gesessen bist, weil ich mit Leuten zusammen war, die du nicht mochtest, und noch lange danach behauptet hast, dich nie so verlassen gefühlt zu haben? Ich erinnere mich daran, aber ich habe den Schmerz vergessen, es war nichts im Vergleich zu später. Du willst auch die Vergangenheit nicht mehr mit mir teilen.

Ich will dir die letzte Reise ins Gedächtnis zurückrufen, Achim, die wir dann abbrachen, weil wir glaubten, es sei an der Zeit, erwachsen zu werden. Damals war ich schon schwanger. Wir hatten ein Schnellboot gemietet und fuhren stromaufwärts an breiten langsamen Dschunken vorbei, die den braunen Fluß hinuntertrieben. An Hütten vorbei und an Dörfern, die auf faulenden Pfählen ins Wasser zu waten schienen. Vom Morgengrauen bis zum Abend fuhren wir stromaufwärts, ohne anzulegen, wenn schon nicht an den Anfang der Welt, an den Anfang einer Kultur mußten wir gelangen, bevor wir nach Hause fuhren, um in den Ruhestand zu gehen. Vorbei an Langhäusern, badenden Eingeborenen und Bananenplantagen. Aber meist war zu beiden Seiten nur dichtes Dschungelunterholz. Und plötzlich, unerwartet nahe am Ufer, die roten ausladenden Dächer des Tempelbezirks. Am Landeplatz gaben wir das Boot zurück und zahlten den Rest der Miete. Wir würden auf dem Landweg zur Hauptstadt zurückfahren, aber im Augenblick taten wir so, als blieben wir hier, für immer. So hatten wir uns das Heimweh abgewöhnt, indem wir jedesmal so taten, als seien wir endgültig angekommen, als wollten wir da, wo wir gerade angekommen waren, seßhaft werden. Als erwartete uns hier eine Bestimmung, ein Schicksal etwa, das uns der Zufälligkeit und der Anonymität enthob. Bei der Abreise hatten wir die Erwartung der Ankunft schon wieder vergessen, so waren wir nie enttäuscht.

Oberhalb der Anlegestelle war ein Jahrmarkt. Glücklich und übermütig kauften wir Plastikspielzeug für das Kind, von dem wir noch nicht einmal sicher wußten, daß es existieren würde. Später würde dieser Jahrmarkt durch das Kind seine Bedeutung behalten. Wir würden sagen, dieses häßliche Auto haben wir damals gekauft. Noch waren wir wie Kinder, die Vater und Mutter spielten, ahnungslos.

Im Tempel war es undurchdringlich finster nach dem grellen Sonnenlicht und den leuchtenden Farben. Und wieder hatte ich Augenblicke lang das undeutliche Gefühl, alles hätte eine tiefere, dem Zufall enthobene Bedeutung. Ich ließ es auf mir liegen und glaubte eine große Ruhe zu spüren, ein unbegründetes grenzenloses Vertrauen. Eine menschliche Dimensionen übersteigende Buddhastatue ragte ins Dunkel der Kuppel, ein goldener Koloß, dessen Arme dick wie Säulen waren. Hoch oben in der Rundung der Kuppel erhob sich das teilnahmslos ruhende Gesicht, seltsam verkürzt durch den Blick von unten, niemand konnte wissen, wohin er blickte, ob er überhaupt Augen hatte. Im Halbkreis rund um ihn herum saßen kleinere zugänglichere Statuen, jede schien für ein besonderes Anliegen oder für eine bestimmte Gruppe von Pilgern bestimmt. Davor lagen die Wallfahrer auf den Knien, die Stirn auf dem Boden, und rasselten mit Bündeln aus Holzstäbchen, steckten schwelende Duftstäbe in sandgefüllte Schalen oder befestigten Goldplättchen an den Statuen. Man konnte die Goldplättchen von kahlgeschorenen Mönchen in orangefarbenen Roben kaufen, auch Räucherstäbchen boten sie an und Blumengirlanden, ein einträgliches Geschäft in einem Land, in dem keiner genug zu essen hat. Auch ich kaufte Goldplättchen und klebte sie auf eine unbekleidete Stelle der Göttin, die für Kindersegen zuständig schien. So groß war meine Sehnsucht, zugehörig zu sein, als gewähre nur Zugehörigkeit Sinn und das Recht auf Glück. Keiner verwehrte es mir, keiner beachtete mich, aber ich schämte mich, als hätte ich etwas Verbotenes getan, etwas Unzulässiges gewünscht. Immer wieder hatte ich versucht, in einer Gruppe unterzutauchen, zu der ich nicht gehörte, nur um zu den andern, die mir ihre Sprache und ihre Werte aufgedrückt hatten, zu sagen, seht her, auch ich gehöre irgendwo dazu, aber zu euch gehöre ich nicht. Doch ich war nur Mißtrauen begegnet auf beiden Seiten. Geblieben war mir die nachhaltige Scham des unbefugten Eindringlings, der sich mit falschen Angaben den Zutritt erschleicht. Sie hatten mich nie fortjagen müssen, ich war immer von selbst mit dem Gefühl unaussprechlicher Erniedrigung davongeschlichen.

Der Tempel vibrierte vom rhythmischen Schlag der fremden melodielosen Musik, vom flackernden Licht dicker Kerzen und bläulich wogenden Rauchwolken. Die Mauern lagen im Dunkel, das hohe Kuppeldach in der undurchdringlichen Schwärze. Das Gefühl der Ruhe war nur augenblickslang gewesen, die Vertrautheit noch kürzer, zu kurz, um sicher zu sein, daß ich sie wirklich gespürt hatte. Nichts war mir hier vertraut, alles war fremd, die Sprache, die Musik, der Geruch der Menschen, die abweisende Ruhe der Götter. Einmal war ich mit niedergeschlagenem Blick und voll Angst, ertappt zu werden, zum Gottesdienst derer gegangen, bei denen ich eines entfernten Ahnen wegen Zugehörigkeit erhofft hatte, auch weil ich sie am meisten bewunderte, aber ich hatte mich fremd gefühlt, nichts hatte Vertrautheit ausgelöst, nichts mir das Gefühl von Geborgenheit gegeben. Ich war nie wieder hingegangen.

Wir traten aus dem vergoldeten Dunkel ins grelle Sonnenlicht und sahen als erstes das Kind, verstümmelt, kaum mehr als Mensch zu erkennen, auf Kniestümpfen lag es auf den Tempelstufen und streckte uns die Hand hin. In diesem Land gab es viele, die nicht dazugehörten, viele Unberührbare.

In den Trümmerfeldern der ehemaligen Hauptstadt gingen wir an Hunderten von geköpften Buddhastatuen vorbei, schlanken Buddhas mit wolligem Haar und scharfen hakennasigen Zügen. Die Pagoden waren zu Ruinen verfallen, die Eingänge zugemauert, eine archaische Landschaft wie aus einem versunkenen Erdzeitalter, einer anderen Welt. Ein Pagodeneingang war aufgebrochen, ein schwarzes Loch, eine Versuchung für eine wie mich, die im Unbekannten nach

Vertrautem sucht. Die Treppe hinauf war schmal und schwindelerregend steil. Feuchtheiße Moderluft schlug mir aus der Dunkelheit des geplünderten Innern entgegen. Vielleicht war meine Gier nach Wegweisern und Antworten sogar den fremden Göttern schon lästig geworden, und sie legten mir deshalb die undurchsichtige Schwärze über Augen und Sinne. Achim stand unten und hatte mich nur noch im schwarzen Pagodeneingang verschwinden sehen. Er stieg wohl nach längerer Zeit selber hinauf und mußte mich über die vielen unebenen Stufen hinuntertragen, mich zum Dorf tragen und einen Jeep auftreiben, der uns zur Hauptstadt zurückfuhr.

Es war die letzte Reise vor unserer Rückkehr. Die vorbeiziehenden Bilder hatten jede Schwere, jeden festen Standort in der Landschaft verloren, das verlieh ihnen eine quälende Bedeutung, die ich nie zu enträtseln vermocht hatte: Fischernetze, über brackige Kanäle gespannt, Wasserbüffel, schwarz und glänzend mit weitausladenden Hörnern, kleine braune, in die Felder gebückte Gestalten, gelbgrüne Reisfelder bis an den Horizont, eine ausgebleichte Sonne in den seichten Brachflecken der Reisfelder, ein ferner blauer Urwaldstreifen. Wäre dieses unbestimmte Gefühl nicht gewesen, daß alle diese Zufälligkeiten, diese Bilder, die jede Antwort verweigerten, doch eine in Schicksal verwandelbare Bedeutung haben mußten, einen Sinn, der mit mir zu tun hatte, ich hätte sie vielleicht längst schon vergessen. Ich hätte nicht drei Jahre lang immer wieder zurückdenken müssen, ohne den Verdacht loszuwerden, daß wir etwas Wesentliches versäumt hatten, daß uns hier noch etwas erwarte.

*

Dann waren sie weg, wie von Anfang an zu erwarten gewesen war. Ich ertrug es erstaunlich leicht. Ich kehrte übergangslos zu meinem früheren Leben zurück. Wie ich es jedesmal tat, wenn Jana abgereist war. Ich kehrte zu meinem bürgerlichen Leben zurück, von dem sie mich abgehalten hatte. Arbeit. Regelmäßigkeit. Erholung als Pflicht absolviert, Spaziergänge, Morgengymnastik, Konzerte. Arbeit, korrekt und pünktlich. Ich kann nicht sagen, daß es mich glücklich machte. Leere läßt sich mit Arbeit zudecken, Arbeit bringt Erfolg. Ich konnte mich nicht beklagen, ich war älter geworden. Ich wußte inzwischen, daß es nie für mich sein würde, dieses andere Leben. Es enthielt Dinge, die auch ich gern gehabt hätte, einen Mann wie Achim, Abenteuer, Abwechslung. Aber ich machte mir keine Illusionen mehr, es war nicht für mich, ich hätte es nicht ertragen. Ich hing an meinen Annehmlichkeiten, ich brauchte Vorhersehbarkeit und die Bestätigung der Richtigkeit meiner Leistungen, Erfolg zum Beispiel, Kultur, auch Eßkultur, Wohnkultur. Bürgerlich hatten sie mich geschimpft, beide, Jana mit Verachtung, Achim nachsichtig. Ich ging ins vierte Lebensjahrzehnt.

Auch Jana war schon über dreißig. Sie hatte ein trauriges Kind, einen Mann, der sie nicht mehr liebte, und keinen Beruf, nichts, das ihr gehörte, nicht einmal mehr die Möglichkeit, Musik zu hören, wenn sie wollte. Einmal hatte ich sie beneidet, viele Jahre lang hatte ich sie beneidet – seit ein Halbwüchsiger im Park gesagt hatte, ich nehm die Schwarze. Um ihre Begabung hatte ich sie beneidet, um die Leichtigkeit, mit der sie Klavier spielte, um die Versunkenheit, mit der sie Musik hörte. Davon war nichts geblieben. Eine große Begabung vergeudet, es fehlte ihr jede Selbstdisziplin, eine bürgerliche Tugend. Man konnte den Mangel nicht auf ihre Herkunft schieben, Eva hatte es zu etwas gebracht. Ein Jahr nach Janas Abreise zog ich wieder in die

Großstadt und traf mich regelmäßig mit Eva. Wir langweilten einander, Eva langweilte mich, wir konnten wenig miteinander anfangen, aber es war gut, jemanden von früher her zu kennen, auch über Jana und Achim zu sprechen wie über eine ferne schöne Zeit voll Romantik.

Einmal machte ich eine Reise mit Eva. Sie war unglücklich, sie war allein, der Mann, mit dem sie zwei Jahre gelebt hatte, war ohne Erklärung aus der gemeinsamen Wohnung ausgezogen. Wir fuhren ans Meer und verbrachten die Tage am Strand, wir schwammen und machten flüchtige Bekanntschaften, wir aßen Fisch und tranken viel Wein. Unvorstellbar, diese Reise mit Jana gemacht zu haben, drei Wochen an einem Ort, drei Wochen die gleichen Sonnenuntergänge und dasselbe Meer. Aber ich dachte öfter an sie. Sie hatte nie vom Reisen gesprochen, sie sagte Trampen und meinte damit den Aufbruch am frühen Morgen, das Nächtigen unter freiem Himmel, die Landstraße, auf der die Autos uns Staub in die Augen wirbelten, auf der wir weitergingen bis zur Erschöpfung, bis ein Auto, ein Traktor, ein Jeep stehenblieb und uns mitnahm. Heute nicht zu wissen, wo wir morgen sein würden, am Morgen nicht zu wissen, wo wir in der Nacht schlafen würden. Immer hatte sie sich über mich beklagt, weil ich in sauberen Betten schlafen wollte, weil ich warmes Wasser brauchte, um meine Wäsche zu waschen, weil ich auf zwei warmen Mahlzeiten am Tag bestand. Dieses Leben hatte sie gewählt, nein, gewählt hatte sie nie. In dieses Leben war sie hineingeraten, von Land zu Land, von Hauptstadt zu Hauptstadt, atemlos, wie gehetzt, ohne Geld, fast ohne Geld, denn irgendwann mußten die Ersparnisse, die sie großzügig an Achim verschwendet hatte, ausgegangen sein. Manchmal nahmen sie wohl Gelegenheitsarbeiten an, so hatte Achim gelebt, bevor wir ihn kennengelernt hatten. Und oft ersparte eine Nacht in einem Schnellzug die Übernachtung in der Herberge und brachte sie obendrein

ein Stück weiter. Einmal würde es genauso sinnlos sein, immer wieder aufzubrechen und an einem neuen Ort anzukommen, wie ihnen das Leben in ihrer Vorstadtwohnung sinnlos erschienen war. Was würden sie dann tun?

Wir trampen anders als du und ich, hatte sie einmal geschrieben, totaler. So hatte sie Achim kennengelernt und nie unterscheiden können zwischen ihm und dem Abenteuer, das er verkörperte. Als hätte sie sich in eine Idee verliebt, die im seßhaften Leben bedeutungslos wurde, in ein Vehikel, das abgestellt seine Funktion verlor. So hatte sie ein Jahr lang nach ihm gesucht, immer unterwegs, von Ort zu Ort. Und als sie ihn gefunden hatte, waren sie zu zweit aufgebrochen und hatten es vorgezogen, neue Landschaften kennenzulernen, um einander fremd bleiben zu können. Drei Jahre lang unterwegs, unausgesetzt. Da konnte kein Überdruß am andern eintreten, nur Erschöpfung, die sie einander immer wieder zutrieb. Und nach vier Monaten in einer Stadt, die sie nie erwähnt hatte, ein neuer Aufbruch, unterbrochen durch ihre Schwangerschaft. Fünf Jahre unterwegs. Danach waren sie unfähig, eine Wohnung einzurichten und die Regelmäßigkeit eines ereignislosen Lebens zu ertragen, Vorstellungen wie Glück einen neuen Inhalt zu geben.

Jetzt schrieben wir uns kurze Briefe, Aerogramme meistens. Ich weiß nicht, warum mir immer die Hände zitterten, wenn ich einen Brief von ihr im Postkasten fand. Er schrieb nie. Immerhin hatten Eva und ich genug Stoff, um unsere gelegentlichen Kaffeehausnachmittage zu füllen. Sie reisten nicht mehr. Sie waren diesmal nur gereist, um anzukommen. Sie waren gereist, nicht getrampt – wegen des Kindes, wie Touristen von Hotelzimmer zu Hotelzimmer. Das reizte sie nicht. Später vielleicht wieder, schrieb Jana, wenn das Kind größer ist. Sie hatten nur einen festen Wohnsitz mit einem anderen vertauscht, um dem Abenteuer näher zu sein. Jetzt wohnten sie in einem großen unbewohnbaren Haus, am Rand einer großen Stadt, am Rand von Bananenplantagen und Urwald. Es sei sehr heiß, schrieb sie, und sie und das Kind seien oft krank, sie gingen kaum aus dem Haus. Achim sei in der Stadt beschäftigt, sie sähen ihn kaum mehr, es sei nichts zu tun, es gebe keine Nachbarn, nur die Elendsviertel an den Rändern der Stadt, aber die Stadt selber sei weit weg. Da saß sie also, wie sie auch in ihrer Wohnung in unserer Kleinstadt gesessen hatte, gelangweilt, lethargisch, in der Tropenhitze, unter einem Ventilator, der ihr das ungekämmte Haar zerzauste und die träge heiße Luft umrührte. In der Hitze schrieb sie Briefe, in denen der Schnee vorkam, ob schon Schnee gefallen sei bei uns und wie sehr Daniel sich nach Schnee sehne. Achim erwähnte sie kaum, aber er war deutlich vorhanden in ihren Briefen als eine Abwesenheit, die sie in diese Untätigkeit, in diese zunehmende Niedergeschlagenheit hineindrückte. Einsam stellte ich sie mir vor, abgeschnitten, mit dem Kind allein in einer fremden Umgebung, die sie so wenig zu interessieren schien, daß man kein Bild von ihr gewann. Besuch uns doch einmal, schrieb sie. Ich weiß nicht, ob sie es gemeint hatte, aber der Gedanke wurde rasch zu einem Plan mit genauen Abflugs- und Ankunftszeiten. Es war kein Abenteuer mehr, Freunde auf anderen Kontinenten zu besuchen, es war eine Geldfrage. Einundzwanzig Stunden im Flugzeug, zwei Wochen Aufenthalt, Achim würde mich abholen, alles war geplant, er würde mich wieder zum Flugzeug bringen, einundzwanzig Stunden zurück, ein kurzer Urlaub in den Tropen, neue Eindrücke, ein Wiedersehen.

*

Kennengelernt hatten wir uns in einem anderen Zeitalter, in einem früheren Leben, zu dem es keine Verbindungen mehr gab. Damals waren wir fast gleich alt gewesen. Inzwischen, als hätte ich nicht wie Achim jeweils ein Jahr zurückgelegt, bin ich uralt geworden, ganze Jahrzehnte sind mir im Ablauf einzelner Jahre vergangen, es gibt kaum mehr Dinge, die mich erstaunen, manchmal nur hat es mich noch gewundert, wie unberührt man am Ende sich auch vom Schmerz erhebt. Er dagegen hatte spät noch Versäumtes nachholen müssen, ein halbes Leben, um das ich ihn betrogen hätte, so sagte er. Ich konnte nicht umhin, auch jetzt noch Mitleid zu empfinden.

Nach vielen Jahren, in denen er scheintot gewesen sei, nach einer langen vertanen Zeit, während der er sich selber verlorengegangen sei, habe er das andere Leben, das, was er suchte, gefunden. Ich glaubte ihm, daß er die Wahrheit sprach, ich glaubte es der neuen Straffung seines Körpers, der neuen Weichheit und glücklichen Trauer in seinem Gesicht, der Sehnsucht in seinen Augen. Ich kannte den Zwang, immer zum Anfang zurückzukehren, wenn sonst nichts mehr blieb. So hatte es angefangen, ich erinnerte mich täglich: mit einem rituellen Tanz auf goldverzierter Bühne, mit Schattenrissen und Schlangenarmen und einem herausgelösten, im Tanz versunkenen Gesicht. Wie hatte dieses Gesicht verdient, so sehr von mir gehaßt zu werden? Und so hatte es angefangen, sagte er: ihre Stimme wie die Musik eines nächtlichen Liebeslieds, ihre Worte schnell und leicht wie der Flug eines Vogels, wie ein Sonnenblitz zwischen Regenwolken, sie hatte tausend Gesichter, magische Bilder, Zauberspiegel, mit einem hypnotischen Lächeln. Ich glaubte ihm alles. Nie hatte er so zu mir gesprochen. Auch das war ein Anfang oder ein Ende, je nach dem Standort des Betrachters: Gerade trat ich aus dem Tempelinnern mitten in die glühende Sonne hinaus, als er auf mich zukam. Noch war ich ahnungslos. Einen Augenblick verharrten wir zwischen den überlebensgroßen Dämonen an den geschnitzten Toren, im Blickkreuz ihrer zähnebleckenden Fratzen, die einander schon seit Jahrtausenden haßerfüllt anstarren, gerade wollte ich zurücklächeln, denn er kam mit einem neuen Strahlen in den Augen, einem neuen Erkennen im Blick auf mich zu, als ich sah, daß seine Augen an mir vorbeigingen. Ich wandte mich verwirrt um und sah sie zum erstenmal in der bunten Tracht der einheimischen Frauen, sie lächelte zurück. So hatte es angefangen, im Toreingang eines fremden Tempels, es machte nichts, daß wir von verschiedenen Tempeln sprachen, von verschiedenen Ländern, von verschiedenen Anfängen. Darum ging es ja nicht, es ging um den Zwang zur Wiederholung, es ging um den Schmerz, den man liebte, weil er das letzte war, das einem blieb.

Es gab Augenblicke, da war ich erleichtert, daß die Alpträume endlich Wirklichkeit geworden waren, daß meine Ahnungen sich bestätigt hatten und nicht mehr in meinem zermarterten Hirn Wahnbilder erzeugten. Von nun an kamen sie von draußen und wurden mein tägliches Brot zu jeder Tages- und Nachtzeit, alle Geheimnisse waren öffentlich geworden. Manchmal spürte ich einen großen Frieden, es hatte sich alles erfüllt, es gab nichts mehr zu fürchten. Ich war doppelt im Irrtum. Es war die Leere, die sich für Frieden ausgab, ich war noch lange nicht am Ende des Schmerzes. Oft zog ich jetzt, am vermeintlichen Ende, unsere lange gemeinsame Spur nach. Die vielen Abschiede, die ein betretenes Lächeln am Morgen wieder zurücknahm, die nebensächlichen Gewohnheiten, die Gemeinsamkeit herstellten, die Forderungen eines Kindes, die uns zwangen, einander lange genug anzusehen, um zum bewußtlosen Alltag zurückzukehren. Und dann war ja auch immer wieder der bekannte Rausch des gemeinsam gewählten Lebens, wenn wir im Zug saßen und draußen die Bäume südlicher wurden, die Leichtigkeit, die Geschwindigkeit, als führen wir aus dem freudlosen Winter unserer abgestorbenen Liebe in einen neuen Sommer hinein, in dem alles noch einmal beginnen konnte. Am Fenster stehend mit Daniel, dem ahnungslosen, für alles Neue weit offenen Kind, schau, dort an den Hängen für lange Zeit der letzte Schnee. Und die noch unbedingtere Flucht im Flugzeug, vom alltäglichen Boden hochgerissen, einem Höhepunkt entgegen, von dem man erst nur vorsichtig träumte, ein neues Leben im Ungewissen, das alles enthielt. Auch die Angst. Beim Zurückblicken über die Schulter der letzte Turm des vertrauten Kontinents, an den ich mich klammerte, mit den Augen zumindest, als könnte ich sie zu einem Seil entrollen und mich fest am Turm vertäuen, den Kopf drehte ich mir fast aus dem Genick. Aber wir ließen es erleichtert zu, daß uns in der Gewaltsamkeit des Aufflugs die Vergangenheit weggerissen wurde. Nur mehr Zukunft lag jetzt vor uns, unsichtbar, in die Wolken unter uns gepackt, schau, so viel Schaum, sagte Daniel überwältigt. Und zwischendurch Lichtseen, ortlose Durchblicke und ein Flußband wie entrolltes Stanniolpapier.

Auf Elefanten wirst du bald reiten können, versprach ich dem Kind, und zum nächsten Geburtstag, deinem dritten, kannst du dir einen Papagei wünschen oder einen weißen, zahmen Affen. Und siehst du dort unten schon den Ozean? Auf dem schwimmt ein Schiff mit deinen Spielsachen drin. Vielleicht kommt ein Haifisch geschwommen mit klappernden Zähnen und bringt sie an Land und zu unserem neuen Haus? Warum nicht, alles ist möglich, solange man daran glaubt. Meinst du, Achim, werden wir wieder die frühere Leichtigkeit des Abenteuers zurückgewinnen, die Harmonie aus der Fülle verschwendeter Tage und die viel zu kurzen Nächte unter atmendem Himmel? Zweifelst du denn? Wie wird es sein? Unter Palmen werden wir in die feuchte Tropennacht hinaustreten, übernächtigt zwar und nach den vielen Stunden im künstlichen Klima von der Hitze überwältigt, aber wir werden nicht mehr wie früher mit dem Rucksack von Herberge zu überfüllter Herberge wandern müssen, wir werden erwartet werden, von Achims neuem Arbeitgeber, seinem Auftraggeber, persönlich, wie Gäste empfangen.

In einer geräumigen Limousine mit weißem Polsterbezug werden wir vor uns hin dösen und schließlich, im plötzlich aufgeblendeten Scheinwerferlicht, das Haus erblicken, eine Vision, die nur Augenblicke anhält, ich werde sie niemandem mitteilen und nie mehr vergessen können. Eine Villa, groß und weiß, mit einer Verzierung an der Vorderfront, die mit ihrer verblichenen Farbe im nächtlichen Scheinwerferlicht einer Sonnenuhr gleicht. Und einen Moment lang werden die Vision des neuen Hauses und die Erinnerung, die immer am Grund meines Traums von der endgültigen Ankunft schwamm, ineinanderfließen, mit verschwimmenden Konturen und dennoch unverrückbar in ihrer beruhigenden Schwere.

Es wird das letzte Haus sein, das ich unser Haus nenne. Bei Tag wird sichtbar, wie es unaufhaltsam und ununterbrochen verfällt. Beim ersten Tageslicht hat es nichts mehr mit dem Haus meiner Kindheit gemeinsam. Es ist ein Haus, in dem unermüdlich der Verfall betrieben wird, es ist lebendiger in seinem Verfall, als es zur Zeit seiner Blüte hatte sein können. Die Feuchtigkeit hat sich schon bis zum Dachstuhl gefressen, Mäuse huschen emsig über die schadhaften Böden, und Eidechsen sitzen träge mit klebrigen Füßen an den bröckelnden Wänden. Und inmitten des Verfalls hält sich noch immer der Wille des Bauherrn, versteinert in Säulen und in den beiden Nacken, die sich am Eingang unter den Kapitellen beugen, der Wille zur Unterdrückung. Nichts, was ich hier erleben werde, wird nur mir gehören, jeder Schmerz, jede Demütigung wird schon vorausgeglitten worden sein, meine bloßen Füße werden in die Spuren der schwarzen bloßen Füße treten, die den Fliesen ihre Glätte gegeben haben, und wenn ich, halb wahnsinnig vor

Schmerz und Wut, an den Säulen rütteln werde, wird unter meinen Händen ein weiteres Stück Gips zerbröckeln, das von den Händen und Armen vor mir gelockert wurde. Ein unbewohnbares Haus, das in der Stille das Echo aller Seufzer und Schreie gespeichert hat und es jetzt zaghaft, aber inständig in den rieselnden, huschenden, ächzenden Tönen des Verfalls aushaucht. Ein Haus voll Kälte inmitten der Tropenhitze, ein Haus der Herrschaft. Ein verwunschenes Haus, in dem uns der Fluch des Todes erwartete. Als wollten wir unsere Unterwürfigkeit beweisen, nahmen wir nur drei Räume in Besitz, zogen eine Grenze zwischen uns und der Dunkelheit der hinteren Räume, überließen sie den Geistern der Toten. Wir wollten die Vergangenheit, die schwer auf diesem Haus lag, nicht heraufbeschwören, wir gingen vorsichtig, auf Zehenspitzen beinah, wie Diebe, und nahmen dennoch willenlos die Herrschaftsmuster an, von denen es durchdrungen war. Und draußen, in einer anderen Welt, tobte die Sonne, wucherte die Vegetation, schlangen sich üppig Leben, Krankheit und Tod ineinander. Wie konnten wir annehmen, daß sie sich unser nicht ebenso bemächtigen würden wie des Hauses?

Den Sprung in das neue Leben hatte nur Achim vollzogen. Um die Leichtigkeit zu gewinnen, der es dazu bedurfte, hatte er uns beide opfern müssen, mich und das Kind. Es sei nicht anders möglich gewesen, bedauerte er; der Kunst, dem Aufstieg müßten Opfer gebracht werden. Abgeschüttelt, abgestellt im Kolonialmüll am Rand der aufstrebenden Stadt, abgeschnitten durch den Gürtel der Elendsviertel und ihre undurchdringlichen Gassen, mußten wir sehen, wie wir mit dem einzig uns Verbleibenden, dem Verfall von längst Abgestorbenem, zurechtkamen. Daniel lag matt und oft fiebernd unter dem Moskitonetz, und mich befiel eine neue Art Wirklichkeitsverlust, eine noch unbekannte Fremdheit.

Nach dem Aufgehen seiner großen Illusion und dem Eintritt ins andere Leben bekamen wir Achim kaum mehr zu Gesicht. Er war unzuverlässiger als der Briefträger und die Wasserversorgung, die uns selten genug Trinkwasser ins Haus brachte. Es gab ein Dienstmädchen, mit dem ich mich nur durch Zeichen verständigte, sie huschte wie die Mäuse durch unaufgeräumte Zimmer, saß reglos vor dem Haus und verschwand lautlos in der Dämmerung. Sonst war ich mit Daniel allein, und die Ausweglosigkeit, in der wir lebten, machte mich oft lieblos. Vergeblich langte ich in meine eigene Leere hinein und gab alles her, was an vertrockneten Resten noch übrig war, aber ich wußte, es reichte nicht aus. Ein ganzer Tag allein mit dem Kind, das selbst seiner Orientierung beraubt worden war, einem unglücklichen, verschreckten Kind, das nach vertrauter Nahrung, nach Spielgefährten und Abwechslung verlangte, verbrauchte meine Kraft so sehr, daß ich keine Sprache mehr in mir vorfand, nur mehr unartikulierte wahnsinnige Schreie. Und es gab viele solcher Tage.

Noch kam Achim von Zeit zu Zeit nach Hause, lange Zeit war er die einzige Verbindung, die wir zur Außenwelt hatten. Er blieb einige Tage, manchmal eine Woche lang und verschwand wieder. Nie sagte er, wohin er ging. Es war gleichgültig, ich hätte mir unter Ortsbezeichnungen nichts vorstellen können, ich kannte diese Stadt nicht. Sein unvorhersagbares Erscheinen verhinderte die schmerzlose Loslösung von ihm. Immer wartete ich, er konnte jederzeit auftauchen in seinem schwarzen schmutzbespritzten Sportauto und mich für Tage wieder hineinziehen in seine Besessenheit, in seine gequälte Gier nach einem Körper, nach einem Gesicht, das in der Menge untergetaucht war, als er es schon zu besitzen glaubte. Ein immer wiederkehrendes Ritual, in das er mich zwang, dem ich mich hilflos gebannt ergab, seine sechs Nächte mit jener Frau immer von neuem nachzuerleben, mein Gesicht schon lange gelöscht, mein Körper mir selber entzogen, seiner Erinnerung preisgegeben, bis ich den fremden, nie gesehenen Körper besser zu kennen glaubte als meinen eigenen, bis ich selbst schwindlig die fremde Lust nachvollzog im Delirium restlosen Selbstverlusts. Nach unerträglichen Stunden endlich aufbegehrend, aufschreiend, ohne mich jedoch vom Platz zu rühren, kam es mir vielleicht kurz in den Sinn, daß es Zeit war zu gehen, aber wie unter Zwang holte ich noch mit Fragen heraus, was er mir vorenthalten hatte, und rieb es mir in die Wunden. Alles Unvorstellbare wurde möglich zwischen diesen zerbröckelnden Mauern.

Erst wenn er weg war, konnte ich mich wieder dem Kind zuwenden, mit einer neuen Trauer, einer jedesmal tieferen Trostlosigkeit, die es nicht begriff, aber mitvollzog. Noch hatte Daniel die Kraft, sich der Wirklichkeit zu entziehen und mich hineinzuziehen in seine befreiende Welt sprechender Urwaldvögel und belebter Dinge. Sogar das bedrohliche Eigenleben des Hauses verwandelte sich in ein phantastisches Abenteuer unter seinem Blick. Es schien ihm nicht aufzufallen, daß sein Vater nur mehr hie und da wie ein unheilbringender Schatten in unser Reich einbrach und spurlos wieder verschwand.

Und ich, in einen Nebel der Unwirklichkeit gehüllt, betastete erstaunt meine fast schon schmerzunempfindlichen Verletzungen und glaubte dennoch in den schlaflosen Nächten die Wirklichkeit nicht mehr zu überbietenden Unglücks zu erleben.

*

Wie alles genau gekommen ist, weiß ich nicht mehr, ich war übernächtigt vom langen Flug und desorientiert, es war unerträglich heiß, und ich freute mich, Achim unter den Wartenden an den Zollschranken zu sehen. Ich erinnere mich, daß es mich vor der Kühle seines Speichels und dem Schweiß auf seinen Handflächen leicht ekelte. Ich erinnere mich auch, daß mir zum erstenmal auffiel, daß ich größer war als er. Ich stellte keine Fragen, als wir vor einem modernen Gebäude, einem Glasbetonbau wie in jeder beliebigen Stadt, aus seinem Wagen stiegen und mit dem Lift in den achten Stock fuhren, wo er die Tür zu einem großen hellen Atelierraum aufsperrte. Ich wußte, auch ohne fragen zu müssen, daß wir Jana dort nicht finden würden. Es bedurfte keiner Worte. Irgendwann sagte ich, was mir vor Jahren täglich auf der Zunge gebrannt hatte, ich sagte es ungeschickt, mit einem Pathos, das der Situation nicht angemessen war, und wünschte sofort, es nicht gesagt zu haben. Fünf Jahre lang habe ich dich bis zum Wahnsinn geliebt, sagte ich, und wußte gleichzeitig, daß ich ihn in diesem Augenblick nicht mehr liebte.

Ich habe seine Antwort vergessen, vielleicht hatte er dazu geschwiegen. Ich konnte das leichte Ekelgefühl nicht loswerden, die tropische Hitze trieb uns den Schweiß aus allen Poren, ich sehnte mich danach, mich zu duschen und in einem trockenen kühlen Bett zu schlafen. Von diesem Ereignis hatte ich drei Jahre lang geträumt. Und jetzt wartete ich vergeblich, daß mir die Sinne vergingen. Zumindest staunen wollte ich können, daß es endlich geschehen war, daß es er und kein anderer war, der neben mir lag. Statt dessen überkam mich der Schlaf.

Auch das Licht, das grell durch die Ritzen der Jalousien schien und mich aufweckte, änderte nichts. Ich war ausgeschlafen und völlig ernüchtert. Wir wußten beide, daß ich nicht mehr in diese Wohnung zurückkommen würde. Fast war ich froh, daß wir das große Ereignis endlich in den Griff bekommen hatten; es war uns unter der Hand zur kleinen Affäre zerronnen, wir konnten beruhigt auseinandergehen und einander vergessen. Fast wie eine Pflichtübung, die man abhaken kann. Die Magie verflogen, die Sehnsucht zerstreut. Vielleicht ein wenig Trauer über die Enttäuschung, über den Verlust der Hoffnung. Eigentlich hätte ich gleich wieder abreisen können, ich hatte jedes Interesse an dem Abenteuer verloren. Jetzt noch Jana besuchen zu müssen, die irgendwo am Rand des Dschungels auf uns wartete und mir ihre mißtrauischen Blicke zuwerfen würde! Es stimmte nach wie vor, es gab keinen Grund zur Eifersucht. Wenn sie mehr Sinn für Humor gehabt hätte, hätte ich sie gefragt, warum sie mir verschwiegen hatte, daß er schnarchte.

Ich saß am Bettrand und hörte mir seinen Monolog an. Er hatte sich nicht verändert, noch immer sprach er von seiner Berufung und seiner Größe, er forderte, daß ich an ihn glauben müsse, niemand verstehe ihn so gut wie ich. In seinen Augen lag Angst, hilflose Panik. Die vergangene Nacht hatte mir den Mut gegeben, ihn mitten im Satz zu unterbrechen und ihn aufzufordern, mir die Stadt zu zeigen. Als schulde er mir etwas. Wir frühstückten in einem alten Hotel aus der Kolonialzeit. Ich schlug die Beine übereinander und lehnte mich in einem hochlehnigen Bambussessel zurück. Wie im Roman, dachte ich, wie bei Somerset Maugham, und die große Welt wehte mich so unwirklich an, daß sie mich wie so oft ins Zuschauereck trieb. Ich sah mich sitzen, das alternde Mädchen aus der Provinz im eigens für die tropische Reise gekauften Sommerkleid, und ihn, in weißem Hemd und weißer Hose, ein müder, frühzeitig gealterter Mann, der gern Playboy spielen möchte und ein heruntergekommener Trinker ist. Auch jetzt redete er wieder von sich, aber es gelang mir nicht, mich aus der Unwirklichkeit genügend herauszulösen, um den Sinn seiner Worte zu verstehen.

Fahren wir zu Jana, schlug ich vor. Aber er hatte ein Programm, an dem wollte er festhalten, auch wenn jeder neue Programmpunkt zur Peinlichkeit wurde. Es war mir klar, daß er diese Verführung geplant hatte, ich wußte nur noch nicht, warum. Wir fuhren in seinem offenen schwarzen Sportwagen zum Hafen. Den Tag hatten wir in Batikgeschäften und einer Batikkunstausstellung verbracht. Wir fuhren an verfallenen kolonialen Handelshäusern vorbei, an grachtenähnlichen Kanälen entlang, in denen die steinernen Fundamente schwarz faulten.

Und plötzlich öffnete sich vor uns die Bucht mit sturmgelben Wolken und schwefelgelben Wolkenbänken, die rot ausfransten, dort, wo sie die untergehende Sonne verdeckten. Davor lagen die breiten Bäuche der Segelschiffe, die ganze Mole entlang, eine lange Reihe von Piratenschiffen wie aus dem Abenteuerroman. Das Wasser schlingerte schwarz um jeden Bug, und die Masten mit dem Takelwerk und den aufgerollten Segeln standen mit scharfen Konturen gegen den rot und gelb flammenden Himmel. Vor kleinen Feuern saßen Matrosen und brieten Fische. Malayen, Molukken, schön und halb nackt, sie grinsten mit tabakbraunen Zähnen zu uns herüber und ließen das Weiß ihrer schwarzen Augen schimmern. Wir stiegen aus und schlenderten an den Anlegeplätzen vorbei, hinaus bis ans Ende der Bucht.

Achim bestand darauf, mich um die Taille zu fassen, das erschwerte das Gehen auf dem buckligen Pflaster, ich blieb fast bei jedem Schritt in den Ritzen zwischen den Steinen hängen. Wie auf einem Urlaubsposter, dachte ich und sah uns gehen, Arm in Arm, die Silhouette eines Liebespaares vor dem wild flammenden Himmel.

Ein Lied aus meiner Jugend fiel mir ein, eine Fernwehschnulze, Seemann, laß das Träumen. Ich sah Achim von der Seite an, was empfand er? Kam es regelmäßig vor, daß er den Hafen mit Sonnenuntergang als Kulisse für seine Verführungen, seine kleinen Affären wählte? Denn daß er Jana schon hundertmal betrogen hatte, daß es ein Spiel, eine Ablenkung für ihn geworden war, das hatte ich in der Nacht davor gemerkt. Wie viele Frauen hatte er vor dieser Kulisse

286

schon geküßt und gehofft, daß ihre billige Romantik seine Gleichgültigkeit verdecke. Wie das kleine Mädchen kam ich mir vor, das endlich nach vielen Jahren vergeblichen Schwärmens mit Clark Gable spazierengehen darf und seine Träume unzähliger Nächte wegwerfen muß, weil es die schrecklich unzulängliche Erfüllung in den Armen hält, ein wenig Kitsch, ein wenig nicht zu erfüllende Sehnsucht.

Das Programm war beendet, wir fuhren zu Jana. Das Kind spielte mit Holzpuppen im dunklen Flur, ein fünfjähriges mageres Kind mit gelblicher Gesichtsfarbe und ernsten Augen, die uns flüchtig und ohne Erstaunen wahrnahmen. Mein unsicheres Lächeln blieb unerwidert, ich schämte mich, nichts mitgebracht zu haben. Jana stand in einem großen, fast unmöblierten Raum am Ende des Flurs und ging uns nicht entgegen. Ihr kleiner Körper verschwand in den Falten eines ausgebleichten Batikkleids, einem formlosen Sack, der ihr bis auf die Zehen hing. Während ich auf sie zuging, hatte ich trotz meiner Verlegenheit Zeit, sie zu betrachten; das von der Äquatorsonne verwüstete Gesicht, ledrige Haut, scharfe Knochen, die nur mehr an ihren Kanten die Haut zu straffen vermochten, große stumpfe Augen, müde, blicklos.

Warum kommt ihr so lange nicht, fragte sie.

Ich hatte ihre Stimme nicht mehr im Ohr, aber diese Stimme erkannte ich nicht, es war eine Stimme, wie angerostet von der Tropenfeuchtigkeit.

Wo wart ihr denn, fragte sie.

Im Paradies, antwortete Achim.

Wie früher, ein Hieb, ein Stich, mit harmloser, sogar freundlicher Miene, was hat sie denn schon wieder, das Mimöschen? Sie wehrt sich nicht mehr, aber plötzlich hat sie ein böses Gesicht, ein Hexengesicht, die Knochen treten fast durch die dünne Haut. Der Haß, der aus ihren Augen quillt, sie sieht ihn nur an, aber sie sieht ihn an, als ob sie tatsächlich den bösen Blick hätte, als ob sie mit ihren Augen furchtbare Dinge geschehen lassen könnte. Der Haß geht mit der Hitze eine kaum zu atmende Verbindung ein, man glaubt zu ersticken, er lüftet sich nicht, als wir an dem geschnitzten Eßtisch in der viel zu großen herrschaftlichen Halle sitzen und ein einheimisches Mädchen gegrilltes Fleisch mit scharfen Saucen serviert.

Das Kind sitzt schweigend, geduckt, es schiebt seinen Teller bald von sich, auch Jana ißt wenig.

Achim scheint als einziger hungrig. Als er fertig ist, lehnt er sich in seinem Bambussessel weit zurück, überall gibt es hier Bambussessel, atmet tief durch und sagt genießerisch: Ja, für mich hat hier ein anderes Leben begonnen, spät, aber doch, es war der Himmel, sagt er schwärmerisch und fügt lächelnd hinzu, für Jana war es die Hölle.

Du hast unsere Ehe zerstört, sagt sie mit ihrer rostigen Stimme.

Nein, du, widerspricht er sanft, mit deiner Unfähigkeit, glücklich und frei zu sein.

Ich hatte nicht hingesehen, ich hatte eine Eidechse betrachtet, die einen Gipsvorsprung in der Mauer zu überwinden versuchte. Aber ich höre plötzlich das Glas an der Decke zersplittern. Der Wein tropft herunter, die Scherben springen auf den Tisch zurück, das Kind steht mit abwehrenden Armen vor dem Gesicht neben seinem Stuhl.

Du widerliche kleine Irre, sagt Achim und langt blitzschnell über den Tisch, reißt mit einem kleinen sauberen Ruck an ihrem lose hängenden Haar.

Bevor ich verstehe, was geschehen ist, sitzt er bereits wieder und wickelt sich eine Haarsträhne um die Finger.

Siehst du, wie sie sich benimmt, wendet er sich erklärend an mich, dann wundert sie sich, wenn ich selten da bin, nur ein Heiliger hält sie aus.

Kenne ich nicht diesen Blick in ihren Augen von früher?

Damals lernte ich ihn erkennen und wußte, wenn es höchste Zeit war, sie mit mir fortzuziehen, sie fest an der Hand zu halten und so zu tun, als ob alles in Ordnung wäre. Sie wirft den Kopf zurück und schreit, ein langer, unartikulierter Schrei. Früher schloß sie sich ein, um so zu schreien. Er packt sie am Arm und zerrt sie ins Nebenzimmer, wo das Schreien in hemmungsloses Schluchzen übergeht. Das Kind steht noch immer reglos neben dem Tisch, die Arme hat es vom Gesicht genommen, es scheint ganz aus Augen zu bestehen, großen entsetzten Augen.

Gehen wir, sagt Achim und faßt mich grob beim Arm.

Immer wieder schaue ich zurück, aber die Tür, hinter der Jana weint, öffnet sich nicht. Das Kind bleibt allein zurück in dem großen weißen Saal mit den bröckelnden Gipssäulen und der Eidechse, die aufgegeben hat und resigniert am Rand des Vorsprungs sitzt.

Mach dir nichts draus, sagt Achim, während das Auto nach vorn schießt und auf eine Lehmstraße abbiegt, da hat es schon Schlimmeres gegeben, am besten, man beachtet sie gar nicht.

Ich zog in ein Hotel und machte Tagesrundfahrten mit Touristenbussen, ich wußte nicht, wie ich sonst die Zeit bis zum Abflug verbringen sollte. Die Stadt war zu groß, zu verwirrend, zu heiß, um sie allein zu erforschen. Die Sehenswürdigkeiten befanden sich am Rand der Stadt, viele Kilometer vom Hotel entfernt. Ich stieg mit anderen Touristen aus, wenn der Bus stehenblieb, hielt mich am Rand der Gruppe, besichtigte und stieg mit den andern wieder ein. Achim traf ich noch einige Male, er holte mich vom Hotel ab, wir fuhren in Restaurants, in denen nur Weiße aßen. Er redete, ich schwieg, er ließ mich vor dem Hotel bei laufendem Motor aussteigen.

Einmal nahm ich ein Taxi und fuhr zu Jana. Es war eine lange heiße Fahrt, das Taxi hatte keine Klimaanlage wie die

Touristenbusse, der heiße Fahrtwind riß mir die Haare nach hinten. Wir fuhren durch die breiten Avenuen, die mir inzwischen vertraut waren, an Banken und Hochhäusern vorbei. Nachdem die asphaltierten Straßen in Schotterwege ausgelaufen waren, wurden die Straßen eng, die Häuser niedrig, schmalbrüstige Holzhäuschen mit morschen Außentreppen lehnten aneinander, wurden zusammen mit der holpriger werdenden Straße kleiner, schäbiger, baufälliger. Dann überquerten wir eine breitere Lehmstraße und waren in einer anderen Welt. Das Taxi fuhr im Schrittempo durch schmale Lehmgassen, scheuchte gackernde Hühner in Hauseingänge und drückte neugierige schmutzstarrende Kinder an die Wände. Speisen zischten über den Feuerstellen am Straßenrand, und junge stillende Frauen saßen in dunklen Hauseingängen. Die Hütten, zunächst noch aus Lehm und Holz, wurden allmählich zu Unterständen, aus Blech, Bambus und Industriemüll zusammengeflickt, man konnte drinnen die Hängematten sehen, in denen nackte ausgemergelte Menschen lagen. Das Elendsviertel schien kein Ende zu nehmen, es schien auch hier noch Unterschiede der Armut zu geben. Plötzlich schoß das Taxi in freies Land hinaus und fuhr an den ärmlichsten Unterständen am Flußufer entlang, ließ auch diese Unterstände zurück und schwenkte endlich in eine Allee hoher eukalyptusähnlicher Bäume ein, an deren Ende die Villa sichtbar wurde, imposant und weiß aus der Entfernung, heruntergekommen und verfallen aus der unmittelbaren Nähe.

Jana schien mir nichts nachzutragen. Bei Tageslicht sah sie jünger aus, überhaupt war sie ruhiger, gelassener, auch freundlicher. Sie führte mich wieder in den großen Raum, der durch den Verfall hindurch den früheren Prunk ahnen ließ. Wir sahen beide den Eidechsen zu, die über die Wände krochen. Ratten haben wir auch, sagte sie, so als wollte sie mir weitere Attraktionen des Hauses anbieten, und fast jedes Jahr eine Überschwemmung. Wir sprachen nicht über Achim, sie stellte nicht die Frage, die ich seit der ersten Nacht gefürchtet hatte, sie stellte überhaupt keine Fragen. Oder doch, eine einzige Frage, auf meinen Vorschlag hin, doch wegzugehen von hier, von diesem verfallenden Haus. Ich dachte an die Stadt mit den breiten Straßen und den modernen Hochhäusern, wo Achim seine Wohnung hatte.

Aber sie fragte mit einem scheuen, unterwürfigen Lächeln, einem plötzlich gespannten Gesichtsausdruck: Würden wir bei dir wohnen können, eine Zeitlang zumindest?

Das hatte ich nicht gemeint, ich fühlte mich überrumpelt. Ich war entsetzt, Jana und das Kind in meiner kleinen sauberen Wohnung, ja wohin denn mit ihnen. Verlegen versuchte ich ihr zu erklären, eine so kleine Wohnung, vierzig Quadratmeter nur, mein Arbeitszimmer, die Küche, das Schlafzimmer, winzig klein, ein Bad, ein Vorraum, ja wohin denn, um Gottes willen, sonst gern. Ihre Augen, ihr Gesichtsausdruck waren wieder stumpf, sie hörte nicht zu, wollte gar nicht wissen, warum es nicht möglich war.

Vergiß es, sagte sie, es war nur eine dumme Idee.

Ich fragte, ist es wirklich so schlimm, ist keine Versöhnung mit Achim mehr möglich?

Es wird schon gehen, sagte sie, es wird sich schon einmal etwas ergeben.

Ich fragte nicht nach, was sie meinte, ich pflichtete bei, es wird sicher wieder gehen. Der Kleine kam herein und betrachtete mich finster, es war Zeit zu gehen, ich hatte das Taxi warten lassen.

Sie stand barfuß in der Tür zwischen den porösen Säulen, mit denen man die Antike hatte nachahmen wollen. Ich winkte, solange ich sie sehen konnte, obwohl sie nicht zurückwinkte. Wieder hatte ich vergessen, dem Kind etwas mitzubringen. Und eigentlich, dachte ich, als wir wieder durch das Elendsviertel im Schrittempo fuhren, hätte ich ihr auch meine Wohnung anbieten können, wenn sie wirklich wieder nach Europa zurückwollte. Aber der Abschied war mir so endgültig erschienen, daß ich es nicht mehr wagte umzukehren. Ohne zu winken, völlig regungslos hatte sie dagestanden, nicht mehr zu erreichen. Wer weiß, dachte ich, vielleicht war es das letzte Mal, daß ich sie gesehen habe.

*

Auch in den untersten Gewölben gibt es noch Wohnungen, man wird heimisch in ihnen, man richtet sich ein. Nur die Sehnsüchte wuchern wie tropische Pflanzen, wie Orchideen, mit gierigen schamlosen Lippen schlürfen sie einem den letzten Rest Wirklichkeit weg. Von der Wirklichkeit entbunden, haben sie alle Grenzen verwischt, wilder blühen sie jetzt als in den wirrsten Träumen, frei, ohne die Schwere der heißen wasserdurchsotteten Luft, beinahe könnte man sich schon im Paradies wähnen. Wie die großen leuchtenden Urwaldschmetterlinge kommen die Träume gegaukelt, die Geschichten, die wir erfinden, die ich dir täglich erzähle, nicht alle für deine Ohren, aber wer bestimmt, was kindlichen Ohren zumutbar ist? Alle führen sie uns weit weg, in weite blühende Mohnfelder, an deren Rändern noch das Feuer schwelt, das Kobolde dort angezündet haben, um sich in der Nacht die Füße zu wärmen. Glühwürmchen fallen aus den Bäumen, und über allem steht unverändert eine große Sonnenuhr auf einer weißen Mauer, die nicht an Verfall denkt, nur hat die Sonne vergessen, die Schatten zu löschen, man kann sich nicht mehr auf sie verlassen. Darum verbannen wir gleich die brennende unnütze Sonne und erfreuen uns nächtelang des vollkommenen Mondschiffs, wir brechen die funkelnden Zacken von den Rändern der Sterne und werfen ganze Hände voll davon ins Meer. Wie sie zischen, bevor sie versinken! Manchmal, wenn es uns paßt, kehren wir in unsere untersten, inzwischen wohnlich gewordenen Gewölbe zurück und fragen die Eidechsen, was sie von unserer Zukunft wissen. Schwarze Eidechsen bedeuten Tod, sagen die Einheimischen. Wir haben beide schwarze Eidechsen gesehen, aber wir verheimlichen es einander. Wißbegierig bist du geworden, ein frühreifes Kind, möchtest alles wissen über die unsichtbaren Dinge, die du ohnehin besser erkennst als ich, keine Geschichte ist dir zu traurig, nichts macht dir Angst. Warum gibt es bei uns keinen Schnee, möchtest du wissen, und wann schlafen die Frösche, die nächtelang quaken? Was machen die Geister, die uns belagern und belauschen?

Unsere Sinne, die weit ins Unfaßbare hinausreichen, lassen uns nie im Dunkeln, zumindest ein Grablicht lassen sie brennen, zum Zeichen, daß die Zeit auf der irregegangenen Sonnenuhr bald zu Ende ist. Man spricht nicht darüber. So erfahre ich nie, ob du es auch gewußt hast. Ich spüre es an den Haarwurzeln, die sich des Nachts unvermutet aufbäumen, an den Nervenenden spüre ich es, wie das bläuliche Feuer der Kobolde mir die feinsten Härchen versengt. Geerdet stehen wir in der Katastrophe, lange schon, und laut sage ich: Wir sind in die untersten Gewölbe gestiegen, jetzt sind wir gefeit gegen alles weitere Unglück. Laut zähle ich uns auf, was uns vor Schlimmerem schützen soll, Achim ist weg, er schickt nur manchmal noch Lebensmittel in unser feuchtes Mausoleum am Rande der Welt, keiner kommt, uns herauszuholen, Ratten und Eidechsen leisten uns Gesellschaft, die Straße verliert sich in den schlammigen Gassen der Elendsviertel, das Holz brennt nicht, es ist zu feucht, seit gestern haben wir kein Gas im Herd. Es ist wieder Zeit, uns ins Bett zu setzen und einander Geschichten zu erzählen. Erzähl von Sonja und Tante Eva, bittest du mich, die uns ein Flugzeug schicken. Wenn du so fragst, Kind, muß ich dich belügen. Was solltest du mit der Wahrheit anfangen? Und zu

Weihnachten, sind wir dann schon dort, ist dann wieder Schnee auf den Bäumen? Erzähl vom Schnee. Nicht mehr zurückzurufen, dieses Versprechen, das ich dir einmal leichtsinnig gab, und niemals zu halten. Weine nicht, tröstest du mich, sie holen uns bestimmt. Ein Versprechen mehr, das ich nicht halten kann. Glaubst du, sind wir diesen Winter schon zu Hause? So große Sehnsucht nach der reinen weißen Kälte des Schnees, die allen Schmutz einfriert und zudeckt. Vielleicht sind wir zur nächsten Regenzeit gar nicht mehr da. Eine von deinen wenigen Ängsten ist die vor Regenwürmern, den weißen tropischen Egeln. Wie gern ich dir diese nächste Regenzeit erspart hätte!

Verstohlen lege ich frühmorgens, während du noch schläfst, die Karten vor mir auf, nur mehr selten tue ich es, wenn meine Angst ins Unerträgliche steigt. Ach was, denke ich, wenn es mir den Atem abschnürt, weil die Karten meine Ahnungen noch bestärken. Ich verlege mich darauf, meine Augen des Nachts für das Unsichtbare zu schärfen, die Ohren ganz hinauszustülpen ins Unhörbare, wie ein Wachposten, nichts kann sich einschleichen ohne mein Wissen, an mir muß alles vorbei, ich liege quer über jedem Eingang, bereit, das Unglück abzuhalten mit meinem Leben. Nie mehr will ich mich in Sicherheit wiegen.

Alles teile ich mit dir, Kind, keinen Traum aus unserem Paradiesgarten behalte ich für mich, nur von der Angst, die mich jede Nacht anfällt, sollst du nichts wissen und auch nicht von der unsinnigen Sehnsucht nach neuer Liebe, nach einem, der mich ein paar Stunden von der Angst befreit und mir Geborgenheit gibt, auch wenn sie ihr Versprechen nicht hält. Achim kommt noch von Zeit zu Zeit wie ein flüchtiger Reisender, ein Fremder mit neuem Gesicht und neuen Gewohnheiten, nein, nicht ein zweites Mal vom Wahnsinn befallen werden, denke ich, keine Höhenflüge mehr, keine vergehenden Sinne über den höchsten Gipfeln, keine rückgratzerschmetternden Abstürze mehr, nur ein wenig verstohlene Wärme, nur ein wenig glücklichen Schlaf in meiner einsamen Gruft, ein wenig geborgte Zärtlichkeit.

Selber öffnete ich dem Unglück die Tür und versprach, mich schlafend zu stellen, wenn es plündernd durchs Haus zog. Da nützte mir meine ganze Wachsamkeit nichts. Zumindest hätte ich zu Daniel sagen sollen, du darfst mir nicht trauen, ich habe ein tödliches Geheimnis vor dir, gegen dich, einen wahnsinnigen Hunger nach Liebe, dem ich dich opfern werde, ganz gleich, was ich dir sonst noch alles verspreche. Aber ich sagte nichts und erlaubte es ihm, mir grenzenlos zu vertrauen. Nicht wahr, sagte er, zur Regenzeit sind wir gar nicht mehr da? Ich schwieg, ich ließ ihn in dem Glauben, ich könnte ihn magisch vor der Regenzeit schützen, wenn alles andere versagte. Ich war tapfer und verständig bei Tag, ich sagte, alles wird gut, du wirst es sehen, aber nachts, wenn keiner zusehen konnte, blätterte ich mit klopfendem Herzen meine anderen, verschwiegenen Sehnsüchte auf, mir schwindelte vor den Bildern. Noch einmal fragte ich die Karten, ich bin doch erst fünfunddreißig, bettelte ich. Kann das Alter als Entschuldigung gelten, als mildernder Umstand? Laut und bei Tag sagte ich noch immer, ich darf nicht, ich habe Verantwortung zu tragen, aber ich wartete immer atemloser darauf, daß mir jemand das glühende Bett in Brand steckte.

*

Nichts für ungut, Sonja, hatte Achim am Flughafen gesagt. Und: Mach's gut. Er hatte es vermieden, mir in die Augen zu sehen, und mich auf beide Wangen geküßt. Immerhin war er zum Hotel gekommen und hatte mich zum Flughafen gebracht. Wir hatten einander nichts mehr zu sagen gehabt. Ich hatte ihm ohnehin nichts erzählt, abgesehen von dem einen Geständnis, für das ich die Gegenwartsform verwendet hatte, obwohl es die Vergangenheit betraf. Vielleicht war er verlegen, weil er plötzlich fürchtete, mir zuviel erzählt zu haben. Während ich durch die Paßkontrolle ging, sah ich seinen Rücken die Rolltreppe hinuntergleiten.

Gedankenlos und ohne Bedauern sah ich die weithin gestreckte Stadt unter mir kleiner werden. Ich sah zu, wie die Reisfelder und Dörfer im Dunst verschwammen. Erst beim Anblick des türkisblauen Meers und der gelb- und rosafarbenen Strände der Inseln kam ich langsam wieder zu mir und konnte über die vergangenen zwei Wochen nachdenken. Mein Kopf war wieder leicht, nur die Glieder waren so schwer, als könnte ich nie wieder aufstehen. Wovon war mein Körper so schwer, von der Enttäuschung, von der Vergeblichkeit dieser zwei Wochen?

Zuletzt, am letzten Abend, in der Bar meines Hotels, hatte ich doch noch erfahren, warum Achim, nachdem wir einander fast zehn Jahre gekannt hatten, plötzlich auf die Idee gekommen war, mich gleich am ersten Abend in seine Wohnung mitzunehmen und mit mir zu schlafen, als sei ich ein beliebiges Straßenmädchen, ohne Erklärung, ohne Liebesbeteuerung, ohne sich die Mühe zu nehmen, mit mir zu reden. Sein Blick war bereits glasig vom Alkohol, er trank nur noch harte Getränke, sein Oberkörper schwankte leicht hin und her, und er sah mich nicht an, als er sagte, es habe gar nichts mit mir zu tun gehabt, er sei auf der Suche nach einer bestimmten Frau, und er wolle sie einfach vergessen. Das sei es gewesen. Und wie immer, wie früher, wenn er begann, in Selbstmitleid auszubrechen, hatte ich ihm zugehört, obwohl ich empört und verletzt war. Er erzählte mir eine verworrene Geschichte von einer Frau, die ihn nach sechs heftigen Nächten verlassen hatte um eines anderen, wenn man ihm glaubte, ganz und gar Unwürdigen und um vieles Jüngeren willen. Sie sei die erste unvergeßliche Leidenschaft seines

Lebens gewesen und wahrscheinlich auch die letzte, das Ereignis, das es nur einmal gebe, es sei über ihn hereingebrochen in einer der ersten Nächte dieses verwirrenden Landes. Nächte der unvorstellbaren Wunder, nichts hätte ihn darauf vorbereitet, weder früher Erlebtes noch Erträumtes. Mit dem Lächeln eines schnappenden Haifischs oder einer sich öffnenden Rose. Ich versuchte, ihm zugute zu halten, daß er betrunken war. Den ganzen Tag konnte er in ihre Augen starren, unsichtbare Ozeane, schwarze Tiefen, in denen er sich selber verschwimmen sah, und wieder auftauchen und wieder verlöschen. Er hörte sie rufen wie von weitem, jenseits des Rausches, jenseits der Ekstase, der schlafende Drache, lebendig und hypnotisiert, langsam atmend, als atme sie Feuer und Flammen. Damals sei er dem Wahnsinn verfallen, gestand er mir, alle Grenzen verwischt, in unerträglicher, einzig möglicher Durchdringung an sie gefesselt, unendlich, uneinholbar fern seinem bisherigen Leben. Und plötzlich, nach einer Woche, war sie verschwunden, und ihm war nur ihr Bild geblieben, das ihn wahnsinnig machte und das er vergessen wollte. Ja, Liebe und Tod habe sie ihn gelehrt, jetzt bleibe nichts mehr übrig.

Ich überließ es dem Hotelpersonal, ihn in seine Wohnung zu schaffen, als er sich nicht mehr auf dem Barhocker halten konnte. Es war mir die ganze Nacht nicht gelungen, einen klaren Gedanken zu fassen, das eben Gehörte mit Jana in Verbindung zu bringen. Trotzdem, hatte er nicht ein Recht darauf, so etwas einmal zu erleben? Aber weiter dachte ich nicht. Was hätte es genützt? Einer wie Achim würde nie die Kraft aufbringen, über den Wahn, der ihn zum Märtyrer der Liebe, zum tragischen Helden machte, hinwegzukommen. Sein Leben lang hatte er auf diese Rolle gewartet und die Kunst vielleicht nur dazu mißbraucht, um die Pose vorwegzunehmen. Auch Jana hatte sich der Illusion zu ihrer Zeit bedingungslos ausgeliefert und würde daran zugrunde gehen, daran gab es keinen Zweifel. Nur ich hatte mich gerettet, um einen hohen Preis. Ich war einundzwanzig Stunden voll Erwartung, mit klopfendem Herzen hergeflogen, nur um dazu benutzt zu werden, das Bild einer kleinen Tänzerin auszulöschen. Und Jana hatte ich in den Trümmern ihres unbewohnbaren Lebens stehenlassen.

Vor der ersten Zwischenlandung fiel ich in einen kurzen oberflächlichen Schlaf. Im Traum sah ich Jana in einem steinernen Hof stehen, umgeben von grauen zerbröckelnden Mauern, sie schüttete sich Blut auf das Kleid und die Füße, Ströme von Blut, die im dämmrigen Hof große Lachen bildeten. In der schmutzigen Transithalle versuchte ich vergeblich, den Traum zu verstehen. Eine mir bisher unbekannte Angst hatte mich überfallen.

*

Auch diese letzte Sehnsucht wurde mir noch erfüllt, die neue Liebe, die mich von Achim erlösen sollte, das bißchen geborgte Zärtlichkeit, das mich betäubte.

Tage gab es, von der Sonne in den Wahnsinn getrieben, Nächte mit Sternen, die alle abzustürzen drohten, aber für mich stand die Zeit still. Ich erinnere mich an nichts aus dieser Zeit als an einen Küstenstreifen, von dessen Tang und Muscheln ich den Blick nicht emporzuheben wagte, um mich nicht zu verraten, um nicht in Augen, in ein Gesicht blicken zu müssen, denen ich alles außer meinem Körper verweigerte. Ich habe ihn nie beim Namen genannt. Als wollte ich leugnen, daß nun geschah, was ich nicht abwehren konnte. Um ihn spurlos verschwinden zu lassen aus meinem Leben, wenn ich die Kraft und den Mut dazu gesammelt hätte. Was nicht benannt wird, kann sich nur mühsam an den Rändern der Wirklichkeit halten. Nie kam ein Gefühl von Glück auf, kein Jubel, keine Harmonie, dazu war es zu spät. Schnell und verstohlen untertauchen in die Bewußtlosigkeit und schuldbewußt auftauchen. So verweigerte ich mich einer späten Liebe. Farben ließ ich in ihr nicht zu, nur das schlammige Grau, schraffiert und schwärzlich, das Grau der Regenzeit. Auch das Kind war mir ins Ungefähre entglitten. Zur Regenzeit hatten wir doch schon weit weg sein wollen, Daniel und ich. Was war geschehen?

Jetzt war es mir nicht mehr möglich, mich zu erheben, niedergedrückt wie Käfer lagen wir im Schlamm, versuchten, den Ekel zu betäuben. Die Tage, an denen keine Sonne, keine zaghafte Farbe das Grau durchdrang, erstreckten sich endlos. Ein Gefühl der Lähmung drückte mich nieder, eine Betäubung, die immer zuerst die Zeit aufhob, ein Fallen und Steigen wie Pflanzen am Meeresgrund, im düsteren Zwielicht der Wassermassen, die uns bedeckten. Entwicklung gab es da keine, keinen atemlosen Anfang, keine Sehnsucht nach einem entgleitenden Ziel. Wohl kam manchmal das Verlangen nach der alten Einsamkeit auf, der Überdruß an der auflösenden Wärme, Träume von kalten schneeblauen Wintermorgen, von kristallscharfer Bergluft. Das Wasser stürzte unaufhörlich, wie aus Bottichen geschüttet, aus dem unsichtbaren Himmel. In ein Unterseeaquarium hatten wir uns eingeschlossen, jetzt drückte das Wasser von außen herein und ließ mich mehr hinaus. Fische kamen neugierig herbeigeschwommen, schnappten mit den Mäulern, als wollten sie mir berichten, was oben vorging, Schlingpflanzen hielten mich an den Knöcheln fest. Es gab Zeiten, da fühlte ich mich wohl, warm und feucht wie in einer Höhle. Hatte ich mich nicht schon lange nach Geborgenheit gesehnt, nach schützenden Armen?

Wenn mein Kopf nur einen Augenblick lang klar genug gewesen wäre, daß ich mich hätte aufrichten und hinaustreten können, trotz der Wassermassen, um die Arme in klarere Luft hinaufzustrecken! Ich spürte ein ungeheures Verlangen danach, aber das ist wohl die Liebe für mich, mir und meinem Wollen abhanden zu kommen, mich restlos einzulassen, hineinzulassen, hinunter, wo man sich selbst als erstes verliert, von den anderen Verlusten, die Schuld nach sich ziehen, noch ganz zu schweigen. Doch, einmal unternahm ich mit ihm eine Reise, eine mühsame Reise über Lehmpfade, die sich immer höher in die Regenwälder hinaufschraubten, Urwaldschluchten und Wasserfälle in der Tiefe und bärtig hängende Wolken, die in Schwaden über den Weg zogen. Mehrmals versuchte ich umzukehren, doch weiße Nebelwände versperrten mir den Weg. Immer wieder versuchte ich zurückzulaufen, denn wie das in Alpträumen oft ist, hatte ich etwas Wichtiges, etwas Lebenswichtiges mitzunehmen vergessen. Mit letzter Anstrengung riß ich mich hoch und erblickte von der Anhöhe die schimmernden, dampfenden Terrassen im sonnenlosen zinnfarbenen Licht. Eine Erinnerung wurde wach, eine Erinnerung an höchste Gefahr. Vor vielen Jahren war es genauso gewesen, als ich aus ähnlichen Niederungen in die klare Leere auf der Rückseite des Lebens trat. Diesmal gelang mir der Abstieg, aber retten konnte ich nichts mehr.

*

Es bleibt nicht mehr viel zu berichten.

Ich schrieb noch einige Briefe an Jana, aber ich wußte, daß ich keine Antwort bekommen würde. Es war alles geschehen, was noch offengestanden hatte. Manchmal, wenn mich etwas im Lauf des Tages an Jana und Achim erinnert hatte, wenn ich mit Eva zusammengewesen war, holte ich am Abend die alten Fotos hervor. Das war ich: strahlend im Vorfrühling zwischen Schneeresten im Morast, mit durchweichten Schuhen, und Achim neben mir, einen Arm um meine Schultern, mit dem andern winkte er der Kamera zu, für später. Und da saß Jana, auf einer unserer gemeinsamen Reisen, als sie Achim noch nicht getroffen hatte, sie saß auf den Stufen einer Moschee und blickte melancholisch in die Ferne. Nie hatte ich die Geduld, mir alle Fotos anzusehen, vom ersten bis zum letzten. Ich begann mich zu langweilen und stellte das Album in den Schrank zurück. Nie empfand ich mehr als eine unbestimmte Wehmut, einen leichten ziehenden Schmerz.

Unglücklich wie früher, voll Sehnsucht nach einem anderen Leben war ich seit meiner Rückkehr nicht mehr. Ich war ja hingefahren, um das große Verlangen sterben zu sehen und es ohne Trauer zu begraben. Ich hatte niemandem davon erzählt, auch Eva nicht, die mich noch am Flughafen mit Fragen überschüttet hatte. Nicht aus Scham hatte ich mein Erlebnis mit Achim verschwiegen, sondern weil die Unwürdigkeit dieser einen Nacht alle früheren Gefühle, die ich für echt gehalten hatte, der Lächerlichkeit preisgab. An Jana wollte ich lieber nicht denken, aus demselben Grund, aus dem ich ihr vor fast zwanzig Jahren, nach ihrem Spitalsaufenthalt, aus dem Weg gegangen war. Ich fühlte mich schuldig und glaubte nun nichts mehr dagegen tun zu können. Sie war so weit weg. Einundzwanzig Stunden im Flugzeug. Wer hätte ihr aus solcher Entfernung helfen können.

Eva bekam noch Briefe von Jana, sogar mitunter lange Briefe, in denen sie schrieb, sie sei sehr unglücklich, unglücklich bis zum Wahnsinn, schrieb sie, du mußt es mir glauben, Eva. Munter erzählte mir Eva, ihre Schwester habe sie gebeten, ihr das Geld für den Rückflug zu schicken, für sich und das Kind, und die beiden bei sich wohnen zu lassen, bis sie sich erholt hätten. Alles, was recht ist, sagte Eva, woher soll ich das Geld nehmen, und wo sollte ich sie unterbringen?

Es erleichterte mich, die Schuld, von der ich Eva auch nicht erzählt hatte, nun mit ihr zu teilen. Ich sagte, ich hätte volles Verständnis. Eva war die einzige Verwandte, die Jana noch hatte, der Vater war seit zwei Jahren tot. Er hatte das Haus mit der Sonnenuhr seiner zweiten Frau vermacht. Jana war bereits einundzwanzig Stunden entfernt gewesen, sie war nicht zum Begräbnis gekommen. Paß auf, sagte ich zu Eva, jetzt wird sie dir nicht mehr schreiben. Eva las mir den Brief vor, in dem sie Jana erklärte, warum sie ihre Bitte abschlagen müsse. Es war ein liebevoller, vernünftiger Brief, aber er enthielt eine Absage und blieb unbeantwortet. Ebenso die weiteren Briefe, bis auch Eva aufhörte zu schreiben, genauso wie ich.

Je länger sie nichts von Jana hörte, desto mehr quälte Eva sich mit Vorwürfen, bis sie schließlich, zwei Jahre darauf, beschloß, eine größere Wohnung zu mieten und Jana das Geld zu schicken. Aber auch auf dieses großzügige Angebot bekam sie keine Antwort. Wer weiß, ob sie noch dort wohnen, sagte sie. Vielleicht hat der Urwald das Haus schon verschlungen, sagte ich, und der Briefträger findet es nicht mehr. Ich hatte Angst um sie. Seit dem Traum im Flugzeug hatte ich manchmal Angst um sie. Oft sah ich sie im Traum in ihrem ausgebleichten zehenlangen Batikkleid, mit ihrem schwarzen strähnigen Haar, eine zottelige Wilde, immer auf der Flucht. Aber das Tageslicht verdrängte sie wieder. Man kann nicht jahrelang die Erinnerung an eine Freundin frisch halten, die man in vier Jahren nur einmal unter seltsamen Umständen flüchtig gesehen hat, von der man keine Briefe bekommt.

Jedes zweite Wochenende fuhr ich heim, um meine Mutter zu besuchen. Niemand im Ort erinnerte sich noch an Jana oder ihre Mutter. Wenn man von der Frau des verstorbenen Baumeisters sprach, dachte jeder an die zweite Frau, die jetzt allein das Haus bewohnte. Der Name, Janas Mädchenname, hatte schon lange nicht mehr das Anrüchige, das Geheimnisvolle, das ihm früher angehaftet hatte. Er war eingemeindet worden, als hätte er immer zu der Gegend gehört. Vergessen das Flüchtlingsschicksal, vergessen die abweisende stille Frau, vergessen ihre verrückte Tochter. Bei Lebzeiten vergessen, vorausgesetzt, daß sie noch lebte.

Auch Karin traf ich einmal in der Kleinstadt. Ich verabredete mich mit ihr, und wir trafen uns von da an öfter.

Noch vor fünf Jahren hätte ich es nicht für möglich gehalten, daß ich einmal Karins Wohnung betreten würde. Es war dieselbe, in die sie auch Jana eingeladen hatte, zeitlos, bürgerlich, nicht ohne Geschmack. Ich hätte mir noch weniger vorstellen können, daß ich Karin einmal anders als mit Abscheu und Mißtrauen begegnen könnte. Zur Freundschaft reichte es nicht, noch weniger als bei Eva, aber ich verbrachte gern hie und da einen Nachmittag bei ihr. Sie machte guten Kaffee, wußte einige interessante Geschichten aus ihrem früheren Berufsleben und hatte solide, unerschütterliche Ansichten. Man wußte, woran man war.

Auch an Karin hatte Jana Briefe geschrieben – bis Karin sich geweigert hatte, sie bei sich aufzunehmen. Wissen Sie, sagte sie, es stimmt, ich habe eine große Wohnung, aber ich kann Kinder nicht ausstehen, und das habe ich ihr auch geschrieben. Und überhaupt, wie stellt sie sich eigentlich das vor, ihrem Mann einfach davonzulaufen und das Kind mitzunehmen, womöglich ohne ihn zu fragen? Karin war überzeugt, richtig gehandelt zu haben. Sie war empört über Janas Verantwortungslosigkeit, ihren Wankelmut. Sie hat sich entschlossen, diesen Mann zu heiraten und ein Kind mit ihm zu haben, sagte sie. Und damit basta. Der Platz im Leben, an dem man auszuharren hatte, weil man nur einmal einen zugewiesen bekam. Und dem Kind den Vater wegzunehmen, das fehlte gerade noch. Von Achims Standpunkt aus gesehen, lagen die Dinge ja sicher ganz anders, mutmaßte Karin. Ich half ihr nicht bei ihren Mutmaßungen, ich wußte nicht, ob ich über ihre Kälte entsetzt sein sollte oder ob ich ein bißchen Trost daraus ziehen sollte, daß auch sie versagt hatte. Wie verzweifelt Jana gewesen sein mußte, wenn sie immer weiter hausieren gegangen war mit ihrem Hilferuf! Und wie verraten mußte sie sich gefühlt haben nach der letzten Absage.

Auf der Heimfahrt spürte ich ihre Trauer so stark, als beträfe sie mein eigenes Leben. Ich schrieb noch einmal einen Brief an sie. Wenn sie mir jetzt geantwortet hätte, ich wäre zu ihr geflogen, ich hätte ihr das Geld geschickt und ihr meine Wohnung zum Bleiben angeboten, solange sie wollte.

Aber sie schrieb nicht mehr, an keine von uns. Verschollen, sagte Eva, verlorengegangen wie in den Zeiten, bevor das Flugzeug, das Telefon und die Telegraphie erfunden wurden. Wir hätten sie suchen lassen können, aber wir taten es nicht, aus demselben Grund, aus dem wir ihr viel zu spät unsere Hilfe angeboten hatten. Wir wußten, auch ohne es uns einzugestehen, daß wir immer seltener von ihr sprechen, uns immer seltener an sie erinnern würden. Irgendwann würde sie wirklich spurlos verschwunden sein. Eines Tages würden wir beim Fotoanschauen wieder auf sie stoßen, und irgend jemand würde fragen, wer ist denn die? Und wir würden uns erinnern und würden sagen, die ist vor langer Zeit fortgegangen und niemals zurückgekommen.

*

Lange Zeit hatte ich geglaubt, es sei Achim gewesen, der mein Leben verändert und bestimmt habe. Heute erscheint mir Achim nur noch wie eine unbedeutende Episode. Ich hatte immer schon auf einen anderen Punkt hin gelebt, der endgültiger war und sich schon früh, in meiner Kindheit, anzudeuten begann. Damals, als die Alpträume in meine Geborgenheit einbrachen, die Angst vor dem, was sich mir immer wieder als unfaßbar entzog. Vom Ende her betrachte ich mein Leben als eine schrittweise Einübung in den Tod. In meiner Kindheit war mir der Tod als der Nebelmann erschienen, der Gesichtslose, der sich nie überlisten ließ, sich mir zu zeigen. Fasziniert und wohl auch voll Sehnsucht nach verlorenen Menschen und Dingen übte ich mich als Grenzgängerin. Das Wagnis blieb ohne Erfolg. Ich gelangte nie tief genug hinunter, ich ging nie weit genug weg. Ich brachte mich in üblen Ruf, wurde ans Tageslicht zurückgezerrt und war keine Spur wissender geworden. Bei allem Schmerz, den ich empfand, ich blieb immer außerhalb, und meine Trauer erstarrte zur Pose, die dem Schmerz die Wirklichkeit nahm. Die Faszination galt dem Tod. Ihm wollte ich nachspüren, nicht den Toten.

Und plötzlich, obwohl ich es nicht wollte und auch nicht für möglich hielt, viel zu schnell, um es selber zu begreifen, fand ich mich wieder in der Zeit- und Ortlosigkeit eines vom Tod ausgeraubten Lebens. Ich wurde darauf gestoßen wie auf einen Stein, der auch im aufgeweichten Erdreich nicht tiefer sinkt. Hier geht es nicht mehr weiter. Wenn ich mich jetzt fallen lasse, stürze ich nur mehr zu Boden, auf steinigen Grund, der nicht unter mir nachgibt. Es ist nicht tröstlich, nicht mehr tiefer fallen zu können. Es ist sinnlos geworden, den Standort zu wechseln, die Aussichten sind überall die gleichen. Auch im Traum bewege ich mich nicht mehr weit fort.

Jeden Tag, wenn am Morgen die Umrisse zurückkehren und die Gegenstände ihre Schatten wieder erhalten und ihre Farbe annehmen, sehe ich, daß sich nichts verändert hat an der dem Tod zugewandten Seite des Lebens. Trotzdem beginnt dann gegen meinen schon müde gewordenen Willen der Kreislauf der Fragen, die nicht zu beantworten sind und immer wieder zurückkehren. Wie ist es gekommen? Wie konnte es geschehen? Wohin ich auch auszuweichen versuche, immer folgt mir die Anklage, das Urteil, der Schuldspruch. Seit Jahren versuche ich, über die Fragen hinauszudenken. Die Schuld schneidet mir jedes Wort ab, steigt mir als heißes Brennen zu Kopf, weist jede Antwort zurück: Mit Ausreden geben wir uns nicht ab, wenigstens die Wahrheit bist du uns schuldig. Es war nicht meine Schuld, sage ich trotzig zu jedem, der mir noch zuhört. Die auslösende Frage brauche ich gar nicht mehr. Die Ärzte haben mich freigesprochen. Als ob die Meinung der Ärzte noch etwas ändern könnte! Die Frage ist damit nicht beantwortet, sie hat sich in meinem Gedächtnis verfangen und selbständig gemacht. Jetzt rast sie wie irr im Kreis herum und läßt sich nicht betäuben.

Immer wieder kehre ich zu dem Zeitpunkt zurück, an dem das Unglück noch abzuwenden gewesen wäre: die Schläfrigkeit, die mich noch nicht beunruhigte, das langsam ansteigende Fieber. Und dann kamen die Träume, in die die Angst einbrach, eine Angst, die Daniel noch nicht kannte, wie aus einem Tier in Todesangst brach das Schreien aus ihm hervor. Der ausgetrocknete Mund, in dem jede Flüssigkeit sofort zu verdunsten schien. War es da schon zu spät? Dann sank das Fieber, und ich atmete auf, schlief ein und wachte auf mit der plötzlichen Erkenntnis, daß es zu spät war. Die Krämpfe hatten begonnen, das Blut, der jaucheartige Durchfall, obwohl das Kind schon seit Tagen keine Nahrung mehr zu sich nahm. Obwohl die Eintönigkeit schon lange die Tage und Wochen eingeebnet hatte, wußte ich, daß der einzige, der uns damals regelmäßig besuchte, bald kommen mußte, ich hatte das schweigsame Eingeborenenmädchen geschickt, ihn anzurufen. Augen und Ohren hinausgestülpt in das ewige graue Rauschen, wartete ich auf den Motorlärm, das Auto, das jeden Augenblick in unsere Allee einbiegen mußte. Und drinnen der heiße Körper unter den unregelmäßigen Atemzügen, die als einzige Laute das Rauschen des Regens unterbrachen, die Augen, die sich blicklos öffneten und wieder schlossen. So saß ich den ganzen Tag, hatte schon mehrere Tage so gesessen, angespannt nach drinnen und draußen, als könnte ich mit meinem Willen beides vereinen und so eine Lösung herbeiführen. So saß ich den ganzen Nachmittag, bis Daniels Züge, seine matten Augen mir verschwammen. Die Dämmerung kam in der Regenzeit langsamer als sonst. Es fiel mir erst auf, daß es wieder Nacht wurde, als ich sein Gesicht nicht mehr erkennen konnte und allein war mit den schwachen Atemzügen und den scharfen Schreien, bei denen ich mich jedesmal über ihn beugte und das Dunkel zu durchdringen suchte, das sich mir vor die Augen legte, durchzogen von wirren weißen Fäden. Jetzt konnte ich nichts mehr tun als warten.

Als ich am nächsten Tag das Geräusch eines Wagens hörte, schlief das Kind.

Ich erinnere mich erst wieder an das nach Gummi und Benzin riechende finstere Innere seines Wagens, der den Regen abhielt, aber nicht die zersetzende Feuchtigkeit, ich sehe und höre noch deutlich das Rauschen des Regens vor den Scheinwerfern, ich erinnere mich meiner Ungeduld, mit der ich ihn antrieb, schneller zu fahren, bis ich begriff, daß er sich verfahren hatte, daß er nicht mehr wußte, wo er war. Diese verdammten Vorstädte, fluchte er. Ich erinnere mich auch an den Blick, den wir in der Dunkelheit wechselten, entsetzt, schuldbewußt, und daß ich es damals zum erstenmal sagte, was mir seither wie eine Litanei in den Ohren dröhnte. Früher hätten wir fahren sollen, gleich am Nachmittag, als du kamst, spätestens vor Einbruch der Dämmerung. Was war mit den Stunden dazwischen geschehen? Ich weiß nicht mehr, was geschah, ich erinnere mich nicht an sie. Die Zeit, ungültig geworden in den vielen gleichförmigen Monaten am Rand der Welt, war plötzlich das einzige, was zählte. Wir hatten uns nach der Sonnenuhr gerichtet, sogar im Regen. Als ich aufhörte, den vertanen Stunden nachzuhängen, zählten schon die Minuten und bald schon die Sekunden, die ich schweißgebadet auf dem Zifferblatt meiner Uhr vorbeihasten sah, rund und rund, immer im Kreis herum und mein Verstand hinterher, der sich in einem Satz verfangen hatte: Laß es nicht zu spät sein.

Und wieder gibt es Lücken in der Erinnerung, wie ich schließlich doch aus dem Auto stieg, das Kind in den Armen, wie wir in die von Ventilatoren zerstäubte Hitze des Spitals eintraten, wie ich plötzlich ohne Kind dastand, mit leeren Armen, und mich wieder in den Gang hinausschieben ließ, ohne gesehen zu haben, wohin man es brachte. Von da an verlangsamten sich die Sekunden, die vorher nicht aufzuhalten gewesen waren, bis sie stillzustehen schienen, eine lange Nacht. Im Morgengrauen erschien Achim, es war also möglich, ihn ausfindig zu machen. Ohne mich zu begrüßen, sprach er als erster aus, was sich später selbständig machte und mir ohne Stimme und ohne Lippen lautlos und unausgesetzt in den Ohren dröhnte, du hast das Kind auf dem Gewissen. So erfuhr ich von Daniels Tod. Wie hätte ich mich in diesem Augenblick wehren, die Schuld von mir weisen können, ein für allemal? Ich schwieg und nahm sie ein für allemal auf mich.

Als man uns in das Zimmer treten ließ, in dem Daniel lag, standen wir nebeneinander, wie wir schon lange nicht mehr nebeneinandergestanden waren, ein Paar, verbunden durch den gleichen Verlust, durch die gleiche Unfähigkeit, die Wirklichkeit dessen, was uns zustieß, zu fassen, das gleiche Schweigen. Keiner brauchte Rücksicht auf den andern zu nehmen, wir waren noch nie so sehr eins gewesen. Als ob wir hereingerufen worden wären, um Abbitte zu leisten, standen wir da, und das Staunen stand wieder auf, mit dem ich Daniel als Neugeborenes betrachtet hatte, das Staunen über seinen vollendeten Körper, der zu mir gehört hatte und doch ein unfaßbar Fremdes war. Dasselbe Staunen nun darüber, daß er nicht mehr war, nie mehr sein würde, daß er sich bereits ins Unerreichbare zurückgezogen hatte, während wir, seine Eltern, hilflos und betäubt auf ihn starrten. Die Ruhe, die von ihm ausging, hatte uns still gemacht und beinahe versöhnt.

Später, erst nach Tagen und Wochen, kehrte das Schmerzempfinden zurück. Diese Schwerfälligkeit, mit der unsere Gefühle den Ereignissen hinterherhinken, macht uns zu Überlebenden. Langsam kam es zurück, wie nach einer langen Narkose, aber dann holte es schnell Versäumtes nach, tobte und hämmerte, hielt in den schlaflosen Nächten die Sekundenzeiger an, entwickelte einen scharfen Sinn für Nuancen. Nicht bloßer Schmerz war es, der da zu wüten begann, alle Register wurden gezogen, schriller und unbarmherziger als jemals zuvor, die Verlassenheit erhob sich in erschreckender Größe, die Einsamkeit, die wohlbekannte Angst in neuem Gewand, die Vergeblichkeit und vor allem anderen die Schuld und das Wissen um die unwiderrufliche Endgültigkeit. Wie ein Chor, nicht zum Schweigen zu bringen, unerbittlich tobt er, kreischt er, klagt an, und die Erschöpfung bringt keine Linderung. Denn an jedem Morgen sind die alten Fragen wieder da: Wie konnte es geschehen? Wie ist es gekommen? Jeden neuen Morgen dieselben Bilder, die fiebrigen Augen, der schlaffe Körper, was gäbe man nicht für eine einzige Berührung. Der Regen, das Näherkommen eines Autos, das Schlagen der Tür, eine Umarmung, die Erleichterung, weil die Erlösung nahe scheint, noch ist es Tag, fahren wir, laß ihn schlafen, die Willenlosigkeit, das Eintauchen in die Vergeßlichkeit. Nie wieder an Liebe denken können ohne Selbstverachtung und Schuld. Waren es zwei Stunden gewesen oder drei? Die Nacht kommt schnell in den Tropen, plötzlich ist die Dunkelheit da. Und immer wieder, immer noch, das plötzlich rasend werdende Herz, das den Sekunden vorausstürzt in einer neuen, präzis gewordenen Zeit, geschlagen kehrt es jedesmal wieder zurück.

Auch Achim war zurückgekommen in das leere Haus. Das Unglück war eine starke Kette, die ihn an mich band, wer anders hätte seine Raserei, seine Ausbrüche, seine irren Beschuldigungen verstehen können? Er bestand darauf, keinen Anteil zu haben am Tod unseres Kindes, er war nicht dabeigewesen, hatte Daniel mir überlassen, mir anvertraut, und ich hatte sein Vertrauen enttäuscht, sein Vertrauen hintergangen, ihn hintergangen mit jenem anderen, meinem Komplizen, der mir half, das Kind zu ermorden. Das ist nicht wahr, schrie ich. Hör auf, mich zu quälen. Wie hätte es denn sonst geschehen können, wie hätte es denn anders kommen können, höhnte er, bis ich ihn anfiel wie ein Tier und er mich schlug, mich, die Verbrecherin, die kleine Irre, die Kindsmörderin.

Und jede Nacht, nach kurzem Schlaf, der Schrecken: Wo ist das Kind, ich höre es nicht atmen, draußen im Regen, wo es doch fiebert? Der Zusammenbruch, den ich ersehnte, das Gliederlösen, das Ausruhen, das Dahindämmern im Drogenrausch, das ich von früher als Erlösung kannte, diesmal verweigerte sich mir jeder Ausweg, auch dieser, die Wirklichkeit ließ mich nicht los. Scharf und klar zerstach mir der Minutenzeiger die Stunden, bei jedem Ruck eine neue Frage: Warum? Warum hast du es zugelassen? Warum hast du es nicht verhindern können? Warum hast du dich nicht früher aus deiner Lethargie herausgerissen? Wie konntest du nur eine Minute das Kind vergessen? Warum hast du dein Versprechen gebrochen? Warum das mir? Warum dieses kurze, abgebrochene Leben? Warum greift eins ins andere, schon seit Jahren, schon von Anfang an, um in diesem Tod zu enden? Warum gebot niemand Einhalt? Warum bin ich noch immer da in diesem leeren Haus, allein mit meinem zurückgekehrten Quäler? Worauf warte ich noch, jetzt, nach dem Ende? Und wozu lebe ich noch immer? Bis heute ist mir keine Antwort eingefallen.

*

Die Jahre vergingen mir rasch. Es gab kaum Einschnitte, an denen ich die Zeit hätte messen können.

Voriges Jahr zu Ostern war ich in den Tropen bei Jana, sagte ich zu Eva.

Nein, erinnerte sie mich, es ist schon zwei Jahre her.

Eva hatte geheiratet, sie war schwanger.

Daniel muß schon groß sein, sagte sie, und wir rechneten nach. Ob sie ihn wohl in die Schule schicken? Sie sollten zurückkommen, meinte sie, damit Daniel in eine ordentliche Schule gehen kann.

Wir ertappten uns aber auch dabei, daß wir von Jana wie von einer Toten sprachen, in der Vergangenheitsform.

Damals begann ich, ihre Geschichte aufzuschreiben. Zum Zeitvertreib, weil mich das Geheimnisvolle an ihr reizte. Es wäre mir aber sinnlos erschienen, sie nur für mich selber aufzuschreiben. Von früh auf hatte ich gelernt: Alles, was du tust, muß seinen Sinn haben. Zeit ist kostbar, man vergeudet sie nicht. Ich hatte mich nie von diesem Gebot eingeschränkt gefühlt, ich hatte immer Gründe gefunden für mein Handeln, manchmal erst im nachhinein. Bis auf die wenigen dunklen Punkte in meiner Freundschaft zu Jana konnte ich über mein ganzes Leben Rechenschaft ablegen, für alles geradstehen. Deshalb ließ mich auch der Gedanke an Jana nicht mehr in Ruhe. Ich konnte nicht mehr an sie denken ohne das Gefühl, versagt zu haben, ihr etwas schuldig geblieben zu sein.

Beim Schreiben schob ich es von mir, ich machte ein Schicksal aus ihrem Leben, denn in ein Schicksal konnte man nicht eingreifen. Ich stellte mir vor, ich erzählte ihre Geschichte einem Kreis von Freunden, Kollegen, Bekannten, Leuten, zu deren Beruf es gehörte, Gründe zu finden, zu analysieren.

Es war einmal eine, die dazu verdammt war, etwas zu suchen, was sie nie fand. So fing meine Geschichte an.

Was war es denn eigentlich, was sie suchte? Eine Vorstellung von Heimat, vielleicht den Ort ihrer frühen Kindheit oder Geborgenheit, das Aufgehobensein und Dazugehören in einer Gruppe? Es schien ihr keinen Spaß zu machen, immer abseits zu stehen und zuzusehen, obwohl sie selber sich ausschloß. Einmal ertappte ich sie bei einer Lüge. Sie stand bei einer Gruppe türkischer Gastarbeiterkinder und behauptete, ihre Mutter stamme aus Istanbul, sie selber sei dort geboren. Warum sprichst du nicht Türkisch, fragten sie. Als ich hinzutrat, wurde sie rot. Es gab eine Zeit, da prahlte sie mit einer jüdischen Großmutter mütterlicherseits, als könne das als Beweis dafür dienen, daß sie woanders dazugehörte. Aber sie war keine Fremde wie zum Beispiel ihre Mutter, die sich nie hatte eingewöhnen können. Sie sprach keine andere Sprache als die unsere, es gab bei ihr zu Hause keine anderen Bräuche als Ostern, Weihnachten, Geburtstage, Advent. Wie hätte sie unser Leben, unsere ganze Kultur mit den Augen einer Fremden sehen können, wenn sie nichts besaß, das anders genug war, um uns von außen zu betrachten. Sie stand mittendrin und wandte sich trotzig ab. Die türkischen Jugendlichen, an die sie sich heranmachte, hatten ihre eigene Sprache, ihre eigene Religion, ihre eigene Kultur. Jana nicht. Sie war eine von uns und wollte es nicht sein, vielleicht konnte sie es nicht, aus irgendeinem Grund, den ich noch immer nicht verstand.

Warum war sie zehn Jahre auf der Flucht, buchstäblich, mit kräftezermürbender Rastlosigkeit, von Land zu Land? Wollte sie den Zustand der Fremdheit, der sie im Vertrauten umgab und ausschloß, sichtbar und eindeutig machen, endlich Grund zum Fremdsein zu haben? Oder glaubte sie, irgendwo den Ort zu finden, durch Zufall auf ihn zu stoßen, an dem sie sich aufgehoben fühlte? Den Ort, an dem sie geboren war, den ihre Eltern verlassen hatten, konnte man auf der Landkarte finden, niemand hätte es ihr verwehrt, dorthin zu fahren, sie hätte sogar dort leben können. Aber in dieses Land fuhr sie nie. Als hätte sie gefürchtet, auch dort wieder an einem Ort anzukommen, mit dem sie nichts zu schaffen hatte. Sogar in ihrer eigenen Familie war sie fremd, nur mit der Mutter verband sie die Ähnlichkeit der Veranlagung und ein sprachloses Einverständnis.

Zugehörig fühlte sie sich nur in der Musik, aber die wollte sie nicht teilen, die wollte sie eifersüchtig für sich behalten und verpatzte sich dadurch eine Karriere. Auf die Dauer schien ihr die Musik auch nicht zu genügen, sie suchte Menschen, einen Platz im Leben, einen Mann fürs Leben, so wie Karin es ihr versprochen hatte. Nur war ihr Platz im Leben nicht ein Haus, ein Heim, eine Familie, sondern das Paradies schlechthin, mit nichts Geringerem wollte sie sich zufriedengeben. Maß halten hatte sie nie gelernt.

Als einer daherkam, den sie für den Mann hielt, der ihr bestimmt war, verfolgte sie ihn durch zwei Kontinente, um ihn zu bekommen. Doch als sie die Trophäe nach Hause brachte, war von Erfüllung nicht die Rede, nicht einmal ein wenig Glück wollte aufkommen, müde war sie von der Jagd und verstand ihre eigene Unzufriedenheit nicht. Was konnte also noch fehlen, wenn sie den Mann fürs Leben doch schon hatte und noch immer nicht angekommen war?

Es konnte nur mehr der Ort fehlen, der Platz im Leben. Also brachen sie wieder auf, den Ort zu suchen. Das Haus, in dem ich sie zuletzt besucht hatte, war es bestimmt nicht. Dort hatte die Fremdheit sie lückenloser umgeben als jemals

313

zuvor. Das Wegbleiben der Menschen, selbst dessen, der sie dorthin begleitet hatte, das Zurückweichen der Wirklichkeit, die sichtbar zerbröckelte. Wann geht einer, der die Wirklichkeit verlorengeht, das eigene Ich verloren? Über die letzte Zeit, von der ich wußte, konnte ich nur mehr Mutmaßungen anstellen.

Vielleicht sollte ich Janas Geschichte als Märchen zu Ende erzählen, um einen Abschluß zu finden für eine Geschichte, die kein befriedigendes Ende hatte. Ein trauriges Märchen mit einem schlechten Ausgang müßte es sein – wie könnte ein Märchen anders ausgehen, in dem ein Mädchen vorkommt, dem die Baumgeister die Seele gestohlen haben? Halb Feenkind, halb Menschenkind, wie konnte sie anders als sich nach der Vollkommenheit sehnen, die sie nicht besaß und die es nicht gab? Auch als der Prinz kam und sie mit seinen Kunststücken, die er als Kunst ausgab, verzückte, hielt das Glück nicht lange an. Zu den Geistern, rief sie immer von neuem und stachelte ihn an, wenn er müde wurde und sich niederlassen wollte. Auch das Kind, das sie bekam, konnte ihre Sehnsucht nicht stillen. Immer weiter mußte sie suchen und hatte die Orientierung verloren, wohl auch die Lieder verlernt, mit denen man zu den Geistern spricht. Der Ton war ihr abhanden gekommen, mit dem man Geister beschwört, sie hatte sich die Stimme verdorben im Umgang mit den Menschen. Sie suchte und suchte. In den Gewässern und Regentümpeln, in Gingkobäumen, Palmen und Eukalyptusbäumen, im Schilf sang sie ihre Lieder und im stehenden Wasser über den Reispflanzen. Aber sie hatte die Richtung verloren, und schließlich verlernte sie auch alle Lieder. Die Musik war ihr fremd geworden. Sie besaß nur mehr einen langgezogenen Klageton. Da wußte sie, daß die Suche zu Ende und sie verloren war. Der Prinz hatte sie verlassen. Jetzt war sie allein mit dem Kind. Vielleicht sangen die Geister in den Bäumen um ihr Haus, als sie endlich die Freiheit gewann, zu ihrer gestohlenen Seele in die alte Heimat zu fliegen.

*

Der tiefe Resonanzraum, ein ständiges Gemurmel unhörbarer Schwingungen, bereit, jederzeit zu tönen, mitzuschwingen, den Berührungen Tiefe zu geben, Volumen und Farbe, groß, hohl und dunkel, in schweigender Erwartung. Und darüber die Saiten, gespannt, zitternd bei jedem Luftzug, leise tönend, wimmernd schon, bevor sich ein Windhauch erhebt, jeden Vorbeigehenden schüchtern mit Versprechungen betörend, berühr uns, dafür wollen wir dich verzaubern. Ein ganzes Leben vergeblich darauf gewartet, daß es aus dem dunklen Resonanzraum hervorbräche und alle Saiten auf einmal zum Tönen brächte, die Luft ringsum erschütterte und die Umstehenden staunen machte. Ein ganzes Leben sehnsüchtig gewartet auf die große Komposition. Statt dessen einzelne Töne, Bruchstücke, Anworten auf zögernde Berührungen, sehnsüchtige Töne, die gern Musik nach sich gezogen hätten und lange noch in der Luft hingen. Manchmal ein mißtönendes Aufkreischen, wenn einer auf sie einschlug. Berührt sie sanft, es ist soviel Schönheit in ihr, ihr könntet sie bergen! Nicht ein einziges Lied habe ich zustande gebracht in all den Jahren, kein einziges Mal haben die Saiten von selber gesungen, sie haben gewartet, ichlos, selbstlos, regungslos und bereit, aber unfähig, aus sich selber zu schwingen, langsam erlahmend, doch niemals genügsam, nur immer verzweifelter und zur Stummheit verdammt. Soviel habe ich erlebt und in mich hineingenommen, aufgesogen mit meiner großen Gabe, mich einzufühlen, randvoll von Schmerz und Trauer, hätte ich mich zufriedengegeben, wenn am Ende ein einziges Lied von mir übriggeblieben wäre. Aber nichts konnte ich schaffen, und

nichts ist geblieben als ein Schutthaufen von Unvollende-
tem.

Jetzt sitze ich vor meinen Erinnerungen, zerre dieses und
jenes ans Licht, auch Helles, Glänzendes wäre darunter, aber
die Trauer hat alles geschwärzt. Ein Brand hat darin gewütet,
eine Katastrophe, und vieles ist nur mehr Asche, unkenntlich. Man müßte meinen, auch Geläutertes sei darunter, aber
ich finde nur mehr Verkohltes und mache mir die Finger ru-
ßig daran. Unter anderem finde ich Überreste von Achim,
sogar sein Gesicht ist darunter, jetzt kann ich mich jederzeit
daran erinnern. Ich sehe es an, erstaunt, weil ich denke, es
müßte mir doch vertrauter sein, beinahe aus Pietät warte ich
auf Gefühle, aber sie bleiben aus. Mag sein, daß sie ein andermal wiederkommen, wenn ich sie nicht rufe. Überflüssiges werfe ich gleich wieder zurück auf den Haufen. Aber
was von den Überresten, die einmal mein Leben erfüllten,
ist wirklich wichtig bei näherem Betrachten? Selbst wenn
ich hie und da etwas dazugelernt hätte, es hat mir nichts genützt, und ich bin dabei, es zu vergessen, sogar die Musik.
Ich habe viel erlebt, ich habe viel gesehen, die Namen der
Städte, die ich sah, würden ein Buch füllen. Wozu der Auf-
wand? Wenn sie zu Schauplätzen werden, wo sich ein Stück
Leben vollzieht, werden sie austauschbar. Die Stadt, an deren Rand ich das zu Ende lebte, was ich bis dahin noch für
die große Komposition meines Lebens hielt, bestand für
mich nur aus wenigen Häusern – ein Spital, aus unzulängli-
chen westlichen Hilfsmitteln zusammengeflickt, ein altes
Theater mit dunkler Innentäfelung und Schattenrissen my-
thischer Dämonen, ein Salon, in dessen Architektur sich
Osten und Westen vermischten und zusammen Unheil stif-
teten, ein Tempel, in den man nicht gehen sollte, wenn man
Trost sucht, und das Haus, das weiße zerfallende Haus, dessen erster Anblick mir nicht verriet, daß sich in ihm nur Un-
tergänge vollziehen würden.

Ein ganzes Leben auf eine einzige große Komposition angelegt, das erfordert einen langen Atem. Mir stürzte spätestens nach vier Jahren in regelmäßigen Abständen jedes neue Gebäude ein und begrub alle Vorsätze, Hoffnungen, sogar Menschenleben. Kein einziges Versprechen ließ sich einlösen, Abbrüche, Abstürze, Einstürze sind mir geblieben, eine trostlose Landschaft. Und war denn nichts, frage ich mich täglich ungläubig, was ich zum Reservoir des Lebens hinzufügen könnte als ganz Neues, noch nie Erlebtes, noch nie Gehörtes? Etwas Einzigartiges, sei es ein nie dagewesenes Glück oder nie zuvor erlebte Qual? Irgend etwas, das meinem Leben Sinn und Dauer über mich selber hinaus verliehe? Was kann ich hinzufügen zu der endlosen Geschichte der Wiederholungen privater Katastrophen und Glücksmomente? Denn hat nicht jeder einmal geliebt, als hätte er die Liebe erfunden? Und wen hätte der Tod nie schmerzlich gestreift? Wer hätte nie Trauer, Verlassenheit und Schuld gefühlt? Oder die Vergeblichkeit, die ich jetzt fühle, wenn für Stunden Schuld und Trauer verstummen und Ruhe eintritt? Ein Leben wie viele also, aus lauter längst bekannten Bruchstücken zusammengezimmert, banal, alltäglich? Und wozu, für wen dieser unvertauschbare Schmerz?

Plötzlich, als es zu spät war, besaß ich all die Kraft, die sich mir seit dem Einzug in das Haus versagt hatte. Ich brauchte nun nicht einmal mehr jene Dinge, die ich überallhin mitgenommen hatte, weil ich glaubte, ohne sie nicht vollständig zu sein. Am Ende der Regenzeit verließ ich das Haus mit leeren Händen und fühlte mich auf eine neue Weise, die den Schmerz nicht aufhob, sondern verschärfte, dennoch befreit. Denn das Schlimmste war mir ja bereits widerfahren. Ich konnte es kaum glauben, die Angst war verschwunden, meine älteste Lebensgefährtin. Furchtlos, ohne allen Besitz ging ich fort. Ein Neubeginn war es nicht, dazu fehlte die

Hoffnung. Ich wollte gar nicht mehr beginnen, nie mehr. Aber die alten Bedürfnisse nach ein wenig Sinn, nach Dazugehören und Geborgenheit waren geblieben, die ließen sich nicht so schnell abtöten. Auf der Rückseite des Lebens machte ich mich mit unbestimmter Absicht und ohne Ziel davon, bereit, auch kleine Rechnungen mit dem Leben zu bezahlen.

An das Naheliegende dachte ich am Anfang nicht. Ich mußte ja weiterleben, um zu sühnen. Noch immer hätte ich es für Feigheit gehalten, mich zu entziehen. Erst als es mir in den Sinn kam, daß Achim nicht recht gehabt haben mußte, daß vielleicht keine Schuld auf mich fiel oder wenn eine Schuld, dann doch nur die, in die mich die Umstände getrieben hatten, erst da wagte ich es, wieder an mich zu denken und mir zu sagen, das ist zuviel, das hast du nicht verdient. Nun begann ich, allmählich auch andere anzuklagen. Wo war Achim gewesen, als ich erkannte, daß es keine Krankheit wie die früheren war, die nach kurzer Zeit wieder verschwanden? Wer war da, mir zu raten, die Verantwortung mit mir zu teilen, während der vielen Stunden entsetzten Wartens, in denen ich wahnsinnig wurde vor Angst. Diese Stunden und Tage der unerträglichen Anspannung bedachte keiner, aber die zwei oder drei Stunden des letzten Tages bleiben stehen als Zeichen meiner Schuld. So begab ich mich täglich hinein in die Schmerzzentrifuge, auf der atemlosen, sinnlosen Suche nach einer Lösung, einer Antwort zumindest, auch wenn sie zu spät kam. In Alpträume hinein und aus Wachträumen heraus rannte ich gegen die stehende Zeit an, schreckte aus dem Schlaf auf mit der Gewißheit, es ginge um Sekunden, aber die Rettung sei möglich. Und fiel immer wieder erschöpft zurück in die Endgültigkeit.

An einem solchen Morgen beschloß ich, die Folter nicht mehr zu erdulden. Ich wollte die Ferne nicht mehr ertragen, die mich von Daniel trennte. Wer sagte denn, daß überlebt werden mußte? Trotz des Triumphs war da auch das Zögern, das vorweggenommene Entsetzen, als ich die schmutzverkrustete Schale mit dem roten Saft an die Lippen hob. Eine feige Art, sterben zu wollen, sogar in dieser wichtigen Sache die Entscheidung aus der Hand zu geben. Ein wenig Verantwortung wollte ich behalten, ich wollte nicht verenden wie ein Tier, ich wollte ein Fest daraus machen, mit doppelter und dreifacher Kraft wollte ich von nun an leben. Trotzdem war ich mir der Unwürdigkeit bewußt, wenn ich, einsam an eine Mauer gelehnt, den Tod in mich hineintrank. Mein Vorstellungsvermögen reichte nicht weit genug, um die Schmerzen vorwegzunehmen, die Mattigkeit, die engen heißen Fieberschlünde, durch die ich hindurchmüßte. Ich dachte, auf diese Weise meine Schuld tilgen zu können. Früher hatte ich so sehr mit Daniels Körper gelebt, daß ich seine Schmerzen in meinem Fleisch zu fühlen glaubte, nun würde ich mir Zutritt verschaffen zu seinem Tod.

Früher hatte ich oft mit dem Gedanken gespielt, wie es wohl wäre, wenn man mir nur mehr ein Jahr zu leben gäbe oder ein halbes, vielleicht nur wenige Wochen. Was würde sich ändern, was würde ich mit diesen kostbaren Tagen tun? Würde mich ein Gefühl der Befreiung beflügeln angesichts der bemessenen Zeit, wenn der Zwang, Maß zu halten, wegfiel? Jetzt war der Augenblick der grenzenlosen Freiheit gekommen, die ich mir so lange versagen mußte. Kein Grund mehr, abends um zehn ein gemietetes Zimmer aufzusuchen um der Sicherheit willen. Wozu jetzt noch Schlaf, wozu noch Vorsicht? Nichts hätte ich weniger erwartet als die Langeweile. Nachts um ein Uhr ging ich durch das berüchtigte Hafenviertel, eine heruntergekommene Weiße, schutzlos. Was hatte ich erwartet? Die Gassen waren ruhig und leer bis auf friedliche Opiumraucher, Straßenmädchen und betrunkene Matrosen, die sich um keinen mehr kümmerten. Schlafende lagen überall in den Hauseingängen, als hätte sie der Schlaf dort überfallen. Ich ging bei Tag auf die Märkte und aß Früchte mit glänzender, ungewaschener Haut, ich bildete mir ein, den Tod zu schmecken. In einer unverschlossenen Hütte am Strand wartete ich auf Skorpione und Schlangen. Das Leben verweigerte mir jede Steigerung.

Die Zeit verließ mich, sie war stehengeblieben, sie bewegte sich nur mehr ruckweise, zum Beispiel, wenn in das Dorf, in dem ich beschlossen hatte zu bleiben, einmal in der Woche der Postwagen kam. Meine Uhr hatte ich hergegeben, um für einige Wochen die Unterkunft bezahlen zu können. Längst hatte ich meine Absicht zu sterben schon wieder vergessen, aber ich aß noch immer aus Gewohnheit an den Marktständen der Einheimischen. Alles war mir einerlei geworden in der Äquatorhitze. In meiner Schlafkoje verdämmerte ich hinter der dünnen Strohwand die Tage, öffnete probeweise manchmal den Mund, um Wörter herauszulassen, an keinen gerichtet, nur um festzustellen, ob meine Stimmbänder noch fähig waren, Laute zu formen, sagte Sonne, Abend, Wasser, Tod und staunte, daß diese Silben Bedeutung trugen und Gefühle bewirken konnten. Weit war ich schon weg von den Menschen. Die anfängliche Neugier der Dorfbewohner hatte sich gelegt, für sie war ich eine der heruntergekommenen Weißen, die aus unerfindlichen Gründen hängenblieben und irgendwann wie alle anderen, ohne Vorrechte zu genießen, an einer Tropenkrankheit oder einer Epidemie verreckten.

Noch war kein Jahr vergangen. Einmal würde der Himmel aufhören, stechend blau zu sein, und die Strohdächer würden sich dunkel färben und immer mehr Rinnsale schmutzigen warmen Wassers durchlassen. Dann würde ein Jahr vergangen sein. Einstweilen war alles noch unerreichbar fern, die Zeit, der Regen, die Menschen und Daniel vor allem. Auch die Tageszeiten hatten begonnen, sich zu verwirren, seit ich keine Uhr mehr besaß. Bei Tageslicht, das in flimmernden Bündeln durch die Türritzen fiel, überkam mich der Schlaf, und wenn ich erwachte, zu benommen und schwer, um aus der Tür zu treten, waren die Sonnenbündel verschwunden. Ich langte nach einer Frucht oder einem Fladen Brot auf dem Boden neben der Matte und schlief wieder ein. Was hätte ich tun sollen? Hatte ich zwei Tage geschlafen oder eine ganze Woche? Draußen hinterließ die Zeit keine Spuren. Manchmal entmutigte mich die lastende Hitze gleich an der Ecke zum Markt, und ich kehrte wieder um und fiel erschöpft auf die Matte. Im Halbschlaf kam mir die Möglichkeit in den Sinn, daß ich schon tot war. Vielleicht war ich in eine Spalte gerutscht, weder tot noch lebendig, in eine Spalte, wo mich der Tod nie finden würde? Aber auch das war zu mühsam, Gedanken zu Ende zu denken, es waren ja gar keine Gedanken mehr, längst führte ich keine Gespräche mehr mit mir selber, Bewußtseinsfetzen waren es und unzusammenhängende Enden abgerissener innerer Wahrnehmungen, manchmal Gefühle, die aus der Trübung emportauchten, ohne daß die zähe Oberfläche meines Verstandes sich noch bewegt hätte. Zusammen mit dem Bewußtsein fielen sie ins Vergessen zurück.

Später einmal spürte ich stechende Schmerzen im Kopf und ein scharfes Messerwühlen im Bauch. Langsam formte sich in meinem Bewußtsein der Satz, die Regenzeit kommt, aber ich begriff ihn nicht mehr. Ich hatte vergessen, wo ich war und daß ich eine Zeit gekannt hatte, in der es noch anderes gab als die reißenden Schmerzen, das wahnsinnige Hämmern im Kopf und die versengende wasserlose Dürre. Dann wurde ich schwerelos und hob mich durch einen Schlund glühender Luftmassen bis an die Decke des Strohdachs, die mir den Atem wegpreßte. Unter mir wühlte ein Tier mit blutigen Zähnen die Erde auf, ich fühlte das pulsierende Toben bis an den äußersten Rand des Raumes, den ich erfüllte, und plötzlich zerriß die Decke über mir, und ich stürzte mit dem Kopf voraus in die Schwärze. Aber aus dieser Schwärze fiel der ersehnte Regen, ich glitt durch ihn hindurch, endlich ohne Widerstand und ohne Eile, nur kalt war der Regen, eiskalt, bald würde es schneien. Wenn es schneit, sind wir schon zu Hause, die Eiskristalle werden in der Wintersonne Funken sprühen, wir stehen auf einer leichten Anhöhe und sehen, wie die weißen Hügel durch den sich im Schnee auflösenden Frühnebel wandern, langsam dreht sich die Erde im Kreis und kommt an den Anfang zurück, da wollen wir einsteigen ohne Eile und durch die vertraute Landschaft fahren, bis wir aus dem Fenster das Haus wiedererkennen, die Mohnfelder, die Pappelallee, dort springen wir ab, genau dort, wo die Allee in die Landstraße einbiegt, ich führ dich ums Haus herum zum Pferdestall, zwischen Pferdestall und Haus ist ein geschützter Winkel, da wird es bald Frühling, da taut schon der Schnee, da wollen wir beide, an die Hausmauer gelehnt, ausruhen.

*

Vor vier Monaten läutete Eva um zehn Uhr abends an meiner Wohnungstür. Sie hielt mir einen Briefumschlag wie zur Erklärung ihres späten Erscheinens hin. Ich brachte ihn zunächst nicht mit Jana in Verbindung, es war kein Luftpostkuvert, es trug keinen exotischen unleserlichen Poststempel. Den Ort, an dem der Brief aufgegeben worden war, konnte man in acht Stunden mit der Bahn erreichen, und der Brief war trotzdem von Jana, an ihre Schwester und deren Wohnung adressiert. Inzwischen war Eva zum zweitenmal schwanger und glich Jana überhaupt nicht mehr. Sie war nach der Geburt der ersten Tochter matronenhaft in die Breite gegangen, sie sah aus wie eine slawische Bauersfrau, rote gepflegte Fingernägel wie früher einmal hatte sie schon längere Zeit nicht mehr gehabt. Sie war behäbig und glücklich.

Janas Brief war kurz und rätselhaft. Sie streifte die vergangenen vier Jahre nur mit wenigen Worten und beschrieb dafür genau ihre jetzige Umgebung. Sie sitze an einem Fenster, schrieb sie, hoch über den Dächern der Stadt, einem großen Fenster in einem großen alten Haus, an dem der Efeu wachse bis zum Dach, einem festen Haus mit sehr dicken Mauern und kühlen Zimmern, und die Morgensonne scheine ihr aufs Papier und über die Dächer, die Baumkronen und den Fluß im Tal. Sie sei hier zu Besuch bei der Frau, die sie in einem Dorf in Asien kennengelernt habe. Diese Frau habe ihr auch das Leben gerettet, denn, schrieb sie in einem Nebensatz, was ich durchgemacht habe, würdest Du Dir nicht einmal vorstellen können, wenn ich die Kraft aufbrächte, es Dir zu beschreiben. Das sei jetzt für eine Weile ihre Adresse, wenn Eva ihr schreiben wolle.

Eva, die sich Unglück nicht vorstellen konnte, weil sie es nie erlebt hatte, überlas den Nebensatz und triumphierte: Jana ist wieder da, sie ist ganz in der Nähe, alles ist wieder in Ordnung. Ich ließ mich mitreißen und begann erst, nachdem Eva gegangen war, nachzudenken. Kein Wort über Achim, kein Wort über Daniel, ich schrieb sie, obwohl sie doch all die letzten Jahre wir gesagt hatte, wenn sie von sich sprach. Die Frau, die Leah hieß, habe ihr das Leben gerettet, und wo waren die andern, der Mann und das Kind? Ich schrieb ihr noch in derselben Nacht einen Brief, der alle diese Fragen enthielt. Sie hat ihn nie beantwortet. Durch Eva ließ sie mich wissen, daß sie keine Briefe über die Vergangenheit schreiben wolle, daß sie es noch nicht könne, daß sie allein sei und alles verloren habe. Der Entschluß, sie zu besuchen, obwohl sie sich weigerte, meinen Brief zu beantworten, kostete mich Überwindung.

Ich habe viel an sie gedacht seither, ich stellte sie mir vor, wie sie am geöffneten Fenster sitzt und auf die Dächer und Baumkronen starrt, ich konnte sie mir nie glücklich vorstellen. Wie sieht eine aus, was denkt eine, die in einem Nebensatz von sich sagt, sie habe alles verloren. Immer hatte sie nur in Nebensätzen von sich gesprochen. Was hatte sie denn besessen, als ich sie das letztemal sah? Achim schon nicht mehr, ein Haus? Dieses Haus konnte sie nicht meinen, sie wollte ja fort. Das Kind, Daniel mußte sie meinen. Ich beschloß, zu ihr zu fahren.

*

Ganze Tage laufe ich erstaunt umher und treffe auf Menschen. Ich schaue gespannt in ihre Gesichter, stelle mir ihre Gedanken vor und überlege, ob ich sie noch verstünde, wenn sie plötzlich zu mir sprächen. Das war die größte Überraschung, als ich zurückkam, die Menschen, daß es sie noch genauso gab wie vorher, daß nichts sich verändert hatte, daß sie ruhig und gelassen vor Türen und an Häuserecken beisammenstanden und lange mit großem Eifer Alltägliches besprachen. Auf dem Markt, im Kaufhaus stehe ich neben ihnen und sehe ihnen zu, wie sie Tomaten und Pflaumen befühlen, als gäbe es keine ernsthaftere Aufgabe, als hätten sie unbegrenzt Zeit, als könne nicht jederzeit ohne Warnung das Unheil auch über sie hereinbrechen. Ich staune über ihre Ruhe und auch über ihre Ungeduld, wie sie auf Uhren schauen und zu hasten beginnen, als hinge ihr Leben von der Schnelligkeit ihrer Schritte ab, wie sie aufgeregt schreien und zetern über Kleinlichkeiten, und die Empörung ist echt. Ist denn noch niemandem außer mir etwas zugestoßen? Haben sie nicht davon gehört, daß täglich unvorhergesehene Katastrophen die Glücklichsten treffen? Ich stehe in der Menge und staune über den Gleichmut der Ahnungslosen. Vergangenes Jahr sagen sie mit derselben Ruhe wie heuer, und auch nächstes Jahr, in zwei Jahren, in zehn Jahren sagen sie, ohne zu zögern und ohne Zweifel aufkommen zu spüren. Und wissen genausowenig, wie ich es gewußt habe, was ihnen morgen zustoßen wird und ob das nächste Jahr für sie kommen wird. Ich, die ich noch immer so leicht im Schlick der Unglücksfälle versinke, stehe unsicheren Fußes auf ihrem Boden. Trägt er wirklich besser, als meiner getragen hat?

Natürlich werde ich dich vom Bahnhof abholen. Du wirst dich wahrscheinlich entschuldigen wollen, so hat deine Stimme geklungen, zerknirscht. Du solltest wissen, daß ich dich nie richtig wahrgenommen habe. Früher einmal war ich stolz darauf, daß du meine Freundin sein wolltest, obwohl du doch zu den andern gehörtest. Dann hatten wir Streit wie die Menschen, denen ich jetzt verwundert bei der Erbitterung über boshafte Nachbarinnen zusehe. Einmal hast du mit Achim geschlafen, aber damals machte es mir nichts mehr aus. Wirklich kennengelernt haben wir einander nie. Vielleicht war es Ungeschicklichkeit auf beiden Seiten, vielleicht waren wir zu verschieden, um die richtige Sprache füreinander zu finden. Immerhin hast du mir nach jeder Trennung von neuem deine Freundschaft angeboten, es muß dir mehr an mir gelegen sein, als mir an dir lag. Mir fehlte der Zugang zu dir, wie er mir zu meinem Vater fehlte und zu Eva, ich habe nicht gewußt, wie ich ihn mir verschaffen sollte, ich habe nie richtig gelernt, auf Menschen zuzugehen, ich begnügte mich meist mit den Funktionen, die sie für mich erfüllten. Nur Achim und Karin überließ ich mich vorbehaltlos.

Ich kann dir nicht versprechen, daß ich jetzt die Nähe will. Zunächst werde ich dir zwanghaft von meiner Schuld erzählen. Das bedeutet noch nicht Vertrauen. Jedem, der mir zuhörte, würde ich davon erzählen. Ich habe mein Kind getötet, werde ich sagen und dich dabei scharf beobachten. Wer würde unter einem solchen Geständnis nicht zusammenfahren? Ich werde keine mildernden Umstände als Entschuldigung gelten lassen. Versuche nicht, mich zu einem neuen Leben zu überreden. Auch Leah, die Frau, bei der ich jetzt lebe, hat es versucht. So war es doch nicht, weist sie mich ungeduldig zurecht, wenn ich in ihrer Gegenwart von meiner Schuld spreche, du weißt es auch, also hör auf, dich zu quälen. Ich habe lange gebraucht, die Wahrheit auszuhalten, es ist meine Wahrheit, sie hat nichts mit euren Tatsachen zu tun. Dann zuckt Leah die Achseln. Es erfordert Mut, Leah zu widersprechen. Sie spricht wenig und läuft einem nicht mit Freundlichkeiten entgegen, unvorstellbar, unter ihrem unbestechlichen Blick eine Lüge auszusprechen. Sie ist zurückhaltend und schweigsam, ich weiß nicht, woher die Wärme kommt, die von ihr ausgeht. Sie ist keine mütterliche Frau, aber sie gibt mir Geborgenheit, ich habe mich in ihrem Haus von Anfang an willkommen gefühlt. Wegschauen, sagt sie, wenn du etwas siehst, das dir weh tut, quäl dich nicht, es ist alles noch viel zu frisch, viel zu früh. Also schaue ich weg, wenn ich Söhne sehe. Ich schaue weg, wenn ich Kinder mit ihren Müttern sehe, besonders beim Anblick Fünfjähriger schlage ich die Augen nieder. Es scheint, als gäbe es in der ganzen Stadt nur männliche Kinder im Vorschulalter. Als ob das Wegschauen nützte! Es ist die Sekunde zwischen Erblicken und Wegschauen, in der der Schmerz mir in den Körper fährt. Das alles werde ich dir erzählen, und ich werde mich aus Vergeßlichkeit wiederholen, bis ich dich langweile. Ich weiß nicht, ob wir uns am Ende nähergekommen sein werden.

Wie Leah mich gerettet hat, werde ich dir erzählen müssen. Warum ich es ihr schuldig bin, daß ich lebe, ohne zu zeigen, daß ich manchmal lieber nicht leben möchte. Wie ich aus dem Fieberdelirium auftauchte mit einem ganz unverständlichen Glücksgefühl. Erst langsam, Tage später, begann ich zu begreifen, woher dieses Glücksgefühl kam, es waren die Worte, die jemand sprach, keine fremden Laute mehr, sondern Worte in der Sprache, die ich zuletzt mit Daniel gesprochen hatte. Damals erkannte ich, daß sie trotz aller Fremdheit meine Sprache geworden ist. Ich war zu schwach zum Sprechen, aber ich konnte nicht genug bekommen vom Hören. Erst allmählich verstand ich wieder, was die Frau, die an meinem Bett saß, sagte. Die fremde Frau war Leah. Sie hatte am Strand in einem Hotel Urlaub machen wollen und war auf einem Tagesausflug ahnungslos in das Dorf gekommen, in dem ich im Sterben lag. Man bat sie, sich die unbekannte Weiße anzusehen, vielleicht könne sie herausfinden, wer sie sei. Leah ließ mich ins nächste Spital schaffen, sie versäumte ihr Flugzeug und blieb bei mir. Sie kam jeden Tag und saß viele Stunden an meinem Bett. Das erste, was ich zu ihr sagte, war, ich habe mein Kind umgebracht. Da erinnerte ich mich auch wieder, daß ich eigentlich hatte sterben wollen. Ich beobachtete Leahs Gesicht, aber ihr Gesicht blieb unverändert. Ich dachte, sie glaubt mir nicht, sie kann es nicht fassen, ich gab mir Mühe, sie zu überzeugen, immer wieder schilderte ich ihr den Hergang, aber je mehr ich ihr erzählte, desto weniger glaubte sie mir meine Schuld. Als ich mich wieder auf den Beinen halten konnte, flogen wir zusammen zurück.

Wenn ich allein bin, denke ich mit einer neuen Zärtlichkeit an Leah. Es ist eine Zärtlichkeit, die ich noch nicht so recht kenne, die mich erstaunt. Wir wohnen allein in dem Haus. Wir leben von Tag zu Tag. Wenn wir in der Nacht auf der Veranda sitzen und Sternschnuppen fallen sehen, schauen wir bloß zu, ohne uns etwas zu wünschen. Es scheint, wir sind wunschlos geworden. Eigentlich hält uns nichts hier, wir könnten zu jeder Zeit gehen, wohin wir wollten, nichts hält uns, nichts ruft uns, also bleiben wir. Manchmal kommt Besuch. Dann sitzen wir zu dritt und zu viert am Tisch, wir reden oder schweigen zu zweit, die dritte setzt sich dazu, ohne daß Eifersucht oder Spannung entsteht. Es werden keine Leben mehr zerstört, es wird keine zerbrechliche Liebe mehr gefährdet, es gibt nichts, das nicht für alle ausreiche.

Du wirst wissen wollen, wo Achim jetzt ist, wie es ihm geht. Ich weiß nicht, wo er ist, ich denke nur mehr selten an ihn. Ich habe ihn gehaßt, mit derselben Hingabe und Intensität, mit der ich ihn am Anfang geliebt habe. Aber eines Nachts wachte ich auf und spürte, etwas war anders, etwas fehlte, als ob ein Dynamo, an den ich mich gewöhnt hatte, zu summen aufgehört hätte. Ich wußte nicht gleich, was es war, ich betastete meine Wunden, ich dachte an das Kind, und mein Inneres zog sich schmerzlich zusammen, das war es also nicht, ich sagte, Achim, und mein Körper schwieg, nichts rührte sich, nichts verkrampfte sich, er war endlich gestorben. An diesem Morgen fühlte ich mich fast befreit. Die Welt schien mir zum erstenmal seit Wochen ein wenig bewohnbarer. In einem Lastauto, das ich anhielt, fuhr ich im ersten Morgenlicht durch die Landschaft. Die Sonne ging auf und spiegelte sich in den Reisfeldern, grünlichweiße Nebel zogen durch die Palmenhaine, und eine strahlende Rauchwolke hing über dem schwarzblauen Kegel eines Vulkans. Die Reisfelder dampften. Ich war überwältigt. Seit Wochen hatte ich die Landschaft um mich nicht mehr wahrgenommen. Im Schatten einer riesigen Tempelpyramide wartete ich auf den Abend und darauf, daß mich der bekannte Schmerz wieder einholte. Er kam am späten Nachmittag, zu der Stunde, in der ich Daniel vergessen hatte. Jeder tanzende Gott auf den Tempelreliefs erinnerte mich an seine zarten Glieder. Beruhigt ließ ich mich wieder in den Schmerz hinuntergleiten, ich war für die nächste Nacht gerüstet, ich hatte nichts anderes verdient. Aber einen Tag lang hatte ich Freiheit genossen, es gab sie also noch.

Täglich stehe ich jetzt vor Sonnenaufgang auf, und ich bin jeden Morgen erleichtert, wenn der Himmel wolkenlos ist. Ich habe Angst vor Regentagen. Jeden zweiten Tag gehe ich die vielen Stufen von Leahs Haus hinunter zum Markt, und mit einer bauchigen Tasche komme ich wieder herauf.

Ich glaube trotzdem, du bist glücklich, sagte Leah einmal unvermittelt bei der Arbeit. Sie wollte mich ertappen und überführen, zu meinem eigenen Wohl. Wir saßen beim Tisch und entkernten Früchte. Auch der letzte Augenblick muß gelebt werden, antwortete ich. Seit ich zurückgekommen bin, hoffe ich manchmal, daß keiner versteht, was ich rede.

Seit ich zurück bin, lebe ich ohne Konzept. Ich will nichts mehr erreichen, ich habe kein Ziel, ich habe meinen Platz im Leben verlassen. Ich lebe nur mehr durch Zufall. Ich mache alle Fenster auf und lasse den Regen herein, das dunkle Grün der Spätsommerschatten, die schimmernden Fäden des Altweibersommers, obwohl ich weiß, daß mitten in der Idylle, eingerollt in einer besonders zarten Wolke oder in einem rot und gelb leuchtenden Blatt, der Schmerz wartet. Blitzschnell kann er sich entrollen. Sinnlos, die Fenster deswegen zuzuschlagen, ich finde ihn ja auch mitunter im frischbezogenen Bett, im Kleid über dem Stuhl, da liegt er und wartet, daß ich ihn überziehe. Ich werde mich hüten, Leah davon zu erzählen, sie soll sich freuen, wie gut ich gedeihe und daß ich lebe, weil sie sich die Zeit und die Mühe nahm, mich wieder ins Leben zu holen. Was hätte ich sonst, das ich ihr schenken könnte, als ihr zu verschweigen, daß es schmerzhaft ist zu leben, daß der verspätete Friede ihres Hauses mich oft zum Schreien bringt vor Schmerz.

*

Am Morgen, bevor es ganz hell wurde, bin ich von einem Traum aufgewacht, und das Gefühl großer Freude hielt bis in den Tag hinein an. Die Vögel haben mich aufgeweckt. Sie beginnen alle auf einmal zu singen, kurz vor Sonnenaufgang. Ich glaube, es ist das erste Mal, daß ich mir im Traum selber begegnet bin. Dabei war ich auf der Suche nach Jana.

Morgen vormittag werde ich mit dem ersten Schnellzug zu ihr fahren, und sie weiß noch nichts davon. Ich aber wollte sie heute nacht schon suchen, in einem großen weißen Palast mit zerbröckelnden Säulen. In den weitläufigen Gängen traf ich Achim, der mich von meinem Vorhaben ablenken wollte, aber ich wußte, es war wichtig, Jana zu finden und keine Zeit mehr zu verlieren, denn Jana war in Gefahr. Ich glaubte zu wissen, daß es im Hausinnern ein wasserloses tiefes Bassin gab, in das sie jeden Augenblick stürzen konnte, absichtlich aus Verzweiflung oder aus Unachtsamkeit, während sie traumwandelnd am Beckenrand entlangging. Hier muß sie vorbeikommen, sagte Achim, und wir setzten uns auf eine steinerne Bank in einer weißen, kahlen Ecke. Als ich aufstand und mich umdrehte, entdeckte ich die Ikone hinter mir an der Wand, die schmalen, etwas gedrängten Gesichtszüge erinnerten mich an Jana. Vielleicht ist sie hier drinnen, dachte ich, wie man in Träumen denkt, wenn Größenverhältnisse und Wahrscheinlichkeit nicht zählen und Mutmaßungen sich in unverrückbare Sicherheit verwandeln. Mit dieser zwanghaften Sicherheit fand ich den Verschluß und öffnete das Bild, ohne Erstaunen, daß die Wand dahinter hohl war. Eine seit Jahrtausenden versiegelte Truhe stand in der Nische, und ich wußte, ich hatte eine unschätzbar wichtige Entdeckung gemacht. Stöße von Pergamentpapier quollen mir entgegen, Schriftrollen, Hieroglyphentafeln und flache Reliefs, nach denen die Gelehrten seit Jahrhunderten forschen, Kunstwerke, die man in den Königsgräbern vergeblich suchte. Ich häufte sie vor Achim auf, warf ihm ganze Arme voll auf den Schoß, wurde ungeduldig beim Forträumen dieser Schätze, denn ich wußte, das Wertvollste lag dahinter, ganz am Grund. Und der Grund kam, hart, unnachgiebig, mit Feilspänen bedeckt. Ich kratzte die Späne weg, und es erschien mein Gesicht, dunkel, geheimnisvoll, und zugleich Janas, obwohl wir einander kaum ähnlich sind. Ich prallte zurück. Ich näherte mich wieder ungläubig, ja, es war mein Spiegelbild. Als ich aufwachte, war ich sehr glücklich.

Autorinnen von Rang

Claassen *extra*, gebunden, Schutzumschlag, DM 28,-

Margaret Atwood
Die eßbare Frau
Lady Orakel
Verletzungen

Ingeborg Drewitz
Gestern war Heute
Bettine von Arnim

Marlen Haushofer
Die Wand
Himmel, der nirgendwo endet
Schreckliche Treue

Marie Luise Kaschnitz
Lange Schatten
Wohin denn ich

Irmgard Keun
Gilgi, eine von uns
Das kunstseidene Mädchen
Das Mädchen, mit dem die Kinder
nicht verkehren durften

Postfach 100 555, 31105 Hildesheim

Anna Mitgutsch
im dtv

»Hier ist eine Autorin am Werk, die in puncto psychologischer Kompetenz nicht so leicht ihresgleichen hat.«
(Dietmar Grieser in ›Die Welt‹)

Die Züchtigung
Roman · dtv 10798

Eine Mutter, die als Kind geschlagen und ausgebeutet wurde, kann ihre eigene Tochter nur durch Schläge zu dem erziehen, was sie für ein »besseres Leben« hält. Ein literarisches Debüt, das fassungslos macht.

Das andere Gesicht
Roman · dtv 10975

Sonja und Jana verbindet von Kindheit an eine fragile, sich auf einem schmalen Grat bewegende Freundschaft. Später gibt es Achim, den beide lieben, der beide begehrt, der sich – ein abenteuernder, egozentrischer Künstler – nicht einlassen will auf die Liebe…

Ausgrenzung
Roman · dtv 11487

Die Geschichte einer Mutter und ihres verhaltensgestörten, wie die Ärzte sagen: autistischen Sohnes. Die Geschichte einer starken Frau und eines zarten Kindes, die sich selbst eine Welt erschaffen, weil sie in die Welt der anderen nicht zugelassen werden.

In fremden Städten
Roman · dtv 11863

Eine Amerikanerin in Europa – zwischen zwei Welten und keiner ganz zugehörig. Sie verläßt ihre Familie in Österreich, wo sie sich nie zu Hause gefühlt hat, und kehrt zurück nach Massachusetts. Dort versucht sie an ihr früheres Leben und ihre Herkunft anzuknüpfen. Doch ihre Erwartungen wollen sich auch hier nicht erfüllen…

Margriet de Moor im dtv

Foto: Ronald Hoeben

Rückenansicht
Erzählungen · dtv 11743

Sophie war noch ein junges
Mädchen, als ihre Eltern nach
Australien auswanderten. Zum
Familienbesuch kehrt sie in die
Niederlande zurück. Was wirk-
lich war, erfährt sie erst jetzt im
Rückblick, was sein könnte, zeigt
ihr die Begegnung mit einem
Jugendfreund. Plötzlich scheint
alles möglich.

Doppelporträt
Drei Novellen · dtv 11922

In der Kindheit der beiden
Schwestern gibt es einen faszinie-
renden Fremden, den Spanier,
der ein Porträt ihrer Mutter
malte. Mit ihm werden die auf-
regenden Dinge, die in ihren
Büchern stehen, beinahe
Wirklichkeit. Viele Jahre später,
sie sind inzwischen erwachsen
und haben selbst Familie,
machen sie sich auf die Suche
nach ihm ...

Erst grau dann weiß dann blau
Roman · dtv 12073

Eines Tages ist sie verschwun-
den, einfach fort. Ohne Ankün-
digung verläßt Magda ihr ange-
nehmes Leben, die Villa am
Meer, den kultivierten Ehemann.
Und ebenso plötzlich ist sie
wieder da. Über die Zeit ihrer
Abwesenheit verliert sie kein
Wort. Die stummen Fragen ihres
Mannes beantwortet sie nicht.

»De Moor erzählt auf eine uner-
hört gekonnte Weise. Ihr gelingen die zwei, drei leicht hinge-
setzten Striche, die eine Figur
unverkennbar machen. Und sie
hat das Gespür für das Offene,
das Rätsel, das jede Erzählung
behalten muß, von dem man
aber nie sagen kann, wie groß es
eigentlich sein soll und darf.«
(Christof Siemes in der ›Zeit‹)

Marlen Haushofer im dtv

Begegnung mit dem Fremden
Erzählungen
dtv 11205

Die Frau mit den interessanten Träumen
Erzählungen
dtv 11206

Bartls Abenteuer
Kater Bartl, Held der Katzenwelt und unumstrittener Liebling von Eltern und Kindern.
dtv 11235

Wir töten Stella und andere Erzählungen
»Marlen Haushofer schreibt über die abgeschatteten Seiten unseres Ichs, aber sie tut es ohne Anklage, Schadenfreude und Moralisierung.« (Hessische Allgemeine)
dtv 11293

Schreckliche Treue
Erzählungen
»... Sie beschreibt nicht nur Frauenschicksale im Sinne des heutigen Feminismus, sie nimmt sich auch der oft übersehenen Emanzipation der Männer an...« (Geno Hartlaub)
dtv 11294

Die Tapetentür
Eine berufstätige junge Frau lebt allein in der Großstadt. Die Distanz zur Umwelt wächst, begleitet von einem Gefühl der

Foto: Peter J. Kahrl Etscheid

Leere und Verlorenheit. Als sie sich verliebt, scheint die Flucht in ein »normales« Leben gelungen...
dtv 11361

Die Wand
Eines Morgens wacht eine Frau in einer Hütte in den Bergen auf und findet sich, allein mit ein paar Tieren, in einem Stück Natur eingeschlossen von einer unüberwindlichen gläsernen Wand, hinter der offenbar kein Leben mehr existiert.
dtv 11403

Eine Handvoll Leben
Eine Frau stellt sich ihrer Vergangenheit.
dtv 11474

Müssen Tiere draußen bleiben?
Wie es vier Jungen gelingt, einen Bernhardiner zum Internatshund und eine strenge Heimleiterin zur Tierfreundin zu machen und trotzdem das Klassenziel zu erreichen.
dtv großdruck 25082